KB094356

천룡팔부
10

天龍八部
Demi-Gods and Semi-Devils by Jin Yong

천룡팔부 10 - 결자해지

1판 1쇄 인쇄 2020. 5. 13.
1판 1쇄 발행 2020. 5. 25.

지은이 김용
옮긴이 이정원
발행인 고세규
편집 봉정하 디자인 지은혜 마케팅 김용환 홍보 반재서
발행처 김영사
등록 1979년 5월 17일 (제406-2003-036호)
주소 경기도 파주시 문발로 197(문발동) 우편번호 10881
전화 마케팅부 031)955-3100, 편집부 031)955-3200 | 팩스 031)955-3111

값은 뒤표지에 있습니다.
ISBN 978-89-349-9124-3 04820
     978-89-349-9114-4 (세트)

홈페이지 www.gimmyoung.com 블로그 blog.naver.com/gybook
페이스북 facebook.com/gybooks 이메일 bestbook@gimmyoung.com

좋은 독자가 좋은 책을 만듭니다.
김영사는 독자 여러분의 의견에 항상 귀 기울이고 있습니다.

이 도서의 국립중앙도서관 출판시도서목록(CIP)은 서지정보유통지원시스템 홈페이지
(http://seoji.nl.go.kr)와 국가자료공동목록시스템(http://www.nl.go.kr/kolisnet)에서
이용하실 수 있습니다.(CIP제어번호 : CIP2020018346)

일러두기

본문의 미주는 옮긴이의 주이다. 작품의 이해를 돕기 위한 김용 선생님의 작가 주는 •로 표기하고 미주 뒤에 수록한다.
단, 전체 내용에 대한 주일 경우 • 없이 장만 표기한다. 원서 편집자 주도 장별로 작가 주 뒤에 수록한다.

천룡팔부

天　龍　八　部

김용 대하역사무협 ― 이정원 옮김

결자해지

10

天龍八部

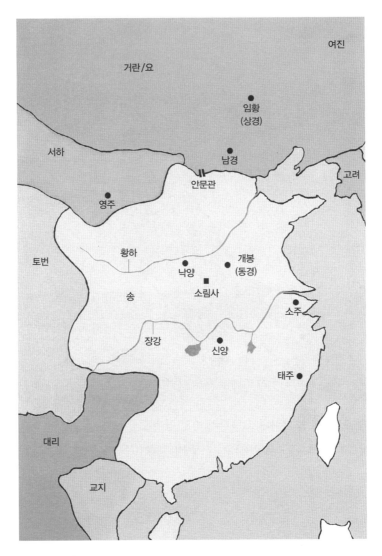

《천룡팔부》시대 5개국 분계도

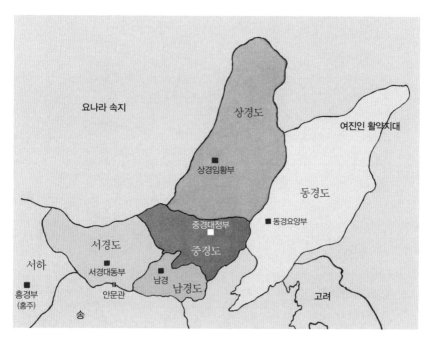

《천룡팔부》 시대 송나라와 요나라의 변경 경계도

분계도와 경계도는 이 책을 위해 왕사마王司馬 선생께서 그려주셨다.

송나라 태종太宗 입상

송나라 태종 조광의趙匡義는 태조의 동생으로 태조에 이어 제위에 올랐다. 송
태종은 거란과의 전쟁에 직접 나섰다가 패전을 하고 거란 병사가 쏜 화살에
다리를 맞는데 훗날 이 부상 때문에 죽음을 맞는다.

송나라 신종神宗 좌상

송나라 신종 조욱趙頊은 왕안석王安石을 중용해 변법變法을 실시한다. 철종哲宗 시기의 태황태후는 신종의 모친이다.

송나라 철종 좌상

송나라 철종 조후趙煦는 신종의 아들이자 휘종徽宗의 형으로 태황태후가 서거한 후 친정親政을 하면서 어질고 유능한 인재들을 배척하는 새로운 정치를 펼친다. 세 점의 황제상은 모두 고궁故宮 남훈전南薰殿에 소장되어 있다.

▶ 소식의 〈적벽부 赤壁賦〉 일부분

▼ 문언박文彦博의 〈척독尺牘〉
타이페이 고궁박물관에 소장되어 있다.

사마광司馬光 **상**

작가 미상. 타이페이 고궁박물관에 소장되어 있다.

조맹부의 소식蘇軾 입상

송나라인의 〈백차화도白茶花圖〉

주문구周文矩의 〈두솔궁내자씨도兜率宮內慈氏圖〉

그림 속 흰옷을 입은 관음보살은 아름답고 자비롭게 보이며 관음보살의 옆
에는 버드나무 가지가 꽂혀 있는 감로병甘露甁이 있다. 이는 관음보살이 버드
나무 가지로 감로를 찍어 인간 세상에 뿌리고 고난에 처한 사람을 구제한다
는 의미를 나타낸다. 두솔궁은 인도 신화 속에 나오는 천신들이 기거하는 곳
을 의미한다.

46

서하 공주의 세 가지 질문

구마지가 말했다.

"이 장부는 노납이 소주의 왕 낭자 영당 거처에서 빌린 것인데 오늘 왕 낭자에게 돌려드리도록 하겠소."

이 말을 하면서 진흙투성이인 《소무상공》 제8권 비급을 왕어언에게 건넸다.

다음 날 새벽 파천석과 주단신 등이 일어나보니 단예가 보이지 않았다. 왕어언이 묵고 있던 방으로 달려가 소리쳐 불러봤지만 역시 아무런 응답이 없었다. 자물쇠 없이 살짝 걸쳐져 있는 방문을 보고 몇 번 두드려보다 문을 밀치고 들어갔다. 아니나 다를까? 방 안에는 아무도 없었다. 두 사람은 뭔가 잘못됐다는 생각이 들었다. 주단신이 말했다.

"우리 소왕자께서 왕야를 닮아 곳곳에 정을 남기시려나 봅니다. 필시 왕 낭자와 슬그머니 야반도주를 한 것 같은데 어디로 가셨는지 모르겠군요."

파천석이 고개를 끄덕이며 말했다.

"소왕자께서는 워낙 풍류가 넘쳐 나라보다는 미인을 더 사랑하는 분이시지. 왕 낭자한테 반했다는 건 모두가 다 아는 사실인데 그런 분께 서하 부마를 강요하시니… 에이, 소왕자께서도 참 고집이 남다르신 것 같네. 과거 황상과 왕야께서 무공을 연마하라고 하실 때도 끝까지 버티다가 호되게 독촉하니 가출을 하지 않으셨나?"

주단신이 말했다.

"흩어져서 찾아보고 설득을 하는 수밖에 없겠습니다."

파천석이 양손을 펼쳐 보이며 쓸쓸한 웃음을 지을 뿐이었다.

주단신이 다시 말했다.

"파 형, 과거 왕야께서 소제를 보내 소왕자를 추적하라 명하실 때도 아주 어렵사리 찾았습니다. 뜻밖에도 소왕자께서는….'

여기까지 말하다 소리를 낮춰 말했다.

"소왕자께서는 그 목완청 낭자한테 흘려 두 사람이 밤새 몰래 도망치고 계셨지요. 어쨌든 소제가 운이 좋아 앞길을 지키고 있던 덕에 왕야께 고할 수 있었습니다."

파천석이 무릎을 탁 치며 말했다.

"에이, 주 현제, 이거야말로 자네 잘못이네. 그런 경험이 있었음에도 어찌 전철을 다시 밟은 것인가? 우리 형제 둘이 돌아가며 불침번을 서서 소왕자를 지키고 있어야 했지 않은가?"

주단신이 탄식을 했다.

"소왕자께서 소 대협, 허죽 선생과의 의리를 생각해서라도 손을 놓고 사라질 것이라고는 생각지 않았습니다. 한데 소왕자께서 이렇게…'

그는 '색을 중시하고 벗을 경시할 줄은 몰랐다'는 말을 덧붙이려다 윗사람에 대한 험담인 것 같았고 또한 단예가 그녀에 대한 정이 두터운 점을 감안해 차마 입 밖에 낼 수는 없었다.

두 사람은 어찌할 바를 몰라 하는 수 없이 소봉과 허죽을 찾아가 고하고 각자 흩어져 오전 내내 찾아나섰지만 아무런 단서도 찾을 수 없었다.

정오가 되자 사람들은 단예가 묵었던 빈방 안에 모여 상의를 했다. 서로 머리를 맞대고 근심을 하던 차에 서하 황국 예부의 낭중 하나가 빈관으로 찾아와 파천석에게 황상께서 오늘 밤 서화궁西華宮에 연회를 열고 각지에서 구혼을 하러 온 객들을 대접할 것이니 대리국 단왕자도 왕림해줄 것을 청한다는 말을 전했다. 파천석은 고충을 털어놓지 못하고 그저 알겠다고 대답할 수밖에 없었다.

그 낭중은 파천석의 후한 예우를 받고 매우 친근한 태도를 보이더니 떠날 때 문 입구까지 파천석의 배웅을 받는 자리에서 그의 귀에 대고 슬그머니 말했다.

"파 사공, 좋은 소식 하나 알려드리겠소. 오늘 밤 황상께서 연회를 베푸실 때 각지에서 온 객들의 지모와 행동거지를 심사하실 예정이오. 또한 연회가 끝난 다음에는 어쩌면 활쏘기나 비무 같은 놀이를 개최해 객들이 승부를 가릴 수 있도록 하실 것이오. 누가 과연 부마 자리에 올라 우리 공주 전하와 짝을 이루게 될지는 이번 행사에 달려 있소. 단 왕자께서도 유념하셔야 할 것이오."

파천석은 읍을 하며 감사의 뜻을 전하고 소맷자락 안에서 황금 한 덩어리를 꺼내 그의 손에 쥐여주었다.

파천석이 빈관으로 돌아와 이런 사정을 사람들에게 고하며 탄식을 했다.

"진남왕께서 소왕자가 공주를 맞이하도록 만들고 돌아오라고 누누이 당부를 하셨는데 우리 형제 둘이 직무를 다하지 못한 것 같아 실로 왕야를 뵐 면목이 없소."

죽검이 대뜸 입을 오므리고 웃었다.

"파 사공 나리, 소녀가 한마디 해도 되겠습니까?"

파천석이 말했다.

"누이, 말씀해보시오."

죽검이 웃으며 말했다.

"단 공자의 부왕께서 서하 공주를 맞아들이라고 하신 건 이번 혼사를 성사시켜 서하와 대리가 통혼해 상호 간에 협력을 하겠다는 거잖아요? 아닌가요?"

파천석이 말했다.

"그렇소."

국검이 말했다.

"서하 공주가 서시처럼 천하절색이건 무염보다 더한 추녀건 간에 시아버지가 되실 단왕야께서는 안중에도 없으신 거잖아요? 그렇죠?"

파천석이 말했다.

"공주라는 존귀한 위치에 있으니 침어낙안의 용모까지는 아닐지라도 보통 이상의 자색은 갖추었을 것이오."

매검이 국검의 말을 이어받아 말했다.

"우리 자매한테 좋은 생각이 있어요. 공주를 대리로 모셔갈 수만 있다면 단 공자를 제때 찾지 못한다 해도 대국에는 큰 영향 없지 않나요?"

난검이 웃으며 말했다.

"단 공자는 왕 낭자와 강호에서 놀다가 싫증이 나면 1년이나 2~3년쯤 돼서 결국 대리로 돌아오실 것 아니겠어요? 그때 다시 공주와 화촉을 밝혀도 늦지 않을 거예요."

파천석과 주단신은 놀라면서도 기쁜 마음에 일제히 말했다.

"소왕자께서 안 계신데 어찌 서하 공주를 대리로 모셔갈 수 있단 말이오? 네 분 낭자한테 묘책이 있다면 상세히 들어보고 싶소."

매검이 말했다.

"여기 목 낭자가 남장을 하고 준수한 서생으로 변장하면 단 공자보다 더 멋지게 보이지 않을까요? 목 낭자를 오늘 밤 연회에 보내세요. 연회석상에 수많은 청년 영웅이 있다 해도 목 낭자보다 더 수려하고 말쑥한 사람이 어디 있겠어요?”

난검이 말했다.

“목 낭자는 단 공자의 친누이니까 오라버니 대신 올케를 맞아들인 다면 나라를 대신해 공을 세우는 셈이잖아요? 그럼 아버지께 환심을 살 수도 있을 테니 어찌 일거양득이 아닐 수 있겠어요?”

죽검이 말했다.

“목 낭자를 부마로 뽑은 후에도 혼례를 치르기까지는 어느 정도 시일이 필요할 테니 그 전에 단 공자를 찾아낼 수 있을 거예요.”

국검이 말했다.

“설사 그때까지도 공자가 나타나지 않는다면 목 낭자가 대신 혼례를 치른들 또 어떻겠어요?”

난검이 말했다.

“목 낭자가 오라버니를 대신해 올케와 화촉을 밝힌다 해도 어쨌든 같은 여자니까 아무 문제 없어요. 최악의 경우 다 밝혀버리면 그뿐이니까요.”

이 말을 하면서 손을 뻗어 입을 막으며 네 자매가 일제히 깔깔대고 웃기 시작했다.

파천석과 주단신 두 사람은 서로의 얼굴을 쳐다보다 너무 무모한 계책이라는 생각을 했다. 만일 서하국에서 알아차리기라도 한다면 혼사가 깨지는 것은 물론 오히려 서하와 원수지간이 되어 서하 황제가 홧김에 군사를 일으켜 엄청난 화를 초래할지도 모를 일이었다.

매검은 두 사람 심사를 알아차린 듯 말했다.

"사실 단 공자에게는 소 대협 같은 의형이 있어 군이 서하를 끌어들일 필요까지도 없지만 진남왕의 명이 있어 부득이하게 따를 뿐이잖아요. 만에 하나 무슨 변고가 생기더라도 소 대협은 수십만 정병을 틀어쥐고 있는 대요의 남원대왕이시니 중간에서 좋은 말로 화해를 시킨다면 서하가 대리를 침략하는 불상사도 막을 수 있을 거예요."

소봉이 싱긋 웃으며 고개를 끄덕였다.

파천석은 대리국의 사공으로 정무政務를 집장하고 있었기에 소봉이 대리국을 위해 강력한 지원을 해줄 수도 있다는 점에 대해서는 이미 계산속에 넣어놓고 있었다. 다만 자신이 직접 말을 꺼내기 불편했을 뿐이었다. 매검이 그 말을 꺼내자 소봉이 고개를 끄덕이는 것을 보고 이 문제는 이미 태산처럼 굳건해 최악의 경우 구혼에 실패한다 해도 나라에 큰 우환이 생길 것으로 보이지는 않았다. 그는 곰곰이 생각해봤다.

'이 네 소낭자의 계략이 어린애 장난 같기는 하지만 이 방법 외에는 달리 묘안이 없구나. 다만 목 낭자가 이런 모험을 감수할지는 장담할 수 없지 않은가?'

그러고는 말했다.

"네 분 낭자의 의견은 묘책임이 틀림없지만 이 일은 실로 위험하기 짝이 없는 일이라 할 수 있소. 들통이 나기라도 한다면 목 낭자가 사로잡힐 수도 있기 때문이오. 하물며 천하의 준걸들이 운집하는 마당에 목 낭자가 인품은 탁월하다 해도 무공을 겨루면서 군웅을 제압할 수 있을지는 단정 지을 수 없소."

사람들의 시선은 하나같이 목완청을 향했다. 그녀가 어떤 생각을 갖고 있는지 살펴보려는 것이었다.

목완청이 말했다.

"파 사공, 그런 식으로 자극할 것 없어요. 우리 오라버니는, 우리 오라버니는…."

그녀는 '우리 오라버니는…'이란 말을 하면서 갑자기 눈물을 왈칵 쏟아냈다. 단예와 왕어언이 남몰래 떠난 것은 과거 자신과 손을 맞잡고 야반도주했던 상황과 다름없다는 생각이 들었던 것이다. 단예가 자신의 혈육이 아니었다면 지금처럼 변심을 해서 다른 여자와 다정하게 사랑을 속삭일 일도 없었을 것이다.

그러나 자신은 오히려 이런 곳에서 쓸쓸히 대리국 신하들과 그를 대신해 처를 맞아들여야 하는 신세가 되어 있었다. 그녀는 비분을 금할 수 없어 별안간 손을 쭉 뻗어 앞에 있는 탁자를 뒤집어엎었다. 순간 찻주전자와 찻잔이 쨍그랑 쨍 하는 요란한 소리와 함께 산산조각 나버렸다. 그러고는 몸을 벌떡 일으키더니 문밖으로 후닥닥 뛰어나가버렸다.

사람들은 아연실색해서 서로의 얼굴만 쳐다봤다. 흥이 깨져버리자 파천석이 겸연쩍은 모습으로 말했다.

"이건 내 잘못이오. 좋은 말로 부탁을 했더라면 목 낭자도 그저 대답을 안 하고 말았을 텐데 내가 자극하는 말을 내뱉는 바람에 화를 돋운 것 같소."

주단신이 고개를 가로저었다.

"목 낭자가 화를 낸 건 파 형 말씀 때문은 절대 아닙니다. 다른 이유가 있습니다. 에이. 한마디로 어찌 다 말할 수 있겠습니까?"

사람들은 다시 각자 흩어져 단예를 찾아나섰지만 길거리에는 비단옷을 곱게 차려입고 황궁에서 열리는 연회에 참석하러 가는 것으로 보이는 청년자제들만 보일 뿐이었다. 이따금씩 서로 욕을 해가며 싸움을 벌이는 사람들도 있었는데 토번국 무사들이 아직까지도 토번 소왕자를 위해 적수들을 제거하는 데 힘쓰고 있는 것으로 보였다. 단예와 왕어언은 당연히 종적조차 보이지 않았다.

저녁 무렵이 되자 사람들은 앞다투어 빈관으로 돌아왔다. 소봉이 말했다.

"셋째 아우가 이미 떠났으니 우리도 떠나야겠소. 누가 부마가 되든 우리는 아무 상관이 없으니 말이오."

파천석이 말했다.

"소 대협 말씀이 옳습니다. 남이 부마가 되는 걸 봐야 심기만 불편할 따름이죠."

종영이 불쑥 끼어들었다.

"주 선생, 선생께서는 아내가 있나요? 단 공자가 부마가 되길 원치 않는다면 선생이 가져도 되잖아요? 선생께서 서하 공주를 맞아들이면 대리에 도움이 되는 것 아닌가요?"

주단신이 빙그레 웃었다.

"낭자는 농담도 참 잘하시오. 소생에게는 이미 처첩은 물론 자식들도 있소."

종영이 혀를 날름 내밀자 주단신이 다시 말했다.

"낭자는 용모가 너무 여리고 얼굴에 보조개까지 있어 남자로 보기엔 문제가 있어 안타깝소. 그렇지 않았다면 낭자가 나서서 오라버니 대신 서하 공주를 맞아들일 수 있…."

종영이 말을 끊었다.

"뭐라고요? 제가 오라버니 대신?"

주단신이 실언을 했다 여기고 생각했다.

'종 낭자가 진남왕의 사생아라는 사실은 아직 공개된 것이 아닌데 내가 허튼소리를 했구나.'

그는 재빨리 말을 돌렸다.

"제 말씀은 소왕자를 대신해 이 대사를 해낸다면…."

별안간 문밖에서 누군가 소리쳤다.

"파 사공, 주 선생! 어서 갑시다!"

입구의 휘장이 젖혀지며 호방한 기개가 넘치는 준수한 청년이 한 명 들어왔다. 그는 바로 서생 복장을 한 목완청이었다.

사람들은 놀랍고도 기쁜 마음에 말했다.

"어찌 된 거요? 목 낭자, 가기로 한 것이오?"

목완청이 말했다.

"재하의 성은 단, 이름은 예라 하오. 대리국 진남왕세자이니 모두들 언사에 주의해주시기 바라겠소."

그 목소리는 맑고 낭랑해서 비록 가냘프게 들리기는 했지만 일반적으로 젊은 청년들 목소리가 날카로운 편이라 딱히 이상할 것까진 없었다. 사람들은 그녀가 비슷하게 흉내를 내는 것을 보고 모두 깔깔대고 웃었다.

원래 목완청은 화를 내며 방으로 돌아간 후 한바탕 울음을 터뜨리다 이리저리 생각을 해보니 그 많은 사람한테 왠지 잘못한 것 같아 마음이 편치 않았다. 더구나 단예를 사칭해 서하 공주를 맞아들이러 가는 것도 나름 재미있을 것 같아 속으로 이런 생각을 했다.

'당신이 왕 낭자와 금슬 좋게 그림자처럼 붙어다니며 행복한 날들을 보낸다면 난 기어코 공주낭랑을 맞아들이고 온종일 시끌벅적하게 싸우도록 만들어 당신을 피곤하게 하겠어.'

이리 생각하고 처음 대리성으로 갔을 때 단예의 부모가 질투로 인해 갈등을 빚어 서로 당혹스러워하던 기억을 떠올렸다. 단예가 만약 정식으로 공주낭랑을 맞아들여 정실로 삼는다면 왕어언은 그의 부인이 될 수 없을 것이다. 자신은 단예에게 시집을 갈 수 없는 형편이며 더 이상 생각할 여지가 없으니 그 여우 같은 왕 낭자가 기쁜 마음으로 그의 처가 되도록 둘 수는 없는 일이었다. 그녀는 생각하면 할수록 만족스러운 마음에 선뜻 나서서 단예로 변장해 가기로 결심했던 것이다.

파천석 등이 정신이 번쩍 들어 재빨리 제반 사항들을 준비하기 시작했다. 파천석은 서하국 예부상서가 빈관에 찾아와 단예를 본 적이 있다는 걸 알고 주단신을 시켜 황금 500냥을 도 상서에게 보냈다. 이미 예물을 주긴 했지만 이는 특별히 혜택을 더한 것이라 주단신에게는 아무 말도 하지 않도록 했다. 나중에 도 상서가 무슨 약점을 발견해도 서로 마음으로 이해할 수 있도록 한 것이었다. 한마디로 황금 500냥으로 입을 막아놓는 셈이었다. 옛말에도 '때로는 말을 아끼면 자신의 이익을 보장받을 수 있다'라는 말이 있지 않던가!

목완청이 말했다.

"소봉 큰오라버니, 허죽 둘째 오라버니. 두 분께서는 저와 함께 연회에 참석하는 게 좋겠어요. 그럼 전 두려울 것이 없을 거예요. 혹시라도 싸움이 나면 저 혼자 어찌 상대할 수 있겠어요? 황궁 안에서 독전을 난사해 사람들을 죽였다가는 체통이 서지 않을 거예요."

난검이 웃으며 말했다.

"맞아요. 단 공자가 사방에다 독전을 쏘아대면 서하 황궁에 시체들이 쌓일 테니 공주낭랑이 감히 시집올 생각을 못할 거예요."

소봉이 껄껄 웃으며 말했다.

"나와 둘째 아우는 단 백부께 부탁을 받은 몸이니 당연히 최선을 다할 것이오."

사람들은 곧바로 옷을 갈아입어 변장을 하고 일제히 황궁의 연회에 참석하러 갔다. 소봉과 허죽은 대리국 진남왕부의 수종으로 분했다. 종영과 영취궁 네 자매 역시 남장을 하고 구경을 갈 생각이었지만 파천석이 권했다.

"목 낭자가 남자로 변장한 사실도 남들에게 발각될까 염려되는 터에 화용월모의 다섯 낭자마저 남장을 한다면 우리 계책이 드러날 우려가 있소."

이에 종영 등은 포기할 수밖에 없었다.

일행이 빈관 문을 나설 때 파천석이 대뜸 소리쳤다.

"아이쿠, 하마터면 대사를 그르칠 뻔했구나! 모용복 역시 부마 선발에 나설 테고 그가 단 공자 얼굴을 아는데 이를 어쩌면 좋지?"

소봉이 싱긋 웃으며 말했다.

"파 형, 염려할 것 없소. 모용 공자 역시 단 아우처럼 아무 말 없이 떠나버렸소. 조금 전에 보니 등백천과 포부동 등 모용가 수하들도 무슨 뜨거운 가마솥 안의 개미처럼 무척이나 초조해하고 있더군."

모두들 큰 소리로 웃으며 말했다.

"그것 참 공교롭군요."

주단신이 찬탄을 하며 말했다.

"소 대협께선 정말 주도면밀하십니다. 모용 공자의 행방까지 조사하러 가셨으니 말입니다."

소봉이 씩 웃었다.

"주도면밀한 게 아니오. 난 모용 공자가 고아한 인품에 무예 역시 고강해 목 낭자의 강적이라 생각했던 거요. 하하, 하하!"

파천석이 말했다.

"이제 보니 오늘 밤 연회에 참석할 필요가 없다고 설득하러 가신 거로군요."

종영이 눈을 동그랗게 뜨고 말했다.

"천 리 먼 길을 달려 부마가 되겠다고 왔는데 어찌 소 대협한테 설득을 당하겠어요? 소 대협, 모용 공자와 교분이 두터우신가요?"

파천석이 웃으며 말했다.

"모용 공자와 교분이 두텁다 할 순 없지만 소 대협께서 무예에 관해서는 일가견이 있어 그가 듣지 않을 수 없을 테지요."

종영이 그제야 이해하고 웃음을 터뜨렸다.

"그럼 무력을 써서 좋은 말로 설득하면 말귀를 알아들을 거라는 말이군요?"

목완청과 소봉, 허죽, 파천석, 주단신 다섯 사람은 황궁 문 앞에 당도했다. 파천석이 단예의 명첩을 건네자 서하국 예부상서가 친히 영접해 궁 안으로 데리고 들어갔다.

중화전中和殿에 이르자 연회에 참석한 젊은이들 100여 명 정도가 여기저기 흩어져 자리에 앉아 있었다. 대전 중앙석의 탁자와 의자에는 금룡이 수놓아진 노란색 비단이 깔려 있었는데 바로 서하 황제의 어좌였다. 동서 양쪽 자리는 모두 자줏빛 비단이 깔려 있었으며 동쪽 자리 상석에는 진한 눈썹과 큰 눈을 가진 청년이 앉아 있었다. 건장한 체구를 지닌 그의 붉은색 장포에는 어금니를 드러낸 채 발톱을 휘두르는 호랑이 한 마리가 수놓아져 있어 그 모습이 무척이나 위풍당당했다. 그 청년 뒤에는 여덟 명의 무사들이 서 있었다. 파천석 등은 단번에 그가 토번국의 종찬왕자란 것을 알아차렸다.

예부상서가 목완청을 서쪽 자리로 안내해 다른 사람들과 함께 앉지 않도록 하고 소봉 등이 그녀 뒤에 시립했다. 이번에 부마 모집에 참가한 여러 청년들 중에는 토번국 왕자와 대리국 왕자의 신분이 가장 존귀했던 터라 서하 황제도 극진한 예로 대우한 것으로 보였다. 나머지 귀족 자제들은 모두 민간 준걸들과 함께 각자의 자리에 나눠 앉았다. 사람들이 끊임없이 들어와 앞다투어 자리에 앉았다.

각 좌석이 가득 차자 두 명의 치전장군値殿將軍이 큰 소리로 외쳤다.

"가빈들께서 모두 당도하셨으니 문을 닫아라!"

북소리가 울려퍼지는 가운데 두터운 대전 문 두 개가 극戟을 쥐고 있는 호위 병사들에 의해 서서히 닫혔다. 한쪽 회랑에서 철커덕대는 갑옷 소리가 들리며 손에 장극을 쥔 금갑 호위병 무리가 걸어나오는데 극 끝이 촛불 아래 번쩍번쩍 그 빛을 발하고 있었다. 이어서 다시 주악 소리가 울려퍼지며 두 줄로 늘어선 내시들이 내당에서 나왔다. 이들 손에는 각자 파란 불꽃이 모락모락 피어오르는 백옥 향로가 하나씩 들려 있었다. 사람들 모두 황제가 나온다는 것을 알고 숨을 죽인 채 아무 소리도 내지 않았다.

금포를 걸친 마지막 내시 네 명은 손에 아무것도 들지 않은 채 어좌 양쪽에 시립을 했다. 소봉은 내시 네 명의 태양혈이 튀어나온 것을 보고 속으로 그들이 무공을 갖춘 황제의 측근 시위임을 알아차렸다. 내시 하나가 큰 소리로 소리쳤다.

"황제 폐하 납시오! 모두 폐하를 영접하시오!"

이 말에 사람들 모두 무릎을 꿇었다.

그때 발소리가 뚜벅뚜벅하고 들리며 누군가 안으로 들어와 어좌에 앉았다. 그 내시가 다시 소리쳤다.

"일어들 나시오!"

사람들 모두 몸을 일으켰다. 소봉은 서하 황제를 바라봤다. 그리 크지 않은 몸에 얼굴은 용맹스럽고 강인한 기운이 느껴져 재야의 영웅처럼 느껴졌다.

예부상서가 어좌 옆에 서서 두루마리 하나를 펼쳐 큰 소리로 읽었다.

"하늘의 도를 이어받아 성스럽고 영명하신 대하大夏 황제께서 이르시길 '제군이 소집에 응해 먼 길을 왔기에 짐이 이를 심히 찬양하니 술을 내릴 것이다.' 이상!"

사람들 모두 무릎을 꿇고 감사의 뜻을 표했다. 내시가 소리쳤다.

"일어들 나시오!"

사람들이 모두 몸을 일으켰다.

황제가 잔을 높이 들어 입술에 대는 시늉을 하다 이내 자리에서 일어나 내당으로 다시 들어가버렸다. 모든 내시도 그 뒤를 따라 순식간에 사라져버렸다.

사람들 모두 서로의 얼굴을 바라보며 아연실색했다. 황제가 말 한마디 하지 않고 술 한 모금 마시지 않은 채 주연을 베푸는 경우는 없었기 때문이다. 사람들은 각자 생각했다.

'우리들 외모가 어떠한지 한 번도 쳐다보지 않았잖아? 한데 어찌 사위를 뽑겠다는 거지?'

예부상서가 말했다.

"여러분, 자리에 앉아 술과 음식을 마음껏 드시기 바라겠소."

태감들 수 명이 요리를 한 그릇씩 내왔다. 서하는 서북의 혹한 지역에 위치해 있어 평소 소와 양을 주식으로 삼고 있었기에 황궁의 어연御宴답게 큼지막한 덩어리로 된 쇠고기와 양고기가 주류를 이루었다.

목완청은 소봉 등이 한쪽에 시립해 있는 것을 보고 속으로 미안한 마음이 들어 나지막이 말했다.

"소봉 큰오라버니, 허죽 둘째 오라버니. 두 분도 함께 앉아 드세요."

소봉과 허죽 모두 웃으며 고개를 가로저었다. 목완청은 소봉이 술을 좋아한다는 걸 알고 있었기에 좋은 생각이 떠올라 손짓을 하며 말했다.

"술을 따라라!"

소봉이 그 말에 따라 술을 한 사발 따랐다. 목완청이 말했다.

"어서 마셔라!"

소봉은 기쁜 마음에 두 모금에 걸쳐 커다란 사발에 든 술을 모두 비웠다. 목완청이 말했다.

"한 사발 더 마셔라!"

소봉이 다시 한 사발을 더 마셨다.

동쪽 좌석에 앉은 토번 왕자가 술을 몇 모금 마시다 그릇에 있는 커다란 쇠고기 덩어리 하나를 집어들고 먹기 시작했다. 그는 몇 입 뜯어 먹다 남긴 커다란 뼈다귀 하나를 아무 데나 던져버렸다. 고의로 그런 것인지 아니면 모르고 그랬는지 모르지만 공교롭게도 그 뼈다귀는 목완청을 향해 날아왔다. 세찬 바람을 동반한 기세로 보아 던지는 힘이 엄청난 것 같았다.

주단신이 접선을 꺼내 들어 쇠뼈다귀를 후려쳐 튕겨내자 뼈다귀가 날아오던 방향으로 되돌아가 종찬왕자를 향해 쏘아져갔다. 토번 무사 하나가 손을 뻗어 움켜쥐고는 욕을 해대며 탁자 위에 있던 커다란 그릇 하나를 들어 주단신에게 던져버렸다. 파천석이 일장을 후려치자 날아오던 그릇은 장풍이 이른 곳에서 수십 조각으로 깨져버리며 토번 무사들을 향해 어지럽게 날아갔다. 또 다른 토번 무사 하나가 재빨리 장포를 벗어 어지럽게 날아오던 수십 개의 도자기 조각을 장포 안에 받아 돌돌 말아버리는데 그 수법이 민첩하기 이를 데 없었다.

사람들은 황궁의 연회에 참석할 때 이미 연회 자리에 있는 사람들 모두 부마가 되고 싶어 왔다는 사실을 알고 있었다. 그러니 서로를 보면서 어찌 호의를 가지고 있을 수 있겠는가? 다만 연회 도중 싸움이 벌어질까 두려웠을 따름이었다. 그러나 뜻밖에도 다짜고짜 이렇게 빨리 손을 쓸 줄은 생각지도 못했다. 그때 쨍그랑 쨍 하고 그릇과 접시들이 깨지는 소리가 울려퍼지자 순간 연회석에 한바탕 소란이 벌어졌다.

별안간 종소리가 댕댕하고 울려퍼지며 내당 안에서 두 줄로 길게 늘어선 사람들이 걸어나왔다. 일부는 경장 차림을 했고 일부는 넓은 장포에 늘어진 허리띠를 하고 있었는데 대부분 기괴한 모양의 무기들을 지니고 있었다. 금포를 입은 한 서하 고관이 큰 소리로 호통을 쳤다.

"황궁 내원이니 여러분께선 무례를 삼가주시오. 여기 계신 분들 모두 폐국의 일품당 인사들이니 여러분께서 원하신다면 한 명씩 나서서 겨루도록 하겠지만 패싸움을 벌이는 건 용서하지 않겠소."

소봉 등은 서하국 일품당이 천하의 영웅호한들을 끌어모아놓은 곳이라 인재들이 적지 않다는 사실을 알고 있었던 터였다. 곧바로 파천석 등은 손을 멈춰 토번 무사들이 집어던진 그릇과 접시들을 받아 내려놓고 더 이상 던지지 않았다. 그러나 토번 무사들은 여전히 멈출 생각을 하지 않고 쇠고기와 양고기 덩어리를 목완청에게 집어던졌다.

금포의 고관이 토번 왕자를 향해 말했다.

"전하께서 그만두도록 명을 내려주시오. 서로 불편해지기 전에 말입니다."

종찬왕자는 일품당 군웅이 적어도 100여 명가량 되는 데다 상대의 궁궐 안에 있다는 점을 고려해 곧바로 손을 흔들어 수하들을 제지시켰다.

서하의 예부상서가 금포를 입은 고관을 향해 공수를 했다.

"혁련 장군, 공주낭랑께서 무슨 분부가 있으셨는지요?"

금포를 입은 고관은 바로 일품당 총책임자인 혁련철수였다. 정동대장군이란 직위에 있던 그는 3년 전 일품당 무사들을 이끌고 중원으로 건너가 이연종으로 변장한 모용복에게 비소청풍이란 미약에 당해 기절한 적이 있었다. 당시에 혁련철수를 비롯한 일품당 무사들은 개방 제자들에게 모두 사로잡혔다가 다행히 단연경의 도움으로 위기에서 빠져나올 수 있었지만 기가 꺾인 채 귀환을 한 적이 있었다. 그는 소봉으로 변장을 한 아주와 모용복으로 변장한 단예를 본 적은 있었지만 지금 대전에 있는 진짜 소봉과 가짜 단예는 본 적이 없었다. 단연경과 남해악신, 운중학 등도 일품당 일원이긴 했지만 그들은 특이한 신분이라 고위직에 후한 봉록을 받는 등 후대를 받고는 있어도 의무적으로 동원되는 일반적인 직무에는 참여하지 않았다.

혁련철수가 큰 소리로 외쳤다.

"공주낭랑의 명이니 여러 가빈께서는 술과 식사가 끝나고 난 후 일제히 청봉각靑鳳閣 밖의 서재로 건너가 차를 드시도록 하십시오."

사람들이 듣고 모두 소리를 질렀다. 사람들 모두 은천공주가 청봉각에 거주한다는 사실을 알고 있었기에 그녀가 차를 마시러 건너오라 청한 것은 참가자들을 직접 보고 스스로 간택하겠다는 뜻이었기 때문이다. 청년들이 모두 이 말을 듣고 흥분한 나머지 생각했다.

'설사 공주가 날 택하지 않는다 해도 공주를 직접 볼 수는 있겠구나. 서하인들 모두 자신들의 공주가 천하에 둘도 없는 미인이라 말하는데 그런 공주를 단 한 번만이라도 볼 수 있다면 고생스럽게 먼 길을 달려온 보람이 있을 것이다.'

토번 왕자가 소맷자락으로 입가를 닦더니 몸을 일으키며 말했다.

"이런 술과 음식 따위야 언제든 먹을 수 있지 않겠는가? 이제 그만 먹어야겠다. 어서 공주를 보러 가자!"

그를 호위하는 여덟 명의 무사가 일제히 답했다.

"네!"

토번 왕자가 혁련철수를 향해 말했다.

"안내하시오!"

혁련철수가 말했다.

"좋습니다. 전하, 가시지요."

그는 몸을 돌려 목완청을 향해 공수를 했다.

"단전하, 가시지요!"

목완청은 굵고 거친 목소리를 내며 말했다.

"장군, 갑시다!"

일행이 혁련철수의 인도하에 커다란 화원 하나를 가로질러 회랑 수 곳을 돌고 가산 하나를 지날 때 목완청은 옆에 사람이 하나 더 늘어난 것 같다 느끼고 힐끔 쳐다봤다. 순간 그녀는 놀라서 펄쩍 뛰며 비명을 질렀다. 그 사람은 금포에 옥대를 하고 있는 단예였다.

단예가 나지막한 소리로 웃으며 말했다.

"단전하, 놀라셨습니까?"

목완청이 말했다.

"다 알고 계셨어요?"

단예가 웃으며 말했다.

"다 안 건 아니지만 이 행렬을 보고 얼추 짐작은 했습니다. 단전하, 정말 힘드시겠습니다."

목완청이 좌우를 살피며 서하 관원들이 옆에 있는지 둘러봤다. 단예 뒤에 젊은 공자 두 명이 보였다. 하나는 서른 살 전후의 두 눈썹이 치켜올라간 오만하고 냉소적인 표정을 짓고 있는 자였고 또 다른 하나는 아름다운 용모를 지닌 젊은이였다. 목완청이 좀 더 주의 깊게 살펴보니 그 미소년은 왕어언이 변장했음을 알 수 있었다. 그녀는 불현듯 노기가 치밀어올라 말했다.

"잘하는 짓이네요. 소리 소문 없이 왕 낭자와 도망을 치더니 이젠 나더러 당신 짐까지 떠맡으라는 거예요?"

단예가 말했다.

"누이, 화내지 마시오. 말하자면 긴 얘기요. 누군가가 날 진흙투성이 우물 안에 집어던져 하마터면 우물 밑에서 굶어 죽을 뻔했소."

목완청은 그가 곤경에 빠졌었다는 말을 듣자 걱정스러운 마음에 노기가 사라져 다급하게 물었다.

"다친 데는 없어요? 안색이 안 좋아 보여요."

당시 우물 밑에 있던 단예는 구마지에게 목을 졸리는 바람에 숨이 막혀 점점 정신을 잃어가고 있었다. 모용복은 우물 벽 높은 곳에 바짝 붙어서 남의 불행을 보고 속으로 기뻐하며 구마지가 단예를 목 졸라 죽이기만 바라고 있었다. 왕어언은 필사적으로 구마지를 후려쳤지만 그의 손을 떼놓을 수는 없었다. 그녀는 다급한 마음에 대뜸 구마지의 오른팔을 콱 깨물어버렸다.

순간 구마지는 오른팔 곡지혈에 통증이 느껴지면서 체내에서 거세게 요동을 치던 내력이 별안간 일사천리로 흘러 손바닥을 통해 단예의 목으로 주입되기 시작했다. 본래 그는 내식이 팽창해 전신이 폭발할 것 같은 느낌을 받고 있다가 갑자기 쏟아져 나갈 통로가 생기자 후

련한 느낌이 들게 됐고 단예의 목을 조르고 있던 손가락도 그에 따라 천천히 느슨해졌다.

그는 무공을 연마할 때 기초를 워낙 탄탄하게 쌓았기 때문에 경력이 응집되면 뒤흔들기가 어려웠다. 또한 단예의 신체와 접촉하긴 했지만 그의 무지와 손목 등에 있는 혈도에 직접적으로 닿지 않은 이상 단예가 스스로 북명신공을 돋울 수 없다 보니 그의 내력을 흡수할 수는 없었다. 그러나 왕어언이 그의 곡지혈을 한입 깨물자 구마지가 깜짝 놀라 내식의 관문이 열리게 됐고 내력이 급속도로 쏟아져 나가면서 단예의 목에 있는 염천혈로 끊임없이 주입되었던 것이다. 염천혈은 임맥에 속해 있어 천돌과 화개華蓋, 선기, 자궁, 중정 등 여러 혈도를 지나 곧바로 단중기해로 들어가게 된다.

구마지는 정신이 혼미한 상태였다가 내식이 나갈 길을 찾자 곧바로 정신이 들면서 속으로 깜짝 놀랐다.

'어이쿠! 내 내력이 이 녀석한테 끊임없이 흡수되면 얼마 지나지 않아 난 폐인이 될 텐데 어쩌면 좋단 말인가?'

그는 당장 운공을 통해 최대한 저항하려 했지만 이미 때는 늦은 상황이었다. 그의 내력은 단예에 미치지 못해 거의 반 이상이 상대 체내로 들어간 후라 이미 자신의 내력은 줄어들고 상대는 증강된 상태였다. 결국 쌍방의 내력 차이는 더욱 현저해져서 아무리 발버둥을 치며 힘을 써도 시종 밖으로 쏟아져 나가는 내력을 붙잡아둘 수 없었다.

어둠 속에서도 왕어언은 자신이 구마지를 한입 깨물자 단예의 목을 조르고 있던 구마지의 손힘이 눈에 띄게 느슨해진 것을 보고 어느 정도 마음을 놓을 수 있었다.

그러나 구마지의 손은 여전히 못이 박힌 듯 단예 목에 붙어 있어 그녀가 아무리 떼어내려고 힘을 써도 좀처럼 떨어질 줄을 몰랐다. 왕어언은 천하 각 문파의 무공을 숙지하고 있긴 했지만 구마지의 그 일초가 무슨 무공인지는 전혀 알 수 없었다. 어쨌든 좋은 상황은 아니며 필시 단예에게 해로울 것이란 생각에 더욱 힘을 가해 떼어내려 했다. 구마지는 내심 그녀가 자신의 손을 떼어내주기를 바랐다. 그러나 뜻밖에도 왕어언 역시 별안간 몸서리를 한번 치더니 순간 내력이 끊임없이 쏟아져 나가는 느낌이 들었다. 원래 단예의 북명신공은 피아를 구분하지 못하고 선택적으로 펼쳐내기 어려워 왕어언의 아주 얕은 내력마저 흡수해가기 시작한 것이다. 얼마 지나지 않아 단예와 왕어언, 구마지 세 사람은 동시에 기절해버렸다.

모용복은 꽤 시간이 지났지만 밑에 있는 세 사람 모두 아무 기척이 없는 걸 보고 크게 소리쳐 몇 번 불러봤다. 그러나 아무 대답도 없자 속으로 생각했다.

'세 사람 모두 죽었나 보구나.'

그는 기쁨이 앞섰지만 왕어언과의 정분을 떠올리고는 잠시나마 슬픔을 감출 수 없었다. 그는 다시 이런 생각을 했다.

'아이고, 지금 커다란 바위에 우물이 봉쇄된 상황에서 저 세 사람이 죽지 않았다면 넷이 힘을 합쳐 빠져나갈 수도 있었을 것 아닌가? 이제 나 혼자 남았으니 살아서 나가긴 어렵게 됐구나. 에이, 죽으려면 다 같이 밖에 나가 죽자 사자 싸우든 말든 할 것이지 이게 무슨 꼴이란 말인가?'

그는 손을 뻗어 위쪽을 향해 힘주어 밀어봤다. 100여 근에 이르는 커다란 바위 10여 개가 우물 입구를 겹겹이 막고 있는데 꼼짝할 리가 있겠는가?

실의에 빠져 우물 바닥으로 뛰어내리려고 다시 살펴보는 순간 돌연 위에서 누군가의 목소리가 들려왔다. 말소리가 요란한 것으로 보아 서하의 농부들 같았다. 알고 보니 네 사람이 밤새 소동을 벌이는 동안 이미 날이 밝아 근교에 있던 농부들이 채소를 뽑아 홍주성 안으로 내다 팔기 위해 우물가를 지나던 길이었다.

모용복이 곰곰이 생각했다.

'내가 도와달라고 소리를 치면 저 농부들이 개당 100근이 넘는 바위를 들어낼 수는 없을 것이다. 들어내려고 몇 번 흔들다 말고 제 갈 길을 가버릴 테지. 그렇다면 재물로 움직일 수밖에 없다.'

그는 큰 소리로 외쳤다.

"여기 있는 금은보화는 모두 다 내 거다. 너희는 눈독 들이지 마라. 은자 3천 냥쯤은 가져가도 무방하다."

이어서 다시 날카로운 목소리로 변조해 소리쳤다.

"금은보화가 이렇게 많은데 당연히 발견한 사람 모두 몫이 있는 것 아니오? 누구든 보기만 하면 각자 그 사람 몫을 나눠주는 게 당연한 도리요."

곧이어 쉰 목소리로 변조해 말했다.

"남들이 못 듣게 하시오! 본 사람 모두 몫이 있다고 한다면 금은보화가 아무리 많아도 각자 나눠봐야 얼마 안 될 게요."

그는 이렇게 대화를 가장한 말들을 내력으로 멀리 내보냈다.

우물가를 지나던 농부들이 이 말을 또렷이 듣고 놀랍고도 기쁜 마음에 벌 떼처럼 달려와 바위를 들어내기 시작했다. 바위가 무겁긴 했지만 사람들이 힘을 합치자 결국 하나하나 들어낼 수 있었다. 모용복은 큰 바위들을 모두 들어내기도 전에 드러난 틈으로 충분히 몸을 통과시킬 수 있을 것으로 보고 당장 우물 벽을 타고 올라가 우물 밖으로 뛰쳐나갔다.

농부들이 깜짝 놀라 쳐다봤지만 그는 이미 순식간에 사라져버리고 어디로 갔는지 알 수가 없었다. 다들 이런저런 의구심이 들었다. 비록 두렵기는 했지만 어쨌든 재물에 유혹된 것이 아니던가? 이들은 아주 힘들게 10여 개의 바위를 한쪽에 내려놓고 땔감과 채소를 묶어두었던 밧줄을 엮은 다음 그중 가장 배포가 큰 사내를 매달아 우물 안으로 내려보냈다.

그 사내가 우물 바닥에 이르러 손을 뻗어보니 뭔가 뭉클한 것이 만져졌다. 사실 그건 구마지의 몸이었지만 손을 더듬어보니 그 뭉클한 것이 꼼짝도 하지 않자 그게 사람의 시신이라 여기고 깜짝 놀라 혼비백산하며 재빨리 밧줄을 꺼둘렀다. 그러자 밖에 있던 사람들이 그를 잡아올렸다. 사람들은 여기서 단념하지 않고 한 차례 상의를 한 후에 소나무 가지 몇 개에 불을 붙여 다시 우물 밑으로 내려가 살펴보기로 했다. 하지만 '시신' 세 구가 진흙탕 속에 빠져 꼼짝도 하지 않는 것을 보고 벌써 죽은 지 오래되었다는 생각만 들 뿐 금은보화 같은 건 있을 리가 없었다.

농부들은 이 일이 사람의 목숨과 연관된 일이라 만일 관부에 알려 시끄러워진다면 혹시나 자신들이 재물 때문에 사람을 죽였다는 누명을 쓸지도 모른다는 생각이 들었다. 순간 겁이 나서 다들 뿔뿔이 흩어져 집으로 돌아갔지만 그중 일부는 두통에 시달리고 심지어 온몸에 열이 난 사람들도 있었다. 얼마 지나지 않아 백성들이 말도 안 되는 얘기들을 갖다 붙이는 바람에 이에 대한 갖가지 전설까지 생겨나게 되었다. 매년 청명절이나 단오절, 중양절 같은 명절 전야가 되면 우물가에 온몸이 진흙탕 범벅이 된 망령들이 나타나며 이를 본 사람은 두통과 발열, 또는 몸에 중병이 걸려 제사를 지내야 한다는 내용이었다. 그 이후로 이 마른 우물가에는 1년 내내 향불이 끊이지 않고 피워졌다고 한다.

오시 무렵이 돼서야 우물 밑에 있던 세 사람이 앞다투어 정신을 차렸다. 가장 먼저 깬 사람은 왕어언이었는데 그녀의 공력은 원래 얕아서 내력이 모두 소실되긴 했지만 얼마 안 되는 공력이라 손실도 그리 많지 않았다. 그녀는 깨어난 후 자연히 단예 생각부터 했다. 그때는 밝은 대낮이긴 했지만 우물 밑에는 여전히 사물을 분간할 수 없을 정도로 어두웠다.

그녀는 손을 더듬어 단예를 찾아내고 소리쳤다.

"단랑, 단랑! 어… 어… 어찌 됐어요?"

그녀는 단예의 대답이 들리지 않자 그가 이미 구마지에게 목이 졸려 죽었다고 생각해 '주검'을 어루만지며 통곡을 했다. 그녀는 그의 가슴을 꼭 껴안고 울면서 말했다.

"단랑, 단랑! 그대는 저한테 그토록 깊은 정을 주셨는데 전 단 하루도 좋은 말과 웃는 얼굴로 대한 적이 없어요. 이제 그대의 든든한 받침목이 돼서 그 깊은 정에 보답하려 했는데 어찌… 어찌… 우리 두 사람은 이토록 팔자가 사나운 겁니까? 그대가 이 악한 화상 손에 유명을 달리했으니 말이에요."

돌연 구마지 목소리가 들렸다.

"낭자 말은 반만 맞았소. 노납이 악한 화상인 건 맞지만 단 공자는 내 손에 유명을 달리한 것이 아니오."

왕어언이 깜짝 놀라 말했다.

"설마… 우리 사촌 오라버니가 독수를 쓴 건가요? 그… 그분이 어찌 그렇게 악랄할 수가 있죠?"

바로 그때 단예는 내식이 순조롭게 흐르기 시작하면서 정신이 들어 왕어언의 간드러지는 목소리가 귓전에 들려오자 속으로 기뻐서 어쩔 줄을 몰랐다. 더구나 자신이 그녀 품에 안겨 있다는 느낌이 들자 감히 꼼짝도 할 수 없었다. 그녀가 알아채고 당장 손을 내려놓을까 두려웠던 것이다.

구마지 목소리가 들렸다.

"낭자의 단랑은 이 악한 화상 손에 죽은 것이 아닐 뿐만 아니라 그 반대로 이 악한 화상이 단랑 손에 죽을 뻔했소."

왕어언이 눈물을 흘리며 말했다.

"지금 이 상황에 그런 농담을 할 생각이 드시나요? 칼로 도려내듯 아픈 제 마음을 모르신다면 차라리 저도 목 졸라 죽여주세요. 단랑 뒤를 쫓아 황천길로 가게 말이에요!"

단예는 깊은 정이 담겨 있는 그의 말을 듣고 기쁨에 넘쳐 어찌할 바를 몰랐다.

구마지는 내력이 모두 상실되긴 했지만 치밀한 심사만은 여전했기에 그의 견식은 이전처럼 탁월하고 비범해서 단예의 미세한 호흡 소리만 듣고도 그가 전력을 다해 억제하고 있음을 알아차렸다. 그는 그의 의도를 짐작하고 가볍게 탄식을 했다.

"단 공자, 내가 소림 72절기를 잘못 배워 주화입마에 든 탓에 위험천만한 상태에 이르렀소. 공자가 내 내력을 흡입하지 않았다면 노납은 이미 발광을 하다 죽고 말았을 것이오. 이제 노납의 무공이 소실되긴 했지만 목숨을 부지했으니 내 목숨을 구한 공자의 은혜에 감사를 드려야 옳소."

단예는 겸손을 미덕으로 삼고 있는 사람이었다. 느닷없이 그가 자신에게 감사의 인사를 하려 하자 이를 참지 못하고 말했다.

"대사, 지나친 겸손이시오. 재하가 무슨 덕과 재능이 있어 대사의 목숨을 구했다 말씀하시오?"

왕어언은 단예가 말하는 소리를 듣고 무척이나 기뻐하면서도 깜짝 놀라지 않을 수 없었다. 그러나 순간 그가 일부러 꼼짝도 하지 않고 자신의 품에 안겨 있었다는 사실을 알아채고는 부끄러움을 감출 수 없어 그를 힘껏 밀어냈다. 그러고는 쳇 하고 뾰로통한 얼굴로 말했다.

"나빴어요!"

단예는 그녀에게 자신의 속내를 들켜버리자 얼굴이 새빨갛게 달아올라 황급히 몸을 일으켜 맞은편 우물 벽에 기댔다.

구마지가 긴 한숨을 내쉬었다.

"노납이 불문에 몸담고는 있지만 승부욕에 있어서는 그 누구보다 강했던 건 사실이오. 오늘의 과보는 실로 30년 전에 심어진 것이오. 에이, 탐진치 삼독에서 벗어나지도 못했음에도 고승을 자처하며 최고라고 자만을 했으니 부끄럽기 짝이 없소. 휴, 명이 다한 후에 무간지옥에 떨어져 만겁이 지나도 환생할 수 없을 것이오.”

단예는 왕어언이 화가 났을까 당혹스러워하던 참에 구마지의 의기 소침한 몇 마디 말을 듣자 동정심이 일어 물었다.

“대사께선 어찌 그런 말씀을 하시오? 조금 전까지 몸이 불편한 듯 보였는데 지금은 좋아지신 것이오?”

구마지는 한동안 아무 말도 하지 않다가 다시 암암리에 기를 돋우어보고는 수십 년 동안 간난신고 끝에 수련한 무공이 하루아침에 사라져버렸다는 사실을 확실히 알게 되었다. 그는 무척 지혜로운 사람이라 고명한 상사에게 전수를 받아 불학에 있어서도 깊은 수련을 쌓아왔다. 그러나 무공을 연마하기 시작하면서 승부욕은 점점 강해지고 불심은 점점 줄어들다 보니 오늘의 화를 입기에 이른 것이다. 그는 진흙탕 속에 앉아 문득 스스로를 성찰하기 시작했다.

‘여래불께서 불자를 인도하시면서 가장 먼저 탐욕과 애욕을 버리고 소유욕과 속박에서 벗어나야만 해탈에 이를 희망이 있다고 했다. 난 단 하나도 능히 버리지 못했음에도 명리에 사로잡혀 나 스스로를 묶어두고 있었던 것이야. 오늘 무공이 모두 소실됐으니 이것이 부처님께서 나에게 개과천선을 하고 청정한 해탈에 이를 수 있도록 깨우치게 만든 것인지 어찌 알겠는가?’

그는 수십 년 동안 자신이 행한 행동을 회고하느라 이마에서 땀을 줄줄 흘려가며 부끄럽고도 상심한 기분을 금할 수 없었다.

단예는 그가 아무 대답도 하지 않자 왕어언에게 물었다.

“모용 공자는 어찌 됐소?”

왕어언이 놀라서 말했다.

45

"사촌 오라버니요? 아휴, 저도 깜빡 잊고 있었어요."

단예는 '저도 깜빡 잊고 있었어요'라고 하는 그녀의 말을 듣자 마치 천상의 음악이라도 들은 듯 더없이 기뻤다. 본래 왕어언의 온 마음은 늘 모용복에게 가 있었지만 반나절 동안이나 그를 생각하지 않았다는 건 자신에 대한 그녀의 마음이 지극정성에서 나온 것이니 자신의 위치가 모용복과 바뀌었다고 볼 수 있었다.

구마지 목소리가 들렸다.

"노납이 과거 수많은 죄를 지었으니 삼가 이 자리에서 사과드리는 바요."

이 말을 하며 합장을 한 채 허리를 숙였다. 단예는 그가 예를 올리는 모습이 똑똑히 보이지 않았지만 재빨리 답례를 했다.

"대사께서 소생을 중원으로 데려오지 않았다면 소생이 어찌 왕 낭자와 조우할 수 있었겠소? 소생은 대사께 실로 감사해 마지않는 바요."

구마지가 말했다.

"그건 공자 스스로 쌓은 복에 대한 보답일 뿐이오. 노납의 악행이 오히려 인연을 돕는 결과를 가져오게 됐소. 공자는 인의의 마음을 지니고 있으니 훗날 무궁무진한 복을 받게 될 것이오. 노납은 오늘 이만 물러가겠소. 이후로는 서로 멀리 떨어져 있을 것이라 아마 다시 만나기는 어려울 것이오. 이 장부는 노납이 소주의 왕 낭자 영당 거처에서 빌린 것인데 오늘 왕 낭자에게 돌려드리도록 하겠소. 빌린 서책 중 앞의 여섯 권은 토번에 있으니 노납이 곧바로 소주로 사람을 보내 영당께 돌려드릴 것이오. 부디 두 분께서는 거안제미擧案齊眉[1]하여 백년해로하기 바라겠소."

이 말을 하면서 진흙투성이인《소무상공》제8권 비급을 왕어언에게 건넸다.

단예가 말했다.

"대사께서는 토번국으로 돌아가실 작정이시오?"

구마지가 말했다.

"왔던 곳으로 돌아갈 생각이지만 토번국이 아닐 수도 있소이다."

단예가 말했다.

"귀국의 왕자가 서하 공주에게 구혼을 하러 왔는데 대사께선 결과가 나올 때까지 기다렸다 돌아가야 하지 않겠소?"

구마지가 빙긋 웃었다.

"세외世外의 한인閑人이 어찌 다시 그런 세속 일을 마음에 둘 수 있겠소? 노납은 오늘 이후로 행방이 분명치 않을 테지만 어떤 환경에도 적응하며 살아갈 것이오. 마음이 안락한 곳이면 몸 또한 안락한 곳이 될 것이니 말이오."

이 말을 하며 농부들이 남겨놓고 간 밧줄을 잡아끌어 한번 당겨본 후 밧줄 위쪽 끝이 커다란 바위에 묶여 있다는 걸 알고 천천히 위로 기어올라갔다.

이렇게 구마지는 대오 각성을 하고 마침내 진정한 일대 고승이 되어 그 뒤로 천축의 불가 경론을 서장西藏 글로 폭넓게 번역해 널리 불법을 떨치며 수많은 사람을 제도했다. 그 후 천축 불교가 점차 쇠퇴해가면서 경經, 율律, 논論 3장이 연기처럼 사라져버렸지만 서장에서는 여전히 많은 수의 경전이 보전되어 있었다. 밀교는 이때부터 홍성하기 시작해 3장의 전적도 여러 사람 손을 거쳐 중원에 전파됐는데 여기에는 구마지의 공이 매우 크다고 할 수 있었다.

단예와 왕어언은 서로 숨 쉬는 소리가 들릴 정도로 서로의 얼굴을 맞대고 바라보고 있었다. 몸은 진흙탕 속에 있었지만 마음은 기쁨의 정으로 가득해 그 누구도 우물 밖으로 나갈 생각을 하지 못했다. 두 사람은 동시에 천천히 손을 내밀어 양손을 마주잡고 서로의 마음을 나누었다.

한참 후에 왕어언이 말했다.

"단랑, 그 화상한테 졸린 목에 부상이 있을지도 몰라요. 올라가서 살펴봐요."

단예가 말했다.

"하나도 아프지 않소. 서둘러 올라갈 필요 없소."

왕어언이 부드러운 목소리로 말했다.

"올라가고 싶지 않으면 저도 여기 함께 있겠어요."

그녀는 단예의 말에 순종적으로 행동하면서도 추호의 거스름이 없었다.

단예가 미안한 듯 웃었다.

"그대를 이런 진흙탕 속에 빠뜨려놓은 채 계속 두면 어찌 탈이 나지 않을 수 있겠소?"

그는 왼손으로 그녀의 가녀린 허리를 휘감고 오른손으로 밧줄을 잡아당겼다. 놀랍게도 기력이 얼마나 무궁무진한지 힘 하나 들이지 않고 두 사람 모두 수 척이나 되는 우물 위로 올라갈 수 있었다. 단예는 너무도 의아한 생각이 들었다. 자신이 구마지의 평생 공력을 흡수했다는 사실을 모른 채 그저 기분 좋은 일을 당해 정신이 상쾌해지고 우물 바닥에서 한숨 자고 일어나 공력이 증강된 것으로만 알았던 것이다.

두 사람은 우물 밖으로 나와 햇빛 아래 온몸이 진흙투성이인 상대방의 더럽기 짝이 없는 모습을 보자 자기 모습도 그럴 것이라 짐작하고 서로를 마주보며 웃음을 터뜨렸다. 곧바로 한 작은 개울을 찾아 그 안에 뛰어들어 한참 동안이나 몸을 씻고 나서야 머리카락과 입, 코, 옷, 신, 버선 등에 묻은 진흙을 깨끗이 씻어낼 수 있었다. 두 사람은 흠뻑 젖은 몸으로 개울에서 나와 어젯밤 단예가 연못에 빠졌던 순간을 떠올렸다. 그 정경은 비슷했지만 심정은 크게 달라졌다는 사실에 마치 딴 세상에 온 것처럼 느껴졌다.

왕어언이 말했다.

"우리 이런 모습을 누가 보기라도 한다면 부끄러워서 어쩌죠?"

단예가 말했다.

"차라리 여기서 몸을 말리고 날이 어두워지면 돌아갑시다."

왕어언이 고개를 끄덕이며 동감을 표시하고는 바위에 몸을 기댔다.

단예가 그녀를 자세히 뜯어봤다. 옥처럼 빛나는 아름다운 얼굴과 머리카락에서 물이 떨어지는 모습을 보자 크나큰 기쁨에 가슴이 복받쳐올랐다. 왕어언은 자신을 쳐다보는 단예의 눈빛에 부끄러운 나머지 얼굴을 비스듬히 돌려버렸다.

두 사람이 이런저런 쓸데없는 얘기만 골라서 주절거리다 보니 언제 시간이 흘렀는지 눈 깜짝할 사이에 해가 서산으로 넘어가버렸고 옷과 신, 버선 등도 모두 다 말랐다.

단예는 기쁨에 넘쳐 있다 별안간 모용복을 떠올리며 말했다.

"언 누이, 내 오늘 원을 풀었으니 신선도 부럽지가 않소. 한데 그대

사촌 오라버니가 오늘 서하 공주에게 구혼을 하러 가는데 뜻대로 될지 모르겠소."

왕어언은 그 일을 떠올리면 슬픔을 금할 길 없었지만 이제 이런 생각이 들었다.

'단랑이 구혼을 하러 가지 않겠다고 했으니 사촌 오라버니는 분명 부마로 간택이 될 거야. 그럼 득의양양해서 나와 단랑이 사이가 좋은 것을 봐도 화를 내지 않겠지.'

이렇게 생각하고 말했다.

"맞아요, 우리 빨리 가봐요."

두 사람은 서둘러 빈관으로 돌아왔다. 문밖에 당도했을 때 홀연히 담장 옆에서 누군가의 목소리가 들려왔다.

"그대들도 왔나?"

그건 바로 모용복 목소리였다. 단예와 왕어언이 일제히 기뻐하며 말했다.

"네, 여기 계셨군요."

모용복이 콧방귀를 뀌며 말했다.

"조금 전 토번 무사와 한바탕 싸워 10여 명을 없애느라 적지 않은 시간만 낭비했다. 단가야, 서하 황궁의 연회에 네가 참석하지 않고 어찌 널 사칭한 낭자를 보낸 것이냐? 난… 난 절대 네가 그런 교활한 술수를 펼치도록 용납하지 않을 것이다. 반드시 폭로하고 말 것이야!"

모용복은 우물 안에서 빠져나온 후 몸을 씻고 옷을 갈아입은 뒤 한잠 푹 잔 뒤에 깨어났다. 그러나 우연히 토번 무사들과 맞닥뜨려 한바탕 싸움을 벌이게 됐고 비록 이기긴 했지만 적지 않은 힘을 소모할 수밖에 없었다. 그가 다시 빈관에 돌아왔을 때, 마침 목완청과 소봉, 파천석 등 일행이 나가는 모습을 지켜보게 되었다. 그는 담 모퉁이 뒤에 숨어 동정을 살피다 등백천 등 수하들을 찾아 상의하려던 순간, 단예와 왕어언이 나란히 걸어오며 속닥거리는 장면을 목격하게 되었다.

단예가 의아한 듯 말했다.

"날 사칭한 낭자를 보내다니요? 난 전혀 모르는 일이오."

왕어언 역시 말했다.

"사촌 오라버니, 우린 이제 막 우물 안에서 빠져나왔어요."

그러나 자신의 말이 사실이 아니란 생각이 들었다. 자신과 단예는 산기슭 개울가에서 반나절 가까이 노닥거리며 시간을 보냈으니 막 우물 안에서 빠져나왔다고 할 순 없었기에 자기도 모르게 얼굴이 붉게 물들었다.

다행히 황혼이 짙게 깔리던 때라 모용복은 그녀가 수줍어하는 표정에 주의를 기울이지 않았다. 더구나 서둘러 황궁으로 달려가고픈 마음에 그녀 몸에 묻어 있던 진흙이 지워져 우물 안에서 막 나온 모습이라 할 수 없었지만 그것조차 신경 쓸 겨를이 없었다.

왕어언이 다시 말했다.

"사촌 오라버니, 단 공자는 오라버니가 부마가 돼서 서하 공주를 맞아들이기를 바라고 있어요."

모용복이 정신이 번쩍 들어 기뻐하며 말했다.

"그 말이 사실이오? 단 형은 정말 나와 부마 자리를 놓고 다투지 않겠다는 것이오?"

그는 가만히 생각했다.

'이제 보니 저 책벌레의 아둔한 성격이 또 재발했구나. 서하 부마가 되지 않겠다고 할 줄이야. 일편단심 사촌 누이를 맞아들이겠다는 생각뿐이라니 세상에 이렇게 멍청한 녀석이 어디 있단 말인가? 정말 우습기 짝이 없도다. 녀석은 소봉과 허죽이 돕고 있지 않은가? 녀석이 나와 다툼을 벌이지 않겠다면 난 가장 두려운 강적 하나가 없어지는 셈이다.'

단예가 말했다.

"절대 서하 공주를 놓고 공자와 다투지 않을 것이오. 다만 공자도 절대 내 언 누이를 두고 다툴 생각 마시오. 사내대장부는 한번 내뱉은 말에 대해 후회란 없는 것이오."

그는 모용복을 만나자 좀처럼 마음을 놓을 수가 없었다.

모용복이 기뻐하며 말했다.

"함께 황궁으로 가야 하오. 그 낭자가 단 형을 사칭해 부마가 되려 하는 것을 막아야 하오."

그는 서둘러 목완청이 남자로 변장한 사실을 얘기해줬다. 단예는 파천석과 주단신이 진남왕에게 보고하기 위해 목완청을 부추겨 실종된 자신 대신 구혼하도록 분장시킨 것임을 짐작할 수 있었다. 세 사람은 곧장 모용복 처소로 달려갔다.

등백천 등이 초조한 기색으로 갈팡질팡하던 참에 공자가 돌아오는 것을 보자 기뻐서 어쩔 줄을 몰라 했다. 당장 시간이 촉박했던 터라 각자 부랴부랴 옷을 갈아입었다. 단예는 어떻게 해서든 왕어언과 떨어져 있고 싶지 않았다. 그렇지 않으면 차라리 황궁에 가지 않을 생각이었다. 모용복은 하는 수 없이 왕어언에게도 남장을 하도록 해 다 같이 궁에 들어가기로 했다.

세 사람이 등백천과 공야건, 포부동, 풍파악 등을 대동하고 황궁에 당도했을 때는 이미 궁문이 닫혀 있었다. 하지만 모용복이 어찌 이대로 포기할 수 있겠는가? 그는 살그머니 황궁 담장 밖의 외진 곳으로 걸어가 담을 넘어 들어갔다. 풍파악이 담장 위로 훌쩍 뛰어올라 단예를 잡아당기기 위해 손을 뻗었다. 단예는 왼손으로 왕어언을 감싸안고 힘껏 뛰어올라 오른손으로 풍파악의 손을 잡으려 했다. 그러나 뜻밖에도 몸이 훌쩍 뛰어오르면서 두 사람은 아주 가볍게 풍파악 머리 위를 3~4척이나 높이 날아 넘어가 사뿐히 내려올 수 있었다. 마치 나뭇잎이 떨어지듯 아무 소리도 나지 않았다. 담장 안에 있던 모용복과 담장 위의 풍파악, 담장 밖의 등백천과 공야건 등이 모두 약속이나 한 듯 나지막이 갈채를 보냈다.

"대단한 경공이오!"

포부동만이 이렇게 말했다.

"내가 보기엔 그저 그렇구먼."

일곱 사람은 어화원에 잠입해 연회가 열리는 곳을 찾아갔다. 대청 안에 섞여들어가 연회에 참석할 생각이었다. 그러나 어연은 순식간에 끝나버리고 구혼을 위해 온 모든 청년이 은천공주의 초청을 받고 청봉각으로 차를 마시러 건너간 뒤였다. 이런 와중에 단예와 모용복, 왕어언 세 사람은 화원에서 목완청을 만나게 되었던 것이다.

소봉과 파천석 등은 단예가 신출귀몰하게 나타난 것을 보고 놀라움과 기쁨이 교차했다. 모두들 조용히 상의한 결과 부마 모집에 참가한 사람들이 워낙 많아 서하국 관리들도 제대로 파악하지 못할 것이니 다 함께 섞여서 가다 청봉각에 이르러 다시 생각하기로 했다. 단예가 이미 왔기에 계책이 드러나도 두려울 것은 없었기 때문이다.

일행이 어화원을 가로질러갈 때 저 멀리 꽃나무 사이로 누각 한 귀 퉁이가 보이고 누각 옆에 궁등宮燈 두 개가 튀어나와 있었다. 혁련철수 가 사람들을 누각 앞에 인도한 후 큰 소리로 외쳤다.

"각지의 가객들이 공주를 알현하고자 왔사옵니다."

누각 문이 열린 곳에서 궁녀 네 명이 각자 가벼운 견직물로 만든 등 롱을 하나씩 들고 나왔다. 그 뒤에 있던 자줏빛 장삼을 걸친 환관 하나 가 말했다.

"먼 길을 오시느라 고생들 하셨습니다. 공주께서 여러분을 청봉각 으로 모셔 차를 올리고자 합니다."

종찬왕자가 말했다.

"아주 좋군, 아주 좋소. 마침 목이 컬컬하던 참이오. 공주를 뵙기 위 해 몇 걸음 더 걷는 게 무슨 대수겠소? 더구나 무슨 고생을 했다 하시 오. 하하, 하하하하!"

그는 한바탕 큰 소리로 웃으며 당당하게 환관 옆을 큰 걸음으로 성 큼성큼 지나치더니 누각 안으로 들어갔다. 나머지 사람들도 이에 뒤질 세라 앞다투어 몰려갔다. 모두들 좋은 자리를 차지해 공주와 좀 더 가 까이 앉을 생각이었다.

누각 안으로 들어가니 커다란 대청이 하나 나왔다. 대청 바닥에는 오 색찬란한 꽃무늬가 화려하게 수놓인 두터운 양모로 된 양탄자가 깔려 있었고 작은 차탁들이 줄지어 늘어서 있었다. 탁자 위에는 푸른색 꽃무늬가 새겨진 개완蓋碗들이 놓여 있고 각 개완 옆에 가지런히 놓인 푸른색 꽃이 그려진 접시 안에는 유락乳酪과 떡 등 4색의 간식이 담겨 있었다. 대청 끝에는 담황색 양탄자가 깔려 있는 3~4척 높이의 평대平臺 위에 비단 방석이 깔린 둥근 걸상이 놓여 있었다. 사람들 모두 그게 공주 자리라고 생각하고 서로 밀쳐가며 앞다투어 그 평대에서 가까운 곳에 앉으려 했다.

단예는 왕어언의 손을 잡아끌고 대청 모서리의 한 작은 차탁 옆에 앉아 나지막하게 이런저런 얘기를 속삭였다. 그러다 목완청을 힐끗 바라봤다. 그녀 눈에 눈물이 고여 반짝이는 것을 보고 자기도 모르게 가련하면서도 미안한 마음이 들어 그제야 옷깃을 여미고 단정하게 앉아 정면을 응시했다.

사람들이 각자 좌정을 하자 그 환관이 작은 동추를 높이 들어 백옥 운판雲版2을 연이어 세 번 쳤다. 대청 안은 곧 쥐 죽은 듯 조용해졌다. 단예와 왕어언도 하던 말을 멈추고 공주가 나오기만을 기다렸다.

잠시 후 댕그랑거리는 패환 소리가 들리며 내당에서 녹색 장삼을 입은 궁녀 여덟 명이 걸어나와 양옆에 나누어 섰다. 그리고 잠시 후 한 담녹색 장삼을 입은 소녀 하나가 사뿐사뿐 걸어나왔다.

사람들은 순간 눈이 환하게 밝아지는 느낌이 들었다. 호리호리한 몸매의 그 소녀는 행동거지가 무척이나 정숙했고 얼굴은 더더욱 수려하고 아름다웠다.

사람들 모두 속으로 찬탄을 금치 못했다.

'은천공주의 여색이 천하무쌍이라더니 과연 명불허전이구나.'

모용복 역시 생각했다.

'애초에 은천공주의 용모가 그저 그럴까 봐 염려했는데 이제 보니 사촌 누이에는 미치지 못하지만 그래도 둘째가라면 서러워할 정도로 미녀로구나. 내가 공연한 걱정을 했다. 저 정도로 용모가 단정하다면 훗날 대연국의 황후이자 국모로서 손색이 없겠다. 내가 그녀와 아들을 낳으면 대대로 대연의 주인이 될 것이다.'

그 소녀가 천천히 평대 쪽으로 걸음을 옮기고는 살며시 몸을 숙여 사람들을 향해 예를 올렸다. 사람들은 그녀가 들어올 때 이미 일어서 있다가 그녀가 몸을 숙여 예를 행하는 것을 보고 다 같이 허리를 굽혀 답례를 했다. 그중 어떤 이는 무척이나 겸손한 태도에 교만한 빛이라고는 조금도 없는 공주를 보고 와 하고 소리를 질러가며 연거푸 찬사를 보냈다. 소녀는 시선을 내리깐 채로 절대 사람들과 시선을 마주치지 않았는데 무척이나 수줍어하는 모습이었다. 사람들은 그녀가 놀랄까 두려워 숨 한번 크게 내쉬지 못했다. 다들 이런 생각을 했다.

'공주가 금지옥엽으로 자라며 구중궁궐 안에서만 지내다 갑자기 이 많은 남자를 만났으니 응당 저래야 옳지. 그래야 존귀한 신분에 걸맞다 할 수 있는 것이다.'

한참 후에 그 소녀는 얼굴을 붉히며 가냘픈 목소리로 조용히 입을 열었다.

"공주 전하께서 분부하셨습니다. 가객 여러분께서 먼 길을 오셨는데 부끄럽게도 이곳 청봉각에는 가객들께 내드릴 쓸 만한 차와 간식이 없어 접대가 소홀하니 이 점에 대해 송구스럽게 생각하며 부디 사양 말고 드시라고 말입니다."

사람들 모두 어리둥절해하며 서로의 얼굴을 바라보다 속으로 이런 생각을 했다.

'이런 부끄러울 데가 있나? 이제 보니 저 소녀는 공주가 아니라 공주를 시중드는 일개 첩신 궁녀로구나.'

그러나 한편으로는 일개 궁녀가 저렇듯 곱고 단정하다면 공주는 당연히 그 이상일 거란 생각이 들어 부끄러워하면서도 더할 나위 없는 기쁨에 들떴다.

종찬왕자가 말했다.

"이제 보니 그대는 공주가 아니었군. 그럼 어서 공주를 모셔오도록 하시오. 좋은 술과 고기도 먹지 않았거늘 무슨 쓸 만한 차와 간식을 먹는다 하시오?"

그 궁녀가 말했다.

"여러분이 차를 드시고 나면 공주 전하께서 또 다른 분부가 계실 겁니다."

종찬이 껄껄대고 웃으며 말했다.

"아주 좋소, 좋아! 공주 전하께서 그리 명하셨다면 따르는 게 당연하지."

그는 개완을 들어 뚜껑을 열고 도자기로 된 잔을 입에 기울였다. 그러고는 차는 물론 찻잔 속의 찻잎까지 모두 입안에 넣어 꿀꺽꿀꺽 삼키고 찻잎을 자근자근 씹었다. 원래 토번국 사람들은 차를 마실 때 차 안에 소금을 넣고 유락을 섞어 찻물과 찻잎을 몽땅 먹는 습관이 있었다. 그는 찻잎을 모두 삼키기도 전에 4색 간식을 집어들어 재빨리 입안에 몽땅 집어넣고 우물거리며 말했다.

"됐소. 명에 따라 모두 먹고 마셨소. 공주께 나오시라 하시오."

"네."

그 궁녀는 나지막한 소리로 대답만 하고 걸음을 옮길 생각을 하지 않았다. 종찬은 그 궁녀가 다른 사람들이 모두 먹은 다음 가서 고하려는 줄 알고 도저히 참을 수가 없어 사람들을 재촉했다.

"이보시오. 기운 좀 내서 빨리들 드시오. 차 한 잔 마시는 게 뭐 어렵다고들 그러시오?"

어렵사리 사람들 대부분이 차를 마시고 간식을 다 먹자 종찬왕자가 외쳤다.

"이제 됐소?"

그 궁녀는 얼굴이 살짝 붉어지며 부끄러운 표정을 지었다.

"공주 전하께서 가객 여러분을 청해 내서방으로 옮기고 서화를 감상하시라 하셨습니다."

종찬이 허 하는 소리를 내며 기가 차다는 듯 볼멘소리로 말했다.

"서화가 뭐 볼 게 있다 그러시오? 그림 속 미녀가 어찌 실물보다 예쁠 수 있겠소? 만질 수도 없고 향기를 맡을 수도 없는 가짜인데 말이오."

이렇게 말을 하면서도 몸을 벌떡 일으켰다.

모용복은 속으로 쾌재를 불렀다.

'잘됐구나. 공주는 우리를 서재로 보내 서화를 감상하라는 구실로 글재주를 시험하려는 것이다. 종찬왕자같이 거칠고 견문이 좁은 필부가 무슨 시사가부와 서법, 그림에 대해 알겠는가? 입에서 두세 마디만 나오면 공주한테 쫓겨나고 말 것이야.'

그러고는 곰곰이 생각해봤다.

'무공 대결에서만큼은 이미 군웅을 압도한다고 할 수 있으니 지금

공주가 글재주를 시험한다면 내가 더더욱 우세를 점할 수 있겠다.'

그는 곧 의기양양한 표정으로 몸을 일으켰다.

그 궁녀가 말했다.

"공주 전하께서는 남장을 하고 온 낭자들과 40세 이상의 불혹을 넘긴 선생들께서는 모두 이곳 응향당凝香堂에서 차를 드시며 쉬시라고 지시하셨습니다. 그 나머지 가객 여러분께서는 내서방으로 가시지요."

목완청과 왕어언은 속으로 깜짝 놀라 생각했다.

'이제 보니 내가 남장을 했다는 것을 이미 알고 있었구나.'

이때 누군가 큰 소리로 외쳤다.

"아니로소이다, 아니로소이다!"

그 궁녀는 또 얼굴이 벌겋게 달아올랐다. 그녀는 어릴 때 궁에 들어와 철이 든 뒤에는 반남반녀인 환관들만 봤을 뿐 진정한 남자라고는 본 적이 없었다. 황궁 내에서 황제와 황태자조차 본 적이 없었던 것이다. 그런데 갑자기 이 많은 사내를 보자 당황해서 어쩔 줄을 몰라 부끄러워하기만 할 뿐이었다.

궁녀는 한참 후에야 입을 열었다.

"선생께서는 무슨 고견이 있으신지요?"

포부동이 말했다.

"고견 같은 건 없고 저견低见이 좀 있수다."

그 궁녀는 포부동처럼 억지를 쓰며 혀를 놀리는 달변가를 난생처음 만나는 터라 어찌 대처해야 할지 몰랐다. 포부동이 말을 이었다.

"아마 이런 질문을 하려 했을 것이오. '선생께서는 무슨 저견이 있으신지요?' 그렇게 부끄러워만 하며 우물거리고 있으니 차라리 그대가 할 질문을 내가 먼저 하는 게 맞을 듯싶소."

그 궁녀가 미소를 지었다.

"고맙습니다, 선생."

포부동이 말했다.

"우리는 공주를 뵙기 위해 먼 길을 달려오면서 오는 길에 갖은 고생이란 고생은 다 했소. 어떤 사람은 모래바람이 휘몰아치는 사막에 묻히고, 어떤 사람은 사자와 호랑이에 물려 목숨을 잃었으며 어떤 사람은 토번 왕자 수하의 무사들한테 무참히 살해당했소. 그로 인해 여기 이 홍주에 당도한 사람은 열 명 중 한두 명에 불과하오. 모두들 공주의 귀하신 옥안을 뵙고자 왔을 뿐인데 이제 와서 부모님이 날 몇 년 일찍 낳는 바람에 넘게 된 마흔이란 나이 때문에 먼 길을 고생스럽게 달려온 이 걸음이 헛수고가 된다니 이럴 줄 알았다면 조금 늦게 태어날 걸 잘못했다는 생각이 드는구려."

그 궁녀가 입을 오므리고 웃었다.

"선생께서는 농담도 잘하십니다. 사람이 일찍 태어나고 늦게 태어나는 것이 어찌 자기 뜻대로 되겠습니까?"

종찬은 끊임없이 주절대는 포부동의 말을 듣고 그를 노기 어린 눈으로 바라보며 호통을 쳤다.

"공주 전하께서 이미 유지를 내리셨으니 명을 받들면 될 일이지 무슨 잔소리가 그리 많은 것이오?"

포부동이 냉랭한 목소리로 말했다.

"왕자 전하, 이게 다 전하를 위해 드린 말씀이오. 전하는 올해 마흔한 살이니 아주 늙었다고 할 순 없지만 이미 불혹을 넘긴 나이이니 공주를 뵈러 갈 수 없을 것 아니오? 그저께 내가 전하의 신수를 봤소. 전하의 사주팔자는 갑오년, 임자월, 계축일, 을묘시이니 이를 헤아려보면 무려 마흔한 살이 됐더이다."

종찬왕자는 사실 스물여덟 살에 불과했지만 얼굴이 온통 수염으로 덮여 있어 나이를 가늠할 수 없었다. 그 녹삼을 걸친 궁녀는 남자라고는 오늘 처음 보는 터라 당연히 남자 나이를 구분할 수가 없었고 포부동이 한 말이 진짜인지 가짜인지 역시 알 수 없었다. 다만 종찬왕자가 노한 기색으로 가득해 당장이라도 달려가 포부동을 붙잡고 싸우려 하자 속으로 두려웠던 나머지 다급하게 말했다.

"제… 제 말씀은요. 각자의 생일은 자신이 가장 잘 알 테니까 마흔이 넘은 분들께선 여기 남아주시고 마흔이 되지 않으신 분들께선 내서방으로 가주십사 하는 것입니다."

종찬이 말했다.

"좋소, 난 서른 살도 채 되지 않았으니 당연히 내서방으로 가야지."

이 말을 하면서 큰 걸음으로 성큼성큼 걸어 내당으로 들어갔다. 포부동이 그의 목소리를 흉내 내며 말했다.

"좋소, 난 여든 살도 채 되지 않았으니 당연히 내서방으로 가야지. 내 비록 불혹을 넘겼으나 '미혹되지 않는다는 불혹'이란 의미와 맞지 않게 미혹에 아주 잘 빠지는 성격이니 불혹이라 할 수 없소."

이 말을 하고 몸을 돌려 안으로 들어갔다. 그 궁녀가 이를 저지하려 했지만 겁에 질려 감히 그럴 수가 없었다. 그러자 남아 있던 사람들도 모두 우르르 안으로 몰려들어갔다. 마흔이 넘은 사람은 물론이고 쉰, 예순이 넘은 사람들도 적지 않게 들어가버렸던 것이다. 그나마 분별력이 있는 품행이 단정한 노인 열 명 정도만 대청에 남게 되었다.

목완청과 왕어언 역시 궁녀 말을 듣고 대청에 남았다. 단예는 왕어언 옆에 있고 싶어 남으려 했지만 왕어언이 안에 들어가 모용복을 도와야 한다고 끊임없이 재촉하는 바람에 잠시 헤어지는 아쉬움을 뒤로한 채 안으로 들어가게 되었다.

그러나 한 걸음 걸을 때마다 세 번씩 뒤돌아보며 마치 바다 저 멀리 타국 땅에 가는 사람처럼 이제 가면 수년 동안 다시 보지 못하기라도 하는 듯 아쉬워했다.

일행은 기다란 통로를 지나면서 속으로 의아함을 감추지 못했다.

'이 청봉각이 밖에서 볼 때는 그리 웅장하게 안 보였는데 안에는 이토록 어마어마하게 넓은 별천지일 줄은 몰랐구나.'

수십 장 길이의 통로를 지나고 나자 두 짝으로 된 커다란 석문 앞에 당도했다.

그 궁녀가 금붙이 조각 하나를 꺼내 석문을 똑똑똑 하고 몇 번 두들기자 석문이 그르릉 소리를 내며 열렸다. 사람들은 두께가 1척에 이르는 석문의 견고한 모습에 마음을 놓을 수 없었다.

'이 안에 들어간 후에 석문을 닫아버린다면 저들에게 모조리 사로잡히고 말 것 아닌가? 서하국이 공주의 부마를 모집한다는 구실로 천하의 영웅호한들을 일망타진할지 어찌 알겠는가?'

그러나 이왕 온 이상 마음을 편히 가질 수밖에 없었다. 이런 상황에서 그 누구도 약한 모습을 보여 되돌아갈 수는 없는 일이었다.

사람들이 안으로 들어가자 석문이 천천히 닫히고 문안으로 다시 기다란 통로가 나왔는데 양쪽 석벽에는 등잔불이 켜져 있었다. 통로를 지나자 다시 석문이 하나 또 나왔고 그 석문을 지나자 다시 통로가 나오면서 연달아 세 개의 석문을 지나게 되었다. 이리되자 그 전까지 여유 있게 그 뒤를 따라가던 사람들도 살짝 두려운 듯 불안해했다. 다시 모퉁이를 몇 번 돌자 돌연 졸졸 흐르는 물소리가 들리며 깊은 산골짜기 앞에 당도했다.

황궁 안에 난데없이 이런 깊은 골짜기가 나타나자 황당무계하기 짝이 없었다. 사람들은 서로의 얼굴을 마주보며 조급한 마음에 발작을 일으키기 일보 직전이었다.

그 궁녀가 말했다.

"내서방으로 가시려면 이 유란간幽蘭澗을 지나셔야만 합니다. 모두 가시지요."

이 말을 하면서 가녀린 몸을 흔들며 깊은 골짜기 안에 발을 들여놓았다. 골짜기 옆에는 네 개의 밝게 빛나는 횃불이 있었는데 사람들은 그 궁녀가 발을 딛는 순간 골짜기 안으로 떨어질 것처럼 보여 모두 깜짝 놀라 소리를 지르지 않을 수 없었다.

그런데 그 궁녀는 유연한 몸놀림으로 우아하게 골짜기 사이의 허공을 사뿐사뿐 걸어가는 것이 아닌가! 사람들 모두 의아한 나머지 골짜기 위에 필시 쇠사슬 같은 것이 있어 발을 디딜 수 있을 것이라 생각했다. 그렇지 않다면 이치상 허공을 걸어갈 수는 없는 일이었다. 골짜기 위를 뚫어지게 쳐다보자 과연 쇠사슬 하나가 이쪽 벼랑 끝에서 건너편 벼랑 끝까지 골짜기 위에 횡으로 놓여 있었다. 강철 쇠사슬에 검은색 칠을 했는지 빛이 비치지 않는 어둠 속에 놓여 있어 쉽게 발견할수 없었다. 골짜기는 꽤 깊어서 만일 실족이라도 하는 날에는 목숨까지는 잃지 않을지 몰라도 크게 낭패를 보게 될 것임이 틀림없었다.

그러나 이곳에 온 사람들은 서하에 구혼을 위해 왔거나 그들을 호위하기 위해 왔기 때문에 다들 기본적인 무공을 갖추고 있었다. 곧 누군가 경공을 펼쳐 쇠사슬 위에 발을 딛고 건너편으로 넘어갔다. 단예는 무공을 펼쳐내지는 못해도 능파미보라는 경공에는 익숙해 있던 터라 파천석이 그의 손을 잡고 천천히 데려가 건너갈 수 있었다. 사람들이 하나하나 골짜기 반대편으로 모두 건너가자 그 궁녀는 어느 바위 옆의 장치를 눌렀는지 몰라도 쇠사슬이 풀숲 안으로 사라지고 어디로 갔는지 보이지 않았다. 사람들은 더욱 놀랐다. 모두들 이 넓은 골짜기를 날아서 건널 수는 없는 일인데 혹시 서하국에서 정말 악의를 품고 있는 건 아닌지 걱정이 된 것이다. 그게 아니라면 공주의 규방에 어찌 이런 장치가 있을 수 있단 말인가? 모두들 경계심을 늦추지 않았지만 대놓고 말을 하지는 않았다.

속으로 이런 생각을 하며 후회하는 사람도 있었다.

'내가 바보 같은 짓을 했구나. 궁에 들어오면서 왜 무기나 암기를 챙겨오지 않았을까?'

그 궁녀가 말했다.

"모두 이쪽으로 오십시오."

사람들은 그녀를 따라 넓게 펼쳐진 죽림을 가로질러 한 동굴 앞에 이르렀다. 궁녀가 몇 번 두드리자 동굴 문이 열렸다. 궁녀가 말했다.

"들어가십시오!"

이 말을 하고 앞장서서 들어갔다.

알고 보니 그 내서방은 서하 황태비인 이추수의 옛 거처였다. 이추

수는 오묘한 신공을 지니고 있어 무학이 심오한 경지에 이르렀기에 거처 또한 매우 특별한 곳에 있었다. 그녀는 노년이 된 이후 다른 곳에 안거하면서 젊은 시절 쓰던 궁전을 손녀인 은천공주에게 물려줬다.

주단신이 슬그머니 파천석에게 물었다.

"어찌합니까?"

파천석 역시 머뭇거렸다. 단예를 남게 해야 할지 모험을 하게 해야 할지 몰랐기 때문이다. 그러나 동굴 안으로 들어가지 않으면 부마로 간택될 가능성은 전혀 없었다. 두 사람이 머뭇거리고 있는 사이 단예는 이미 소봉과 나란히 걸어들어가고 있었다. 파천석과 주단신 두 사람은 두 손을 불끈 쥐고 곧바로 따라 들어갔다.

동굴 안에서 다시 통로 하나를 지나자 갑자기 밝은 빛이 보였다. 이미 대청 안으로 들어선 것이다. 그 대청은 앞서 차를 마시던 응향당에 비해 세 배 이상 넓었다. 원래 산봉우리 안에 있던 한 천연 동굴에 대대적인 공사를 더해 만든 것으로 보였다. 대청 벽은 매끄럽게 다듬어져 광이 났고 도처에 서화가 걸려 있었다. 보통 산에 있는 동굴에는 습기가 있어 축축했지만 이곳은 이상하리만치 건조해서 벽에 걸려 있는 서화들도 습기에 찬 것으로 보이지 않았다. 대청 옆의 자단목으로 된 커다란 책상 위에는 문방사보文房四寶와 비첩碑帖, 골동품 등이 놓여 있었고 서가 몇 개와 돌로 된 의자, 탁자가 서너 개 있었다. 그 궁녀가 말했다.

"이곳은 공주 전하의 내서방입니다. 편하실 대로 서화를 감상하십시오."

대청의 구조와 진열된 장식품들이 무척 특이하긴 했지만 왠지 허전한 데다 연지와 분 냄새조차 없는 곳임에도 공주의 내서방이라 하는 것을 보고 모두들 의아하게 생각했다. 여기 온 대부분의 사람들은 무예만 연마해온 무인들이라 아는 글자도 그리 많지 않은데 어찌 서화를 이해할 수 있겠는가? 하지만 이곳 벽에 걸린 서화들에 대해선 그래도 대충은 이해할 수 있었다.

소봉과 허죽은 고강한 무공을 지니고 있긴 했지만 예술이나 문학 분야에는 문외한이었다. 두 사람은 어깨를 나란히 한 채 바닥에 앉아 다른 사람들 동정을 유심히 살폈다.

소봉은 견식에 있어 허죽보다 백배는 더 넘는다고 할 수 있었지만 그저 냉담한 표정을 지으며 벽에 걸려 있는 서화에 대해서는 무미건조하게 느끼는 듯 보였다. 사실 그의 눈빛은 시종 그 녹색 장삼을 입은 궁녀 주변을 떠나지 않고 있었다. 그 궁녀가 중요한 열쇠를 쥐고 있다고 짐작했기 때문이다.

만일 서하국에서 암암리에 간계를 세워두었다면 필시 저 어리고 수줍음 많은 궁녀를 통해 발동할 것이 틀림없다고 생각한 것이다. 이때 그는 마치 어둠 속에서 사냥감을 노리는 표범과도 같았다. 비록 아무런 움직임이 없었지만 실제로는 이목을 기민하게 돌리며 정신을 집중하고 있었다. 모든 근육에 힘을 주고 무슨 변고라도 생기기만 하면 당장 그 궁녀를 덮쳐 그녀부터 제압하고 어떤 수작을 피우지 못하게 하겠다는 의도였다.

단예와 주단신, 모용복, 공야건 등은 벽 앞에 다가가 서화를 감상했다. 등백천은 각 화가畫架마다 독기를 내뿜을 만한 미세한 틈이 있는지 살폈다. 서하의 비소청풍이 무시무시하다는 사실은 중원 무림 인사들도 이미 알고 있었기 때문에 이를 위한 대비책이었다. 파천석은 서화를 감상하는 척하며 실제로는 벽과 집안 구석구석을 돌아보며 모종의 장치나 출구가 있는지 살폈다.

그러나 포부동은 벽에 걸린 서화들에 대해 그림의 구도가 엉망이라는 둥 서예 작품의 필력이 형편없다는 둥 입에서 나오는 대로 악평을 쏟아냈다.

서하는 변방의 외진 곳에 위치해 있고 개국 역사도 일천해 궁중에 소장하고 있는 서화가 송과 요에 비할 수는 없었지만 명색이 황제의 집안이니 소장하고 있는 명품들이 실로 적지 않았다. 공주의 내서방 안에는 진晉나라인들의 북위 시대 서법과 당나라와 5대 10국 시대 회화들이 꽤 있었지만 포부동에 의해 아무 가치도 없는 작품들로 치부된 것이다. 당시에는 '소황미채蘇黃米蔡' 즉, 동파東坡 소식蘇軾, 산곡山谷 황정견黃庭堅, 해악海岳 미불米芾, 채양蔡襄 등 송나라 시대 4대 서가書家의 서법이 천하에 널리 퍼져 있었다.

서하 황궁 내에도 소동파와 황산곡의 필적이 있긴 했지만 포부동의 입에서는 '안류소황顏柳蘇黃' 즉, 당나라 시대 서예가인 안진경顏眞卿과 류공권柳公權 그리고 소동파, 황산곡 이 네 사람은 지극히 평범할 뿐만 아니라 '종왕구저鍾王歐褚' 즉, 해서楷書를 창안한 종요鍾繇와 동진東晉의 서예가인 서성書聖이라 불리는 왕희지王羲之, 당나라 초 서예가로 해법楷法의 극칙極則으로 칭송받는 구양순歐陽詢, 당나라의 서법가로 초당사대가初唐四大家라 불리는 저수량褚遂良 같은 대가들조차도 눈에 차지 않았다.

궁녀는 그가 주제넘게 큰소리만 떵떵 치며 함부로 비평하는 소리를 들고 놀랍고도 의아한 나머지 그에게 걸어가 나지막이 물었다.

"포 선생, 이 글씨들이 정말 그렇게 형편없나요? 공주 전하께서는 극히 훌륭한 작품들이라 하던데요?"

포부동이 말했다.

"공주 전하께서는 외진 서하에 있어 우리 중원의 진정한 대문인이나 대재자才子들의 서법을 보지 못해 그러신 거요. 후에 중원으로 나와 견문을 넓히셔야 할 것이오. 소낭자, 그대도 공주 전하를 따라 중원에 놀러오시오. 그럼 견문이 무척 넓어질 것이오."

궁녀는 고개를 끄덕이며 빙긋 웃었다.

"중원으로 가는 게 그리 쉽지는 않을 거예요."

포부동이 말했다.

"아니로소이다, 아니로소이다! 공주 전하께서 중원의 영웅에게 시집을 간다면 그대 역시 중원에 갈 수 있는 것 아니겠소? 소낭자, 이름이 어찌 되는지 나한테 살짝 말해보시오. 어떻소? 남들한테는 절대 비밀로 하겠소. 내 딸이 아직 어리지만 나중에 크면 그대처럼 귀여웠으면 좋겠다는 마음에 그러는 것뿐이오."

궁녀는 포부동이 부드러운 표정으로 자신을 귀엽다고 칭찬하자 나지막이 답했다.

"전 효뢰曉蕾라고 해요. '효풍잔월曉風殘月³'이란 사의 한 구절에 나오는 새벽 '효'에 꽃봉오리 '뢰' 자죠. 이름이 좀 어려워요."

포부동은 무지를 추켜세우며 찬탄을 했다.

"아주 좋소! 사람도 귀여운데 이름 또한 귀엽구려!"

단예는 벽에 걸린 서화들을 하나하나 살펴보다 돌연 예스러운 옷차림을 한 아름다운 여인의 무검도舞劍圖 한 폭을 보고 자기도 모르게 깜짝 놀라 비명을 질렀다. 그림 속의 미녀가 뜻밖에도 왕어언의 용모와 매우 비슷했기 때문이다. 나이가 좀 많아 보이고 옷차림이 전혀 다른 것만 빼면 무량산 석동 속의 그 신선 누님과 거의 비슷했다. 그림 속의 미녀는 오른손에 검을 쥐고 왼손으로는 검결을 뻗어낸 자세로 호숫가 산 옆에서 검을 휘두르고 있는데 금방이라도 날아오를 것 같은 자태가 눈부시게 아름다워 말로 형용할 수가 없었다. 단예는 순간 혼백이 요동을 치며 왕어언 곁으로 달려가는 듯했다가 다시 무량산 석동 안으로 가는 듯했다. 그는 한참 동안이나 혼이 나갔다 돌연 큰 소리로 부르짖었다.

"둘째 형님, 이리 와보십시오."

허죽이 답을 하고 가까이 다가갔다. 그는 그림을 보는 순간 매우 의아했다. 왕 낭자의 화상이 여기 이 그림 속에 또 있지 않은가? 더구나 사부가 주신 그 그림과 매우 흡사해서 그림 속의 인물이 자세만 약간 다를 뿐 생김새는 다를 바가 없었다.

단예는 보면 볼수록 희한한 마음에 참다못해 손을 뻗어 그 그림을 만져봤다. 그러자 그림 뒤의 벽에 울퉁불퉁하게 또 다른 그림이 있는 것처럼 느껴져 천천히 그림을 들춰봤다. 과연 벽면에는 수없이 많은 음양의 선들이 새겨져 있었다. 가까이 가보자 벽면에 무수히 많은 사람의 형체가 새겨져 있는데 앉아 있는 사람을 비롯해 날아오르는 사람 등등 수백 가지 기이한 자세들이었다. 그 사람의 형체는 대부분 하나의 둥근 원 안에 들어 있었고 원 옆에는 천간지지天干地支와 숫자들이 적혀 있었다.

허죽은 그 도형들이 영취궁 석굴 벽에 새겨진 도형과 거의 흡사하다는 것을 한눈에 알아볼 수 있었다. 그는 그림을 몇 점 보다 속으로 생각했다.

'이건 이추수 이 사숙의 무공 같은데?'

곧이어 문득 깨닫는 바가 있었다.

'이 사숙은 서하의 황태비였으니 궁중에 이런 도형이 새겨져 있는 건 그리 이상할 게 없지.'

이렇듯 도형은 벽에 남아 있건만 이추수는 이미 세상을 떠났다고 생각하니 암울한 기분을 감출 수 없었다. 그는 그게 소요파 무공의 상승 비급이며 만일 내력을 제대로 연마하지 않은 사람이 이 도형에 빠져들어 보고 있다가는 곧바로 주화입마에 들어 정신을 잃고 깨어나지 못한다는 사실을 알고 있었다. 얼마 전 매란죽국 네 자매가 석벽의 도형을 보다 내상을 입고 쓰러진 적이 있었다. 그는 단예가 내상을 입을까 두려워 재빨리 말했다.

"셋째 아우, 도형을 쳐다보지 말게."

단예가 말했다.

"왜죠?"

허죽이 나지막이 말했다.

"이건 극히 심오한 무학이라 그 방법을 습득한 사람이 아니라면 손실만 있을 뿐 아무 이득이 없을 걸세."

단예는 원래 무공에 대해 흥미가 없었다. 흥미가 있더라도 왕어언의 초상은 봐도 무공 비급을 볼 일은 없었다. 그는 곧바로 그림을 원위치에 놓고 다시 호반무검도湖畔舞劍圖를 살펴봤다. 왕어언의 몸매와 용모에 대해서는 미세한 곳까지 속속들이 봐왔기에 정확히 기억하고 있었다. 그림을 자세히 들여다보자 그림 속 인물과 왕어언의 차이점을 가려낼 수 있었다. 그림 속 인물은 비교적 풍만한 몸에 미간에 영민하고 호방한 기운이 보여 왕어언처럼 우아하고 부드러운 모습이 아니었다. 또한 나이도 왕어언보다 서너 살은 많아 보였다.

포부동은 여전히 허튼소리를 하면서도 단예와 허죽의 일거일동과 언행에 대해선 하나도 놓치지 않고 있었다. 그는 벽에 걸린 도형이 심오한 무학이라고 말하는 허죽의 말을 듣고 대뜸 콧방귀를 뀌었다.

"심오한 무학은 무슨! 소화상이 또 거짓말을 하는구나."

그는 그림을 들춰 그 도형을 응시했다.

단예는 몸을 비스듬히 한 채 발뒤꿈치를 들고 곁눈질로 여전히 그 그림 속 미녀만 바라봤다.

효뢰라는 궁녀가 말했다.

"포 선생, 그 도형들은 보시면 안 됩니다. 공주 전하께서 말씀하시길 공력이 일정 수준에 이르지 못한 사람은 그걸 보면 손실만 있을 뿐 이득이 없다 하셨어요."

포부동이 말했다.

"그럼 공력이 일정 수준에 이른 사람은? 손실은 없고 이득만 있겠구먼. 안 그렇소? 내 공력은 이미 일정 수준에 이르러 있소."

그는 승부욕이 강할 뿐 오묘한 무학을 훔쳐볼 마음은 전혀 없었다. 그러나 원 안에 있는 인물의 자세를 한번 보니 예측조차 할 수 없을 정도로 수많은 변화가 느껴지자 참다못해 손짓 발짓을 마구 해가며 도형을 따라 흉내 내기 시작했다.

포부동의 괴상한 행동을 주시하던 옆에 있는 사람들 역시 잇달아 벽에 새겨진 그림을 발견했다. 한쪽 편에 있던 누군가가 소리쳤다.

"어? 여기 무슨 도형이 있네?"

반대편에 있던 누군가가 또 말했다.

"이쪽에도 도형이 있어."

사람들은 앞다투어 벽에 걸린 서화들을 들춰 벽에 새겨진 사람 도형을 살펴보기 시작했고 잠깐 살펴보다 곧 손짓 발짓을 해가며 따라했다.

허죽이 속으로 깜짝 놀라 재빨리 소봉 옆으로 달려갔다.

"큰형님, 저 도형들을 보면 안 됩니다. 저렇게 계속 보다가는 사람들 모두 중상을 입고 말 것이며 누군가 발광이라도 하면 큰 소란이 일어날 겁니다."

소봉이 속으로 깜짝 놀라 소리쳤다.

"다들 벽에 있는 도형을 보지 마시오. 우린 지금 위기에 처해 있소. 모두 모여 상의를 해야 하오."

그가 큰 소리로 외치자 그중 몇 명은 돌아와 그 옆으로 모였지만 뜻밖에도 벽에 새겨진 도형의 유혹은 너무나도 강렬했다. 사람들마다 그 도형을 제멋대로 보면서 잠시 사색을 해보고는 그림 속의 자세가 자신이 오랜 기간 숙고해도 찾지 못했던 무학의 난제들을 풀 수 있는 해답이 될 것이라 여겼다.

그러나 자세를 어찌해야 할 것인지는 여전히 애매모호하고 석연치가 않아 정신을 집중해 사색하지 않을 수 없었다. 소봉은 갑자기 그 많은 사람이 마치 귀신에 홀린 것처럼 행동하자 두려움을 감출 수 없었다.

별안간 누군가 윽 하고 비명을 지르며 몇 바퀴 돌다 그 자리에 풀썩 쓰러져버렸다. 또 다른 사람 역시 인후부에서 낮은 소리를 내며 석벽을 향해 달려가 미친 듯이 손으로 할퀴다 기어오르는 자세를 취했다. 마치 석벽 위의 도형을 파내려는 것처럼 보였다. 소봉이 곰곰이 생각하다 뭔가 묘안이 떠오른 듯 손을 뻗어내 의자 하나를 움켜쥐었다. 그러고는 우지직 소리를 내며 박살낸 다음 두 손바닥에 올려 기운을 돋우어 비볐다. 의자가 수십 조각으로 잘게 부서지자 그는 그 잘게 부서진 조각들을 쥐고 냅다 집어던졌다. 휙 소리가 끊이지 않고 들리며 소리가 한번 날 때마다 실내에 있던 등잔불과 촛불이 하나씩 꺼지기 시작했다. 그 소리가 수십 차례 들리고 나자 등불이 모두 꺼지고 내서방 안은 칠흑 같은 어둠에 휩싸였다.

어둠 속에서 헐떡거리는 사람들의 숨소리만 들려오다 누군가 나지막이 외쳤다.

"위험하다, 위험해!"

다른 누군가가 외쳤다.

"어서 등불을 켜라! 아무것도 안 보여!"

소봉이 큰 소리로 외쳤다.

"여러분, 모두 제자리에 앉아 함부로 행동하지 마시오. 안에 있는 장치를 함부로 건드려서는 안 될 것이오. 벽에 새겨진 도형은 심신을 미혹시키는 장치이니 손을 뻗어 만진다면 큰 화를 입게 될 것이오."

그가 이 말을 하기 전에 누군가 손을 뻗어 석벽에 새겨진 도형을 만지려 했지만 소봉의 말을 듣고 나서야 손을 움츠려 가까스로 심신을 달랠 수 있었다.

소봉이 조용히 말했다.

"무례를 범한 점, 용서하시오. 어서 석문을 열어 우리를 나가게 해주시오."

알고 보니 그는 등잔불과 촛불을 끄기 전에 쏜살같이 달려가 효뢰라는 궁녀의 오른쪽 손목을 움켜잡고 있었다. 효뢰가 깜짝 놀라 왼손을 들어올려 때리려는 자세를 취했지만 소봉은 손을 들어 그녀의 왼손마저 움켜잡자 효뢰는 놀랍고도 수치스러운 마음에 꼼짝도 하지 못했다. 그때 소봉이 그런 말을 하자 입을 열었다.

"이… 이 손은 놓으세요."

소봉은 그녀의 손목을 놓아주었다. 어둠 속이었지만 소리만 듣고도 움직임을 알 수 있었기에 그녀가 어떤 수작을 부려도 두려울 것이 없었다.

효뢰가 말했다.

"제가 포부동 선생께는 저 도형들을 보면 안 된다고 말씀드렸어요. 공력이 일정 수준에 이르지 못한 사람은 손실만 있을 뿐 이득이 없다고 말이에요. 하지만 굳이 보려고 하셨어요."

포부동은 바닥에 앉아 있었지만 극심한 두통과 함께 정신이 혼미해지고 가슴에 말할 수 없는 고통이 느껴지며 구역질이 나왔다. 그는 억지로 정신을 가다듬으며 말했다.

"나더러 보라고 했다면 보지 않았을 것이오. 나더러 보지 말라고 하니 기어코 보려 한 것이오."

소봉은 곰곰이 생각해봤다.

'이 궁녀가 벽에 있는 도형을 보지 못하게 했다면 그건 우릴 해칠 의도가 있었던 건 아니다. 그렇다면 서하 공주가 우리를 이런 곳에 부른 건 도대체 무슨 의도일까?'

바로 그때 난데없이 극히 그윽하고 담백한 향기가 풍겨왔다. 소봉이 깜짝 놀라 황급히 손을 뻗어 코를 막았다. 과거 개방 제자들이 서하 일품당 사람들에게 비소청풍에 당해 쓰러졌던 일이 생각났기 때문이다. 내식을 살짝 돋우어보니 다행히 막힌 것 같지는 않았다.

그때 또 다른 궁녀의 꾀꼬리 같은 목소리가 들려왔다.

"공주 전하 납시오!"

사람들은 공주가 온다는 소리를 듣고 놀랍고도 기쁜 마음이 들었지만 안타깝게도 어둠 속이라 공주의 모습을 볼 수가 없었다.

궁녀의 간드러진 목소리가 들렸다.

"공주 전하께서 이르시길 내서방 벽에 새겨진 무학 도형은 다른 문파 인사들이 보는 게 이롭지 않아 서화를 걸어 보이지 않게 한 것인데 누군가 들춰볼 줄은 모르셨다고 합니다. 그러니 여러분께서는 절대 화절자를 켜거나 부싯돌을 쓰면 안 되며 이를 어길 시에는 크나큰 위험이 닥쳐 여러분들을 불편하게 만들 것입니다. 공주 전하께서는 여러 가객들께 천명하실 말씀이 있으니 어둠 속이라 실례가 되더라도 용서해주시기 바란다 하셨습니다."

그때 그르릉 소리와 함께 석문이 열렸다. 그 궁녀가 다시 말했다.

"이곳에 더 머무르길 원치 않으시는 분이 계시다면 먼저 나가시어 밖에 있는 응향당에서 차를 드시면서 쉬시기 바랍니다. 가는 길은 저희가 인도할 것이니 길을 잃을 염려는 없을 것입니다."

공주가 이미 당도했다는 말을 들었는데 어찌 돌아갈 수 있겠는가? 더구나 그 궁녀의 차분한 말투를 들어보니 악의라고는 없어 보였고 이미 석문이 열린 이상 자유롭게 오갈 수 있다는 생각이 들어 두려운 마음은 모두 사라져버렸다. 결국 다시 돌아가는 사람은 단 한 명도 없었다.

한참 후에 그 궁녀가 다시 말을 이었다.

"여러분께서 먼 길을 오신 점에 대해 공주 전하께서 깊은 감사의 마음을 느끼고 있습니다. 폐국에서 접대가 소홀한 점이 있다면 부디 양해해주시기 바랍니다. 공주께서는 평소 아끼며 감상하는 서화를 여러분께 한 점씩 바쳐 조금이나마 보답을 하려 하십니다. 대부분 명가의 진품이니 부디 사양하지 마시고 돌아가실 때 벽에서 떼어 가져가시도록 하십시오."

이 강호의 호걸들은 공주가 예물로 준다는 것이 기껏해야 이런 서화라는 말을 듣고 의아함을 감출 수 없었다. 일부 세상 물정을 아는 이들은 이 서화들을 중원에 가져가면 비싼 값에 팔아 금은보화를 얻을 수 있음을 알고 속으로 기쁨을 감추지 못했다. 그중에서도 단예가 가장 기뻐했다. 그 '호반무검도'를 떼어가 왕어언과 나란히 감상을 하겠다고 결심했기 때문이다.

종찬왕자는 가만히 듣고 있다가 그 궁녀가 공주의 발언을 모조리 대신하자 초조한 기색을 감추지 못해 큰 소리로 물었다.

"공주 전하, 여기서 불을 켜기 어렵다면 장소를 옮겨 대면하는 게 어떻겠습니까? 여긴 너무 어두워서 공주도 절 보지 못하고 저도 공주를 볼 수 없지 않습니까?"

그 궁녀가 말했다.

"공주 전하를 뵙는 것은 그리 어렵지 않습니다."

어둠 속에서 100여 명의 사람들이 일제히 소리쳤다.

"우리는 공주를 뵙고 싶소. 공주를 뵙고 싶소!"

또 다른 적지 않은 사람들이 앞다투어 소리쳤다.

"어서 불을 켭시다. 벽에 있는 도형은 안 보면 그뿐 아닙니까?"

"공주 옆에 등잔불 몇 개만 켜면 충분합니다. 그럼 공주만 보이고 도형은 보이지 않을 겁니다."

"맞습니다! 공주 전하께서는 옥체를 드러내십시오!"

대청 안은 한참 동안이나 소란스럽다가 점점 조용해지기 시작했다.

궁녀가 천천히 말했다.

"공주 전하께서 여러분을 서하로 청한 것은 가객을 뵙기 위해서입니다. 공주께서 세 가지 문제를 드릴 테니 여러분께서 차례로 대답해주시기 바랍니다. 만일 공주의 의중에 맞는 대답이라면 자연히 공주를 뵐 수 있을 것입니다."

사람들은 모두 흥분하기 시작했다. 누군가 이렇게 말했다.

"이제 보니 시험문제를 내는 것이로군."

누군가 이런 질문을 했다.

"전 창이나 칼을 쓸 줄만 아는데 저한테 시서 제목을 묻는다면 난감할 것이오. 질문이 무공 초식이오?"

궁녀가 말했다.

"공주께서는 질문하실 문제를 이미 소녀에게 말씀해놓으셨습니다. 어느 분 먼저 대답하시겠습니까?"

사람들이 너도나도 앞으로 나서서 말했다.

"나부터 하겠소! 내가 먼저 답하겠소, 내가 먼저!"

궁녀가 웃으며 말했다.

"다투실 것 없습니다. 먼저 답하시는 분이 불리할 겁니다."

사람들은 그 말에 일리가 있다고 생각했다. 늦게 나설수록 남의 대답을 더 많이 들을 수 있고 다른 사람 대답에 대해 공주가 가부를 결정하면 그 심중을 헤아릴 수 있기 때문이었다. 그러자 곧 앞으로 나서는 이가 없었다.

느닷없이 누군가 나서서 말했다.

"모두들 한꺼번에 나서면 난 빠질 테지만 다들 앞에 나서서 낭패를 볼까 두려워한다면 내가 앞장서서 해보겠소. 난 포부동이오. 처자가 있는 몸이지만 공주의 아름다운 모습을 뵙고 싶을 뿐 다른 의도는 없소!"

궁녀가 말했다.

"포 선생께서는 정말 솔직 담백하시군요. 공주 전하께서 세 가지 질문에 대한 가르침을 얻고자 하십니다. 첫 번째 질문을 드리겠습니다. 포 선생께서는 평생 가장 자유롭고 행복하게 느꼈던 장소가 어디입니까?"

포부동은 잠시 생각에 잠겨 있다 답했다.

"한 도자기 가게였소. 내가 어린 시절 그 가게에 도제로 들어간 적이 있는데 그 집 주인은 날 무시하고 학대하며 매일 때리거나 욕을 해댔소. 어느 날 난 분노가 폭발해 도자기 가게 안의 각종 그릇과 찻주전자, 인물화가 그려진 화병 등을 닥치는 대로 모조리 박살내버렸지요. 내 평생 그 일이 가장 통쾌했던 순간이오. 궁녀 낭자, 합격이오?"

궁녀가 말했다.

"합격인지 아닌지는 소녀도 모릅니다. 공주 전하께서 결정하실 것입니다. 두 번째 질문입니다. 포 선생께서 평생 가장 사랑하는 사람의 이름은 무엇입니까?"

포부동이 아무 생각 없이 답했다.

"포부정이오."

궁녀가 다시 말했다.

"세 번째 질문입니다. 포 선생께서 가장 사랑하는 그 사람은 어찌 생겼습니까?"

포부동이 말했다.

"그 사람은 나이가 이제 갓 여섯 살에 짝짝이 눈과 들창코 그리고 큰 귀를 지녔으며 이 포 모가 무슨 분부를 하건 절대 말을 듣지 않는 여자요. 울라고 하면 악착같이 웃고 웃으라고 하면 꼭 우는데 울기 시작하면 두 시진 동안 그치지를 않소. 바로 우리 귀염둥이 딸인 포부정이오."

궁녀가 피식하고 웃자 모든 호걸 역시 껄껄대고 큰 소리로 웃었다. 궁녀가 말했다.

"포 선생 따님은 무척이나 영리하고 재미있는 아이 같습니다. 여자는 열여덟 살이 되면 누구나 변하니 다 크고 나면 아름다워질 것입니다."

궁녀가 자기 딸을 칭찬하자 기분이 좋아진 포부동은 답례의 말을 했다.

"낭자가 지닌 미모와 재능의 반만 닮는다면 그것으로 만족할 것이오!"

궁녀가 웃으며 말했다.

"과찬이십니다. 포 선생께서는 여기서 잠시 쉬고 계십시오. 다음 분, 나와주십시오!"

단예는 서둘러 이곳에서 나가 왕어언과 다시 만나고 싶은 마음뿐이 었고 공주를 보든 안 보든 자신은 전혀 상관없다고 생각하고 있던 터 라 당장 앞으로 나아가 어둠 속임에도 불구하고 깊이 읍을 했다.

"재하는 대리에서 온 단예라 합니다. 삼가 공주 전하께 문안 인사 올 립니다. 재하는 외진 남쪽 변방에 거주하다 오늘 귀국을 둘러보러 왔 으나 후대해주시어 실로 감사하기 이를 데 없습니다."

궁녀가 말했다.

"대리국 진남왕세자셨군요. 왕자께서는 지나친 겸손을 거두십시오. 먼 길을 오셨는데 접대가 소홀해 송구합니다. 누추한 곳이라 귀객을 맞기에 부족하니 부디 관대히 봐주시기 바랍니다."

단예가 말했다.

"지나친 예는 거두시오. 공주께서 오늘 여가가 없으시면 훗날 뵙는 다 해도 무방하오."

궁녀가 말했다.

"왕자께서도 기왕에 오셨으니 세 가지 질문에 답해주시기 바랍니 다. 첫 번째 질문입니다. 왕자께서는 평생 가장 자유롭고 행복하게 느 꼈던 장소가 어디입니까?"

단예는 입에서 나오는 대로 말했다.

"한 마른 우물 안의 진흙탕 속이었소."

사람들은 실소를 금할 수 없었다. 모용복 한 사람을 제외하고는 그 누구도 그가 어찌 마른 우물 진흙탕 속이 가장 자유롭고 행복했다는 건지 몰랐기 때문이다. 누군가 나지막한 소리로 비웃었다.

"무슨 자라 새끼라도 되나? 진흙탕 속이 가장 행복하다니 무슨 말이야?"

궁녀가 입을 오므리고 슬쩍 웃더니 다시 물었다.

"왕자께서 평생 가장 사랑하는 사람의 이름은 무엇입니까?"

단예가 막 대답하려는 순간 갑자기 누군가 왼쪽 옷소매와 오른쪽 옷자락을 동시에 잡아당겼다. 파천석이 그의 왼쪽 귓전에 대고 조용히 말했다.

"진남왕이라고 말씀하세요."

주단신은 그의 오른쪽 귓전에 대고 나지막이 말했다.

"진남왕비라고 말씀하세요."

두 사람은 공주의 첫 번째 질문에 대해 단예가 예의에 어긋난 대답을 하는 것을 보고 두 번째 대답 역시 남들에게 비웃음을 살까 두려웠다. 공주에게 구혼하기 위해 온 것인데 만일 그가 평생 가장 사랑하는 사람이 왕어언이나 목완청, 또는 또 다른 낭자라고 답한다면 공주가 어찌 시집을 오겠다고 할 수 있겠는가? 가장 사랑하는 사람이 부친이라고 해야만 군주에게 충성하고 부친에게 효도하는 인물로 보이리라는 것이 조정 삼공의 생각이었고, 가장 사랑하는 사람이 모친이라고 해야만 모친에 대한 그리운 정을 생각하는 인물로 보이리라는 것은 문학지사의 생각이었다.

단예는 그 궁녀가 가장 사랑하는 사람의 이름을 대라는 질문을 하자 원래 아무 생각 없이 왕어언의 이름을 말하려 했다. 그러나 파천석과 주단신 두 사람이 이런 제안을 하자 단예는 자신이 대리국 진남왕 세자 신분으로 서하에 온 것이니 그의 말과 행동이 곧 본국의 체통과 관계된 일인지라 자기 하나 망신당하는 건 상관없지만 대리국 체면까지 잃게 만들 수는 없는 일이었기에 이렇게 답했다.

"내가 가장 사랑하는 건 당연히 우리 아버지와 어머니요."

그는 입으로 '아버지와 어머니'란 단어를 내뱉자 가슴속에서 자연스럽게 부모님에 대한 사모의 정이 솟아올랐다. 부모님에 대한 사랑과 왕어언에 대한 사랑이 결코 같을 수는 없지만 그 깊이를 구분할 수 없었기에 자신이 세상에서 가장 사랑하는 사람이 부모님이라는 말은 절대 허언이라 할 수 없었다.

궁녀가 다시 물었다.

"영존과 영당께서는 어찌 생겼습니까? 왕자와 많이 닮았나요?"

단예가 말했다.

"우리 아버지께선 각진 얼굴과 진한 눈썹, 큰 눈에 매우 위엄 있고 용맹스러운 외모를 지니고 계시오. 사실 그분 성격은 오히려 매우 온화하고 선하신…."

여기까지 말하다 갑자기 흠칫 놀랐다.

'내 외모는 아버지를 닮지 않고 어머니만 닮지 않았나? 그 부분은 여태껏 생각해본 적이 없었구나.'

궁녀는 그가 말을 하다 말고 더 이상 말을 잇지 않자 속으로 그의 모친이 존귀한 왕비 신분이라 사람들 앞에서 모친의 외모를 서술하기 싫어한다고 생각했다.

"감사합니다, 왕자! 왕자께서는 여기서 쉬고 계십시오."

종찬은 그 궁녀가 단예에게 매우 공손한 언사로 무척이나 친절하게 대하는 것을 보고 속으로 질투심이 느껴졌다.

'네가 왕자면 나도 왕자다. 토번국이 너희 대리에 비해 훨씬 더 강한 나라야. 너 같은 기생오라비가 우세를 점하겠다고?'

그는 더 이상 기다리지 않고 불쑥 앞으로 나갔다.

"토번국 왕자 종찬이 공주를 뵙고자 합니다."

궁녀가 말했다.

"왕자께서 왕림해주시어 폐국의 모든 이가 영광스럽게 여기고 있습니다. 폐국의 공주께서 세 가지 질문을 드리고자 합니다."

종찬이 호쾌하게 웃었다.

"공주께서 내리신 세 가지 질문은 이미 들어서 알고 있소. 하나씩 질문할 것 없이 한꺼번에 대답해드리겠소. 내 평생 가장 자유롭고 행복하게 느꼈던 곳은 바로 훗날 부마가 돼서 공주와 부부의 연을 맺게 될 신방 안이오. 또한 내 평생 가장 사랑하는 사람은 바로 은천공주이니 그녀의 성은 당연히 이씨이고 규명閨名은 아직 잘 모르겠소. 장차 부부가 되면 공주가 나에게 알려줄 것이오. 공주의 외모에 대해서는 당연히 신선과도 같을 테니 천상에서도 드물고 천하에는 둘도 없을 것이오. 하하, 내 대답이 정답 아니오?"

사람들 중 대부분이 종찬왕자와 같은 생각을 하고 그 세 가지 질문에 대한 답을 그렇게 하려고 했다. 그러나 그가 먼저 그 말을 내뱉자 모두들 속으로 후회했다.

'내가 한발 앞서나가 저렇게 대답했어야 했다. 이제 와서 똑같은 대답을 한다면 저 종찬왕자를 따라 하는 것밖에 안 되지 않는가?'

소봉은 궁녀가 한 명씩 차례대로 하는 질문에 공주에게 잘 보이려고 전력을 다해 아첨하는 말을 하거나 몸값을 높이려고 허풍 떠는 사람들을 보자 매우 지루하게 느껴졌다. 이 상황에 대해 진상을 알아낼 생각이 없었다면 벌써 자리를 떠났을 것이다.

그가 갑갑해하는 순간 갑자기 모용복의 목소리가 들려왔다.

"재하는 고소 연자오의 모용복이오. 공주의 방명은 익히 들어 직접 만나뵙기 위해 일부러 왔소."

궁녀가 말했다.

"'상대가 쓴 방법을 상대에게 펼친다'는 고소모용 공자시군요. 소녀가 구중궁궐 안에 몸담고 있지만 공자의 대명은 익히 들어 알고 있습니다."

모용복은 속으로 무척 기뻤다.

'저 궁녀가 내 이름을 안다면 공주도 당연히 알겠구나. 어쩌면 내 얘기를 했는지도 모르겠다.'

이런 생각을 하고는 말했다.

"부끄럽소. 천한 이름이라 귀에 거슬리지는 않았는지 모르겠소."

궁녀가 다시 말했다.

"우리 서하가 비록 궁벽한 변경에 있지만 '북교봉, 남모용'이란 위대한 명성은 익히 들어 알고 있습니다. 듣기로는 북교봉 교 대협께서 이미 소씨로 성을 바꾸고 대요의 고관이 됐다고 하던데 그게 사실인지 모르겠습니다."

모용복이 말했다.

"그렇소!"

그는 소봉이 청봉각에 함께 왔다는 사실을 알면서도 이를 폭로하지는 않았다.

궁녀가 물었다.

"공자께선 소 대협과 명성을 함께하셨으니 필시 서로 잘 아시겠군요. 소 대협께서는 인품이 어떠하신지요? 무공 실력은 공자에 비해 누가 더 고강합니까?"

모용복은 그 말을 듣고 얼굴이 귀밑까지 빨개졌다. 그는 소봉과 소림사 앞에서 벌인 대결에서 소봉에게 붙잡혀 바닥에 심하게 내동댕이쳐진 기억이 있다. 무공에 있어 그에게 크게 미치지 못한다는 건 모두가 목격한 바였으니 사람들 앞에서 이를 부인한다면 천하 호걸들의 비웃음을 살 수밖에 없지 않겠는가! 그러나 자신이 소봉보다 못하다는 사실을 인정하기는 원치 않았기에 버럭 화를 냈다.

"낭자의 질문은 공주께서 내리신 세 가지 질문 중 하나인 것이오?"

궁녀가 다급하게 말했다.

"아닙니다. 공자, 기분 나쁘게 생각 마십시오. 소녀가 최근 몇 년 사이에 소 대협의 영명을 들어 오래전부터 경모해왔기에 몇 가지 여쭤본 것뿐입니다."

모용복이 말했다.

"소봉은 지금 낭자 옆에 있으니 흥미가 있다면 직접 물어봐도 무방할 것이오."

이 말을 내뱉자 대청 안은 순간 소란스러워졌다. 소봉의 명성은 워낙 널리 퍼져 있었던 터라 무림 인사들이 이를 듣고 놀라지 않을 수 없었던 것이다.

궁녀는 가슴이 벅차오르는지 떨리는 목소리로 말했다.

"이제 보니 소 대협 역시 존귀한 신분을 낮추고 폐국까지 오셨군요. 저희가 그런 사실을 미리 알지 못해 대접에 소홀함이 있었으니 소 대협께서 넓은 아량으로 용서해주시기 바랍니다."

소봉은 흠 하고 나지막한 소리를 낼 뿐 아무 대답도 하지 않았다.

모용복은 그 궁녀의 말투를 들으니 소봉에 대한 존경심이 자신보다 깊은 것을 보고 속으로 깜짝 놀랐다.

'소봉 저 자식도 아직 처를 거두지 않았고 대요의 남원대왕 신분이라 병권마저 장악하고 있으니 어찌 나 같은 일개 백성과 비교할 수 있겠는가? 더구나 무공 실력 또한 뛰어나니 난 놈의 상대가 될 수 없다. 이를 어쩌면 좋지?'

궁녀가 말했다.

"우선 모용 공자께 질문하겠습니다. 소 대협께서는 잠시만 기다려주십시오. 송구합니다, 송구합니다."

그녀는 송구하다는 말을 연신 해대다 모용복을 향해 물었다.

"공자께 묻겠습니다. 공자께서는 평생 가장 자유롭고 행복하게 느꼈던 장소가 어디입니까?"

그 질문은 그 궁녀가 이미 네다섯 명한테 했기 때문에 모용복도 알고 있었다. 그러나 자신에게 그 질문을 하자 갑자기 입이 떨어지질 않아 답을 할 수 없었다. 그는 평생 쉴 틈 없이 연국 재건이란 대업을 위해 끊임없이 돌아다녔기 때문에 그 어떤 행복을 느꼈다고 말할 수 있는 순간이 없었다. 남들이 어려서부터 준수한 외모와 고강한 무공을 지닌 그를 보고 천하에 이름을 알린 덕에 강호인들의 경외의 대상이 되긴 했지만 모용복 스스로 만족한 적은 없어 속으로는 진정 행복했던 기억이 없는 것이다.

그는 잠시 머뭇거리다 말했다.

"진정 행복한 마음을 느끼는 순간은 과거가 아닌 미래에 있소."

궁녀는 모용복의 대답을 종찬왕자 같은 사람들처럼 부마가 되어 공주와 혼인을 하는 것이 진정한 행복이라는 평범한 논리로만 알았다. 모용복이 말한 행복이란 장차 제위에 올라 대연 재건의 주인이 되는 것이라고는 생각지 못했던 것이다. 그녀는 빙긋 웃으며 다시 물었다.

"공자께서 평생 가장 사랑하는 사람의 이름은 무엇입니까?"

모용복은 멍한 표정으로 잠시 생각에 잠겼다 탄식을 했다.

"날 사랑하는 사람은 있었지만 내가 가장 사랑하는 사람은 없소."

궁녀가 말했다.

"그렇다면 세 번째 질문도 필요 없겠네요."

모용복이 말했다.

"공주를 뵙고 난 후 낭자의 두 번째, 세 번째 질문에 답할 수 있을 것 같소."

궁녀가 말했다.

"모용 공자께서는 여기서 쉬고 계십시오. 소 대협, 대협께서는 폐국에 객으로 오셨으니 어쩔 수 없이 저희 절차에 따라주셔야겠습니다. 소녀가 세 가지 질문으로 대협의 위엄을 거스르는 점 널리 양해해주시기 바라며 이렇게 미리 사죄드리겠습니다."

그러나 연이은 그녀의 말에 대답하는 사람이 아무도 없었다.

허죽이 나서서 말했다.

"우리 형님께선 이미 떠나셨습니다. 낭자, 괘의치 마십시오."

궁녀가 깜짝 놀라 말했다.

"소 대협께서 떠나셨다고요?"

허죽이 말했다.

"그렇습니다."

소봉은 서하 공주가 궁녀를 시켜 사람들에게 한 명씩 똑같은 질문 세 가지를 하라고 명한 것을 보고 그 안에 깊은 뜻이 있으리라 짐작했지만 사람들을 해치려는 의도는 없어 보였다. 그는 그 세 가지 질문을 자신에게 했을 때 어찌 대답할지 곰곰이 생각해봤다. 아주를 떠올리자 가슴이 아파 슬픔을 금할 길 없었다. 그는 남들 앞에서 자신의 심정을 드러내고 싶지 않은 마음에 당장 몸을 돌려 석실을 빠져나왔다. 그때는 석실 문이 이미 열려 있었고 나가면서도 슬그머니 빠져나갔던 터라 이를 알아챈 사람은 전혀 없었다.

궁녀가 말했다.

"소 대협께서 언제 떠나셨는지 모르겠군요? 저희 행동이 무례하다 느끼셨나요?"

허죽이 말했다.

"우리 형님께서는 그리 옹졸한 분이 아니십니다. 그런 일로 언짢아 하실 분이 아니지요. 음, 어쩌면 술 생각이 나서 술을 드시러 가셨을지 모르겠습니다."

궁녀가 웃으며 말했다.

"그렇군요. 소 대협께서는 두주불사斗酒不辭라 주량이 천하무쌍이란 얘기는 익히 들었습니다. 저희가 술이라도 준비해 귀빈들을 모셔야 했는데 그러지 못해 소홀함이 있었나 봅니다. 선생께서 소 대협을 보시면 폐국 공주 전하께서 송구스럽게 생각한다는 말씀을 꼭 전해주십시오."

그 궁녀는 말도 잘할뿐더러 언사에 격조가 있어 밖에서 객을 접대하던 그 수줍음 많은 효뢰라는 궁녀에 비해 백배는 더 말주변이 좋았다. 허죽이 답했다.

"형님을 만나게 되면 꼭 전하도록 하겠습니다."

궁녀가 말했다.

"선생께서는 존성대명이 어찌 되시는지요?"

허죽이 말했다.

"저 말입니까? 저… 제 도호는 허죽자라 합니다. 전… 출… 그게, 구혼을 위해 온 것이 아니라 제 셋째 아우와 함께 온 것뿐입니다."

궁녀가 물었다.

"선생께서 평생 가장 자유롭고 행복하게 느꼈던 장소가 어디입니까?"

허죽은 가볍게 탄식을 했다.

"어둠 속의 한 빙고 안이었습니다."

별안간 아 하고 나직하게 토해내는 여자의 탄식 소리가 들리더니 이어서 쨍그랑하는 소리와 함께 도자기 잔이 바닥에 떨어져 박살나는 소리가 들려왔다.

궁녀가 다시 물었다.

"선생께서 평생 가장 사랑하는 사람의 이름은 무엇입니까?"

허죽이 말했다.

"에이, 그… 그 낭자 이름은 잘 모릅니다."

사람들이 깔깔대고 큰 소리로 웃어댔다. 바보도 그런 바보가 없다고 생각했기 때문이다. 상대방 이름도 모르고 어찌 마음을 주고 사랑할 수 있단 말인가?

궁녀가 말했다.

"상대방 이름을 모르는 건 이상한 일도 아니지요. 과거에 효자로 알려진 동영董永은 천상의 선녀가 속세에 내려온 걸 보고 이름과 내력을 알 수 없음에도 그녀를 사랑하게 됐답니다. 허죽자 선생, 그럼 그 낭자는 미모가 아주 뛰어나시겠군요."

허죽이 말했다.

"그녀의 용모가 어떠한지 전 본 적이 없습니다."

순간 석실 안은 웃음바다가 돼버렸다. 모두들 생전 처음 들어보는 기이한 일이라고 생각했기 때문이다. 그중 몇몇은 허죽이 일부러 농을 던진 것이라 생각했다.

사람들의 떠들썩한 웃음소리 속에서 돌연 한 소녀가 물었다.

"다… 당신이 그 '몽랑'인가요?"

허죽은 깜짝 놀라 떨리는 목소리로 말했다.

"다… 다… 당신은 몽고…? 보고 싶어 죽는 줄 알았소."

그는 자기도 모르게 몇 발짝 앞으로 나아갔다. 은은한 향기가 전해지며 부드럽고 매끈한 손이 그의 손을 꼭 쥐었다. 익숙한 목소리가 그의 귓전에 대고 속삭였다.

"몽랑, 당신을 찾을 길이 없어 제가 부황께 청해 방문을 뿌리고 당신이 오도록 한 거예요."

허죽은 더욱 놀라 말했다.

"다… 당신이 바로….'

소녀가 말했다.

"우리 안으로 들어가서 얘기해요. 몽랑, 전 낮이나 밤이나 지금 이 순간만을 간절히 기다려왔어요….'

소녀는 작은 소리로 나직하게 말하면서 그의 손을 꼭 쥔 채 조용히 휘장을 뚫고 두터운 양탄자를 밟으며 내당으로 향했다.

석실 안에 있던 사람들은 여전히 웃음을 그칠 줄 몰랐다. 궁녀는 계속해서 세 가지 문제를 한 사람씩 차례대로 물으며 지나갔다. 질문을 모두 마친 궁녀가 말했다.

"여러분께서는 밖의 응향당으로 가서 차를 드시면서 쉬고 계십시오. 벽에 걸린 서화는 나가시면서 각자 떼어가도록 하십시오. 공주 전하께서 뵙고자 하는 분이 계시면 사람을 보내 청할 것입니다.'

그러자 수많은 사람이 조급한 듯 소리치기 시작했다.

"공주를 뵙고 싶소!'

"지금 당장 봬야겠소!'

"우리를 이리저리 오가라 하니 이게 사람을 희롱하는 게 아니고 무엇이오?'

궁녀가 말했다.

"다들 밖에 가서서 쉬고 계시는 게 좋을 듯합니다. 굳이 공주 전하를 불쾌하게 만드실 필요가 있겠습니까?'

그 마지막 한마디의 효과는 탁월했다. 사람들이 홍주까지 온 것은 부마가 되기 위해서였는데 만일 공주의 분부를 듣지 않는다면 인견引見을 하지 않을 테고 공주 얼굴을 보지 못한다면 부마고 뭐고를 어찌할 수 있겠는가? 부마는커녕 부우駙牛나 부양駙羊도 되지 못할 것이다. 이에 사람들은 안정을 되찾고 줄줄이 석실 문을 나섰다. 석실 밖에는 횃불이 켜져 있어 가는 길을 밝게 비추고 있었다. 사람들은 온 길을 따라 앞서 차를 마시던 응향당 안으로 돌아갔다.

단예는 왕어언과 다시 만나 공주가 내린 세 가지 질문에 대해 얘기해줬다. 왕어언은 그가 평생 가장 행복하게 느낀 곳이 마른 우물 밑 진흙탕 속이라고 말했다는 얘기를 듣고 웃음을 금치 못하며 두 뺨이 벌겋게 달아올라 나직하게 말했다.

"저도 마찬가지예요."

사람들은 차를 마시며 한담을 나누었다. 조금 전 수많은 사람의 대답 중 누구 말이 공주의 의도에 가장 적합했는지에 대해 논의를 할 때는 의견이 매우 분분했다.

잠시 후에 내감이 서화 두루마리를 받들고 나와 사람들에게 하나씩 택하도록 했다. 그러나 그들 중 대다수는 공주가 자신을 인견할지 안할지에 대해서만 골몰하고 있을 뿐인데 서화 따위를 고를 여유가 어디 있겠는가? 덕분에 단예는 아주 어렵지 않게 그 '호반무검도'를 득할 수 있었다. 누구도 그 그림을 두고 다투려 하지 않았던 것이다. 그는 왕어언과 어깨를 나란히 한 채 감상을 했다.

왕어언이 탄식하며 말했다.

"그림 속의 인물은 약간 우리 어머니를 닮은 것 같아요."

그녀는 어머니와 보지 못한 지가 꽤 오래되었다는 사실을 상기하며 심히 근심스러워했다.

단예가 불쑥 허죽에게 그와 비슷한 그림 한 점이 있다는 사실을 떠올리며 그에게 빌려 비교해보고 싶었다. 그러나 사방을 둘러봐도 응향당 안에는 허죽의 인영이 보이지 않았다. 그는 소리쳐 불렀다.

"둘째 형님, 둘째 형님!"

하지만 여전히 대답이 없었다. 단예가 생각했다.

'큰형님과 함께 가셨나 보다! 혹시 무슨 일을 당한 건 아닐까?'

이런 걱정을 하는 순간 느닷없이 궁녀 한 명이 그의 곁으로 걸어와 말했다.

"허죽 선생께서 이 쪽지를 단왕자께 전하라 하셨습니다."

이 말을 하고 두 손으로 잘 접힌 이금泥金⁴ 시전지詩箋紙⁵를 바쳤다.

시전지를 받아드니 은은한 향기가 풍겨왔다. 단예가 쪽지를 펼쳐보자 안에 이런 글이 적혀 있었다.

'난 좋아, 아주 좋아. 말할 수 없이 행복해. 자네가 헛걸음을 하게 만들어 정말 미안하네. 단 백부님께도 믿음을 저버리게 됐지만 다른 방법이 없었네. 셋째 아우에게….'

그 밑에는 '둘째 형'이라는 서명이 돼 있었다. 단예는 화상이었던 둘째 형이 글을 많이 읽지 않아 문맥이 매끄럽지 않다는 사실을 알고 있기는 했지만 이 쪽지 내용은 밑도 끝도 없어 도대체 무슨 말을 하려는지 알 수가 없었다. 단예는 쪽지를 손에 쥐고 멍하니 앉아 곰곰이 생각해봤다.

종찬왕자는 궁녀가 쪽지 한 장을 단예에게 전하는 모습을 멀리서 바라보고 공주가 그를 인견하는 것이라 생각해 자기도 모르게 질투심이 폭발했다.

'좋아, 역시 기생오라비 네놈이 유리한 조건을 차지하게 됐구나. 절

대 그대로 둘 수는 없지.'

그는 당장 호통을 쳤다.

"절대 용납할 수 없다!"

그는 쏜살같은 걸음으로 단예를 향해 덮쳐가 왼손으로 쪽지를 뺏고 오른손으로는 일권을 뻗어 단예의 가슴팍을 향해 강하게 내질렀다.

단예는 허죽이 쪽지 안에 쓴 말이 무슨 뜻인지 곰곰이 생각하느라 종찬왕자의 일권이 날아오는데도 피할 생각을 하지 못했다. 더구나 그의 무공 실력으로는 번개같이 빠른 속도로 날아오는 종찬의 일권을 피하려 해도 피할 수가 없었던 터라 그대로 가슴에 적중되고 말았다. 그러나 단예의 체내에는 충만한 내식이 요동치고 있었던 터라 그의 일권이 곧바로 튕겨나가면서 휙 소리와 함께 곧바로 퍼퍽, 쨍그랑, 어이쿠 하는 소리가 이어졌다. 종찬왕자가 몇 걸음 밖으로 날아가 차탁 위에 나동그라졌고 차탁 위에 있던 찻주전자와 찻잔들은 산산조각 나버리고 만 것이다.

"어이쿠!"

종찬이 비명을 내지른 후 몸을 일으키기도 전에 그 쪽지를 보면서 큰 소리로 읽기 시작했다.

"난 좋아, 아주 좋아. 말할 수 없이 행복해."

사람들은 그가 단예에게 튕겨나가 호되게 나동그라진 걸 똑똑히 봤건만 어찌 '난 좋아, 아주 좋아. 말할 수 없이 행복해'라는 말을 하는지 의아해하지 않을 수 없었다.

왕어언은 재빨리 단예 곁으로 달려가 물었다.

"아프지 않으세요?"

단예가 껄껄대고 웃었다.

"별일 아니오. 둘째 형님께 쪽지를 하나 받았는데 저 왕자는 공주가 날 인견하는 걸로 오해한 모양이오."

토번 무사들은 자신들의 주공이 얻어맞은 것을 보자 일부는 종찬에게 달려가 부축을 하고 일부는 흉악한 표정으로 단예를 향해 도발을 했다.

단예가 재빨리 왕어언을 향해 말했다.

"이곳은 분쟁이 일어날 수밖에 없는 곳이라 더 머물러야 득 될 것이 없소. 어서 나갑시다!"

파천석이 다급하게 말렸다.

"공자, 예까지 오셨는데 어찌 그리 서두르시는 겁니까?"

주단신 역시 나서서 말했다.

"서하국 황궁 내원인데 토번인들의 난폭한 행동이 두려울 것 뭐 있습니까? 어쩌면 공주가 공자를 뵙자고 청할 수도 있는데 이대로 간다면 어찌 예의에 어긋나는 행동이 아니겠습니까?"

두 사람이 끊임없이 설득하며 단예를 좀 더 머무르도록 만들었다.

과연 일품당 중 누군가 나와 토번 무사들에게 호통을 치며 무례한 행동을 하지 못하게 했다. 종찬왕자는 가까스로 몸을 일으켜 그 쪽지가 공주가 단예를 인견한다는 내용이 아닌 걸 보고 화를 가라앉혔다.

이런 소동이 벌어지는 동안 목완청이 갑자기 단예에게 손짓을 하며 왼손으로 종이 한 장을 들어 흔들었다. 단예가 고개를 끄덕이며 그녀에게 다가가 건네받았다.

종찬은 다시 단예가 그 쪽지를 펼쳐보는 것을 보고 불안한 표정을 지었다.

'저 쪽지는 필시 공주가 보자고 하는 내용일 것이다.'

그는 큰 소리로 호통을 쳤다.

"처음엔 날 속였지만 두 번째도 속일 수 있을 것 같으냐?"

그는 두 발을 힘껏 디디며 다시 단예를 향해 덮쳐가 재빨리 그 쪽지를 낚아채고 오른발을 들어 단예의 아랫배를 향해 걷어찼다. 배꼽 밑에 있는 단전은 기를 연마하는 사람들이 내식을 쌓아두는 근원으로 내경을 돋울 필요도 없이 자연스럽게 반응이 일어나는 곳이었던 터라 당연히 더 빠른 반응을 일으킬 수밖에 없었다. 휙 소리와 함께 다시 퍼퍽, 쨍그랑, 어이쿠 하는 소리가 차례대로 울려퍼지며 종찬의 몸이 하늘로 날아올라 수십 명의 머리 위를 지난 다음 7~8장 밖에 있는 차탁 일고여덟 개와 부딪히고 그 자리에 나자빠졌다.

종찬은 살갗이 거칠고 살찐 몸이었던 데다 단예가 고의로 기운을 돋우어 그를 해치려 한 것이 아니다 보니 망측한 꼴로 나자빠지긴 했지만 내상을 입지는 않았다. 그는 바닥에 쓰러지면서도 재빨리 그 쪽지를 들어 큰 소리로 읽기 시작했다.

"무서운 자가 우리 아버지를 죽이려 해요. 당신 아버지이기도 하니어서 가서 구하세요."

사람들은 그 말을 듣고 더더욱 갈피를 잡지 못했다. 종찬왕자가 '우리 아버지이자 당신 아버지'란 말을 어찌 하는 것인가? 설마 토번과 대리의 양국 왕자가 같은 부친 소생이란 말인가?

단예와 파천석, 주단신 등은 이미 짐작했다. 그 글은 목완청이 쓴 것이고 이른바 '우리 아버지이자 당신 아버지'란 단정순을 가리키는 말이었다. 이에 목완청 곁으로 다가가 일제히 캐물었다.

목완청이 말했다.

"다들 안으로 들어가고 얼마 있지 않아 매검과 난검 두 언니가 궁으로 들어와 허죽 선생께 고할 말이 있다고 했어요. 허죽 선생이 계속 나오지 않자 그 언니들이 저한테 말해줘서 소식을 접하게 됐죠. 흉악한 자들 몇 명이 함정을 파놓고 아버지를 해치려 한다고 말이에요. 함정들은 촉남蜀南 일대에 파놓았대요. 그곳은 아버지가 대리로 돌아가려면 반드시 거쳐야 하는 길이에요. 영취궁에서 이미 현천과 주천 두 부를 파견해 아버지를 추적하라고 보내놓고 아버지를 조심시키는 동시에 서쪽으로 와서 그 소식을 전한 거예요."

단예가 다급하게 말했다.

"매검과 난검 두 누님은? 어찌 보이지 않는 거요?"

목완청이 말했다.

"오라버니 눈에는 왕 낭자 한 사람만 보이는데 다른 사람이 보일 리 있겠어요? 매검과 난검 두 언니는 오라버니한테 직접 말하려 했어요. 오라버니를 향해 몇 번이나 소리쳐 불렀지만 일부러 거들떠보지 않았던 건지 아니면 정말 보지 못한 건지 알 수가 없었죠."

단예는 얼굴을 붉히며 말했다.

"나… 난 정말 보지 못했소."

목완청이 다시 냉랭한 목소리로 말했다.

"두 사람은 더 이상 오라버니를 기다리지 않고 급히 허죽 둘째 오라버니를 찾으러 갔어요. 제가 손짓을 해서 이쪽으로 오면 말하려 했지만 오라버니가 본체만체해 하는 수 없이 쪽지를 써서 전달하려 했던 거예요."

단예는 속으로 미안한 마음을 금할 길 없었다. 자신이 다른 데는 전혀 신경 쓰지 않았다는 걸 알고 있었기 때문이다. 눈에 보이는 것이라고는 왕어언의 일희일비하는 모습뿐이었고 귀에 들리는 것이라고는 왕어언의 말과 웃음소리뿐이었던 터라 하늘이 무너져 내린다 해도 무시했을 테니 목완청이 멀리서 손짓을 하며 불렀지만 보면서도 알지 못했던 것이다. 만일 종찬왕자가 덮쳐와 일권을 날리지 않았더라면 여전히 고개를 숙인 채 목완청의 손짓을 보지 못했을 것이다. 그는 파천석과 주단신을 향해 말했다.

"밤을 달려 아버지를 쫓아가도록 합시다."

파천석과 주단신 두 사람이 답했다.

"그러시지요!"

모두들 진남왕이 위기에 빠졌다면 그 일이 그 무엇보다 긴박한 일이라 여겼기에 단예가 서하 부마가 되고 안 되고의 문제는 일단 도외시할 수밖에 없었다. 일행은 곧바로 몸을 일으켜 문을 나섰다.

단예 등은 빈관으로 돌아와 종영과 회합을 한 뒤 소봉과 허죽에게 전갈을 남기고 짐을 챙겨 즉시 길을 나섰다. 파천석은 서하국 예부상서에게 작별을 고하면서 진남왕이 급병에 걸려 세자가 시중을 들러 가야 하며 황상께 직접 인사를 드릴 겨를이 없다고 말했다. 부친이 병석에 누웠다면 아들 입장에서 밤새 달려가 탕약을 달여 시중드는 것이 당연한 도리였던 터라 예부상서 역시 찬탄을 금하지 못하며 '왕자의 효심이 하늘에 이르니 단왕야께서는 약을 쓰지 않아도 완쾌하실 것이오' 등등의 말을 아끼지 않았다. 파천석은 공주의 부마 간택 결과를 탐문하러 갔지만 어떤 내용도 들을 수 없었다. 서둘러 홍주성 남문을 빠져나간 그가 경공을 펼쳐 단예 등을 뒤쫓아갔을 때는 홍주에서 이미 30여 리 떨어진 곳이었다.

47

누구를 위해 산다화는 만발하였나?

밖에서 한바탕 강풍이 휘몰아치더니 윙윙 소리와 함께 수만 마리의 벌 떼가 집 안으로 쏟아져 들어왔다.

집 안으로 들어온 벌 떼는 사람들을 마구 쏘아대기 시작했다.

단예 일행이 쉬지 않고 내달려갔지만 가는 길은 하루에 그치지 않았다. 홍주로부터 고란卓蘭과 진주秦州에 이르렀다가 다시 동쪽으로 한중漢中을 향해 가다 광원廣元과 검각劍閣을 거쳐 촉북蜀北에 이르렀다. 가는 길에 영취궁의 현천, 주천 두 부 소속 여인들로부터 수차에 걸친 전갈을 받고 진남왕이 남쪽을 향해 가고 있다는 사실을 알게 되었다. 전갈에는 이런 소식도 있었다. 진남왕이 가족인 여자 두 명을 대동하고 가는데 두 부인이 재동梓潼에서 한바탕 크게 싸움을 벌였지만 승부가 나지 않은 것 같다는 것이다. 단예는 그 두 부인이 한 명은 목완청의 모친인 진홍면이며 또 다른 한 명은 아자의 모친인 완성죽일 것이라 짐작했다. 무공 실력을 논하자면 진홍면이 비교적 고강한 편이고 지략을 논하자면 완성죽이 우세를 점하고 있기 때문에 아버지가 두 사람 사이에서 중재를 한다면 큰일이 일어나지는 않을 것으로 추측했다. 과연 이틀이 채 되지 않아 다시 소식이 들려왔다. 두 부인이 이미 화해를 해서 진남왕과 한 주루에서 동석한 채 술을 마시고 있다는 내용이었다. 현천부에서 이미 진남왕에게 흉악한 적이 앞길에 함정을 파놓고 해치려 한다는 위급한 상황을 고지했다는 전갈도 들려왔다.

가는 도중 단예는 파천석, 주단신 등과 수차에 걸친 상의를 통해 진남왕의 적수가 사대악인의 우두머리인 단연경 외에는 다른 사람이 있을 수 없다고 짐작했다. 단연경이 고강한 무공을 지니고 있어 대리국에서는 보정제와 천룡사 고승들 외에는 대적할 수 있는 사람이 없었기에 그가 진남왕을 쫓고 있다면 크게 우려되는 게 사실이었다. 오로지 가는 길을 재촉해 진남왕과 회합하고 모두가 힘을 합쳐야만 단연경에 맞설 수 있었다. 파천석이 말했다.

"단연경을 발견하면 우리 모두 떼로 달려들어 물리치는 수밖에 없습니다. 소경호 기슭 사건의 전철을 밟아 왕야께서 놈과 단타독투하게 만들어서는 절대 안 됩니다."

주단신이 말했다.

"맞습니다. 여기 계신 단 공자와 목 낭자, 종 낭자, 왕 낭자 그리고 우리 두 사람에 왕야와 두 부인, 화 사도와 범 사마, 고 둘째 형님이 합세하고 거기에 영취궁 낭자들도 모두 도울 것입니다. 수를 앞세워 세력을 구축한다면 단연경을 없애진 못하더라도 감히 우습게 보지는 못할 겁니다."

단예가 고개를 끄덕이며 말했다.

"좋은 방법입니다."

일행이 면주綿州에 당도했을 때 앞에서 말발굽 소리가 들리며 인마 두 기가 나란히 달려왔다. 말 위에서 여자 둘이 훌쩍 몸을 날려 내리며 소리쳤다.

"영취궁 소속 현천부에서 대리 단 공자께 인사드립니다."

단예가 황급히 말에서 내려 부르짖었다.

"두 분께서는 고생이 많으시오. 가친은 만나셨소?"

오른쪽의 중년 부인이 말했다.

"공자께 아룁니다. 진남왕께서는 저희가 전한 경보를 듣고 이미 동쪽으로 진로를 바꾸셨습니다. 우회 길로 대리를 가면 적을 만나지 않을 것이라 말씀하시면서 말입니다."

단예가 안심을 하고 기뻐했다.

"그렇다면 다행이오. 아버지같이 귀하신 분이 그런 흉악한 자와 어찌 사투를 벌이시겠소? 독충이나 맹수는 피하는 것이 상책이며 이는 두려워서가 아닌 것이오. 두 분께서는 적이 누구인지 아시오? 그 소식은 어디서 처음 들은 것이오?"

그 부인이 말했다.

"처음에는 국검 낭자가 어떤 낭자한테 들었다고 합니다. 그 낭자 이름이 아벽…"

단예가 말을 끊으며 말했다.

"아, 아벽 낭자였군요. 내가 아는 사람이오."

그 부인이 말했다.

"그럼 맞습니다. 국검 낭자 말로는 아벽 낭자가 자기 나이와 비슷하고 미모가 뛰어나 호감이 가는 소녀라 하더군요. 다만 강남 사투리를 써서 알아듣기가 매우 힘들었다고 합니다. 아벽 낭자는 우리 주인님의 사질인 강광릉 선생과 연원이 있으니 어찌 보면 우리 영취궁 사람이라고도 할 수 있습니다. 국검 낭자가 우리 주인님께서 공자와 함께 서하로 부마 모집에 참가하러 가셨다고 하자 아벽 낭자는 자기도 서하로 가서 모용 공자를 만나야겠다고 했답니다. 더불어 단 공자도 무척 보고 싶다는 말도 했다더군요. 그녀는 길에서 매우 흉악한 인물이 진남왕야를 해치려 한다는 소식을 들었다고 했습니다. 전에 단 공자께서 잘 대해주셨다면서 저희한테 안부를 전해달라는 말을 남겼답니다."

단예는 고소에서 처음 아벽을 만났던 당시 정경을 떠올렸다. 그 후에 그녀가 작은 배로 무석까지 배웅해준 덕에 깊은 호감을 느껴 호수 위에서 그녀를 의동생으로 삼지 않았던가? 헤어지고 난 이후 늘 그리워했는데 이렇게 다시 그녀 소식을 전해듣게 되자 감격스러운 마음이 들었다.

"아벽 낭자는 지금 어디에 있소?"

중년 부인이 말했다.

"속하는 잘 모릅니다. 단 공자, 매검 낭자 말에 따르면 단왕야를 노리는 그 적이 보통 무시무시한 자가 아닌 듯합니다. 그 때문에 매검 낭자가 주인님의 하명을 기다리지도 않고 현천과 주천 두 부를 출동시킨 것이니 공자께서도 조심하시는 게 좋을 것 같습니다."

단예가 말했다.

"전력을 다해 애써주신 수수께 감사드리겠소. 수수께서는 존성이 어찌 되시오? 훗날 재하가 둘째 형님을 뵈면 잘 말씀드릴 것이오."

그 부인이 매우 기뻐하며 빙긋 웃었다.

"우리 현천과 주천 두 부의 일원 모두 응당 해야 할 일이니 공자께서 미천한 이름을 언급하실 필요 없습니다. 공자께서 그런 호의를 베푸시니 오히려 제가 감사드립니다."

이 말을 하고 다른 한 여인과 옷섶을 여미어 예를 올렸다. 그러고는 옆 사람에게 슬쩍 손짓을 하더니 말에 올라타 길을 떠났다.

단예가 파천석을 향해 물었다.

"파 숙부, 어찌 생각하십니까?"

105

파천석이 말했다.

"왕야께서 이미 우회해서 동쪽으로 가셨다니 우리는 곧장 남쪽으로 내려가시지요. 아마 성도成都 일대에서 왕야와 조우할 수 있을 것입니다."

단예가 고개를 끄덕였다.

"옳은 말씀입니다."

일행은 남쪽으로 내려가 면주를 지나 성도成都에 당도했다. 금관성錦官城은 번화하고 풍요롭기로 서남 지역에서 최고였다. 단예 등은 성내에서 며칠간 한가로이 돌아다녔지만 단정순이 오는 모습을 볼 수 없었다. 모두들 생각했다.

'진남왕께서는 부인 두 분과 함께 계시니 오는 길에 산수를 유람하며 풍류를 즐기시느라 천천히 걸으실 테고 그렇다면 늦는 게 당연하다. 대리로 돌아가면 그런 자유롭고 행복한 순간은 사라질 테지만.'

일행은 다시 남쪽을 향해 나아갔다. 한 걸음 걸을 때마다 대리에 점점 가까워지자 모두들 마음의 여유가 생겼다. 가는 길에는 갖가지 꽃이 비단을 수놓은 듯 아름답게 펼쳐져 있었다. 단예는 왕어언과 말 머리를 나란히 한 채 나아갔지만 목완청과 종영이 화를 낼까 두려워 두 누이를 감히 적적하게 놔둘 수는 없었다. 목완청은 가는 도중 종영에게 그녀 역시 단정순의 소생이란 사실을 알려주고 서로 언니 동생으로 호칭 정리를 했다. 두 사람은 단예와 왕어언이 한가롭게 담소를 나누며 친밀한 표정을 짓고 있는 모습을 보면서도 어쩔 도리가 없어 그저 낙담만 할 따름이었다.

그날 저녁 무렵 양류장楊柳場에 당도했을 때 느닷없이 하늘 색이 급

변하면서 콩알만 한 굵기의 소나기가 세차게 쏟아지기 시작했다. 일행은 재빨리 말을 재촉해 비 피할 곳을 찾아 달려갔다. 줄지어 늘어선 버드나무를 돌아나가자 작은 시냇가 옆에 흰색 담장과 검은 기와로 된 일고여덟 칸의 집이 우뚝 솟아 있었다. 모두들 기쁜 마음에 말을 달려 가까이 다가갔다. 그때 처마 밑에 한 노인이 서 있는데 두 손으로 뒷짐을 진 채 점점 짙어져만 가는 하늘의 검은 구름을 바라보고 있었다.

주단신이 말에서 내려 그 노인 앞으로 다가가 공수를 했다.

"노인장, 실례하겠습니다. 재하 일행이 길을 가던 중 비를 만나서 그런데 귀 장원에서 잠시 비를 피하고자 하니 부디 편의를 좀 봐주시기 바랍니다."

그 노인이 답했다.

"별말씀을 다 하시오. 집이 그럴 때 쓰라고 있는 거 아니겠소? 어서들 들어오시오."

주단신은 그의 말투가 또렷또렷한 것이 천남川南 말투가 아닌 데다 두 눈에 생기가 도는 것을 보고 속으로 깜짝 놀라지 않을 수 없었다. 그러나 곧 공수를 하며 답했다.

"그렇다면 감사드리겠습니다."

일행이 문안으로 들어서자 주단신은 단예를 가리키며 말했다.

"이분께서는 제가 모시는 여余 공자십니다. 방금 성도에 계신 친지를 방문하고 돌아오는 길이지요. 이분은 석石 형이고 재하는 진陳씨입니다. 노인장께서는 존성이 어찌 되시는지요?"

그 노인이 허허하고 웃었다.

"이 늙은이는 가賈씨요. 여 공자, 석 형, 진 형 그리고 낭자들. 내당에 들어가 차나 좀 드시오. 빗줄기를 보니 좀 더 내릴 듯싶소."

가 노인이 사람들을 곁채 안으로 안내했다. 벽에 서화 몇 점이 걸려 있고 장식품들이 깔끔해 시골 사람의 거처로 보이지 않자 주단신과 파천석은 눈빛을 교환하며 더욱 경계를 했다. 단예는 벽에 걸린 서화들이 모두 평범한 것이라 더 이상 쳐다보지 않았다. 가 노인이 말했다.

"사람을 시켜 차를 내오라 하겠소."

주단신이 말했다.

"괜한 폐를 끼치는군요."

가 노인이 웃으며 말했다.

"귀인들께 대접이 소홀할까 걱정이오."

이 말을 하면서 몸을 돌려나가 문을 닫았다.

방문을 닫자 문 뒤쪽에 한 폭의 그림이 드러났다. 그림 속에는 커다란 산다화수 몇 그루가 그려져 있었는데 한 그루는 연분홍빛으로 화사함이 뚝뚝 묻어나왔고 또 한 그루는 하얀색으로 가지가 반 이상 말라 있었지만 고풍스러우면서도 힘이 느껴졌다.

단예는 그 그림을 보고 희열이 느껴졌다. 그때 그림 옆에 적혀 있는 글 한 줄이 보였다.

대리 산다화는 나라 안에서 최고라네.	大理茶花最甲海內
종류는 칠십일 가지	種類七十有一
모란보다 크고	大于牡丹
가만히 살펴보면 불○ 구름○	一望若火○雲○
눈부신 해가 피어올라○	爍日蒸○

그러나 중간에 몇 글자 빈 곳이 있었다.

이 글은 명나라 때 인물인 풍시가馮時可가 쓴《전중다화기滇中茶花記》의 내용 중 일부를 베껴 적은 것으로 단예는 이 글을 정확히 기억하고 있었다. 원래 산다화 종류는 분명 '칠십이' 가지였는데 여기에는 '칠십일'이라 적혀 있었다. 힐끗 보니 탁자 위에 문방사보가 놓여 있는 게 보였다. 그는 참다못해 붓을 들어 먹을 찍은 다음 '일一' 자 위에 한 획을 더 그어 '이二' 자로 만들었다. 또 '화火' 자 다음에 '제齊' 자를 첨가하고 '운雲' 자 다음에는 '금錦' 자, '증蒸' 자 다음에는 '하霞' 자를 첨가했다. 빈 곳을 메우자 이렇게 변했다.

대리 산다화는 나라 안에서 최고라네.	大理茶花最甲海內
종류는 칠십이 가지	種類七十有二
모란보다 크고	大于牡丹
가만히 살펴보면 비단 구름처럼 붉게 물들어	一望若火齊雲錦
눈부신 노을과도 같아라.	爛日蒸霞

원래 적혀 있던 글자체는 매끄럽고도 힘찬 느낌의 저수량체褚遂良體였지만 단예 역시 그 글자체에 맞게 적어놓았기 때문에 첨가한 흔적이 전혀 보이지 않았다.

종영이 손뼉을 치며 깔깔대고 웃었다.

"그렇게 채워넣으니까 그림이 아주 완벽해졌네요. 빠진 부분도 없어지고!"

단예가 붓을 놓고 얼마 되지 않아 가 노인이 문을 열고 들어와 다시 곧바로 문을 닫았다. 그는 그림 속의 부족한 글자가 채워진 것을 보고 만면에 희색을 띠며 웃었다.

"귀한 객이로군, 귀한 객이야. 이 늙은이가 실례했소. 그 그림은 내 오랜 친구가 그린 것이오. 그 친구가 워낙 기억력이 좋지 않아 글을 적을 때 몇 글자를 잊어버렸소. 나중에 집에 가서 서책을 찾아보고 다시 채워넣겠다고 했지. 에이, 한데 예기치 못하게 그 친구가 집에 돌아간 후 병석에 누웠다 끝내 일어나지 못하는 바람에 다신 채워넣을 수가 없었소. 한데 여 공자가 그토록 해박한 지식을 지니고 있어 이 늙은이와 먼저 간 내 친구의 원을 풀어주리라고는 생각지 못했소. 술상을 봐와야겠소, 술상을!"

그는 계속 큰 소리를 부르짖으며 다시 나갔다.

얼마 지나지 않아 가 노인이 명주로 만든 참신한 장포로 바꿔 입고 단예 등에게 대청으로 가서 함께 한잔할 것을 청했다. 창밖에는 비가 억수같이 내리고 땅바닥에는 여러 갈래의 작은 개울이 동서로 줄기차게 흐르고 있어 걷기조차 힘든 상황이었다. 단예 일행은 가 노인의 성의를 거절할 수 없어 함께 대청으로 건너갔다. 식탁 위에는 신선한 어류와 납육, 닭과 오리, 채소 등 10여 가지 음식이 차려져 있었다. 단예 등이 감사의 뜻을 표하고 자리에 앉았다.

가 노인이 잔에 술을 따르고 웃었다.

"촌에서 빚은 술이지만 아쉬운 대로 몇 잔 드시오. 이 늙은이는 원래 강남 사람이오. 젊었을 때 얄팍하지만 무공을 조금 배워 남과 다투다 실수로 원수 두 명을 죽여버리고 말았소. 그 후로 고향에 몸을 둘 수가 없어 이곳 사천까지 도주해온 것이오. 에이, 수십 년을 여기 거주했지만 늘 고향이 그리운 건 어쩔 수가 없구려. 우리 고향 술은 여기 대곡★曲보다 깔끔하고 진하지만 그리 독하지는 않소."

그는 이 말을 하면서 사람들에게 술을 따라주었다.

사람들은 그가 신세타령하는 소리를 듣고 다 믿을 순 없었지만 무공을 배웠다고 자처하자 오히려 의구심이 줄어들었다. 그는 다시 사람들에게 술을 따라주고 난 후 말했다.

"먼저 한 잔 비우겠소!"

이 말과 함께 잔에 든 술을 모두 비우자 일행은 더욱 안심해서 마음껏 먹고 마시기 시작했다. 파천석과 주단신은 술은 조금만 마시고 음식을 먹을 때도 가 노인이 먼저 젓가락으로 음식을 집어 먹는 걸 보고 나서야 음식을 집었다.

술자리가 모두 끝났지만 여전히 비는 그치지 않았다. 더 있다 가라는 가 노인의 간청에 단예 일행은 그날 밤 그 장원에서 묵어가기로 했다.

잠자리에 들 때 파천석이 목완청에게 슬그머니 말했다.

"목 낭자, 오늘 밤 경계를 하고 주무셔야겠소. 내 보기엔 여긴 약간 마장스러운 데가 있는 것 같아서 말이오."

목완청은 고개를 끄덕이며 옷을 입은 채 잠자리에 들었다. 또한 소맷자락 속에는 독전을 장착해두었다. 그러나 주룩주룩 내리는 창밖의 빗소리를 들으며 날이 밝을 때까지 자다 깨다를 반복했지만 뜻밖에도 아무 일도 일어나지 않았다.

간단히 세안을 마치고 보니 비는 이미 그친 상태였다. 모두들 가 노인을 향해 작별 인사를 하고 주단신이 약간의 은자를 쥐여주며 보답하고자 했지만 가 노인은 끝내 받으려 하지 않았다. 그는 문밖으로 수십 장까지 배웅을 나온 뒤 정중하게 예를 올렸다.

일행은 그 집에서 멀리 떠나온 뒤에 혀를 차며 의아해했다. 파천석이 말했다.

"저 노인은 도대체 어떤 내력을 지니고 있는지 기이하기 짝이 없군. 도저히 짐작이 가질 않으니 말이야."

주단신이 말했다.

"파 형, 제 짐작으로는 그 노인이 본래 호의를 품은 것 같지 않았지만 공자께서 그림 속의 글을 채워넣자 갑자기 태도가 변한 것 같습니다. 공자, 그 그림과 글이 어떤 관계가 있다고 보시나요?"

단예가 고개를 가로저었다.

"그 산다화 두 그루는 극히 평범한 것입니다. 한 그루는 분후紛侯이고 한 그루는 설탑雪塔이란 것인데 명품종이라 할 수 있지만 그리 희귀한 것은 아닙니다."

사람들은 짐작조차 할 수 없어 더 이상 개의치 않았다.

종영이 웃으며 말했다.

"길을 가다 글자가 빠진 그림들을 또 만났으면 좋겠어요. 그럼 우리 단 오라버니가 빈 곳을 채워넣는 붓을 휘두를 테고 그럼 술과 밥 두 끼에다 하루를 묵어갈 수 있으니 은자를 절약할 수 있잖아요?"

그런데 기이하게도 종영이 한 말은 그저 농담에 불과했지만 뜻밖에도 가는 길에 정말 그런 그림들이 연이어 나타났다. 그 그림 속에 그려져 있는 것들은 모두 산다화였는데 글이 빠져 있는 것도 있었지만 어떤 건 글이 잘못 적혀 있었다. 또한 어떤 그림은 가지만 있고 꽃이 없거나 꽃은 있는데 잎사귀가 없는 것도 있었다. 단예는 그걸 보고 붓을 들어 첨가해 넣었다. 그가 글이나 그림을 첨가하면 그림 주인은 하나같이 공손하게 접대를 하며 좋은 술과 음식을 내주고 대가는 절대 받으려 하지 않았다.

파천석과 주단신이 갖은 구실을 내세워 몇 번이나 에둘러 물어봤지만 상대방은 언제나 천편일률적인 대답들뿐이었다. 그림을 그린 화가가 제대로 마무리를 짓지 못한 것이고 빠진 글을 귀객 덕분에 채우게 되었다며 고마워하는 것이었다. 아직 젊은 감성을 지닌 단예와 종영은 이를 매우 재미있게 느껴 빠져 있는 글과 그림이 더 많이 나타나기만 기대했다. 왕어언은 단예가 기뻐하는 모습에 따라서 기뻐했고 목완청은 그 무엇도 두려워하지 않는 성격이라 상대가 호의를 품든 악의를 품든 마음에 담아두지 않았다. 오로지 파천석과 주단신만은 갈수록 우려에 휩싸였다. 상대가 그렇게 주도면밀하게 배치를 해놓은 데는 필시 음모가 있을 것이라 여겼지만 그 어떤 단서도 찾을 수 없었기 때문이다.

파천석과 주단신 두 사람은 상대가 정성스럽게 대접할 때마다 술과 음식에 독이 들어 있지 않은지 더더욱 세심하게 살폈다. 일부 만성慢性 독약들은 쉽게 발작하지 않고 연달아 10여 차례를 먹어야만 발작하는 경우도 있었다. 파천석은 심오한 견식을 지니고 있어 상대가 독을 탔다면 그의 눈을 속일 수 없었다. 그러나 시종 술과 음식에는 아무 이상이 없었다. 더구나 주인은 언제나 먼저 마시고 먹어가며 이상이 없음을 확인시켜줬다.

남쪽으로 내려가면 갈수록 날이 점점 따뜻해졌다. 가는 길에 있는 깊은 산과 긴 풀이 무성하게 자란 울창한 밀림이 있는 풍광은 북쪽에 위치한 서하와 비교해 너무나도 달랐다. 이날 저녁 무렵 초해^{草海} 근방에 이르자 멀리까지 파릇파릇한 들풀이 끝없이 펼쳐져 있었고 왼쪽에는 대삼림이 자리 잡고 있어 수십 리 안쪽에 인가라고는 전혀 없었다.

파천석이 말했다.

"공자, 이곳은 지세가 매우 험하니 서둘러 묵을 곳을 찾는 게 좋겠습니다."

단예가 고개를 끄덕였다.

"그래야겠습니다. 오늘은 이 초지를 벗어나기 힘들 듯한데 어디 가서 묵어야 할지 모르겠군요."

주단신이 말했다.

"초해 안에는 독모기나 독충이 많고 장기^{瘴氣} 또한 많습니다. 지금은 도화장^{桃花瘴}[6]이 막 지나고 유화장^{榴花瘴}이 일어날 시기라 두 장기가 뒤섞이면서 독성이 강해집니다. 묵을 곳을 찾지 못한다면 나뭇가지 높은 곳에 머물러 장기가 몸에 침투하지 못하게 만드는 게 좋을 것입니다. 모기나 독충도 훨씬 적을 테니 말입니다."

일행은 왼쪽으로 방향을 틀어 숲속으로 걸어들어갔다. 왕어언은 주단신이 장기에 대해 매우 무섭게 얘기하자 도화장이니 유화장이니 하는 게 무엇인지 물어봤다. 주단신이 답했다.

"장기는 초야의 습지에 피어오르는 독기나 독무^{毒霧}를 말합니다. 3월에는 도화장, 5월에는 유화장, 8월에는 계화장^{桂花瘴}, 10월에는 부용장^{芙蓉瘴}이 올라오지요. 사실 장기는 모두 같지만 월령^{月令}[7]에 따라 피는 꽃을 가지고 이름을 붙인 겁니다. 날씨가 점점 더워지고 모기나 독충이 생기는 3월과 5월 사이가 가장 유해한 시기인데 지금이 마침 그때입니다. 이 일대는 습기가 많고 초해 안의 야생풀들이 썩어서 쌓여 있기 때문에 장기가 매우 강할 겁니다."

왕어언이 말했다.

"음, 그럼 산다화장山茶花瘴도 있나요?"

단예와 파천석 등이 빙긋 웃었다. 주단신이 말했다.

"우리 대리인은 산다화를 가장 좋아해서 그런 성가신 장기와 연결 시키지는 않습니다."

그런 대화를 나누는 동안 숲속으로 들어오게 되었다. 말이 진흙탕 안에 발을 딛자 빠진 말발굽을 빼내며 나아가기란 쉽지 않았다. 파천석이 말했다.

"더 이상 들어갈 것 없을 듯싶습니다. 오늘 밤은 새들처럼 높은 나무 위에 둥지를 틀어 머물고 내일 날이 밝고 장기가 가라앉으면 그때 길을 떠나시지요."

왕어언이 물었다.

"날이 밝으면 장기도 가라앉나요?"

파천석이 말했다.

"그렇습니다."

종영이 갑자기 동북쪽을 가리키며 놀란 목소리로 소리쳤다.

"아유, 큰일 났어요. 저쪽에 장기가 피어오르고 있어요. 저게 무슨 장기죠?"

사람들은 그녀의 손가락이 가리키는 곳을 바라봤다. 과연 구름 같은 기운이 숲 사이로 모락모락 피어오르는 모습이 보였다.

파천석이 말했다.

"낭자, 저건 취사장炊事瘴이오."

종영이 심히 걱정스러운 표정으로 물었다.

"취사장은 또 뭐죠? 무서운 건가요?"

파천석이 껄껄대고 웃었다.

"저건 장기가 아니라 사람들이 밥을 지을 때 피어오르는 김이오."

과연 그 푸르스름한 연기 속에 거뭇거뭇하면서도 하얀 김이 피어올랐다. 사람들 모두 웃음을 터뜨리고는 정신이 번쩍 들어 말했다.

"저 취사장이 있는 곳으로 갑시다."

종영은 사람들이 웃음을 터뜨리자 창피한 마음에 얼굴이 새빨개지고 말았다. 왕어언이 토닥거리며 말했다.

"영 동생, 동생이 저 취사… 취사를 하는 연기를 봐서 다행이야. 다들 나무 꼭대기에서 노숙하는 상황을 면하게 됐잖아."

일행은 연기가 피어오르는 곳을 향해 걸어갔다. 근방에 이르자 숲속에 통나무로 된 집이 일고여덟 채 정도 보이고 집 옆에는 목재들이 가득 쌓여 있었다. 벌목하는 나무꾼이 사는 곳으로 보였다. 주단신이 앞으로 달려가 큰 소리로 외쳤다.

"계십니까? 길 가는 나그네인데 귀하 거처에서 하룻밤만 묵어가고자 합니다. 가능하겠소?"

한참을 기다렸지만 집 안에서는 아무 소리도 들리지 않았다. 주단신이 다시 한번 소리쳤지만 대답하는 사람은 없었다. 그러나 지붕 위 굴뚝에서 밥을 짓는 연기가 계속 피어오르는 것으로 보아 집 안에는 사람이 있는 것 같았다.

주단신이 품 안에서 무기로 삼을 수 있는 철골선鐵骨扇을 꺼내 손에 들고 천천히 문을 밀어젖혀 안으로 들어갔다. 집 안에는 사람이라곤 그림자도 안 보이고 따닥따닥 하는 장작 타는 소리만 들렸다. 주단신이 후당으로 걸어가 부엌 안으로 들어가자 부뚜막 밑에서 한 노파가 불을 지피고 있었다. 주단신이 물었다.

"할머니, 안에 누가 또 있습니까?"

그 노파는 자기 귀를 가리키고 다시 입을 가리키며 어버버 하는 몇 번의 소리를 내는데 자신이 귀머거리에 벙어리란 표시인 것으로 보였다.

주단신이 대청으로 돌아가자 단예와 목완청 등은 나머지 집들을 둘러보고 있었다. 일고여덟 채의 통나무집 안에 그 노파 외에는 아무도 없었고 집마다 판자로 된 침상이 있었는데 침상 위에 침구라고는 없었다. 벌목 나무꾼들이 아직 일을 시작할 시기가 아닌 것으로 보였다. 파천석은 통나무집 바깥쪽을 두 바퀴나 돌며 자세히 살폈지만 아무 이상이 없었다.

주단신이 말했다.

"저 노파가 듣지도 못하고 말도 하지 못하니 얘기를 나눌 방법이 없습니다. 아무래도 왕 낭자가 가서 소통을 해보는 게 좋을 것 같군요."

왕어언이 미소를 지으며 고개를 끄덕였다.

"네, 제가 가볼게요."

왕어언이 부엌으로 들어가 그 노파와 손짓 발짓을 해가며 은자 한 덩어리를 꺼내주자 노파는 이들이 묵어가겠다는 말을 알아들은 듯했다. 일행은 그 노파가 밥을 다 짓고 난 다음 조금 더 지어달라 부탁을

했다. 통나무집 안에는 술이나 고기가 없어 다들 말린 채소에 흰쌀밥
만으로 주린 배를 채워야 했다.

파천석이 말했다.

"모두 이 집 한 칸에서 자고 흩어지지 맙시다."

이에 남자들은 동쪽 방에서 자고 여자들은 서쪽 방에 자리를 잡았
다. 그 노파는 중간 방 탁자 위에 등잔불을 붙여놓았다.

다들 막 잠이 들려고 할 때 갑자기 중간 방에서 딱딱 하는 몇 번의
소리가 들렸는데 누군가 부시와 부싯돌로 불을 붙이려다 못 붙이는
것 같았다. 파천석이 문을 열고 나가보니 탁자 위 등잔불이 꺼져 있고
어둠 속에서 딱딱 소리와 함께 노파가 끊임없이 불꽃을 일으키고 있
었다. 파천석은 품 안에서 부시와 부싯돌을 꺼내 딱 소리를 내며 불을
붙이고 등잔에 불을 붙였다. 그 노파가 얼굴에 미소를 띠고는 그에게
부시와 부싯돌을 빌려달라는 손짓을 했다. 주방을 가리키며 불을 피우
러 가야 한다는 의미 같았다. 파천석은 노파에게 부시와 부싯돌을 빌
려주고 방에 들어와 잠을 청했다.

얼마 지나지 않아 다시 중간 방에서 딱딱딱 하는 소리가 들려왔다.
단예 등은 눈을 감고 막 잠이 들려던 참이었지만 불 피우는 소리에 눈
을 떠보니 벽 틈으로 스며들어와야 할 불빛이 보이지 않았다. 등잔불
이 또 꺼져 있었던 것이다. 주단신이 웃으며 말했다.

"저 노파가 노망이 들었나 보군요."

이 말을 하며 개의치 않으려 했지만 딱딱딱 소리가 끊이지 않고 들
렸다. 아무래도 불을 피우지 못하면 밤새도록 부싯돌을 내리칠 것으로
보였다. 주단신은 참다못해 중간 방으로 걸어갔다. 어둠 속에서 어슴

푸레하게 그 노파의 팔이 올라갔다 내려갔다 하며 부싯돌을 딱딱 내리치는 모습이 보였다. 주단신은 자신의 부시와 부싯돌을 꺼내 딱 하는 소리와 함께 불을 내서 등잔불에 붙였다. 그 노파가 빙긋 웃고는 그에게 부시와 부싯돌을 빌려 부엌에 가서 좀 쓰자고 손짓을 했다. 주단신은 노파에게 부시와 부싯돌을 빌려주고 방으로 돌아왔다.

얼마 지나지 않아 중간 방에서 또다시 딱딱딱 하는 소리가 들려왔다. 파천석과 주단신 모두 화가 머리끝까지 나서 욕을 해댔다.

"저 노파가 도대체 무슨 수작을 부리는 거야?"

그러나 딱딱딱 하며 부싯돌 내리치는 소리는 시종 그칠 줄 몰랐다. 파천석이 당장 뛰어나가 그 노파의 부시와 부싯돌을 빼앗아 딱딱딱 하고 몇 번 내리쳤지만 뜻밖에도 불꽃이 조금도 튀지 않았다. 이상한 마음에 부시와 부싯돌을 만져보니 자기 것이 아닌지라 큰 소리로 물었다.

"내 부시와 부싯돌은 어디 있는 거요?"

이 말을 내뱉고는 곧 자기도 모르게 실소를 머금었다.

'내가 어찌 이런 듣지도 못하고 말도 못하는 노파한테 신경질을 내고 있지?'

그때 목완청이 나와 부시와 부싯돌을 꺼내며 말했다.

"파 숙부, 불 피우시게요?"

파천석이 말했다.

"이 노파가 기괴하기 짝이 없소. 등잔불을 켰다 끄기를 밤새도록 반복하지 뭐겠소?"

그는 부시와 부싯돌을 받아들고 딱 하는 소리와 함께 불을 일으켜 등잔불에 붙였다. 노파는 매우 만족스럽다는 듯 빙긋 웃고 등잔의 불꽃을 바라봤다. 파천석이 목완청을 향해 말했다.

"낭자, 오느라 피곤했을 텐데 일찍 가서 쉬시오."

이 말을 하고 다시 방으로 돌아갔다.

그런데 일다경이 채 되지 않아 그 딱딱딱 딱딱딱 하며 불을 일으키는 소리가 다시 들리기 시작했다. 파천석과 주단신이 동시에 침상에서 벌떡 일어나 밖으로 나가려다 불현듯 깨달았다.

'세상에 어찌 저런 기괴한 노파가 있단 말인가? 무슨 꿍꿍이가 있는 게 분명하다.'

두 사람은 가볍게 손을 잡고 살그머니 방을 나섰다. 그러고는 좌우로 나누어 그 노파 곁에 몰래 다가가 노파를 덮치려는 순간 돌연 옅은 향기가 콧속으로 스며들었다. 알고 보니 등잔불 옆에서 부싯돌을 치는 사람은 목완청이었다. 두 사람은 즉시 자세를 풀었다.

파천석이 물었다.

"목 낭자, 낭자였소?"

목완청이 말했다.

"네, 여기가 아무래도 좀 이상해서 불을 켜려고요."

파천석이 말했다.

"내가 붙이겠소."

그러나 딱딱딱 딱딱딱 하고 몇 번이나 내리쳐봤지만 불꽃이 전혀 튀지 않았다. 파천석이 깜짝 놀라 소리쳤다.

"부싯돌이 잘못됐소. 노파가 바꿔간 것 같아."

주단신이 말했다.

"어서 노파를 찾아야겠습니다. 놓치면 안 됩니다."

목완청은 재빨리 부엌으로 달려가고 파천석과 주단신은 집 밖으로 나가봤지만 그 노파는 눈 깜짝할 사이에 어디론가 사라지고 보이지 않았다. 파천석이 말했다.

"멀리 쫓아가면 안 되겠소. 공자를 보호하는 게 더 긴한 일이오."

두 사람은 다시 통나무집 안으로 돌아왔다. 단예와 왕어언, 종영 역시 소리를 듣고 일어난 상태였다. 파천석이 말했다.

"부시와 부싯돌 가진 사람 없습니까? 우선 등부터 켜고 얘기하시지요."

두 사람은 약속이나 한 듯이 말했다.

"내 부시와 부싯돌은 그 노파한테 빌려줬는데요?"

바로 왕어언과 종영이었다. 파천석과 주단신은 속으로 아차 싶었다.

'철저히 경계를 한다고 했는데 이런 곳에서 적의 계략에 빠질 줄 몰랐구나.'

단예가 품 안에서 부시와 부싯돌을 꺼내 딱딱딱 하고 몇 번 내려쳤지만 불꽃이 일어나지 않았다. 주단신이 말했다.

"공자, 그 노파가 공자한테 그걸 빌려간 적이 있었나요?"

단예가 말했다.

"네, 밥 먹기 전에요. 빌려 쓴 다음 다시 돌려주더군요."

주단신이 말했다.

"부싯돌을 바꿔치기한 겁니다."

순간 모두들 아무 말도 하지 않았다. 어둠 속에서 찌르르 하는 가을 벌레 소리만 들려올 뿐이었다. 이날은 그믐밤이라 별과 달에 빛이라고는 없었다. 여섯 사람은 집 안에 모여 어슴푸레한 다른 사람 그림자만 바라보면서 속으로 주변 정황이 매우 흉흉하다고 느끼고 있었다. 단예가 그림에 글을 채워넣어 가써 노인으로부터 후한 대접을 받고 난 이후 여섯 사람은 마치 눈이 가려지기라도 한 듯 의도치 않게 전혀 모르는 곳까지 걸어들어오게 되었다. 적들이 암암리에 수작을 피우리라는 건 알았지만 어떤 음험한 독수를 펼칠지에 대해선 그 어떤 단서도 잡아낼 수 없었다. 일행은 각자 생각했다.

'적이 한꺼번에 달려나와 주먹을 날리고 칼을 휘두른다면 오히려 속이 시원하겠다. 하지만 이렇게 은밀하게 행동하니 어찌할 바를 모르겠구나.'

목완청이 말했다.

"그 노파가 우리 부싯돌을 모두 가져간 건 등잔불을 켜지 못하게 하려는 의도예요. 어둠 속에서 음모를 꾸미겠다는 수작이죠."

종영이 갑자기 날카로운 소리로 비명을 질렀다.

"그자들이 어둠 속에서 지네나 독거미를 풀어 우리를 물게 할까 그게 가장 겁나요!"

파천석이 속으로 깜짝 놀라 말했다.

"어둠 속에서 만일 작은 독물들로 기습을 가한다면 막으려 해도 막을 방법이 없소."

단예가 말했다.

"차라리 여기서 나가 나무 위에 숨는 게 좋겠습니다."

주단신이 말했다.

"나무 위에도 이미 독물을 풀어놨을 겁니다."

종영이 다시 놀라며 목완청의 팔을 부여잡았다. 파천석이 말했다.

"낭자, 겁내지 마시오. 일단 불부터 켜고 얘기합시다."

종영이 말했다.

"부싯돌이 없는데 어찌 불을 켜요?"

파천석이 말했다.

"적의 의도가 뭔지는 알 길이 없소. 다만 그들이 우리에게 불이 없도록 만들려고 했다면 우리는 악착같이 불을 피우는 것이 가장 좋은 방법일 것이오."

그는 이 말을 하면서 몸을 돌려 부엌으로 들어가 장작 두 조각을 가져와 주단신에게 건네며 말했다.

"주 형제, 이 장작을 잘게 부스러기로 만들어주게. 작으면 작을수록 좋네."

주단신이 듣고서 그 뜻을 알아차리고 답했다.

"맞습니다. 속수무책으로 당할 수는 없지요."

그는 품 안에서 비수를 꺼내 장작을 조각조각 베기 시작했다. 단예와 목완청, 왕어언, 종영도 모두 나서서 각자 비수와 작은 칼을 꺼내 장작을 들고 쪼갤 건 쪼개고 벨 건 베고 빻을 건 빻아서 극히 가는 톱밥처럼 만들었다. 단예가 탄식을 했다.

"나한테 천룡사 고영 사조의 신공이 없는 게 안타깝군요. 그렇지 않았다면 내력을 뻗어 톱밥에 불을 붙였을 겁니다. 구마지조차 그 능력을 가지고 있는데 말입니다."

사실 그때 그의 체내에 축적된 내력은 이미 고영대사와 구마지보다 한참 위에 있었지만 운용을 할 줄 몰랐을 뿐이었다.

몇 명이 손을 멈추지 않고 움직이자 장작은 아주 가는 부스러기로 만들어졌다. 모두 속으로 불안한 마음을 감출 수 없어 아무 말도 하지 않고 문밖의 동정을 유심히 살피며 생각했다.

'그 노파가 우리를 속이고 부싯돌을 가져갔으니 얼마 있지 않아 곧 행동을 개시할 것이다.'

파천석은 밥그릇 크기만큼 쌓인 나무 부스러기를 모아 한쪽에 밀어 놓고 불쏘시개 몇 장을 그 안에 놓았다. 그러고는 자기 단도를 왼손에 쥐고 종영에게 빌린 단도를 오른손에 쥔 채 두 손을 교차시켜 챙 하는 소리와 함께 두 칼의 칼등을 부딪쳤다. 그러자 불티가 사방으로 튀면서 나무 부스러기에 불꽃이 일어나 타오르기 시작했다. 그러나 안타깝게도 그 불꽃은 불쏘시개에 붙지 않아 곧바로 꺼져버렸다. 사람들이 탄식을 내뱉는 동안 파천석은 두 칼을 들어 연달아 부딪쳤다. 챙 하는 소리를 연이어 내며 10여 차례 부딪치자 결국 불쏘시개에 불이 붙기 시작했다.

단예 등이 큰 소리로 환호성을 지르며 불쏘시개를 들고 가서 등잔불에 붙였다. 주단신은 등잔불이 바람에 날려 꺼질까 두려워 부엌과 동서 양쪽 방에 놓여 있던 등잔까지 모두 가져와 불을 붙였다. 불꽃이 미약해 사람들 얼굴을 짙푸르게 비추었고 연기는 심해 냄새가 편치 않았다. 다만 어렵사리 불을 붙여놓자 모두들 정신이 번쩍 들어 마치 싸움에서 승리한 기분이 들었다.

통나무집은 무척이나 허술해서 문틈으로 바람이 끊임없이 새어들어오고 있었다. 여섯 사람은 서로의 얼굴을 쳐다보며 각자 손에 무기를 쥔 채 주변 소리에 귀를 기울였다.

그러나 바람에 나무가 흔들리고 벌레들이 서로 호응하는 소리뿐 그

외에는 아무 소리도 들리지 않았다.

파천석은 한동안 아무 동정도 없는 것을 보고 통나무집 주변을 자세히 살펴봤다. 기둥 몇 개가 거적으로 싸여 있고 겉에 새끼줄로 묶여 있는데 어렴풋한 기억에 처음 이 통나무집으로 들어올 때는 이렇지 않았던 것 같았다. 당장 새끼줄을 끊어버리자 거적이 바닥으로 떨어졌다. 단예가 살펴보니 떨어진 거적 뒤의 두 기둥에 대련對聯이 새겨져 있고 대련의 상반 구절은 이렇게 적혀 있었다.

'춘구수동다화○春溝水動茶花○'

그리고 하반 구절은 이렇게 적혀 있었다.

'하곡○생려지홍夏谷○生荔枝紅'

각 대련의 구절에는 글자가 하나씩 부족했다. 몸을 돌려보니 주단신이 또 다른 두 기둥에 덮여 있던 거적을 제거하고 있었다. 그 기둥에는 이런 대련이 새겨져 있었다.

'청군옥○여상식靑裙玉○如相識 구○다화만로개九○茶花滿路開'

단예가 말했다.

"여기 오는 길에 제가 글자를 채워넣은 것이 복인지 화인지 단정하기는 아직 이릅니다. 그들이 기둥을 거적으로 싸놓은 것으로 보아 대련을 나한테 보여주고 싶지 않은 것 같습니다. 그들이 원치 않는 행동을 우리가 했을 때 어떤 계략을 펼칠지 한번 두고 봅시다."

그러고는 손을 뻗어냈다. 피육, 피육 소리를 내며 대련 구절 중 '화花' 자 다음에 '백白' 자를 채워넣고 '곡谷' 자 다음에 '운雲' 자를 채워넣자 완벽한 대련으로 변했다.

봄날의 시냇물은 산다화를 새하얗게 만들고　春溝水動茶花白

여름의 계곡 구름은 여지를 붉게 물들이네　夏谷雲生荔枝紅

단예는 심후한 내력을 지니고 있어 그의 지력이 닿는 곳마다 나무 부스러기가 어지럽게 떨어졌다. 종영이 손뼉을 치며 크게 웃었다.

"이럴 줄 알았으면 손가락으로 장작을 몇 번 그어 나무 부스러기를 만들 걸 그랬어요. 그럼 우리 모두 바쁘게 움직일 필요가 없었잖아요?"

단예는 또 다른 쪽 기둥에 비어 있는 글자를 채워넣고 입으로 중얼거렸다.

푸른 치마와 옥면과도 같은 모습　　　青裙玉面如相識

구월의 산다화가 길가 가득 피었네　　九月茶花滿路開

그는 고개를 갸웃거리며 시를 읊으면서 한편으로는 곁눈질로 왕어언을 힐끗 쳐다봤다. 왕어언은 고운 얼굴을 살짝 붉히며 고개를 돌렸다.

종영이 말했다.

"이 기둥은 무슨 나무로 만들었는지 모르겠어요. 향기가 좋아요!"

사람들이 각자 킁킁거리며 냄새를 맡아보니 단예가 손가락을 휘둘러 글자를 새겨놓은 곳에서 짙은 꽃향기가 풍겨왔다. 계화 향기인 듯하면서도 계화 같지 않고 장미꽃 향기 같지만 장미꽃은 아니었다. 단예가 맞장구를 쳤다.

"정말 향기가 좋구나!"

향기는 점점 더 짙어졌고 향기를 맡자 마음이 편안해지고 정신이 맑아지는 느낌이 들었다.

별안간 주단신이 안색을 바꿔 큰 소리로 외쳤다.

"이런! 독기일지 모릅니다. 어서 코를 막아요!"

모두들 주단신의 경고에 황급히 손수건을 꺼내거나 옷소매를 들어 입과 코를 막았다. 그러나 이미 그 향기를 적지 않게 흡입한 상태였다. 하지만 그게 독기라면 머리가 어질어질하고 눈이 침침하며 가슴이 답답해져야 할 테지만 불편한 느낌이라고는 전혀 없었다.

한참 후에 모두들 숨을 참지 못하고 입을 벌려 호흡해봤지만 아무 이상도 없었다. 천천히 입과 코를 막고 있던 손을 떼고 논의를 했다. 하지만 적의 의도가 무엇인지에 대해서는 전혀 짐작할 수 없었다.

다시 한참 후에 별안간 귀에서 윙윙거리는 소리가 들려왔다.

목완청이 깜짝 놀라 소리쳤다.

"독이 퍼졌나 봐요. 제 귀에서 이상한 소리가 들려요."

종영이 말했다.

"저도 그래요."

파천석이 말했다.

"귀에서 나는 소리가 아니라 벌 떼가 날아오는 소리 같소."

과연 윙윙하는 소리가 점점 커지는데 마치 수천, 수만 마리 벌 떼가 사방팔방에서 날아드는 것 같았다.

벌이야 그리 무서울 게 없었지만 그런 엄청난 소리는 여태껏 들어 본 적이 없었던 터라 벌이 아닐지도 모른다는 생각이 들었다. 순식간에 모두들 멍한 상태로 어찌해야 할지를 몰랐다. 윙윙대는 소리가 점점 가까워지기 시작했다. 마치 무수히 많은 요마귀괴가 요상한 울음소리를 내면서 사람을 삼켜버릴 것만 같았다. 종영은 목완청의 팔을 움커쥐었고 왕어언은 단예의 손을 꼭 잡았다. 모두들 심장이 쿵쾅쿵쾅 요동을 치기 시작했다. 어둠 속에 적이 매복해 있으리라고 예상은 했지만 적이 공격하기 전에 이런 무시무시한 소리를 낼 줄은 생각지도 못했던 것이다.

별안간 픽 하는 소리와 함께 아주 작은 물체가 통나무집 밖의 판자벽에 부딪치는 소리가 들리고 이어서 픽 소리가 끊임없이 이어졌다. 얼마나 많은 물체가 부딪치는지 알 수 없을 정도였다. 목완청과 종영이 일제히 소리쳤다.

"벌 떼다!"

파천석이 재빨리 달려가 창문을 닫자 갑자기 집 밖에서 말들이 길게 울부짖는 소리를 내며 미친 듯이 날뛰기 시작했다.

종영이 소리쳤다.

"벌 떼가 말을 공격하고 있어요!"

주단신이 말했다.

"내가 가서 고삐를 잘라야겠소!"

그가 장포 자락을 찢어 머리에 질끈 묶고 왼손으로 판자문을 잡아당기려 할 때 밖에서 한바탕 강풍이 휘몰아쳐오더니 윙윙 소리와 함께 수만 마리의 벌 떼가 집 안으로 쏟아져 들어왔다. 종영과 왕어언이 일제히 날카로운 비명을 질렀다.

파천석은 주단신을 집 안으로 잡아끌며 무릎으로 판자문을 밀었지만 집 안은 이미 벌 떼로 가득했다. 벌 떼는 집 안으로 들어오자 사람들을 마구 쏘아대기 시작했다. 눈 깜짝할 사이에 모두들 머리와 손, 얼굴을 벌에 수없이 쏘이고 말았다. 주단신은 접선을 펼쳐 마구 휘둘렀고 파천석은 옷자락을 찢어 맹렬하게 후려쳤다. 단예와 목완청, 왕어언, 종영 네 사람 역시 통증을 참아가며 닥치는 대로 후려쳤다.

파천석과 주단신, 단예, 목완청 네 사람이 공력을 돋우어 출수를 했던 터라 얼마 지나지 않아 집 안에 들어온 벌 떼는 20~30마리밖에 안남았다. 그러나 이상하게도 그 벌들은 마치 불에 뛰어든 나방처럼 여전히 물불을 안 가리고 사람들을 마구 쏘아대는 것이었다. 다시 한참이 지난 후에 집 안에 들어온 벌들은 모조리 때려죽였다. 종영과 왕어언은 벌에 쏘인 곳이 아파서 눈물을 줄줄 흘렸다. 이때 소나기가 퍼붓는 듯한 소리와 함께 수많은 벌이 다시 통나무집을 공격해 들어왔다. 사람들 모두 공포에 질려 안색이 변했다. 순간 벌에 쏘여 아픈 몸도 채돌보지 못하고 황급히 옷자락과 소매를 찢어 통나무집의 빈틈을 막기 시작했다. 여섯 사람의 몸과 얼굴은 온통 시뻘겋게 부어올라 꼴이 말이 아니었다. 단예가 말했다.

"이곳은 통나무집 안이라 몸을 피할 수 있어 그나마 다행입니다. 만일 아무것도 없는 들판에 있었다면 이 수많은 벌 떼가 한꺼번에 쏘아 모두 목숨을 잃었을 겁니다."

목완청이 말했다.

"저 야생벌들은 적들이 풀어놓은 것 같은데 그대로 놔둘 리가 있겠어요? 이 통나무집을 부수지 않을까요?"

종영이 깜짝 놀라 외쳤다.

"언니, 적… 적들이 이 집을 부순다 그랬어요?"

목완청이 미처 대답도 하기 전에 머리 위쪽에서 쿵 하는 엄청난 소리가 들리며 커다란 바위가 지붕 위에 떨어졌다. 지붕의 서까래에서 우지직하는 소리가 몇 번 들렸지만 다행히 부러지진 않은 것 같았다. 그러나 쿵, 우지직 소리가 울려퍼지며 커다란 바위 두 개가 지붕을 뚫고 밑으로 떨어져 집 안에 피워놓은 등잔불이 모두 꺼져버렸다.

단예는 황급히 왕어언을 바닥에 누르며 자기 품에 안고 엎드렸다. 또한 오른손으로는 목완청을, 왼손으로는 종영을 끌어안아 두 사람 얼굴을 감쌌다. 그때 윙윙하는 소리가 고막이 터질 듯 귀를 진동시켰다. 하지만 또다시 벌 떼를 후려쳐 잡아야 아무 소용이 없다고 느끼자 모두들 옷자락을 뒤집어 얼굴에 뒤집어썼다. 삽시간에 손과 발, 팔, 다리가 수천 개의 침에 찔리자 잠시 후 단예를 비롯한 여섯 명 모두 비명을 지르며 앞다투어 기절해버리고 인사불성이 되었다.

단예는 망고주합을 먹었기 때문에 그 어떤 독도 침투하지 못하지만 이 벌들은 사람이 기른 것이라 꼬리 침에 벌독은 물론 마취약까지 묻어 있었다. 이런 침을 가진 벌 수백 마리한테 쏘이고 나자 천하의 단예도 온몸이 마비될 수밖에 없었다. 한참 후에 어쨌든 내력이 가장 심후한 단예가 여섯 명 중 가장 먼저 정신이 들었다. 정신이 들자마자 손을 뻗어 왕어언과 목완청, 종영을 끌어안으려 했지만 팔이 꼼짝도 하지 않는 데다 세 여인 모두 자기 품에 없다는 사실을 알아차렸다. 눈을 떴지만 칠흑 같은 어둠 속이었다. 알고 보니 그의 두 손과 두 발은 이미 꽁꽁 묶여 있고 눈도 검은 천으로 가려져 있었다. 입은 커다란 마핵도로 막혀 있어 숨쉬기조차 편치 않았던 터라 말은 더더욱 할 수 없었다. 온몸의 살갗 위 수많은 곳에 극심한 통증이 느껴졌는데 당연히 벌에 쏘인 곳이었다. 바닥에 있다고 느껴졌지만 도대체 어디에 있으며 기절한 지 얼마나 됐는지는 전혀 알 수가 없었다.

망연자실한 채 어쩔 줄 모르고 있을 때 갑자기 한 날카로운 여자 목소리가 들려왔다.

"그토록 심혈을 기울여 그 대리단가 늙은이를 잡으려 했건만 어찌 저 어린 새끼를 잡아왔단 말이냐?"

단예는 그 목소리가 매우 익숙하게 느껴졌지만 순간 누구인지 기억이 나지 않았다.

나이가 들어 보이는 한 부인의 목소리가 들려왔다.

"노비는 아가씨 분부에 따라 처리했을 뿐 한 치의 오차도 없었습니다."

여자가 말했다.

"흥! 내가 볼 때는 이상한 점이 있다. 그 늙은이는 서하에서 남쪽으로 내려오면서 대로를 따라 사천을 거쳐왔는데 어찌 갑자기 동쪽으로 방향을 틀었단 말이냐? 우리가 도중에 준비해놓은 그 약주들은 모두 저 어린 새끼가 먹었다는 것 아니냐?"

단예는 그녀가 말한 '늙은이'가 바로 부친인 단정순이며 '어린 새끼'는 더 말할 필요도 없이 단예 자신임을 알아차렸다. 그 여자와 노부인이 말하는 소리는 판자벽을 사이에 둔 바로 옆방에서 들려오는 것 같았다.

노부인이 말했다.

"단왕야가 이번에 중원에 왔다가 머문 시일이 적지 않음에도 중도에 동쪽으로 돌아간 것을 보면…"

여자가 화를 벌컥 내며 소리쳤다.

"어디서 아직까지 단왕야라 부른단 말이냐?"

노부인이 말했다.

"네, 예전에… 아가씨께서 저더러 단 공자라고 부르라고 하셨습니다. 지금은 나이가 드셨지만….'"

여자가 호통을 쳤다.

"더는 그렇게 부르지 마라!"

노부인이 답했다.

"네."

여자는 가볍게 한숨을 내쉬고 의기소침한 목소리로 말했다.

"그 사람도 이제 나이가 들었지….'"

그녀의 목소리는 괴롭고도 슬픈 정으로 가득했다.

단예는 순간 마음이 놓여 곰곰이 생각해봤다.

'난 또 누구라고? 아버지의 옛 정인 중 한 분이시구나. 아버지를 찾아 화풀이를 하려는 거였어. 그저 질투 때문에 벌어진 일일 뿐이야. 맞아, 저분이 독벌을 이용한 계략을 쓴 건 아버지를 사로잡으려 했던 거였어. 날 아버지로 오인해 잡은 거지. 한데 저 부인은 누구지? 목소리를 들어본 것 같은데?'

여자가 다시 말했다.

"우리가 각지의 객점과 산장 안에 걸어놓은 서화의 빈 글자를 저 어린 새끼가 모두 제대로 채워넣었단 말이야? 믿을 수가 없어. 그 늙은 이가 외우고 있는 글귀를 어찌 저 어린 새끼까지 기억하고 있을 수 있단 말이냐? 어찌 그렇게 공교로울 수 있느냔 말이다!"

노부인이 답했다.

"아비가 외우는 시구를 아들이 기억하는 건 그리 이상한 일은 아니지요."

그 여자가 화를 내며 말했다.

"도백봉 그 천한 년은 만이蠻夷[8] 여자인데 그년이 저런 영리한 아들을 낳았단 말이야? 난 절대 믿을 수가 없다."

단예는 그녀가 자기 모친을 욕하는 소리를 듣고 대로하지 않을 수 없었다. 그는 참다못해 큰 소리로 질책하고자 입을 열려 했지만 마핵도가 막고 있어 소리를 낼 수 없었다.

노부인이 설득을 했다.

"아가씨, 이미 오래전 일인데 어찌 그토록 마음에 두고 계시는 겁니까? 하물며 아가씨께 잘못한 건 단 공자이지 그 아들은 아니지 않습니까? 그… 그냥 저 젊은이는 용서해주시지요. 우리가 취인봉醉人蜂으로 그토록 심한 고통을 줬으니 그것으로 충분합니다."

그 여자가 날카로운 목소리로 소리쳤다.

"저 단가 녀석을 용서해주라고? 홍! 저놈을 갈기갈기 찢어 죽인 다음 용서할 것이다."

단예가 생각했다.

'저 여자한테 내가 죄를 지은 것도 아니고 아버지가 지은 것인데 어찌 저토록 날 증오하는 거지? 이제 보니 그 독벌들은 '취인봉'이라 불리는 것들이었어. 한데 저 여자가 그 많은 독벌을 어디서 찾아냈고 또 어찌 우리만 쫓아와 쏘도록 만들 수 있었던 걸까? 저 여자는 대체 누구지? 종 부인은 아니야. 말투가 전혀 달라.'

별안간 한 남자 목소리가 들려왔다.

"외숙모님, 조카가 인사 올립니다."

단예는 깜짝 놀랐지만 속으로 품고 있던 의구심도 해소되었다. 그 말을 한 남자는 다름 아닌 모용복이었던 것이다. 그가 외숙모라고 칭할 사람이 소주 만타산장의 왕 부인 외에 누가 또 있단 말인가? 그녀는 바로 왕어언의 모친이자 미래의 자기 장모가 아니던가? 순간 단예의 심장은 마치 방망이질을 하듯 한바탕 정신없이 요동치기 시작했다. 곧바로 과거 만타산장의 정경들이 한 장면 한 장면 또렷이 뇌리에 떠올랐다. 산다화는 다른 말로 '만타라화'라고 하며 대리에서 나는 산다화가 천하에서 가장 유명했고 소주의 산다화는 그리 아름답지 않았다. 만타산장에 적지 않은 산다화가 심어져 있었지만 명품이 극히 적었을 뿐만 아니라 심는 방법 또한 온전치 못해 볼 만한 것들이 없었다. 하지만 그녀는 이 장원을 어찌 '만타산장'이란 이름으로 지은 것일까? 장원 안에 산다화 외에 다른 화초를 심지 않은 이유는 또 무엇일까?

만타산장에는 남자들이 함부로 들어가면 양발을 잘라버려야 한다는 규칙이 있었다. 그 왕 부인은 이런 말까지 했다.

'대리 사람이거나 단씨 성을 가진 사람이 나와 마주치기만 하면 생매장을 해야 한다.'

무량검의 당씨 제자가 왕 부인에게 사로잡혔을 때도 그는 대리인이 아니었지만 고향이 대리에서 400여 리에 불과하다는 이유로 생매장을 당하지 않았던가?

그 왕 부인은 한 젊은 공자를 사로잡아 그에게 집에 있는 조강지처를 죽이고 외부에서 사통을 한 낭자를 처로 맞아들이라는 명을 내렸다. 공자가 답하지 않자 왕 부인은 대답하지 않겠다면 그를 죽이겠다고 했다.

단예는 당시 왕 부인이 수하 시녀에게 분부하며 했던 말을 떠올렸다.

"그놈을 소주성으로 압송해가라. 그리고 놈이 자기 처를 죽이고 묘 낭자와 혼례를 올리는지 보고 돌아오도록 해라." 그때 공자가 애원을 하면서 이렇게 말했어. "우처는 부인과 아무 원한도 없고 묘 낭자와도 전혀 모르는 사이인데 어찌 묘 낭자 편에 서서 우처를 죽이고 다른 처를 맞아들이라 강요하시는 겁니까?" 그러자 왕 부인이 이렇게 대답했지. "넌 이미 처가 있는 이상 밖에 나가서 남의 집 귀한 처녀를 건드리는 건 옳지 않다. 한데 네가 이미 입에 발린 소리로 사람을 꼬드겼으니 네가 처로 맞이하지 않으면 안 되는 것이다." 그녀 말에 따르면 시녀인 소취 한 사람이 같은 사건을 벌써 일곱 번이나 처리했다고 했다.

단예는 대리인에다 단씨이기까지 했지만 산다화 심는 방법을 안 덕분에 왕 부인이 그를 죽이지 않고 오히려 운금루에서 연회를 열어 환대를 했다. 그러나 단예는 그녀와 산다 품종에 대해 담론할 때 산다화의 한 종류를 언급하며 흰 꽃잎에 붉은 줄이 가 있는 것이 '조파미인검'이라고 하면서 그 당시 이런 말을 했다.

"흰 꽃잎의 산다화에 붉은 줄이 많은 것은 '조파미인검'이라고 하지 않고 '의란교'라고 하지요. 부인께서도 생각해보십시오. 무릇 미인이라고 하면 응당 차분하고 우아한 모습을 떠올리지 않나요? 얼굴에 간혹 손톱에 할퀸 자국이 있다면 무방하겠지만 만일 얼굴에 온통 할퀸 자국이 있다면 그 미인은 언제나 남과 싸운다고 할 수 있으니 어느 정도 난폭하다고 할 수 있을 것입니다."

이 말이 왕 부인의 화를 돋우어 욕을 하기에 이르렀다.

"누군가의 말을 듣고 그런 헛소리를 날조해서 날 모욕하는 것 아니더냐? 무공을 아는 여자가 아름답지 않다고 누가 그러더냐? 차분하고 우아한 여자가 뭐 좋을 게 있다고?"

이로 말미암아 그를 자리에서 끌어내 하마터면 죽을 뻔하지 않았던가? 이런 갖가지 사건으로 당시 저 부인의 성격이 괴팍하다 느끼고 '어찌 그럴 수가 있나?'라고만 생각했을 뿐 다른 어떤 말로 형용하지 못했다. 그러나 옆방에 있는 그 여자가 바로 왕 부인이란 사실을 알게 되자 그제야 모든 걸 깨닫게 되었다.

'이제 보니 왕 부인 역시 아버지의 옛 정인이었어. 그렇다면 산다화를 목숨처럼 사랑하고 대리단씨를 뼈에 사무치도록 증오하는 것도 무리가 아니지. 왕 부인이 산다화를 좋아하게 된 건 분명 과거 아버지와 정을 나눌 당시 산다화와 깊은 관련이 있는 뭔가가 있었을 것이다. 대리인이나 단씨 성을 가진 사람을 잡아다 산 채로 매장하는 것도 당연히 아버지가 단씨이고 대리인이니 자신을 버린 데 대해 증오심을 품어 다른 대리인과 단씨 성을 가진 사람에게 분풀이를 한 것이었어. 더구나 밖에서 사통을 한 남자에게 처를 죽이고 다른 여자를 맞이하라고 핍박한 것도 그녀의 마음 한구석에 은연중에 자리 잡고 있는 바람을 무심코 드러낸 것이야. 아버지가 우리 어머니를 죽이고 자신을 처로 맞아들이게 만들겠다는 소망인 거지. 여자가 남과 늘 싸우는 것은 아름답지 못하다는 말에 그녀가 대로했던 건 필시 과거에 그녀 아버지와 애정 문제로 싸웠기 때문일 것이다. 아버지가 되도록 참고 양보한 것은 어쩌면 당연한 일이다.'

단예는 수많은 의혹이 풀렸지만 무거운 짐을 벗어던졌다는 기분이

들기는커녕 오히려 커다란 바위가 가슴을 짓누르는 듯한 기분이 들었다. 왕어언의 모친과 자기 부친이 과거에 정을 통했던 사이라고 생각하자 매우 못마땅한 생각이 든 것이다. 마음속 깊은 곳에서 갑자기 극심한 공포감이 느껴졌다. 그러나 이 두려운 일을 감히 있는 그대로 생각할 엄두가 나지 않아 말할 수 없이 초조하고 불안할 뿐이었다.

왕 부인이 말하는 소리가 들렸다.

"복관이구나. 잘됐다. 네가 이제 곧 대연국 황제가 되겠구나. 곧 있으면 제위에 오르는 것이냐?"

그녀의 말투 속에는 조소의 의미가 섞여 있었다.

모용복은 오히려 진지하게 답했다.

"조종의 유지는 그러하지만 이 조카가 무능하여 강호를 떠돌다 지금까지도 실마리를 찾지 못하고 있습니다. 안 그래도 외숙모님께 가르침을 청하러 왔습니다."

왕 부인이 냉소를 머금었다.

"내가 가르침을 내릴 게 뭐 있다 그러느냐? 우리 왕가는 왕가이고 너희 모용가는 모용가일 뿐이다. 우리 왕씨들이 너희 모용가가 꾸는 황제의 꿈과 무슨 상관이 있다 하느냐? 내가 널 만타산장에 오지 못하게 하고 어언이한테도 못 만나게 했던 건 너희 모용가와 쓸데없는 일에 연루될까 두려워서였다. 어언이는? 그 아이를 어디로 데려갔던 게냐?"

'어언이는?'이란 한마디가 벼락이 내리치듯 단예 귀에 울려퍼졌다. 속으로 줄곧 염려하던 바였기 때문이었다. 독벌이 습격했을 때 왕어언은 자신의 품속에 있었는데 지금은 도대체 어디 있단 말인가? 부인의 말투로 봐서는 정말 모르는 것 같았다.

원래 왕 부인이 취인봉으로 독수를 펼쳐 상대하려 한 사람은 단정순 한 사람이었다. 그를 사로잡아 자기에게 복종하도록 만든다면 자연히 자기 뜻대로 될 것이라 기대한 것이다. 그녀가 일처리를 위해 초해로 보낸 노파는 바로 과거 단정순을 본 적이 있는 젊은 시절 그녀의 시중을 들던 여복이었다. 단정순과 헤어진 이후 그 여복을 태호의 동쪽 산에 있는 별장 안에 보내놨기 때문에 여복은 왕어언의 얼굴을 본적이 없고 왕어언 역시 그 여복을 전혀 몰랐다. 더구나 단예 등이 독벌에 쏘여 정신을 잃고 난 후 뒤처리를 맡은 수하는 왕 부인이 사로잡으려는 사람을 단예로 생각했다. 그 때문에 그를 독방에 감금하고 왕어언과 파천석 등은 다른 곳에 가뒀던 터라 왕 부인도 줄곧 볼 수가 없어 그런 질문을 하게 된 것이다.

모용복이 말했다.

"사촌 누이가 어디로 갔는지 제가 어찌 알겠습니까? 누이는 줄곧 대리 단 공자와 함께 다녔으니 어쩌면 두 사람이 이미 혼례를 올리고 부부가 됐을지도 모르는 일입니다."

왕 부인이 떨리는 목소리로 말했다.

"무… 무슨 헛소리를 하는 게냐?"

그녀는 쾅 소리와 함께 탁자를 세차게 내려치며 버럭 화를 냈다.

"어찌 그 아이를 돌보지 않았단 말이냐? 그런 어린아이한테 어찌 강호를 전전하게 만들 수 있는 게야? 사촌 남매간의 정 같은 건 안중에도 없었단 말이냐?"

"외숙모님, 어찌 그리 화를 내십니까? 외숙모님은 제가 사촌 누이를 맞아들여 모용가의 며느리가 되고 절 따라 황제 꿈을 꿀까 두려워하지 않으셨습니까? 이제 잘된 거 아닙니까? 누이가 대리 단 공자에게 시집을 가면 훗날 당당한 대리국 황후가 될 텐데 이보다 잘된 일이 어디 있단 말입니까?”

왕 부인은 다시 손을 뻗어 탁자를 쿵 하고 후려치면서 큰 소리로 호통을 쳤다.

“헛소리! 뭐가 잘된 일이라 하는 게냐? 그건 절대 안 된다!”

단예는 옆방에서 전전긍긍하고 있다가 왕 부인이 ‘절대 안 된다!’라고 호통치는 소리를 듣고 속으로 연신 비명을 질러댔다.

‘큰일 났구나, 큰일 났어! 어언과의 관계에 또 문제가 생겼구나. 뜻밖에도 그녀 모친의 입에서 “절대 안 된다!”란 말이 나왔으니 말이다.’

이때 창밖에서 누군가의 목소리가 들려왔다.

“아니로소이다, 아니로소이다! 왕 낭자와 단 공자는 천생배필이니 부인께서 절대 안 된다고 말하는 것은 잘못된 것이라 할 수 있습니다.”

왕 부인이 화가 치밀어올라 말했다.

“포부동, 누가 너더러 예의 없이 입을 놀리라 했더냐? 너도 내 말을 안 들으면 당장 네 딸을 죽여버리라 할 것이다.”

포부동은 원래 세상 무서운 줄 모르는 사람이었다. 그러나 왕 부인이 역정을 내며 질책하자 이내 입을 다물고 더 이상 아무 말도 할 수 없었다.

단예는 속으로 생각했다.

‘포 삼형! 포 삼숙! 포 삼야! 포삼 어르신! 부탁입니다. 제발 부인에 맞서서 반박 좀 해주시오. 왕 부인의 말은 도리에 맞지 않소. 오직 당신 같은 영웅호한만이 부인한테 도리에 맞는 얘기를 할 수 있단 말

이오.'

그러나 창밖은 쥐 죽은 듯 조용하고 포부동은 더 이상 아무 말도 하지 않았다. 알고 보니 포부동 역시 왕 부인이 그녀의 딸인 포부정을 죽인다고 하자 심히 두려워하고 있었다. 또한 포부동은 여태껏 모용씨를 추종해오면서 그 집안의 충성스러운 수하였기에 왕 부인이 모용가의 친척 어른이다 보니 그의 주인인 셈이었다. 그런 그녀가 화를 내는데 감히 상하 관계를 뒤엎는 행동을 할 수 없었던 것이다.

왕 부인은 포부동이 입을 다물자 노기를 가라앉히며 모용복에게 물었다.

"복관아, 날 찾아온 건 또 무슨 꿍꿍이속이더냐? 뭐가 또 필요해서 온 거야? 또 서책을 빌려가려 온 것이냐?"

모용복이 웃으며 말했다.

"외숙모님, 조카는 외숙모의 육친이라 늘 외숙모님을 염두에 두고 있습니다. 한데 이렇게 찾아뵙는 것도 안 됩니까? 어찌 필요한 게 있을 때만 오겠습니까?"

왕 부인이 웃으며 말했다.

"호호, 그래도 네가 양심은 있구나. 이 외숙모를 염두에 두고 있다니 말이야. 네가 조금만 일찍 염두에 뒀다면 이 외숙모가 오늘처럼 처량한 신세가 되진 않았을 게다."

모용복이 씨익 웃었다.

"외숙모님, 불편하신 일이 있으면 언제든 조카한테 말씀해주십시오. 이 조카가 원하시는 대로 해드리겠습니다."

"쳇! 몇 년 못 본 사이에 어디서 그런 경박하고 능글맞은 말투를 배운 게냐?"

"어찌 능글맞다 하십니까? 남의 마음을 짐작하는 건 어려운 일이지만 외숙모님이 생각하시는 일은 이 조카가 10할은 짐작하지 못해도 9할은 짐작할 수 있습니다. 허풍을 떠는 게 아니라 외숙모님이 원하시는 일을 이 조카가 7, 8할 정도는 해낼 수 있습니다."

"그럼 어디 알아맞혀보거라. 허튼소리를 내뱉는다면 내가 귀싸대기를 날려줄 것이다."

모용복이 대뜸 목소리를 길게 빼서 시를 읊었다.

"푸른 치마와 옥면과도 같은 모습. 구월의 산다화가 길가 가득 피었네!"

왕 부인이 깜짝 놀라 떨리는 목소리로 말했다.

"네… 네가 그걸 어찌 아느냐? 초해의 통나무집에 갔던 게냐?"

"외숙모님, 어찌 알았는지는 묻지 마시고 대답만 하십시오. 그분을 만나고 싶으신지 아닌지 말입니다."

"마… 만나다니 누굴?"

그녀의 말투는 순간 부드러워졌다. 무척 간절하게 원하는 듯한 모습이라 앞서 위엄 있고 냉랭하던 말투와는 사뭇 달랐다. 모용복이 말했다.

"조카가 말씀드린 그분은 바로 외숙모님께서 마음속으로 그려오던 그분입니다. '봄날의 시냇물은 산다화를 새하얗게 만들고 여름의 계곡 구름은 여지를 붉게 물들이네.'"

왕 부인이 떨리는 목소리로 말했다.

"어찌하면 그 사람을 볼 수 있느냐?"

"외숙모님께서는 심혈을 기울여 그분을 사로잡으려 하셨지만 한 수를 잘못 두는 바람에 피해갔던 겁니다. 외숙모님께서는 그분을 만나는 게 어렵지 않다고 생각하셨겠지만 소용이 없었던 거죠. 어쨌든 그분을 사로잡아 외숙모님 분부에 순순히 따르게 만들어야 하는 게 맞습니다. 외숙모님께서 분부하면 그대로 따르게 해야죠. 외숙모님께서 눈썹을 그리라고 했을 때 그가 감히 연지를 찍는 일이 없어야만 하는 겁니다.”

그가 마지막에 한 말은 매우 경박한 의미가 내포돼 있었지만 왕 부인은 설레는 가슴을 주체하지 못해 전혀 신경 쓰지 않았다. 그녀는 한숨을 내쉬었다.

“이번에는 아주 주도면밀하게 계책을 세웠는데도 피해갔으니 더 이상 좋은 방법이 생각나지 않는구나.”

“조카가 그분의 소재를 알고 있으니 외숙모님께서 절 믿으신다면 외숙모님이 어떤 계책을 펼쳤는지 자세히 말씀해주십시오. 어쩌면 저한테 좋은 대책이 있을지도 모릅니다.”

“어찌 됐건 우리는 한 가족이 아니더냐? 믿지 못할 게 뭐 있겠느냐? 이번에 내가 펼친 건 바로 ‘취인봉’ 계책이다. 내가 만타산장에서 수백 개나 되는 벌집을 두고 벌을 키웠다. 우리 장원 안에는 산다화 외에 그어떤 화초도 심지 않았지. 산장이 육지와 멀리 떨어져 있다 보니 섬 안의 벌이 다른 곳으로 날아가 꿀을 채집할 수도 없고 말이야.”

“그렇군요. 취인봉은 산다화 외에 다른 화초 향기는 좋아하지 않겠네요.”

“그 벌들을 키우는 데 십수 년 동안 심혈을 기울여왔다. 난 그 벌들이 먹는 꿀 안에 마취약을 조금씩 집어넣다가 다시 또 다른 약물을 집어넣었다. 그 때문에 취인봉이 사람을 쏘면 곧바로 마비가 되고 쓰러져 4~5일 동안 인사불성이 되는 거지."

단예는 속으로 깜짝 놀랐다.

'그럼 내가 정신을 잃은 지 4~5일이 됐다는 것인가?'

모용복이 말했다.

"외숙모님의 묘책은 정말 따를 자가 없겠군요. 한데 그 벌로 어찌 사람을 쏘게 만든 겁니까?"

"상대는 반드시 약물이 들어간 음식을 먹어야 한다. 그 약물은 독성이 없고 무색무취지만 약간 쓴맛이 있어. 그 때문에 한번에 대량으로 먹일 수는 없다. 생각해봐라. 그 사람이 얼마나 약삭빠른 사람이더냐? 더구나 그 수하에는 총명하고 재기가 넘치는 자들이 많아 미약이나 독약으로 상대한다는 건 절대 있을 수 없는 일이다. 그래서 또 다른 계책을 생각해냈지. 사람을 시켜 오는 길에 술과 밥을 제공하면서 몰래 약물을 섞어넣도록 한 것이다."

단예는 그제야 깨달았다.

'알고 보니 오는 길에 그 많은 서화에 비어 있는 글이 있던 것도 왕 부인이 우리 아버지에게 채워넣도록 하기 위한 것이었구나. 내가 그걸 채워넣으니 왕 부인이 매복시켜놓은 사람이 나를 대리 단왕야로 알고 약물을 섞은 술과 밥을 내다준 거였어.'

왕 부인이 말했다.

"한데 예기치 못하게 그 사람은 다른 곳으로 비켜가고 그 사람 아들 녀석이 걸려드는 바람에 일을 망쳐버렸지 뭐냐? 그 어린 녀석이 아비의 시사가부를 모두 외우고 있다는 건 당연히 풍류나 즐기고 여색을 밝히는 방탕한 건달이란 게지. 그 녀석은 오는 길에 서화의 빈 글들을 모두 채워넣어 실컷 먹고 마시며 지 아비 대신 약을 탄 술과 밥을 배불리 먹어버리고는 초해의 통나무집까지 가게 된 게다. 통나무집 안의 등잔에 있는 기름들은 미리 약재를 타놓았던 것들이고 기둥에도 내가 약재를 숨겨놓았는데 그 녀석이 기둥에 글을 새길 때 그 약재들 향기가 섞이면서 취인봉을 끌어들이게 된 거야. 에이, 내 계책은 한 치의 오차도 없었지만 사람한테 오차가 있었던 거였어. 그 녀석이 내 일을 다 망쳐버린 거야. 흥! 그 녀석을 갈기갈기 찢어 죽이지 않는다면 가슴에 맺힌 원한이 풀리지 않을 게다!"

단예는 왕 부인의 원한에 사무친 말을 듣자 두려움을 감출 수 없었다.

'왕 부인이 정말 주도면밀한 계책을 세워뒀구나. 기둥에 약재를 숨겨두고 내가 대련의 비어 있는 글자를 채워넣으면서 기둥을 파낼 때 약재가 퍼져 나오게 만들었던 거야. 에이, 단예야, 단예야! 남의 올가미에 번번이 걸려들면서도 전혀 눈치를 채지 못하다니 정말 어리석기 짝이 없구나.'

이런 생각도 들었다.

'내가 오는 길에 서화의 빈 글자를 채워넣자 왕 부인의 수하가 날 아버지로 생각해 온정신을 나한테 집중시킨 덕에 아버지가 곤경에서 빠져나오실 수 있었다. 내가 아버지 대신 화를 입고 아버지를 재난에서 빠져나오게 만든 것이니 무슨 원망을 할 것인가? 이야말로 바라던 바가 아닌가?'

생각이 여기에 미치자 마음이 편해지며 다시 이런 생각도 들었다.

'왕 부인이 날 사로잡아 갈기갈기 찢어 죽이겠다고 했지만 잡힌 사람이 아버지였다면 오히려 순종적으로 시중을 들었을지도 모른다. 우리 부자 두 사람의 처지가 완전히 다르구나.'

그때 왕 부인이 원한에 사무친 목소리로 말하는 소리가 들려왔다.

"내가 널 농아인 노파로 가장시켜 큰일을 맡기지 않았더냐? 더구나 상대가 누군지 모르는 것도 아닌데 결국 이런 우스운 꼴을 만들어놓다니 이를 어찌해야 좋단 말이냐?"

노부인이 변명하며 말했다.

"아가씨, 노비가 고하지 않았습니까? 그곳에 온 사람들 중에 단 공자가 없다는 걸 알고 그들이 가지고 있던 부시와 부싯돌을 모조리 속여서 뺏고 그들이 등잔불을 켜지 못하게 했습니다. 게다가 거적으로 기둥에 적힌 대련을 모두 가려놓고 벌 떼가 집으로 들어오지 못하게 만들어놨지요. 한데 그들이 사서 고생을 해가며 끝내 불을 피우고 대련을 보게 된 겁니다."

왕 부인이 흥 하고 콧방귀를 뀌었다.

"어찌 됐건 네가 일을 그르친 것이다."

단예가 생각했다.

'저 노파가 우리 부시와 부싯돌을 바꿔치기하고 거적으로 기둥을 가려놓은 건 이제 보니 우리를 위한 것이었구나. 정말 의외야.'

모용복이 말했다.

"외숙모님, 그 취인봉들은 사람을 쏘고 난 후에 다시 사용할 수 없나요?"

"벌은 사람을 쏘고 나면 얼마 지나지 않아 죽어버린다. 하지만 내가 기르는 벌이 수천, 수만 마리나 되는데 수백 마리 줄어들었다고 무슨 상관있겠느냐?"

모용복이 손뼉을 치며 외쳤다.

"그럼 됐습니다. 어린 놈 먼저 잡고 늙은 놈을 잡아도 아무 문제 없지 않습니까? 조카 생각에는 그 녀석이 걸친 의관과 지니고 있는 패옥이나 무기 같은 것을 외숙모님이 가지고 가서 그… 그… 그분한테 보여주고 초해의 통나무집으로 유인하는 건 그리 어렵지 않을 겁니다."

왕 부인이 어? 하는 일성과 함께 자리에서 벌떡 일어났다.

"조카야! 그래도 네가 젊어서 아주 영민하구나. 이 외숙모는 계책을 성공하지 못해 실의에 빠져만 있었지 그다음 수는 전혀 생각하지 못했다. 맞다, 맞아! 그 사람은 아들에게 정이 깊어 아들이 내 손에 있다는 걸 알면 구하러 올 것이 분명하다. 그때 다시 취인봉 계책을 펼쳐도 늦지 않을 것이야."

모용복이 껄껄 웃으며 말했다.

"그때가 되면 벌들이 없어도 상관없을 겁니다. 외숙모님이 술 안에 미혼약을 넣어 세 잔만 마시라고 권하면 거절할 일이 없을 테니 말입니다. 솔직히 외숙모님의 화용월모를 보기만 한다면 취인봉이나 미혼약이 무슨 필요 있겠습니까? 외숙모님을 보자마자 만취를 하고 혼절하지 않고 배기겠느냐는 말씀입니다."

왕 부인이 쳇 하고 욕을 하며 말했다.

"이런 못된 녀석, 외숙모한테 버릇없이 그게 무슨 망발이냐?"

그러나 단정순과 다시 만나 그에게 술을 권하는 정경을 떠올리자 절로 입가에 미소가 지어지고 정신이 혼미해졌다. 그녀는 다시 나긋나긋한 목소리로 말했다.

"그래, 좋아! 그 계획대로 하자!"

"외숙모님, 이 조카가 낸 계책이 쓸 만하지 않습니까?"

왕 부인이 기분좋게 웃었다.

"만약 이 일에 착오만 생기지 않는다면 이 외숙모가 네 노고를 잊지 않을 것이다. 가장 먼저 할 일은 그 양심 없는 인간이 어디 있는지 찾아내는 것이야."

모용복이 말했다.

"안 그래도 조카가 탐문을 해봤습니다만 문제가 좀 있습니다."

왕 부인이 눈살을 찌푸렸다.

"무슨 문제가 있단 말이냐? 뜸들이지 말고 어서 말해보거라."

모용복이 말했다.

"지금 누군가에게 붙잡혀 목숨이 위태로운 지경입니다."

챙그렁하는 소리와 함께 왕 부인의 옷소매가 찻잔을 건드려 바닥에 떨어지며 박살이 났다.

단예 역시 깜짝 놀랐다. 입이 마핵도로 막혀 있지 않았다면 아마 소리를 지르고 말았을 것이다.

왕 부인이 떨리는 목소리로 물었다.

"누… 누구한테 잡혔단 말이냐? 왜 진작 말하지 않았느냐? 어찌 됐건 방법을 찾아 구해내야 한다."

모용복이 고개를 가로저으며 말했다.

"외숙모님, 상대는 극강의 무공을 지닌 자라 조카도 적수가 되지 못합니다. 지략을 써야지 힘으로는 당해내지 못하는 상황입니다."

왕 부인은 그의 말투가 아주 긴박하고 위험천만한 상황이 아닌 것으로 보이자 마음이 놓여 물었다.

"어떤 지략 말이냐? 쓸 만한 방법이 있는 게냐?"

"외숙모님의 취인봉 계책을 다시 한번 쓰는 겁니다. 기둥만 몇 개 바꾸고 글자를 새겨넣어야 합니다. 예를 들어 '대리국 당금의 천자 보정제 단정명'이라고 새기면 그자는 그걸 보자마자 속으로 대로해서 손을 뻗어 '보정제 단정명'이란 글자를 지우다 약기가 기둥에서 발산돼 나오게 될 것입니다."

"네가 잡으려는 그자는 단정명과 대리국 황위를 두고 다투는 단연경인가 뭔가 하는 그자더냐?"

"그렇습니다!"

왕 부인이 깜짝 놀라 말했다.

"그… 그… 그 사람이 단연경 손에 들어갔다면 거의 희망이 없겠구나. 어쩌면… 어쩌면 지금쯤 이미 그자 손에 목숨을 잃었을지도 모르겠다."

"외숙모님, 심려하지 마십시오. 그 안에는 외숙모님이 생각지 못한 중대 관건이 있습니다."

"중대 관건이라니?"

"현재 대리국 황제는 단정명입니다. 외숙모님의 단 공자는 이미 황태제에 봉해진 몸이라는 건 대리국의 모든 관리와 백성이 다 알고 있습니다. 단정명은 노역을 줄이고 세금을 낮추는 등 정무에 온 힘을 쏟는 데다 백성들에 대한 사랑이 깊어 나라 안의 모든 백성이 그를 현명한 천자로 받들고 있습니다. 더구나 진남왕에 대한 백성들의 신뢰 역시 대단히 두터워 그의 황위는 극히 확고하다 할 수 있지요. 단연경이 그를 죽이는 건 아주 간단한 문제일 수 있지만 그를 단칼에 죽여버린다면 대리에는 대란이 일어나게 될 것이며 그럼 단연경은 대리국 황위에 앉기 힘들게 될 것입니다."

"일리가 있는 말이로구나. 그걸 어찌 알았느냐?"

"일부는 조카가 들은 내용이고 일부는 추측한 것입니다."

"네가 평생토록 황제가 되고 싶어 했으니 그 안에 얽힌 중대 관건들도 자연히 확실하게 헤아렸겠지."

"과찬이십니다. 허나 조카 짐작에 단연경이 진남왕을 잡아갔더라도 당장 죽이지는 못할 겁니다. 그를 제위에 올려놓을 방법부터 강구한 다음 그가 단연경에게 선위禪位하도록 만들 것이 분명합니다. 그리하면 자신도 명분이 서고 대리국의 군신들과 백성들도 이의가 없을 테니 말입니다."

"명분이 어찌 선다는 것이냐?"

"단연경의 부친은 원래 대리국 황제였습니다. 어느 날 간신들이 황위를 찬탈하면서 단연경은 혼란 속에 사라져버리게 됐고 단정명이 대신 제위에 오르게 된 겁니다. 단연경이 의심할 바 없는 '연경태자'였다는 사실은 대리국 백성들 누구나가 다 압니다. 진남왕이 제위에 오르고 난 다음 그에게 후사가 없다는 사실이 밝혀진다면 단연경이 후계자에 오르는 건 이치에 맞고 명분이 선다고 말할 수 있는 것이죠."

왕 부인이 의아한 듯 물었다.

"그… 그 사람은 분명 아들이 있는데 어찌 후사가 없다 하느냐?"

모용복이 빙그레 웃으며 말했다.

"외숙모님께서 하신 말씀을 그새 잊으셨단 말입니까? 그 단가 녀석

149

을 갈기갈기 찢어 죽이겠다고 하지 않으셨습니까? 세상에 갈기갈기 찢어진 황태자가 어디 있단 말입니까?"

"맞다, 맞아! 그 녀석은 도백봉 그 천한 노비가 낳은 잡종인데 이 세상에 남겨둔다면 생각할수록 화가 날 게다!"

단예가 생각했다.

'이번엔 꼼짝없이 당하고 말겠구나. 어언은 이럴 때 어디 간 거지? 어언이 있다면 왕 부인이 자기 딸 얼굴을 봐서라도 목숨만은 살려줄지도 모르는 일 아닌가?'

왕 부인이 말했다.

"그 사람이 당장 목숨을 잃을 우려가 없다니 안심이구나. 난 절대 그 사람이 쓰잘머리 없는 황제 같은 건 못하게 할 것이다. 나를 따라 만타산장에 가게 만들 거야."

모용복이 말했다.

"진남왕이 선위를 하고 난 후에는 당연히 외숙모님과 만타산장에 가야겠지요. 화용월모인 외숙모님이 소주에 계시는데 어찌 황급히 달려오지 않겠습니까? 막으려 해야 막을 수가 없을 겁니다. 그때가 되면 대리에 남아 있으라고 해도 체면이 서지 않을뿐더러 단연경도 절대 용서하지 않을 테니 말입니다. 그런 화근을 어찌 남겨두겠습니까? 허나 진남왕은 어쨌든 황위에 앉아야만 합니다. 열흘이 됐든 보름이 됐든 우선 황제가 되고 나서 제거되겠지요. 그렇지 않으면 단연경도 이에 응낙하지 않을 겁니다."

"흥! 그가 응낙을 하건 안 하건 나랑 무슨 상관이냐? 우리가 단연경을 사로잡아 단 공자를 구해낸 후에 단연경부터 한칼에 베어버리면 되는데 응낙을 하고 안 하고가 무슨 상관이란 말이더냐?”

모용복이 한숨을 내쉬었다.

“외숙모님, 앞서가지 마십시오. 우린 아직 단연경을 잡은 게 아닙니다. 그러려면 엄청난 문제가 있단 말입니다.”

“그자가 어디 있는지 넌 알고 있을 게다. 조카야, 네 성격을 이 외숙모가 모를 것 같으냐? 네가 이번에 날 도와주고 어떤 보답을 바라는 것이냐? 우선 협상부터 하고 따지자꾸나. 속 시원하게 말해보거라.”

“외숙모님과는 친골육인데 조카가 외숙모님에게 힘을 보태면서 무슨 보답을 바랄 수 있겠습니까? 이 조카는 힘이 닿는 데까지 노력할 뿐 어떤 보답도 바라지 않습니다.”

“지금 말하지 않는다면 사후에 거론했을 때 내가 거절을 해도 원망은 하지 말거라.”

모용복이 웃으며 말했다.

“이 조카가 보답을 원치 않는다고 말하면 원치 않는 겁니다. 나중에 외숙모님이 기분이 좋으시면 상으로 황금 몇만 냥만 내려주십시오. 아니면 낭환옥동 안에 있는 무학 비급 몇 권을 내리셔도 됩니다.”

왕 부인이 코웃음을 쳤다.

“황금이 필요하면 얼마든지 달라고 하면 될 것이다. 내 어찌 안 주겠느냐? 낭환옥동의 무학 비급을 보겠다는 건 더더욱 문제가 없다. 네가 할 일을 다 하지 않고 노력을 하지 않을까 그게 걱정일 뿐이다. 네 녀석이 도대체 무슨 꿍꿍이속인지 알다가도 모르겠구나. 좋아, 단연경을 어찌 사로잡고 어찌 그 사람을 구할지 네 생각을 말해보거라.”

“우선은 단연경이 진남왕을 데리고 초해의 통나무집으로 들어가게 만들어야 하지 않겠습니까?"

"그래. 단연경을 초해의 통나무집으로 유인할 방법이 있느냐?"

"그야 아주 쉽지요. 단연경이 대리국 황제가 될 생각이라면 처리해야 할 두 가지 문제가 있습니다. 첫째, 단정순을 사로잡아 그에게 선위를 하도록 강요하는 것이고 둘째, 단예를 죽여 단정순을 후사가 없는 불효한 인간으로 만드는 겁니다. 단연경이 첫 번째 문제를 해결해서 단정순은 사로잡았지만 단예 저 녀석은 아직 세상에 살아 있습니다. 우리가 단예의 신물을 가져가 단정순에게 보여주면 단정순은 당연히 아들을 구하려 할 것이고 단연경이 그를 데리고 올 것입니다. 그 때문에 외숙모님께서 단예 저 녀석을 사로잡은 건 잘못됐다고 할 수 없습니다. 응당 해야 할 일이었기 때문이죠. 향기로운 미끼를 써야 큰 고기를 잡는 법입니다."

"단가 저 녀석이 향기로운 미끼라고?"

"제가 볼 때 반은 향기롭고 반은 악취가 납니다."

"그건 또 무슨 말이냐?"

"진남왕이 만든 반은 향기롭지만 진남왕비 그 천한 계집이 만든 반은 악취가 나겠지요."

왕 부인이 깔깔대고 크게 웃었다.

"네 녀석이 입만 살아서 이 외숙모 비위를 맞추려 드는구나."

모용복이 웃으며 말했다.

"조카가 이참에 일 처리에 박차를 가해 하루빨리 해치우고 외숙모님을 기쁘게 해드려야겠습니다. 외숙모님, 어서 그 녀석을 끌어내십시오."

"녀석은 취인봉에 쏘였기 때문에 최소한 사흘은 지나야 깨어날 것이다. 안 그러면 녀석이 옆방에 있는데 우리가 이렇게 큰 소리로 말하면 그 녀석한테 다 들렸겠지. 너한테 묻고 싶은 말이 있구나. 그… 그 진남왕이 양심 없는 사람이긴 해도 강골한強骨漢이라 할 수 있는데 단연경이 그 사람에게 어찌 선위를 응낙받을 수 있겠느냐? 혹시라도 가혹한 고문을 가해 이미 그 사람이… 그 사람이 크나큰 고초를 당한 건 아니겠지?"

이 말을 하는 그녀의 말투는 관심 어린 정으로 가득했다.

모용복이 한숨을 내쉬었다.

"외숙모님, 그 문제는 물어보실 것 없습니다. 조카가 말씀드리면 화만 나실 테니까요."

왕 부인이 다급하게 물었다.

"어서 말해봐라, 어서! 웬뜸을 그리 들이는 게냐?"

모용복이 한숨을 몰아쉬며 말했다.

"대리단가가 양심이 없다는 말은 틀림이 없습니다. 외숙모님처럼 보기 드문 용모를 지니고 문무를 겸비한 분을 천하에 그 어디 가서 또 찾을 수 있단 말입니까? 그 단가는 전생에 무슨 공덕을 쌓았는지 모르겠지만 외숙모님께 그토록 사랑을 받았다면 정성을 다해 외숙모님을 모시는 게 당연한 일이건만 어찌 그렇게… 에이, 천하에 그렇게 사리를 모르는 멍청이는 다시 없을 겁니다. 복이 있음에도 누리지를 못해 아름다운 선녀를 아끼지 않고 진흙탕 속을 굴러다니는 늙은 암탉만 쫓아다니니…"

왕 부인은 노기가 치밀어올랐다.

"그 말은… 그… 양심 없는 인간이 또 다른 여자와 놀아난다는 말이냐? 누구더냐? 누구야?"

"그런 저급하기 짝이 없는 천한 여자는 외숙모님의 신발 시중도 들 자격이 없습니다. 기껏해야 장삼張三 마누라나 이사李四 딸쯤에 불과할 텐데 외숙모님 같은 귀한 분이 체통 떨어지게 그런 여자 때문에 화를 낼 필요는 없지요."

왕 부인이 대로해서 탁자를 쾅쾅 후려치며 큰 소리로 다그쳤다.

"어서 말해! 그 인간이 날 버리고 대리로 돌아가 왕 노릇을 하는 건 탓하지 않았다. 집에 처가 있어도 탓하지 않았단 말이다. 그 사람을 알 았을 때 이미 마누라가 있었으니 할 말이 없지. 허나… 허나 그 인간 이… 또 다른 계집과 함께 있다니 그게 누구냐? 누구냐고?"

단예는 옆방에서 그녀가 노발대발하는 소리를 듣고 놀라고 겁이 나 서 벌벌 떨며 생각했다.

'어언은 그토록 온유하고 순한데 그 어머니는 어찌 저토록 무서운 거지? 아버지께서 저 여자와 사이가 좋기는 쉽지 않겠어.'

이런 생각도 들었다.

'아버지의 옛 정인들은 하나같이 성격이 특이해. 진 아주머니는 딸 한테 우리 어머니를 죽이라고 했고, 완 아주머니는 아자 누이 같은 딸 을 낳은 걸 보면 본인 성격도 십중팔구 좋지 않을 것이다. 감 아주머니 는 종만구에게 시집을 갔음에도 우리 아버지에 대한 옛정을 잊지 못 하고 있지 않은가? 개방의 마 부방주 부인도 듣기로는 얌전한 사람이 절대 아니라던데. 우리 어머니 같은 경우 아버지와 함께 살길 원치 않 아 성 밖의 도관道觀으로 출가해 여도사가 돼서 황백부와 황백모가 아 무리 설득해도 소용이 없었다. 아이, 내가 어찌 어머니까지 그 안에 포

함시키는 거지?'

모용복이 말했다.

"외숙모님, 어찌 그리 화를 내시는 겁니까? 고정하십시오. 이 조카
가 천천히 말씀드리겠습니다."

"네가 얘기 안 해도 짐작은 된다. 단연경이 그 단가의 천한 년을 사
로잡아서 황제가 된 다음 선위를 하도록 협박을 하겠지. 그에 답하지
않으면 그 천한 년을 곤궁에 빠뜨릴 테고. 아니냐? 더러운 그 인간 성
격을 내가 모르겠느냐? 남들이 그 인간 대답을 듣기 위해 강철 칼을
목에 들이대고 협박을 해도 절대 굴하지 않을 것이다. 하지만 자신이
사랑하는 여인이 관련돼 있다면 자기 목숨조차 돌보지 않고 무슨 대
답이든 할 게다. 어서 말해봐라. 그 천한 년이 누구냐?"

"외숙모님, 말씀은 드리겠지만 화는 내지 마십시오. 그 천한 여자는
한 명이 아닙니다."

왕 부인은 놀라움과 분노를 느끼며 쾅 하고 탁자를 둔탁하게 후려
쳤다.

"뭐야? 그럼 둘이란 말이냐?"

모용복이 탄식을 하며 천천히 말했다.

"두 명뿐이 아닙니다."

왕 부인은 놀라움과 분노가 극에 달했다.

"뭐야? 강호를 떠도는 와중에도 여자들을 농락하고 다닌단 말이냐?
하나가 부족해서 두세 명씩이나 데리고 다녀?"

모용복이 고개를 가로저었다.

"현재는 총 네 명의 여인과 함께 다니고 있습니다. 외숙모님, 어찌

그리 화를 내십니까? 훗날 그가 제위에 오르면 여자는 삼궁육원에 원하는 만큼 있을 텐데 말입니다. 대리국은 소국이라 대송이나 요에 비할 바는 못 되지만 후궁의 미녀들이 3천 명까지는 몰라도 300명은 족히 될 겁니다."

왕 부인이 욕을 퍼부으며 말했다.

"쳇! 흥! 그래서 황제가 되지 못하게 하는 게다. 말해봐라, 천한 년 네 명이 누구더냐?"

단예 역시 의아하게 생각됐다. 그는 진홍면과 완성죽 두 사람이 함께 있다는 것만 알았는데 어찌 두 명이 더 있다는 말인가!

모용복이 말했다.

"한 명은 진씨이고 한 명은 완씨입니다…."

"흥! 진홍면과 완성죽이로군. 그 두 여우 같은 년들이 또 치근덕대고 있구나."

"또 한 사람은 남편이 있는 여자입니다. 제가 종 부인이라고 부르는 소리를 들었는데 자기 딸을 찾고 있는 것 같았습니다. 그 종 부인은 의외로 다소곳했지만 진남왕을 시종 냉랭한 표정으로 대했습니다. 반면에 진남왕은 그 여자에게 예를 다해 언제나 싱글벙글 웃으면서 '보보, 보보!' 하고 다정다감하게 부르더군요."

왕 부인이 벌컥 화를 내며 말했다.

"감보보 그 천한 년이로구나. 예를 다했다고? 그러는 척 연기를 하는 거겠지. 정말 예의를 지키겠다면 멀리하는 게 당연하지 어찌 또 함께 어울린단 말이냐? 네 번째 천한 년은 또 누구냐?"

"네 번째는 천한 여자가 아닙니다. 바로 진남왕의 정실인 진남왕비입니다.”

단예와 왕 부인 모두 깜짝 놀랐다. 단예가 생각했다.

‘어머니가 어찌 함께 계시는 거지?’

왕 부인이 헉 소리를 내며 매우 의외라는 표정을 지었다.

모용복이 웃으며 말했다.

“뭐가 좀 이상한가요? 잘 생각해보시면 이상할 게 전혀 없습니다. 진남왕은 대리를 나선 이후 2~3년 동안 다시 돌아가지 않았습니다. 중원에는 아름다운 여인들이 아주 많습니다. 벌써 외숙모님 같은 천하절색은 물론이고 진홍면이나 완성죽, 감보보 같은 여우들이 널려 있으니 진남왕비가 어찌 마음을 놓을 수 있었겠습니까?”

“쳇! 감히 어디서 나를 그런 여우 같은 년들과 한데 섞어 논하는 것이냐? 그 계집 넷이 지금까지도 함께 있단 말이냐?”

“안심하십시오, 외숙모님! 쌍봉역雙鳳驛 주변 홍사탄紅沙灘에서 한바탕 싸움을 벌여 진남왕이 크게 패했습니다. 단연경한테 일망타진을 당해 남녀 모두 혈도를 찍힌 채 사로잡혔지요. 단연경은 진남왕 일행을 상대하기 바빠 옆에 숨어 있던 저까지 살피지 못했고 그 덕에 제가 똑똑히 볼 수 있었지요. 이 조카는 재빨리 말을 달려 그들보다 백 리 넘게 앞서 달려왔습니다. 외숙모님, 더 지체하다간 늦습니다. 어서 취인봉과 미혼약을 배치하고 한편으로는 사람을 보내 단연경을 유인….”

마지막 말이 채 끝나기도 전에 갑자기 저 멀리서 아주 날카롭고도 듣기 싫은 목소리가 전해져왔다.

“난 이미 와 있으니 유인할 필요 없다. 취인봉과 미혼약은 잘 배치해놓도록 해라.”

48

실의에 빠져버린 왕손

숲속 덤불 사이로 희뿌연 안개가 자욱하게 깔린 가운데, 긴 머리를 어깨까지 늘어뜨리고 흰옷을 입은 여인이 마치 발을 땅에 대지도 않고 허공을 떠오는 것처럼 다가왔다. 청초한 기색과 수려한 골격은 관음보살처럼 단아해 보였다.

그 목소리는 최소한 10여 장 밖에 있었지만 마치 지척 간에 있는 것처럼 왕 부인과 모용복의 고막까지 전해져왔다. 두 사람은 안색이 돌변했다. 집 밖에 있던 풍파악과 포부동이 일제히 호통을 치며 그 소리가 들리는 곳을 향해 내달려갔다. 모용복 역시 입구로 몸을 날려갔다. 달빛 아래 푸른 그림자가 번뜩이더니 이어서 잿빛 그림자 하나와 누런 그림자 하나가 옆에서 뛰쳐나왔다. 등백천과 공야건이 각각 좌우에서 협공을 해온 것이다.

단연경은 왼쪽 세철장을 땅에 짚고 오른쪽 세철장을 횡으로 내뻗어 각각 등백천과 공야건 두 사람을 찍어가며 '피육! 피육! 피육!' 하고 몇 번의 소리와 함께 삽시간에 일곱 차례에 걸친 살수를 연달아 펼쳐냈다. 등백천은 이를 가까스로 막아냈지만 공야건은 버티지 못하고 뒤로 두 걸음 물러섰다. 포부동과 풍파악 두 사람이 몸을 돌려 공격해 들어갔다. 단연경은 혼자 네 명과 맞서 싸우면서도 여전히 힘들이지 않고 우세를 점했다.

모용복은 허리춤에서 장검을 뽑아 들고 서슬 퍼런 빛을 뿜어내며 단연경을 향해 찔러갔다. 일류고수인 모용복을 포함한 다섯 명에게 둘러싸여 공격을 받았지만 철장 그림자를 휘날리며 내뻗는 단연경의 초식은 매섭기 이를 데 없었다.

과거 왕 부인은 단정순과 사랑을 나누던 시절, 물가의 꽃 앞에서 영원한 사랑을 맹세하면서도 무공에 대한 담론을 빼놓지 않았던 터라 일양지와 단씨 검법 등의 무공들을 일일이 시연하는 단정순의 모습을 본 적이 있다. 지금 단연경이 펼치는 초식은 마치 그 당시 단랑이 시연했던 무공과 같았으니 왕 부인의 가슴이 어찌 아프지 않을 수 있겠는가? 그녀는 단랑이 그자에게 사로잡혔다면 필시 근방에 있을 것이란 생각에 빈틈을 타서 단랑을 구해내려 했다. 그녀가 집 밖의 산 뒤로 찾아나가려는 순간 별안간 풍파악의 비명 소리가 들려왔다.

그때 풍파악은 이미 바닥에 쓰러져 있고 단연경은 오른손 철장으로 그의 몸에서 1척 떨어진 곳을 이리저리 그어대기만 할 뿐 그의 급소를 공격하지는 않았다. 모용복과 등백천 등이 단연경을 향해 무기를 내뻗었지만 단연경의 철장에 밀려버렸다. 상황은 매우 심각해 보였다. 단연경이 풍파악의 목숨을 취하려 한다면 손바닥 뒤집듯 간단한 일이었지만 잠시 사정을 봐주는 것 같았다.

모용복이 별안간 뒤쪽으로 몸을 훌쩍 날리며 소리쳤다.

"잠깐!"

이 말에 등백천과 공야건, 포부동 세 사람이 동시에 뒤로 훌쩍 물러섰다.

모용복이 말했다.

"단 선생, 관대한 조처에 감사드리겠습니다. 우리는 본디 아무 원한도 없는 사이입니다. 오늘 이후로 고소모용씨는 선생께 진심으로 승복하도록 하겠습니다."

풍파악이 소리쳤다.

"이 풍가의 무예가 정교하지 못한 탓인데 목숨을 부지해 뭐 하겠습니까? 공자, 이 풍가 하나 때문에 승복할 수는 없습니다."

단연경은 후두를 통해 킬킬대고 웃다가 말했다.

"그래도 풍가가 호한이로구나!"

이 말을 하면서 철장을 치웠다.

풍파악이 이어타정 수법을 펼쳐 획 하고 일어섰다. 그러고는 단도를 들어 단연경의 정수리를 향해 맹렬하게 베어가며 소리쳤다.

"내 칼을 받아라!"

단연경이 철장을 위로 들어 그의 단도에 가져다 댔다. 풍파악은 극강의 힘이 그의 손바닥을 진동시키는 느낌이 들면서 단도가 손에서 빠져버렸다. 곧이어 허리에 통증이 느껴지는 순간 상대에게 허리를 붙잡혀 10여 장 밖으로 내동댕이쳐졌다. 단연경이 오른손을 살짝 틀어 철장을 거쳐 단도로 내력을 전하자 챙 하는 소리가 울려퍼지며 단도에 진동이 전해졌다. 단도는 10여 조각으로 토막 나서 서로 사정없이 부딪치며 사방으로 흩어져 날아갔다. 모용복과 등백천, 왕 부인 등은 각각 훌쩍 솟구치거나 바닥에 엎드려 파편을 피했지만 모두들 깜짝 놀라지 않을 수 없었다.

모용복이 공수를 하며 말했다.

"단 선생의 신공은 천하제일이니 정말 탄복해 마지않습니다. 우리가 적으로 만났지만 이제 친구가 되는 것이 어떻겠습니까?"

"조금 전에는 취인봉으로 날 해치겠다고 해놓고 이제 갑자기 친구가 되자고 하는 건 무슨 꿍꿍이란 말이냐?"

"우리 두 사람이 손을 잡고 공모를 한다면 큰 득을 보게 될 것입니다. 연경태자, 당신은 대리국의 적계 황태자로서 황위를 남에게 빼앗겼음에도 어찌 다시 되찾을 생각을 하지 않는 것입니까?”

단연경은 의심적은 듯 흘겨보다 음산한 목소리로 말했다.

“그게 그대와 무슨 상관이 있다는 거지?”

“대리국 황위를 되찾으려면 제 도움 없인 안 될 겁니다.”

단연경이 냉소를 머금었다.

“그대가 날 도울 수 있으리라 믿지 않는다. 날 일검에 죽이지 못하는 게 한일 테니 말이다.”

“당신이 대리국 황제가 되도록 돕는 건 저 자신을 위한 것입니다. 첫째, 전 단예 그 자식을 죽도록 증오하고 있습니다. 놈이 소실산에서 절자결할 상황까지 몰아붙여 모용씨가 무림에서 발을 붙일 곳 없이 만들었으니 전 기필코 단예 그 녀석을 없애고 당신이 황위를 되찾도록 도와 분풀이를 할 것입니다. 둘째, 당신이 대리국 황제가 되고 나면 부탁드릴 대사가 있습니다.”

단연경은 모용복이 머리가 비상하고 자신에게 호의를 품고 있지 않다는 걸 알고 있긴 했지만 그가 진솔하게 말을 꺼내자 7, 8할 정도는 믿게 되었다. 얼마 전 단예가 소실산 위에서 육맥신검으로 모용복을 곤경에 빠뜨렸던 상황은 단연경도 직접 목격한 터였기에 그 일을 상기하자 심히 불안한 마음을 감출 수 없었다. 단정순을 사로잡긴 했지만 자신은 절대 단예의 육맥신검에 대적하기 어렵다는 사실을 알고 있었기 때문이다. 만에 하나 아주 좁은 길에서 마주쳐 대결을 펼치게 된다면 단예가 뻗어내는 무형의 검기 아래 목숨을 잃지 않을 수 없다 여긴 것이다. 그 때문에 유일한 대처 방법은 단정순 부부의 목숨으로 협박하고 다시 단예를 굴복시킬 방법을 찾는 것이었지만 이 역시 장담할 수 없었다.

그는 모용복을 향해 물었다.

"귀하는 단예의 적수가 되지 않는데 무슨 방법으로 제압하겠다는 건가?"

모용복의 얼굴이 살짝 붉어졌다.

"힘으로 적수가 되지 않는다면 지혜로 승부해야겠지요. 어찌 됐건 단예 그 녀석은 재하가 사로잡아 귀하에게 넘기도록 하겠습니다."

단연경은 무척 기뻤지만 모용복의 허풍에 그리 쉽사리 속아넘어갈 수는 없었다.

"단예를 사로잡을 수 있다고 했는데 그 어찌 무익한 공상이자 헛소리가 아니겠는가?"

모용복이 씨익 웃었다.

"여기 계신 왕 부인은 재하의 외숙모입니다. 단예 그 녀석은 이미 우리 외숙모님께 사로잡힌 상태로 있습니다. 외숙모님께서는 그 녀석을 귀하가 잡은 한 사람과 바꿀 생각입니다. 우리가 귀하를 유인한 의도는 바로 거기에 있지요."

그때 왕 부인은 사방을 둘러보며 단정순의 소재를 찾다가 모용복의 말을 듣고 이미 돌아온 상태였다. 단연경의 후두와 배 사이에서 속삭이듯 말하는 소리가 들려왔다.

"부인께서 바꾸고자 하는 사람이 누구인지 모르겠소?"

왕 부인은 얼굴을 살짝 붉혔다. 그녀가 밤낮을 가리지 않고 자나 깨나 그리워하던 사람은 단정순뿐이었지만 그는 과부의 몸이라 공공연히 남에게 자신의 속내를 밝히는 건 불편했던 터라 일순간 대답하기 힘들었다.

모용복이 말했다.

"단예 그 녀석 부친인 단정순이 과거 우리 외숙모님께 죄를 지어 그 원한이 뼈에 사무쳐 있습니다. 우리 외숙모님께서는 귀하에서 대리국 황제 자리를 선위 받으시고 난 뒤 단정순을 외숙모님께 넘겨주시겠다는 약속을 받고자 합니다. 그때 가서 그자를 죽여버리든 토막 내버리든 아니면 기름에 지지든 불에 태우든 우리 외숙모님이 처리하도록 일임하시면 될 것입니다."

단연경이 껄껄대고 웃으며 생각했다.

'놈이 선위를 하고 나면 죽여버릴 작정이었는데 날 대신해 손을 써주겠다니 그보다 더 좋을 수는 없지.'

그러나 일이 너무 쉽게 풀리는 것으로 보이자 뭔가 계략이 있을 것 같아 배로 내는 소리로 물었다.

"모용 공자, 내가 제위에 오르고 난 후 나에게 부탁할 대사가 있다고 했는데 내가 할 수 있는 일인지 모르겠소. 무슨 일인지 먼저 밝혀보시오. 재하가 훗날 처리할 수 없는 일이라면 신의 없는 소인배가 될지도 모르는 일이니 말이오."

"단전하께서 그리 말씀하시니 재하가 믿어 의심치 않습니다. 우리가 이미 큰 거래를 하기로 했으니 재하 가슴에 묻어둔 일을 속일 수는 없을 것 같군요. 고소모용씨는 과거 대연국 황가의 후예입니다. 우리 모용씨의 선조들께서는 유훈을 내려 대연을 재건하는 대업을 완수하도록 이르셨지만 재하가 역량이 부족한 나머지 대사를 이루기 어려운 상황입니다. 전하께서 대리국 황위에 오르시고 나면 저 모용복은 대리국에게 군사 1만 명과 충분한 군량을 빌려 대연 재건을 위해 쓰고자 합니다."

모용복이 대연국 황제의 후예라는 사실은 소실산 위에서 모용박이 모용복의 자결을 저지할 때 이미 십중팔구 짐작하고 있었다. 그런데 뜻밖에도 지금 다시 모용복이 그런 중대한 비밀을 자신에게 털어놓는 걸 보고 그 뜻이 가상하게 여겨졌다.

'놈이 연국을 재건하려면 필시 송과 요를 똑같은 적으로 여길 것이다. 우리 대리는 나라가 작고 백성들이 적어 스스로 보호하기도 부족한데 어찌 대국에게 도발을 할 수 있단 말인가? 하물며 내가 황위에 오른 초기에는 민심도 따르지 않을 테니 더더욱 전쟁을 일으킬 수는 없다. 할 수 없다. 지금은 거짓으로 응낙하고 나중에 놈을 제거하면 그뿐이다. 도량이 작으면 군자가 아니고 독하지 않으면 대장부가 아니란 말도 있지 않은가?'

이런 생각을 하고 말했다.

"대리국은 나라가 작고 백성들이 빈궁해 단시간에 군사 1만 명을 소집하는 건 어렵소. 다만 5천 정도는 귀하에게 파견할 수 있지. 다만 대업을 완수하면 대연과 대리는 영원히 형제이자 사돈의 나라로 남아야 할 것이오."

모용복은 깊이 절을 하고 눈물을 흘리며 말했다.

"이 모용복이 조종의 대업을 완수할 수만 있다면 대대손손 대리의 울타리가 되어 폐하의 크나큰 은덕에 보답할 것입니다."

단연경은 뜻밖에도 자신을 폐하로 호칭하는 소리를 듣고 기쁨을 감출 수 없었다. 더구나 뒷부분을 말할 때는 흐느끼는 말투로 감격의 눈물까지 흘리자 황급히 손을 뻗어 부축했다.

"공자, 예는 거두시오. 단예 그 녀석은 지금 어디 있는지 모르겠소?"

모용복이 대답을 하기도 전에 왕 부인이 달려나가 물었다.

"단정순 그 인간은 지금 어디 있지요?"

모용복이 말했다.

"폐하, 폐하께서는 수하들을 데리고 우리 외숙모님 거처에서 잠시 쉬십시오. 단예는 포박해놓았으니 당장 바치도록 하겠습니다."

단연경은 기쁨을 주체하지 못했다.

"아주 좋소."

별안간 날카로운 휘파람 소리가 그의 배 속에서 퍼져 나왔다.

왕 부인이 깜짝 놀라는 사이 저 멀리서 말발굽 소리가 어슴푸레하게 들려오더니 덜컹거리는 수레 소리와 함께 나귀가 끄는 수레 몇 대가 이쪽으로 내달려왔다. 얼마 지나지 않아 말에 올라탄 네 사람이 커다란 수레 세 대를 끌고 큰길 쪽에서 다가왔다. 왕 부인이 재빨리 신형을 번뜩이며 앞으로 달려나갔다. 그녀는 단정순이 수레 안에 있을 거라는 생각에 말 두 필을 스쳐 지나가 재빨리 손을 뻗어 첫 번째 수레의 휘장을 젖히려 했다.

별안간 넓은 주둥이에 뱁새눈, 큰 귀를 가진 사람 얼굴이 나타나 쉰 목소리로 호통을 쳤다.

"무슨 짓이냐?"

왕 부인이 깜짝 놀라 몸을 뒤로 훌쩍 날려 피하고 나서야 그 모습을 똑똑히 볼 수 있었다. 그 추한 얼굴을 가진 사내의 손에는 채찍이 들려 있었는데 다름 아닌 수레를 모는 마부였다.

단연경이 말했다.

"셋째 아우, 이분은 왕 부인이시다. 이분 장원에 가서 좀 쉬어가자. 수레 안의 그 손님도 데리고 들어가라."

그 마부는 바로 남해악신이었다.

수레의 휘장이 걷히면서 수레 안에서 누군가 비틀거리며 내려왔다.

왕 부인이 슬쩍 보니 그 사람은 초췌한 안색을 한 채 주름투성이인 비단 장포를 걸치고 있었는데 다름 아닌 그녀가 자나 깨나 그리워하던 단랑이었다. 그녀는 쓰라린 가슴에 눈물을 왈칵 쏟아내며 재빨리 앞으로 달려나가 부르짖었다.

"단… 단… 벼… 별고 없었나요?"

단정순이 그 목소리를 듣고 속으로 깜짝 놀랐다가 고개를 돌려 그게 왕 부인임을 알아차리고는 더더욱 안색이 변했다. 그는 도처에 적지 않은 정을 흘리고 다녔지만 수많은 상대 중에서 가장 다루기 어려운 사람이 바로 왕 부인이었다. 진홍면과 완성죽 등은 그를 옆에 두기만 해도 만족스러워했고, 마 부인 강민은 남편이 있는 몸이라 어쨌든 감히 드러내놓고 찾아오지 못했지만 남편을 먼저 보낸 이 왕 부인만은 뻔뻔스럽게 주먹질을 하고 칼을 쓰면서 그에게 정실인 도백봉을 죽이고 자신을 처로 맞아들이라 강요를 해왔다. 이런 그녀의 요구를 단정순이 어찌 받아들일 수 있겠는가? 그런 난리 법석을 칠 때 하는 수 없이 작별도 고하지 않고 몰래 달아나버렸건만 자신이 가장 난처한 상황에 처해 있는 순간에 그녀를 다시 만나리라고는 생각지도 못했다.

단정순이 비록 도처에 정을 주고 다니기는 했지만 모든 정인을 진심으로 대해왔다. 그는 흠칫 놀라면서도 곧바로 왕 부인이 염려되는 마음에 부르짖었다.

"아라阿羅, 어서 도망가시오! 저 청포를 입은 늙은이는 대악인이오. 저자 손에 들어가면 절대 아니 되오!"

그는 몸을 살짝 틀어 왕 부인과 단연경 사이를 가로막고 연신 재촉했다.

"어서 가시오. 어서!"

사실 그는 벌써 단연경에게 요혈을 찍혀 걸음을 걷는 것조차 힘든 상황이었다. 그런데 무슨 힘이 있어 왕 부인을 보호할 수 있겠는가?

'아라'라고 부르짖는 소리는 깊은 관심과 사랑의 정 그리고 지극한 정성에서 나온 것이라 왕 부인이 가슴 가득 품고 있던 원한과 분노는 삽시간에 부드러운 정으로 변해버렸다. 다만 단연경과 그녀의 조카가 바로 앞에 있어 어찌 됐건 속내를 내비칠 수는 없었다. 그녀는 냉랭하게 콧방귀를 뀌었다.

"제 몸 하나 보전하지도 못하는 주제에 저분을 대악인이라 하다니 그럼 당신은 무슨 대호인이라도 되는 줄 알아요?"

그녀는 고개를 돌려 단연경을 향해 말했다.

"전하, 가시지요."

단연경은 전부터 단정순의 성격을 익히 알고 있었다. 이때 그의 행동거지와 안색을 보자 왕 부인에게 원한이라고는 없이 정을 품고 있었고, 또한 왕 부인은 그에게 원한이 있다고 하나 정이 더 깊은 것을 보고 곰곰이 생각해봤다.

'저 둘의 관계가 심상치가 않다. 저들의 술수에 당해서는 안 된다.'

그는 고강한 무공을 지닌 데다 담대함까지 갖추고 있었기에 추호의 두려움 없이 담담하게 집 안으로 들어갔다.

그곳은 왕 부인이 특별히 단정순을 사로잡기 위해 사들인 장원으로 규모가 꽤 있는 편이었다. 장원 안으로 들어가자 커다란 정원이 나왔는데 그곳에는 산다화가 가득 심어져 있어 달빛 아래 꽃 그림자가 한들거려 무척이나 고상하고 깔끔해 보였다. 단정순은 다화가 만발한 정경이 과거 왕 부인과 금슬 좋은 시절을 보냈던 고소의 만타산장과 흡사한 것을 보자 쓰라린 가슴에 나지막이 말했다.

"이제 보니 당신 거처였구려."

왕 부인이 냉소를 머금고 말했다.

"알아보겠어요?"

단정순이 조용히 말했다.

"알아보겠소. 그 당시 당신과 함께 고소 만타산장에서 평생 늙어 죽지 못한 것이 한이오."

남해악신과 운중학은 뒤의 두 수레 안에 있던 포로들까지 끌고 나왔다. 수레 하나 안에는 도백봉과 종 부인 감보보, 진홍면, 완성죽 네 여자가 있었고 다른 수레에는 화혁간과 범화, 부사귀 세 사람과 최백천, 과언지가 있었다. 아홉 사람 역시 단연경에게 모두 요혈을 찍힌 상태였다.

단정순은 원래 파천석과 주단신을 파견해 서하의 부마 모집에 참가하는 단예를 호송하도록 했지만 얼마 지나지 않아 보정제로부터 유지를 받게 되었다. 그에게 기일 안에 대리로 돌아와 황위를 계승하도록 하고 보정제 자신은 천룡사로 출가를 하겠다는 내용이었다. 대리국 황실은 불법을 숭상해 역대 군주들이 말년에 양위를 하면 승려가 되는 경우가 많았다. 단정순은 유지를 받들고 비탄에 빠졌지만 이를 의아하게 생각하지는 않았다. 그는 진홍면과 완성죽을 대동해 남쪽으로 천천히 돌아갔다. 두 여자를 왕비인 도백봉이 알지 못하게 대리성 안에 비밀스럽게 숨겨둘 생각이었다. 그러나 예기치 못하게 도백봉과 감보보가 앞다투어 달려올 줄 누가 알았겠는가? 곧이어 가는 길에 흉악한 적이 함정을 파놓고 있으니 이에 대비하라는 영취궁 여인들의 전갈을 전해 받게 되었다. 단정순은 범화 등 신하들과 상의를 했다. 이른바 그 '흉악한 적'은 의심할 바 없이 단연경일 것이며 그는 절대 만만치 않은 상대이니 피해가는 것이 상책이라 생각해 당장 동쪽으로 경로를 바꾸었다. 그러나 그 전갈을 아벽이 왕 부인의 지시를 받은 노비인 유초로부터 들었다는 사실에 대해서는 알 리가 없었다. 아벽이 하나만 알고 둘은 몰랐던 것이다. 물론 함정이 있는 건 확실했지만 왕 부인은 단정순을 해치려는 의도가 없었다.

단정순의 경로 변경으로 왕 부인이 파놓은 갖가지 함정에는 단예가 걸려들게 됐고 단정순은 오히려 단연경과 맞닥뜨리게 되었다. 봉황역 주변의 홍사탄 일전에서 단정순은 철저하게 패하고 말았다. 남해악신에 의해 강물 속에 빠진 고독성은 유골조차 보존하지 못하게 됐고 그 나머지는 모두 단연경에게 요혈을 찍힌 채 사로잡혀 남쪽으로 끌려오게 된 것이다.

모용복은 등백천 등 네 명에게 집 밖에서 망을 보라 명하고 자신은 마치 주인 행세를 하며 노복들을 호령해 객들을 접대하도록 했다.

48. 실의에 빠져버린 왕손

왕 부인은 눈 하나 깜짝하지 않고 도백봉과 감보보, 진홍면, 완성죽 등 네 여자를 응시했다. 각자 자신들만의 매력과 아름다움이 있다고 느껴졌다. 비록 그들보다 못한 것을 부끄럽게 여기지는 않았지만 '여우'니 '천한 년'이니 하는 호칭은 적합하지 않다는 생각이 들었다. 옛 말처럼 '내가 보기에도 아름다운데 하물며 남편은 어떠하겠는가?'란 마음이 자기도 모르게 우러나왔던 것이다.

단예는 옆방에서 부친과 모친이 동시에 대원수에게 사로잡힌 상태로 왔다는 사실을 알고 기쁨이 앞서면서도 한편으로는 우려를 하지 않을 수 없었다.

그때 단연경 목소리가 들렸다.

"왕 부인, 내가 대업을 이루면 이 단정순은 당신한테 넘길 것이니 마음대로 처분하도록 하시오. 단예 그 녀석은 어디 있소?"

왕 부인이 손바닥을 세 번 치자 시녀 두 명이 문 입구로 걸어와 허리를 굽히고 명을 기다렸다. 왕 부인이 말했다.

"그 녀석을 끌고 와라!"

단연경은 의자에 앉아 왼손을 단정순의 오른쪽 어깨 위에 얹었다. 그는 단예의 육맥신검을 극도로 꺼리고 있었던 터라 왕 부인과 모용복이 술수를 써서 단예로 하여금 자신을 상대하도록 만들까 두려웠다. 또한 왕 부인과 모용복이 확실히 성의를 보이고 있긴 했지만 단예 정도 무공 실력을 지닌 놈이 곤경에서 빠져나오게 된다면 다시 제압하기 힘들 것 같아 단정순의 어깨에 손을 얹고 단예가 부친의 입장을 고려해 함부로 날뛰지 못하도록 한 것이다.

그때 발소리가 들리며 시녀 네 명이 단예를 가로로 들고 대청 안으로 들어왔다. 그의 손발은 모두 쇠심으로 포박돼 있었고 입은 마핵도로 틀어막혀 있었으며 눈에는 검은 천이 씌워져 있었다. 얼굴이 드러나 있긴 했지만 남들이 볼 때 그가 죽었는지 살았는지 알 수 없을 정도였다.

진남왕비 도백봉이 목멘 목소리로 부르짖었다.

"예아야!"

이 말을 하며 앞으로 달려가 그를 빼앗으려 했다. 왕 부인이 손을 뻗어 그녀의 어깨를 밀치며 호통을 쳤다.

"가만히 앉아 있어!"

도백봉은 요혈을 찍힌 후 기운이 모두 빠진 형편이라 그녀에게 밀리자 곧바로 의자에 주저앉아 꼼짝도 할 수 없었다.

왕 부인이 말했다.

"이 녀석은 마취약을 맞고 정신을 잃은 거라 아직 죽지는 않았어요. 아직 의식이 없을 뿐이에요. 연경태자, 녀석이 맞는지 확인해보세요. 제대로 잡은 거 맞죠?"

단연경이 고개를 끄덕였다.

"그렇소!"

왕 부인은 취인봉의 독침에 들어 있는 약효가 대단하다는 것만 알았을 뿐, 단예가 망고주합을 먹었기 때문에 일시적으로 기절해도 얼마 지나지 않아 의식을 회복할 것이라고는 생각지 못했다. 다만 온몸이 포박돼 있어 정신이 혼미한 상황과 크게 다를 바가 없었다.

단정순이 쓸쓸한 웃음을 지으며 말했다.

"아라, 우리 예아를 사로잡아 뭐 하려 그러시오? 그 아이가 당신한테 잘못한 것도 없지 않소?"

왕 부인은 콧방귀를 뀌며 아무 대답도 하지 않았다. 그녀는 사람들 앞에서 단정순에 대한 아쉬운 정이 남아 있는 모습을 나타내고 싶지 않았지만 그렇다고 거친 말로 상대할 수도 없었다.

모용복은 왕 부인의 옛정이 다시 불타올라 대사를 그르칠까 두려워 거들었다.

"어찌 잘못한 게 없다 그러시오? 다… 단예 저 녀석은 우리 사촌 누이인 어언을 유혹해 누이의 순결을 더럽혔소. 외숙모님, 저 녀석은 백 번 죽어 마땅하니 깨어날 때까지 기다릴 필요 없이…."

그의 말이 채 끝나기도 전에 단정순과 왕 부인이 동시에 깜짝 놀라 소리쳤다.

"뭐? 저… 저 녀석이 어언…."

단정순은 안색이 창백해져 왕 부인을 향해 나지막이 물었다.

"당신 딸 이름이 어언이오?"

왕 부인은 원래 거칠고 조급한 성격이었던 터라 이 정도까지 참은 것만 해도 평생 처음 있는 일이라 할 수 있었다. 그녀는 더 이상 참지 못하고 울컥 눈물을 쏟아내며 소리쳤다.

"이게 다 양심 없고 박정한 당신 때문이에요. 날 해친 것도 모자라 당신 친딸까지 해친단 말이에요? 어언… 어언이… 그… 그 아이는 당신 친골육이라고요!"

그녀는 몸을 돌려 단예 몸을 마구 걸어차며 욕을 했다.

"이 금수만도 못한 색귀! 양심이라고는 없는 패륜아 같으니! 자기 친누이동생을 건드리다니! 너… 너같이 금수만도 못한 놈은 갈기갈기 찢어 육장을 담근다 해도 시원치가 않을 것이다!"

그녀가 이렇게 발로 차고 소리소리 지르자 대청에 있던 모든 이가 깜짝 놀랐다. 도백봉과 진홍면, 감보보, 완성죽 네 여자는 단정순의 성격을 익히 알고 있어 곧바로 상황을 파악할 수 있었다. 단정순이 왕 부인과 사사로이 정을 통해 낳은 딸이 바로 '어언'이라고 불리는 아이이고 단예가 그 아이와 사통을 했다는 것이 아닌가? 진홍면은 문득 자기 딸인 목완청을, 감보보는 자신의 딸인 종영을 떠올리며 당혹스러운 마음에 수치스러운 표정을 지었다. 나머지 단연경과 모용복 등은 잠시 생각에 잠겼다가 이내 상황 파악을 했다.

진홍면이 소리쳤다.

"이런 천한 노비 같으니! 얼마 전 내가 우리 딸과 널 죽이러 고소에 갔을 때 여우 같은 네년은 숨어버리고 조무래기들을 보내 우리를 피곤하게 했지. 그날 널 죽이지 못한 게 한이다. 그런데 왜 사람은 발로 걷어차는 것이냐?"

왕 부인은 이에 아랑곳하지 않고 계속해서 단예를 마구 걷어찼다.

남해악신은 바닥에 누워 있는 사람이 자기 사부인 것을 보고 당장 손을 뻗어 왕 부인의 어깨를 밀치며 호통을 쳤다.

"이거 봐, 이 사람은 내 사부야. 내 사부를 발로 차는 건 날 차는 것이나 마찬가지 아니더냐? 내 사부를 금수라고 욕한다면 나 역시 금수라고 욕하는 것이나 마찬가지란 말이다. 이런 몰상식한 여편네 같으니! 내가 우두둑 소리를 내면서 네 허옇고 부들부들한 모가지를 비틀어 꺾어버려야 되겠느냐?"

단연경이 재빨리 나서서 소리쳤다.

"악노삼, 왕 부인께 무례하게 굴지 마라! 저 단가 녀석은 뻔뻔스럽기 짝이 없는 놈이야. 너더러 사부라 부르라고 감언이설로 속인 것이다. 오늘 내가 놈을 제거할 것이니 괜히 강호에서 체면 구기는 일 없도록 해라!"

남해악신이 말했다.

"그가 내 사부인 건 틀림없는 사실이고 날 속인 것도 아닌데 어찌해칠 수 있단 말이오?"

그는 이 말을 하면서 손을 뻗어 단예의 포박을 풀어주려고 했다. 단연경이 호통을 쳤다.

"셋째 아우, 내 말 들어라. 어서 악취전을 꺼내 저 녀석의 머리를 잘라버려라!"

남해악신은 연신 고개를 가로저었다.

"아니오! 형님, 오늘만은 이 악노삼이 형님 말을 어기고 사부를 구하지 않을 수 없겠소."

이 말을 하면서 밧줄을 힘껏 잡아당기자 단예를 묶고 있던 쇠심이 한 줄 끊어졌다.

단연경은 깜짝 놀랐다. 단예가 포박에서 풀려난다면 당장 육맥신검을 펼쳐낼 텐데 누가 감히 그걸 막을 수 있단 말인가? 그럼 자신의 대업도 이루지 못함은 물론 목숨마저 염려해야 할 판이었다. 그는 다급한 마음에 획 하고 남해악신의 등짝을 겨냥해 철장을 내뻗어 찔러나갔다. 그의 내력이 미치자 그의 철장은 남해악신의 가슴을 정확히 꿰뚫어버렸다.

남해악신이 등과 앞가슴에서 극심한 통증을 느끼는 순간 이미 그의 철장은 가슴팍을 뚫고 나왔다. 그는 깜짝 놀라 고개를 돌려 단연경을 의구심에 가득 찬 눈으로 바라봤다. 큰형님이 어찌 자신에게 갑자기 살수를 쓰는지 알 수 없는 노릇이었다. 단연경은 평소 포악한 성격을 지니고 있어 사대악인의 우두머리가 된 것이라 자연히 손을 쓸 때도 악랄하기 짝이 없었다. 그는 '악관만영'을 자처하면서 불길한 의미의 그런 별호를 싫어하지 않았다. 스스로 평소에 악행을 많이 했기 때문에 '악관만영'이 된 것이니 당연하다 여긴 것이다. 그는 단예의 육맥신검을 매우 꺼려서 남해악신이 포박을 풀어주면 그를 당해내지 못할까 봐 무척이나 두려웠다. 그것 때문에 남해악신을 죽일 마음까진 없었지만 일장을 뻗어낸다는 것이 그의 급소에 적중했던 것이다. 단연경은 그의 눈빛을 보자 순간 후회스럽고도 미안한 감정이 스치고 지나갔지만 이런 자책감은 눈 깜짝할 사이에 사라져버렸다. 그는 오른손을 되돌려 그의 몸에서 철장을 뽑아내며 큰 소리로 외쳤다.

"넷째, 이 녀석을 끌고 가 묻어줘라. 큰형님 말을 듣지 않은 데 대한 대가다."

남해악신이 큰 소리로 비명을 지르며 바닥에 철퍼덕 쓰러지자 가슴과 등의 두 상처 부위에서 선혈이 뿜어져 나왔다. 그는 죽어서도 눈을 감지 못하겠다는 듯 두 눈을 동그랗게 뜨고 있었다. 운중학은 그의 시신을 움켜쥔 채 끌고 나갔다. 그는 평소 남해악신과 사이가 좋지 않았다. 남해악신이 사사건건 그의 행동을 저지해도 무공에 있어서는 적수가 되지 않아 그동안 꾹 참고 양보할 수밖에 없었던 것이다. 하지만 이제 남해악신이 큰형님에게 죽임을 당하자 속으로 쾌재를 부르짖고 있었다.

사람들 모두 남해악신이 단연경과 한패거리임을 알고 있었고 단 한마디를 거슬렀다는 죄로 당장 죽여버리자 그 흉악하고 악랄한 모습이 과연 세상에 보기 드문 '천하제일 악인'이란 명성에 부합된다고 생각돼 하나같이 간담을 쓸어내리지 않을 수 없었다.

단예는 남해악신의 상처 부위에서 뿜어져 나온 뜨거운 피가 자신의 얼굴과 목에 흐르는 느낌이 들었다. 한동안 그의 사부로서 그에게 제대로 베푼 것이라고는 없는데도 불구하고 수차에 걸쳐 자신을 구한 데다 오늘 이렇게 목숨까지 잃게 되었다는 생각이 들자 가슴이 미어지지 않을 수 없었다.

단연경이 냉소를 머금고 말했다.

"나에게 순종하는 자는 창성할 것이며 거역하는 자는 망할 것이다!"

그는 철장을 들어올려 단예의 가슴팍을 향해 찔러갔다.

별안간 한 여자 목소리가 들려왔다.

"천룡사 밖, 보리수 아래, 더러운 비렁뱅이, 긴 머리의 관음."

단연경이 '천룡사 밖'이란 말을 듣는 순간 그의 철장은 허공에서 꼼짝도 하지 않고 멈추었다. 그러고는 말이 끝나자 철장이 끊임없이 부들부들 떨리다 천천히 내려갔다. 그가 고개를 돌리는 순간 도백봉의 시선과 마주하게 되었다. 그녀는 뭔가 하고 싶은 말이 무궁무진하다는 눈빛을 발산하고 있었다. 단연경은 큰 충격을 받고 떨리는 목소리로 말했다.

"관… 관세음보살…."

도백봉이 고개를 끄덕이며 나지막이 말했다.

"저… 저 아이가 누구인지 알아요?"

단연경은 순간 현기증이 일어나 눈앞이 흐릿해지면서 마치 20여 년 전 보름달이 뜨던 그날 밤으로 돌아간 것처럼 느껴졌다.

어렴풋하게 지난 과거가 보였다.

그날은 단연경이 동해에서 대리로 돌아와 천룡사 밖에 이르렀을 때였다.

오는 도중 단연경은 호광湖廣의 한 길에서 적에게 포위된 상태로 공격받는 일을 당했다. 적들을 모조리 섬멸하긴 했지만 자신 역시 중상을 입어 두 다리가 부러지고 얼굴은 심각하게 훼손됐으며 적이 벤 일도에 목을 맞아 목소리마저 나오지 않았다. 실로 사람의 모습이라고 할 수 없었다. 온몸에서 악취가 풍기고 상처에는 온통 구더기로 가득해 파리 수십 마리가 그의 주변을 윙윙 소리를 내며 어지럽게 날아다녔다.

그는 대리국의 황태자였다. 그해 부황이 간신들에게 시해를 당한 후 그는 혼란 속에서 대리를 빠져나와 무공을 연성한 뒤 돌아왔다. 당금의 대리국 황제인 단정명이 그의 당형堂兄이었지만 진정한 황제는 단정명이 아니라 그였다. 그는 단정명이 너그럽고 인자하며 백성들을 아껴 민심을 얻고 있다는 사실을 알고 있었다. 더구나 나라의 문무백관들을 비롯해 모든 병사와 백성이 모두 그를 추앙했기 때문에 더 이상 전 조정의 황태자를 기억하는 이는 없었다. 만일 그가 경솔하게 대리에 모습을 드러낸다면 필시 목숨을 걱정해야만 될 처지였다. 누구든 당금의 황제에게 잘 보이기 위해 당장 그를 죽일 수 있기 때문이었다. 그는 본래 고강한 무예를 지니고 있어 그 어떤 적과 싸워도 문제가 없을 정도였지만 이때는 몸에 중상을 입은 터라 평범한 병사에게조차 상대가 되지 않았다.

그는 아주 어렵사리 길을 달려와 천룡사 밖에 당도할 수 있었다. 그의 유일한 희망은 고영대사에게 공도를 주재토록 청하는 것이었다.

고영대사는 그의 부친과 친형제지간인 그의 친숙부이자 보정제 단정명의 당숙으로 천룡사에서 도를 닦는 고승이었다. 천룡사는 수년 동안 대리국 단씨 황조의 보호막 역할을 하며 역대 황제들이 제위에서 물러나 승려가 되면 은거하는 장소이기도 했기에 감히 대리성에 모습을 나타낼 수가 없자 우선 고영대사부터 만나러 갔던 것이다.

그러나 천룡사의 지객승 말이 고영대사가 참선 중에 있으며 입정한 지 닷새째라 아직 열흘에서 보름 정도 더 있어야 한다지 않는가? 더구나 그때가 돼도 출정을 할는지는 알 수 없고 설사 출정한 후에도 외부인은 절대 만나지 않을 것이라는 말을 덧붙였다. 그는 단연경에게 무슨 일이냐고 물어보며 남길 말이 있다면 자신이 가서 방장께 고하겠다고 했다. 이렇게 사람 같지도, 귀신 같지도 않은 더러운 비렁뱅이에게 지객승이 그렇게 말한다는 건 최대한 예의를 갖춘 것이라 볼 수 있었다.

그러나 단연경이 어찌 자기 신분을 드러낼 수 있겠는가! 그는 팔꿈치를 바닥에 대고 천룡사 옆에 있는 한 보리수 밑으로 기어가 고영대사가 출정하기만 기다리며 이런 생각을 했다.

'저 화상 말로는 고영대사가 출정을 하고 난 뒤에도 외부인을 만나지 않는다고 했지 않나? 난 대리에 일각이라도 더 머물면 머물수록 위험에 빠지게 될 것이다. 누군가 날 알아보기라도 한다면 난… 당장 도

망쳐야 하지 않는가?'

그는 전신에 고열이 나고 각 상처 부위의 통증과 가려움증 때문에 도저히 참기가 힘든 지경이었다.

'이런 고통을 겪으면서 어찌 그때까지 견딜 수 있겠는가? 차라리 여기서 죽는 게 낫겠다. 이대로 목숨을 끊어버리자!'

그는 몸을 일으켜 보리수에 부딪쳐 자결하려 했지만 온몸에 힘이 다 빠진 상태에다 굶주리고 목이 타들어가고 있던 터라 바닥에 누운 채 꼼짝도 하지 못했다. 더 이상 살아갈 용기도 없고 죽을 능력도 없었던 것이다.

달이 중천에 떴을 때 돌연 흰옷을 입은 여인 하나가 짙은 안개 속에서 점점 그의 곁으로 다가오고 있었다….

숲속 덤불 사이로 희뿌연 안개가 자욱하게 깔린 가운데 긴 머리를 어깨까지 늘어뜨린 그 흰옷을 입은 여인은 마치 발을 땅에 대지도 않고 허공을 떠오는 것처럼 보였다. 달빛을 등진 그녀는 어슴푸레한 오관만 보일 뿐 얼굴이 제대로 보이지 않았지만 청초한 기색과 수려한 골격을 지닌 것만은 확실했다. 단연경은 그녀의 아름답고 수려한 미모에 의아함을 금할 수 없었다. 그는 그 여인이 관음보살처럼 단아하다는 느낌을 받았다. 더구나 온몸이 마치 연무처럼 신비한 빛으로 둘러싸여 있지 않은가?

'보살님께서 속세로 내려오신 것이 분명하다. 이 난관에 빠진 황제를 구하기 위해 말이야. 천자는 100가지 영령들이 보호한다지 않던가? 관세음보살님, 부디 고난을 벗어나 황위에 오를 수 있도록 보우해 주십시오. 제가 기필코 보살님의 조각상을 절에 세워 평생토록 공양하

겠습니다.'

그 여인이 천천히 다가왔다가는 다시 몸을 돌려 걸어갔다. 순간 단연경은 그녀의 측면을 보게 됐는데 그녀의 얼굴은 혈색이라고는 없이 무척이나 창백했다. 돌연 그녀가 다소곳하게 중얼거리듯 말했다.

"내가 그렇게 전심전력으로 당신을 대해왔건만 당… 당신은 전혀 날 마음에 두지 않았어요. 당신은 다른 여자가 생기고 또 다른 여자를 거두면서 우리가 보살 앞에서 했던 맹세를 헌신짝처럼 저버리고 말았던 거예요. 난 한번 또 한번 용서를 했지만 더 이상은 용서할 수 없어요. 당신이 저한테 잘못했듯이 나 역시 당신에게 잘못을 해야겠어요. 당신이 날 등지고 다른 사람을 찾아갔으니 나도 다른 사람을 찾아갈 거예요. 당신네 한인 사내들은 우리 파이 여자를 사람으로 여기지 않고 개나 양, 돼지나 소처럼 업신여겼지요. 난… 난 기필코 복수를 해야겠어요. 우리 파이 여자들도 당신네 한인 사내들을 사람으로 여기지 않을 거예요."

그녀의 말은 아주 다소곳하고 모두 혼잣말이었지만 그 말투 속은 깊은 분노와 원한으로 가득했다.

단연경은 순간 맥이 빠져버렸다.

'관세음보살이 아니었구나. 이제 보니 한인 사내한테 무시를 당해 원한을 품은 파이족 여자였어.'

파이는 대리국에서 가장 규모가 큰 종족이었다. 파이족[9] 여자들은 대부분 미모가 뛰어난 데다 하얗고 부드러운 피부를 지니고 있어 한인과는 그 모습이 많이 달랐다. 다만 남자들이 문약해 한인들로부터 무시를 당하고 있었다. 그 여인이 점점 멀리 걸어가자 단연경은 이런 생각을 했다.

'아니야. 파이 여자는 미모가 뛰어나기로 유명하긴 하지만 저렇게 선녀 같은 자태를 가졌을 리 없다. 하물며 그녀가 입고 있는 옷은 매우 얇은 흰색 비단인 빙초氷綃인데 파이 여자가 어찌 저런 우아한 복장을 하고 있단 말인가? 이는 필시 보살의 화신일 것이다. 저… 절대 놓쳐 서는 안 된다.'

그때 그는 생사의 갈림길에 서 있는 상황이라 보살의 현신이 도와 줘야만 곤경에서 빠져나올 수 있다고 생각했다. 이미 궁지에 몰린 상 황이라 달리 방법이 없었던 것이다. 그는 점점 멀어져가는 보살을 보 자 필사적으로 기어가 외치려 했다.

'보살님, 저 좀 구해주십시오!'

그러나 그의 목에서는 쉰 소리만 몇 번 나올 뿐이었다.

그 백의의 여인은 보리수 밑에서 이상한 소리가 들리자 몸을 홱 돌 렸다. 흙더미 속에 사람인 듯 사람 같지 않고, 짐승인 듯 짐승 같지 않 은 괴상한 뭉치가 기어오는 모습이 보였다. 자세히 바라보니 온몸에 피범벅이 된 지저분하기 짝이 없는 비렁뱅이란 것을 알게 되었다. 그 녀는 몇 걸음 다가가 자세히 살펴봤다. 그 비렁뱅이의 얼굴과 몸, 손 을 비롯한 온몸 곳곳이 모두 상처투성이였다. 각 상처 부위에서는 피 가 줄줄 흘러내려 그 위로 구더기가 기어다니는 데다 악취까지 진동 을 하고 있었다. 더구나 얼굴 정중앙에 길게 나 있는 칼자국 때문에 극 히 흉측스럽게 보였다.

그 여인은 이 순간 분노와 원한이 극에 달한 상황이었기에 죽을 방 법만 찾고 있었다. 이미 정분을 저버린 남편에 대한 복수를 결심해 자포자기 심정으로 스스로를 한껏 짓뭉개고 싶은 마음뿐이었던 것이다. 그녀는 이 무시무시한 비렁뱅이 모습을 보고 처음에는 깜짝 놀라 몸을 돌려 도망치려 했지만 이내 속으로 생각했다.

'난 천하에서 가장 추악하고 더럽고 비천한 사내를 찾아 사랑을 나눠야 해. 당신은 왕야이고 대장군이니 난 더럽기 짝이 없는 일개 비렁뱅이와 사랑을 나눌 거야.'

그는 아무 말도 하지 않고 천천히 입고 있던 나삼羅衫을 벗고 단연경 앞으로 걸어가 그 품 안에 몸을 던졌다. 그러고는 마치 하얀 산다화 꽃잎 같은 팔을 뻗어 그의 목을 끌어안았다.8

옅은 구름이 슬쩍 날아와 달빛을 가리는데 마치 달빛이 옅은 구름을 불러 이런 기괴한 정경을 보고 싶지 않아 눈을 가리는 듯했다. 이런 고귀한 부인이 하얀 산다화 꽃잎처럼 새하얗고 가녀린 몸을 뜻밖에도 온몸에 고름과 피로 범벅이 된 비렁뱅이에게 바치는 이상한 정경을 말이다.

백의의 여인이 그의 몸에서 떨어지고 한참이 지났지만 단연경은 여전히 꿈속을 헤매고 있었다. 이게 꿈인가? 현실인가? 지금 제정신인가? 아니면 정말 보살이 속세에 내려온 것인가? 코에서는 여전히 그녀의 몸에서 풍겨나온 은은한 향기가 느껴졌다. 고개를 비스듬히 틀어 보니 자신이 조금 전 손가락 끝으로 흙바닥 위에 쓴 글씨가 보였다.

'당신은 관세음보살이십니까?'

그가 이 글자를 써서 그녀에게 물어보자 그 여보살은 고개를 끄덕였다. 돌연 구슬 같은 물방울 몇 개가 옆에 있는 흙바닥 위에 주르륵 떨어졌다. 그녀의 눈물인가? 아니면 관세음보살께서 양지楊枝[10]로 흘

뿌린 감로인가? 단연경은 관세음보살이 여자의 몸으로 변해 욕망의 바다 속에 빠진 중생들을 구제하는 가장 자비로운 보살이라는 말을 들은 적이 있었다.

'틀림없이 관세음보살의 화신일 것이다. 관세음보살께서 나에게 낙담하지 말라고 교화를 하시는 것이다. 난 평범한 속세인이 아니다. 난 정말 하늘의 명을 받은 천자야. 그렇지 않다면 어찌 이럴 수가 있단 말인가?'

단연경은 살 수도 죽을 수도 없는 상황에서 느닷없이 한 백의를 입은 긴 머리의 관음이 자신에게 몸을 바치자 정신이 번쩍 들었다. 하늘의 명이 자신에게 내렸으니 훗날 제위에 오르게 될 것이라고 굳게 믿게 된 것이다. 당장 자신의 눈앞에 닥친 위난은 큰 근심거리가 되지 않는다는 것이 아닌가? 그는 신념이 서자 눈앞에 광명이 비치는 느낌이 들었다.

이튿날 새벽 몹시 추웠지만 그는 더 이상 고영대사가 출정했는지 여부도 묻지 않고 보리수 밑에 꿇어앉아 절하며 관세음보살의 은덕에 깊은 감사를 드렸다. 그러고는 보리수 가지 두 개를 베어 지팡이로 삼아 겨드랑이에 끼고 표연히 자리를 떴다.

그는 감히 대리 경내에 머물지 못하고 저 멀리 남쪽의 황량하고 궁벽한 산간벽지로 가서 요양을 한 뒤 가전 무공 연마에 온 힘을 기울였다. 처음 5년 동안은 지팡이로 다리를 대신하는 연습을 하다 다시 일양지 무공을 세철장에 실었고, 그다음 복화술을 연성했다. 다시 5년을 더 연마한 후 양호兩湖로 건너가 원수들을 하나씩 제거하기 시작했는데 그야말로 닭이나 개 한 마리 남기지 않고 닥치는 대로 죽여버렸다.

그의 수법이 얼마나 흉악하고 악랄했는지 소문을 들은 사람들이 너무 놀라 '천하제일대악인'이라는 명성을 붙이기에 이르렀고 스스로는 '악관만영'이라 칭하고 다니게 되었다. 그는 악행을 업으로 삼아 행하면서도 결과에 대해서는 생각지 않았다. 그 후 섭이랑과 남해악신, 운중학 세 사람을 모아 자기편으로 만들었다. 그는 복위를 도모하기 위해 수차에 걸쳐 대리에 잠입했지만 번번이 너무나도 단단히 박힌 단정명의 기반을 뽑아버릴 수 없다고 느껴 기가 꺾인 채 물러설 수밖에 없었다. 최근에는 황미승과 바둑을 두며 내력 대결을 펼쳐 승리를 눈앞에 두었지만 예기치 못하게 단예가 중간에 끼어들어 다 된 밥에 재를 뿌린 적이 있었다.

봉황역 주변의 홍사탄에서 단연경은 단정순 일행을 추적해 모조리 사로잡았다. 그때 단정순의 부인인 도백봉은 단연경 얼굴에 직선으로 나 있는 기다란 칼자국을 보고 그를 알아볼 수 있었다. 그때는 그를 죽이는 한이 있어도 옛일을 들추고 싶지 않았지만 그가 자기 아들을 죽이려 하는 것을 보자 어쩔 수 없이 몇 마디 말로 진상을 밝혔던 것이다.

"천룡사 밖, 보리수 아래, 더러운 비렁뱅이, 긴 머리의 관음."

그 몇 마디를 말하는 그녀의 목소리는 극히 다소곳했지만 단연경에게는 청천벽력과도 같은 소리로 들렸다. 그는 단 부인의 얼굴 표정을 보고 이런 생각만 할 뿐이었다.

'설마… 설마… 저 여자가 바로 그 관세음보살….'

그때 단 부인이 천천히 손을 들어올려 쪽머리를 풀어헤치고 검디검은 머리를 어깨에 걸치며 얼굴 앞으로 늘어뜨렸다. 그 모습은 바로 그날 밤 천룡사 밖 보리수 아래에서 본 그 관세음보살의 형상이었다. 단연경은 더 이상 의심할 수가 없었다.

'난 보살인 줄로만 알았는데 이제 보니 진남왕비였구나.'

당시에 그는 며칠 지나지 않아 상처 부위가 거의 완쾌되고 열도 떨어지면서 정신을 차릴 수 있었다. 그제야 그날 밤 몸을 바친 그 백의의 여인은 보살이 아니라 사람이었다는 것도 알게 되었다. 하지만 그는 그런 환상이 물거품으로 변해버리길 원치 않아 끊임없이 자신에게 다독였다.

'그 여인은 백의의 관음이야. 백의의 관음!'

이제야 진상을 알게 된 그는 속으로 크나큰 의구심이 생겼다.

'저 여인이 어째서 그랬을까? 어째서 온몸이 피고름으로 가득한 더러운 비렁뱅이한테 그런 행동을 했던 것일까?'

그가 고개를 숙이고 이런 생각에 빠져 있는 순간 땅바닥에 홀연히 물방울이 뚝뚝 떨어져 내리는데 그날 밤처럼 눈물인지 아니면 양지로 흩뿌린 감로인지 알 수가 없었다.

고개를 들어 눈물이 그렁그렁한 단 부인의 눈과 마주치자 별안간 꿋꿋하던 심장이 한껏 부드러워졌다. 그는 배에서 나오는 쉰 목소리로 물었다.

"당신 아들 목숨을 살려주라는 것이오?"

그는 철장을 뻗어 그녀 몸에 찍혀 있던 요혈을 풀어줬다. 단 부인이 고개를 가로저으며 조용히 말했다.

"저… 저 아이 목에 걸린 작은 금패에 아이의 사주팔자가 새겨져 있어요."

단연경이 의아하게 생각했다.

'아들의 목숨을 살려주라는 것도 아니고 나더러 하찮은 금패를 보라 하다니 그게 무슨 의미일까?'

그는 과거 '천룡사 밖, 보리수 아래'에서 있었던 사건의 진상을 이해한 후, 단 부인에 대해 자연스럽게 경외심과 함께 감격스러운 정을 느꼈던 터라 곧바로 그녀의 말에 따라 허리를 굽혀 단예의 목을 살폈다. 그의 목에는 매우 가는 금목걸이가 있었는데 목걸이를 끄집어내보니 과연 목걸이 끝부분에 네모난 작은 금패가 걸려 있었다. 금패 한쪽 면에는 '장명백세長命百歲'라는 글자가 새겨져 있고 뒷면에는 작은 글이 한 줄 새겨져 있었다.

'임자년壬子年 십일월十一月 이십삼일생二十三日生'

단연경은 '임자년'이란 세 글자를 보고 속으로 깜짝 놀랐다.

'임자년? 바로 그해 2월에 적의 공격을 받고 중상을 입은 채 천룡사 밖에 갔지 않았던가? 이런, 저… 저 아이가 11월이 생일이라면 딱 열 달인데 그럼 그때 회임을 했다는 것인가? 그… 그럼… 저… 저 녀석이 내 아들?'

단연경의 얼굴은 칼에 의해 입은 상처들 탓에 힘줄이 끊어져 있어 두렵고 의아한 갖가지 표정들이 나타날 수 없었다. 그러나 순간 핏기라고는 없는 창백한 얼굴로 변해버리고 말았다. 그는 말로 다 할 수 없는 흥분감에 고개를 돌려 단 부인을 바라봤다. 그때 그녀가 천천히 고개를 끄덕이며 나지막이 말했다.

"업보예요, 업보!"

단연경은 일평생 남녀 간의 사사로운 정은 물론 가정을 꾸리는 즐거움을 느껴본 적이 없었던 터였으나 느닷없이 세상에 자기 친아들이 존재한다는 사실을 알게 되자 가슴 가득 넘치는 희열을 주체할 수 없었다. 세상의 그 어떤 명리와 존귀한 영예, 제왕의 기업도 아들을 가지게 된 것보다 고귀하게 여겨지지 않았다. 순간 두려움과 기쁨이 교차하면서 심장이 요동치기 시작했다. 펄쩍 뛰면서 소리라도 지르고 싶은 생각뿐이었다.

그때 쨍 하는 소리와 함께 오른손에 들고 있던 철장을 바닥에 떨어뜨리고 말았다.

곧이어 현기증이 느껴지고 왼손의 힘마저 풀려 다시 쨍 소리와 함께 왼손에 들고 있던 철장마저 바닥에 떨어뜨리고 말았다. 극히 커다란 목소리가 마음속에서 부르짖고 있었다.

'나한테 아들이 있었어!'

단연경은 단정순을 힐끗 바라봤다. 어리둥절해하는 표정으로 보아 자기 부인이 한 말에 대해 전혀 이해가 가지 않는 것처럼 보였다.

단연경은 단정순을 한번 바라보다 다시 단예를 바라보며 비교를 해봤다. 한 명은 각진 얼굴이었고 하나는 갸름한 얼굴로 전혀 다른 모습이었다. 더구나 단예의 준수한 외모가 자신의 젊은 시절 모습과 십중팔구 닮은 것으로 보아 의심의 여지가 없었다. 그는 말할 수 없는 자부심이 느껴졌다.

'네놈이 대리국의 황제가 되고 내가 황위에 오르지 못한들 무슨 상관이겠느냐? 나에게는 아들이 있지만 넌 없다!'

순간 또다시 현기증이 느껴지면서 눈앞이 캄캄해졌다. 그는 속으로 생각했다.

'내가 지나치게 기뻐했던 모양이군.'

돌연 꽈당 소리와 함께 누군가가 문 옆에서 쓰러졌다. 바로 운중학이었다. 단연경은 깜짝 놀라 속으로 소리쳤다.

'큰일 났다!'

그는 왼손을 들어 허공을 움켜쥐며 허경을 돋우어 철장을 손에 거두려 했다. 그러나 뜻밖에도 손을 움켜쥐어도 내력이 뻗어나가지를 않아 바닥에 있던 철장이 꼼짝도 하지 않았다. 단연경은 더욱 놀랐지만 일단은 아무 기색도 하지 않고 오른손으로 다시 허경을 돋우어 철장을 잡으려 했다. 그러나 여전히 꼼짝도 하지 않는 것이 아닌가? 그는 진기를 끌어올려봤지만 내식 역시 올라오질 않았다. 그는 그제야 부지불식간에 이미 누군가의 계략에 빠졌다는 사실을 알게 되었다.

바로 그때 모용복 목소리가 들려왔다.

"단전하, 저쪽 방에 전하를 급히 보고 싶어 하는 사람이 있으니 그쪽으로 가서 만나보시지요."

단연경이 말했다.

"누가 말이오? 모용 공자가 가서 데리고 나오시오."

모용복이 말했다.

"걷지를 못하기 때문에 전하께서 가셔야 합니다."

그 말을 듣고 나자 단연경은 상황 파악을 하게 되었다. 자신에게 암암리에 미약을 쓴 사람은 바로 의심할 바 없이 모용복이었다. 그는 자신의 뛰어난 무공 실력을 꺼렸던 터라 약효가 부족할까 두려워 성급하게 싸우려 들지 않고 자신을 움직이게 만들어 아직 힘이 남아 있는지 시험해보려 한 것이다. 그는 집 안에 들어온 이후 각별히 유의하면서 차 한 모금 마시지 않았고 또한 다른 특이한 냄새도 맡은 적이 없건만 어찌 독계에 말렸는지 곰곰이 생각해봤다.

'필시 단 부인 말에 기뻐서 평정심을 잃어 놈의 이상한 행동을 경계하지 못했던 것이다. 그 탓에 놈의 수작에 걸려들고 만 거야.'

그는 담담하게 말했다.

"모용 공자, 우리 대리단씨는 독을 쓰는 데 익숙하지 않소. 차라리 일양지로 날 상대하는 게 옳았소."

모용복이 비열한 미소를 지으며 말했다.

"재하의 이 비소청풍은 과거 서하에서 구한 것입니다. 다만 재하가 약간의 첨가물을 보태 눈물을 흘리게 만드는 냄새를 제거했을 뿐이지요. 단전하께서는 과거 서하 일품당 휘하에 예속돼 있었으니 재하가 비소청풍을 쓴 것이 고소모용씨의 '상대가 쓴 방법을 상대에게 펼친다'는 가풍에 벗어났다 할 수 없는 것입니다."

단연경은 속으로 깜짝 놀랐다. 얼마 전 서하 일품당 고수가 비소청풍으로 개방 제자들 다수를 쓰러뜨려 사로잡았고, 후에 혁련철수 장군과 남해악신, 운중학 등 서하 무사들 역시 반대로 이 독에 중독돼 개방 사람들한테 사로잡힌 적이 있었지만 다행히 자신이 해약을 훔쳐와 구출한 적이 있었다. 그 당시 담벼락 위에 '상대가 쓴 방법을 상대에게 펼친다'란 글이 적혀 있어 그 독을 펼친 자가 고소모용이라고 밝혔으니 모용복 수중에 그 독약이 있다는 건 당연지사였다. 하지만 시일이 워낙 오래 지났던 터라 전혀 생각지도 않고 있었다. 그는 이를 소홀히 여긴 데 대해 자책을 하면서 곧바로 눈을 감고 아무 말 없이 암암리에 운기조식을 했다. 독기를 체외로 내보낼 셈이었다.

모용복이 빙긋 웃으며 말했다.

"이 비소청풍 독은 운공을 하고 기를 돋우어야 아무 소용이 없습니…."

이 말이 채 끝나기도 전에 왕 부인이 호통을 쳤다.

"어찌 이 외숙모마저 중독을 시킨 게냐? 어서 해약을 내놔라!"

모용복이 말했다.

"외숙모님. 조카가 죄를 지었습니다. 잠시 후에 외숙모님 먼저 해독해드릴 것입니다."

왕 부인이 벌컥 화를 내며 말했다.

"잠시 후는 무슨 잠시 후냐? 어서, 어서 해약을 내놔!"

모용복이 말했다.

"정말 송구합니다. 외숙모님! 해약은 저한테 없습니다."

단정순의 부인인 도백봉은 찍혀 있던 요혈이 이미 풀린 상태였지만 곧바로 비소청풍에 또 중독돼 기절해버렸다. 대청의 모든 사람 중 사전에 해약을 맡은 모용복과 백독이 침투할 수 없는 단예 두 사람만이 중독이 되지 않았다.

그러나 단예는 크나큰 고통에 몸부림치고 있었다. 이는 말할 수 없이 힘든 고통이었다. 다름 아닌 왕 부인이 내뱉은 말을 들은 것이다.

'이게 다 양심 없고 박정한 당신 때문이에요. 날 해친 것도 모자라 당신 친딸까지 해친단 말이에요? 어언… 어언이… 그… 그 아이는 당신 친골육이라고요!'

그때 그는 숨이 막혀 하마터면 기절해버릴 뻔했다. 옆방에서 왕 부인과 모용복이 그녀와 그의 부친이 사통했다는 말을 언급했을 때 그는 내심 불안한 느낌이 들었다. 왕어언도 목완청이나 종영처럼 자신의 친누이일까 극히 두려웠던 것이다. 왕 부인이 직접 사람들 앞에서 말을 할 때까지 그런 자신의 추측을 받아들일 여지가 어디 있겠는가? 찰나의 순간에 그는 천지가 뒤집히는 것 같은 느낌이 들었다. 만일 손발이 묶여 있지 않고 재갈마저 물려 있지 않았다면 미친 듯이 날뛰며 큰소리로 부르짖었을 것이다. 비통한 마음으로 인해 숨이 가슴팍에 막혀 회전이 되지 않자 그의 손발은 급격하게 차가워지면서 점점 굳어버리기 시작했다. 그는 깜짝 놀랐다.

'아이고, 이건 필시 백부님께서 말씀하셨던 주화입마란 건가 보다. 내공이 심후하면 심후할수록 더욱 위험하다고 하던데. 내… 내가 어쩌다 주화입마에 들게 된 거지?'

갑자기 얼음처럼 차가운 기운이 팔꿈치와 오금에 미치자 단예는 더럭 겁이 났다. 그러나 곧바로 생각을 바꾸었다.

'어언이 내 배다른 누이라면 내 사랑은 결국 물거품이 되고 말 텐데 내가 이 세상에 더 살아 무슨 영화를 누리겠는가? 차라리 주화입마에 들어 내 몸이 흙이 되고 먼지가 돼서 모든 기억을 잊는 것이 평생 번뇌 속에 사는 불상사를 피할 수 있는 길이다.'

단연경은 연이어 세 차례나 내식을 돋우었지만 아무 효과가 없을뿐더러 오히려 가슴이 더욱더 답답해지기만 하자 아무 말 없이 꼼짝도 하지 않은 채 눈을 감고 앉아 있었다.

모용복이 말했다.

"단전하, 재하가 비록 전하를 미약으로 쓰러뜨리긴 했지만 전하를 해치려는 의도는 없습니다. 전하께서 제 질문에 응낙만 해주신다면 재하는 두 손으로 해약을 바치고 전하께 고두를 해서 사죄할 것입니다."

그는 매우 공손한 태도로 말했다.

단연경이 냉랭한 미소를 지었다.

"이 단가가 이 나이가 될 때까지 살아오면서 갖은 풍파를 무수히 겪었는데 어찌 남의 협박에 굴복해 억지 대답을 할 수 있겠소?"

모용복이 말했다.

"재하가 어찌 감히 전하를 협박하겠습니까? 여기 있는 많은 사람이 증명할 것입니다. 재하가 우선 전하께 사죄를 드리고 난 후 다시 공손하게 한 가지만 간청드리겠습니다."

이 말을 하면서 무릎을 꿇고 절을 했다.

"쿵쿵쿵쿵!"

단연경을 향해 절을 네 번 하는데 그 태도가 무척이나 공손했다.

사람들은 모용복이 갑자기 이 같은 대례를 올리자 의아해하지 않을 수 없었다. 지금은 이미 대세를 장악하고 있어 사람들의 생사가 그의 손에 달려 있지 않은가! 그가 강호의 의리를 내세워 단연경이란 선배 고수에 대해 예의를 차리겠다는 것이라면 그저 깊이 읍을 하는 것으로 충분할 것인데 어찌 비굴하게 무릎을 꿇고 큰절까지 하는지 알 수가 없었다.

단연경 역시 의아해하지 않을 수 없었다. 그가 지나치게 공손하게 대하는 것을 보고 속에 품고 있던 화도 어느 정도 가실 수밖에 없었다.

"옛말에 이르길 '누군가에게 예물을 바치는 사람은 필히 원하는 바가 있다'라 했소. 공자가 이런 대례를 행하니 재하가 감당하기가 어렵소. 공자께선 어떤 분부가 있는지 모르겠소."

그는 말투에 예의를 갖추기 시작했다.

모용복이 말했다.

"재하의 심원은 전하께서도 이미 알고 계실 것입니다. 다만 대연 재건의 꿈은 하루아침의 노력만으로 되는 것이 아닙니다. 오늘 전 우선 전하가 대리국 황위에 오르는 것을 보좌할 것입니다. 전하께서는 자식이 없으니 저를 양자로 거두어주시기를 간청합니다. 우리 두 사람이 한마음 한뜻으로 대업을 이룬다면 서로 득이 될 것 아니겠습니까?"

단연경은 그가 '전하께서는 자식이 없으니'라고 하는 말을 듣고 자기도 모르게 단 부인을 쳐다봤다. 서로의 눈빛이 교차하는 찰나의 순간에 두 사람은 수많은 이야기를 주고받았다. 단연경은 흐흐하고 한번 웃으며 아무 대답도 하지 않은 채 속으로 생각했다.

'지금 그 말을 방금 전에만 했더라도 서로가 득이 되는 일이었겠지. 하지만 지금 난 아들이 있다는 사실을 알았는데 어찌 황위를 너에게 물려줄 수 있겠느냐?'

그때 모용복이 말을 이었다.

"대송 강산은 후주後周의 시柴씨로부터 얻은 것입니다. 과거 주周나라 태조인 곽위郭威는 후사가 없자 시영柴榮을 양자로 삼았습니다. 뛰어난 재기와 지략을 지니고 있던 시 세종世宗은 군대를 정비하고 무력을 강화해 후주의 거목으로 그 명성을 떨쳤습니다. 이렇게 곽씨가 양자를 받아들여 대권을 잇도록 만든 덕에 조정의 수명이 늘어나게 된 일은 후대에 미담으로 전해지고 있습니다. 이렇듯 비슷한 사례가 있으니 부디 전하께서 이를 본보기로 삼아주시기 바랍니다."

단연경이 말했다.

"정말 내 양자가 되고자 하는 것이오?"

모용복이 말했다.

"그렇습니다."

단연경이 생각했다.

'지금은 내가 중독된 몸이니 응낙하는 수밖에는 없겠다. 해독이 되고 나서 죽여버리면 그뿐이지.'

이렇게 생각하고 담담하게 말했다.

"그렇다면 성을 단으로 바꿀 거요? 또한 대리국 황제가 되면 연국 재건의 꿈은 접어야만 하고 모용씨는 이제 후사가 없어지는 것이오. 그리할 수 있겠소?"

그는 모용복에게 분명 또 다른 속셈이 있으리라는 걸 알고 있었다. 그가 대리국 황제가 되기만 하면 수년 동안 전국의 요지에 친서를 내려보내고 단씨 충신들을 비롯한 반대파를 제거한 뒤에 다시 '모용'씨로 돌아갈 것이 틀림없었다. 심지어 대리국 국호를 대연으로 바꾼다 해도 이상할 것이 없었던 것이다. 그가 든 후주의 예시처럼 시영이 곽위의 뒤를 이어 황제가 된 후 시씨 성을 다시 썼다는 건 그야말로 은감불원殷鑑不遠[11]이라 할 수 있었다. 그 때문에 그에게 연이어 세 가지 난감한 질문을 한 이유는 전략적으로 그가 철석같이 믿도록 만들기 위함이었다. 너무 호쾌하게 응낙을 해버리면 진정성 없이 불손한 마음을 품은 것처럼 보일까 두려워서였다.

모용복은 한참 동안 곰곰이 생각하다 주저하듯 답했다.

"그건…."

사실 그는 단연경의 추측처럼 이미 훗날 대리 황제가 돼서 할 각종 조치들을 생각해놓고 있었지만 그 역시 대답을 너무 시원하게 해버리면 진정성 없이 불손한 마음을 품은 것처럼 보일 것이란 생각에 한참 동안 망설이는 척하다 말했다.

"재하가 비록 근본을 저버리는 불충한 사람은 아니지만 대업을 이루려는 자는 사소한 것을 돌보지 않는다 했습니다. 이미 전하를 부친으로 섬긴 이상 단씨에 충성하는 것이 당연하며 다른 마음을 품진 않을 것입니다."

단연경이 껄껄대고 큰 소리로 웃었다.

"훌륭하군, 훌륭해! 노부가 강호를 유랑하면서 처자식이라곤 없었는데 뜻밖에도 말년에 귀한 아들을 얻게 되다니 평생 가장 큰 기쁨이라 할 수 있소. 그대는 젊은 나이에 준수한 외모를 지니고 있고 가전무공에도 정통하니 이 늙은이 가슴이 후련해지는 기분이오. 내 평생 이보다 더 기쁜 일은 없을 것이오. 관세음보살, 이 제자가 감격해 마지않습니다. 이 몸이 분골쇄신한다 해도 백의를 입은 관세음보살께서 베푸신 은덕을 만에 하나도 다 보답하지 못할 것입니다."

그는 격동한 마음에 뺨 위로 두 줄기 눈물을 흘리다 고개를 숙이고 바로 단 부인을 바라보며 두 손으로 합장을 했다.

단 부인이 아주 천천히 고개를 끄덕였지만 눈빛만은 시종 바닥에 누워 있는 아들을 향했다.

단연경의 몇 마디 말은 바로 자신의 진짜 아들인 단예를 두고 한 말이었지만 단 부인 외에는 그 누구도 그 말에 담긴 의미를 알지 못했다. 모두들 그가 모용복을 그의 양자로 거두고 훗날 그에게 선위를 하겠다고 응낙을 하는 것으로만 알았을 뿐 진정성이 담긴 말을 내뱉다 보니 이에 대해 의심을 품는 사람은 추호도 없었다. 더구나 '천하제일대악인'이 사람들 앞에서 눈물을 흘릴 것이라고는 그 누구도 생각지 못했던 것이다.

모용복이 기뻐하며 말했다.

"전하께서는 무림의 선배 협객이시니 일언이 중천금임을 알고 절대 후회하지 않으시리라 믿습니다. 의부께 절을 올리겠습니다."

그는 무릎을 꿇고 다시 절을 하기 시작했다.

돌연 문밖에서 누군가 큰 소리로 외쳤다.

"아니로소이다, 아니로소이다! 절대 있을 수 없는 행동이오!"

순간 휘장이 들춰지며 누군가 큰 걸음으로 성큼성큼 대청 안에 들어왔다. 바로 포부동이었다.

모용복은 곧바로 몸을 일으켜 안색을 바꾼 채 고개를 돌려 매서운 목소리로 외쳤다.

"포 삼형, 무슨 말을 하려는 거요?"

포부동이 말했다.

"공자께선 대연국 모용씨의 당당한 황손입니다. 한데 어찌 성을 단씨로 바꾸신단 말씀입니까? 연국 재건의 대업이 비록 힘들기는 하지만 우리는 대업을 완수한다는 목표 하나만으로 죽을힘을 다해 노력해 왔습니다. 대업을 이룰 수 있다면 물론 가장 좋겠지만 이룰 수 없다 해도 공자는 당당한 모용씨의 후예입니다. 공자께서 만일 이런 사람 같지도 귀신 같지도 않은 자를 의부로 모신다면 장차 황위에 오른다 해도 빛이 바래고 말 것입니다. 더구나 모용씨를 가진 사람이 대리의 황제가 된다는 건 더더욱 어려운 일입니다."

모용복은 그의 무례한 말을 듣자 화가 머리끝까지 났지만 포부동이 그의 근친 심복인 데다 지금은 인재가 필요한 시기라 직언으로 질책을 가하고 싶지 않았다. 그는 담담한 어조로 설득했다.

"포 삼형, 수많은 사정을 한순간에 이해할 순 없을 것이오. 후에 내가 천천히 설명해주도록 하겠소."

포부동이 고개를 가로저었다.

"아니로소이다, 아니로소이다! 공자, 이 포부동이 아둔하긴 해도 공자의 의도는 어느 정도 짐작이 가는 바입니다. 공자께서는 과거 한신처럼 남의 사타구니 밑을 기어가는 모욕을 참고서라도 훗날 벼락출세를 하겠다는 의도가 아니십니까? 지금 당장은 단씨로 성을 바꾸고, 훗날 대권을 잡아 다시 모용 성으로 바꾼 다음 대리국 국호를 대연으로 바꾸거나 혹은 대송과 요를 정벌해 대연의 옛 영토를 수복하겠다는 생각이 아니냐는 말씀입니다. 공자, 의도는 좋지만 그렇게 하신다면 불충, 불효, 불인, 불의한 사람이 되고 양심의 가책을 느끼게 되는 것은 물론 온 세상 사람들의 비웃음을 사게 될 것입니다. 그런 황제는 안하느니만 못한 것입니다."

모용복이 화가 치밀어올라 큰 소리로 호통을 쳤다.

"포 삼형, 말씀이 지나치시오. 내가 어찌 불충, 불효, 불인, 불의한 자가 될 수 있겠소?"

포부동이 말했다.

"대리에 의탁했다가 훗날 다시 반역을 도모한다면 그건 불충이오, 단연경을 의부로 삼아 단씨에 효도를 한다면 모용씨에 대한 불효이자 모용씨에 효도하면 단씨에 대한 불효요, 훗날 대리의 군신들을 살해해 버린다면 그건 불인이오, 또한⋯."

그 말이 채 끝나기도 전에 갑자기 퍽 하는 소리와 함께 그의 등짝

한가운데가 일장에 둔탁하게 적중되었다. 모용복이 냉랭한 목소리로 말했다.

"내가 벗을 팔아 영화를 구하는 것이 불의겠지."

그의 일장은 부드럽고 섬세한 내경으로 포부동의 영대, 지양 두 곳의 요혈을 후려친 것이라 매우 치명적인 장력이었다. 포부동은 자신이 어릴 때부터 보살피며 자라난 공자가 갑자기 자신에게 독수를 쓸 것이라고는 생각지도 못했던 터였다. 그는 무방비 상태에서 요혈을 강타당하자 욱 하고 선혈 한 모금을 뿜어내며 그 자리에 고꾸라져 죽어버렸다.

포부동이 모용복에게 대들던 순간 등백천과 공야건, 풍파악 세 사람은 문 앞에 서서 경청하며 포부동의 말이 약간 과하기는 했지만 이치에 맞는 말이라 느끼고 있었다. 그런데 돌연 모용복이 일장을 날려 포부동을 공격하자 세 사람 모두 깜짝 놀라 일제히 쓰러진 포부동을 향해 달려나갔다.

풍파악은 포부동을 끌어안고 부르짖었다.

"셋째 형님, 셋째 형님! 괜찮소?"

포부동의 두 뺨 위로 두 줄기 눈물이 흘러내렸다. 코 밑에 손을 뻗어 확인해보니 이미 숨은 멈춰 있었다. 죽음에 이른 순간 상심이 극에 달했다는 사실을 알 수 있었다. 풍파악이 큰 소리로 말했다.

"셋째 형님, 숨이 끊어진 상황에서도 공자에게 묻고 싶었나 보구려. 왜 자기한테 독수를 써서 죽였느냐고 말이오."

이 말을 하면서 고개를 돌려 모용복을 응시했다. 그의 눈빛 속은 적의로 가득 찼다.

등백천이 큰 소리로 외쳤다.

"공자, 셋째 아우가 남들과 말싸움하기를 좋아한다는 건 공자도 어릴 때부터 알고 계실 겁니다. 셋째 아우가 공자께 무례한 말을 하며 상하 관계를 흔들었다 해도 공자께서 약간의 질책을 가하면 충분할 것을 어찌 목숨까지 끊어버리신단 말입니까?"

사실 모용복이 분노한 것은 포부동이 자신에게 무례한 언사를 한 것 때문이 아니었다. 그가 거리낌 없는 직언으로 자신이 마음속으로 도모하던 바를 내뱉은 데 대한 원망 때문이었다. 자신이 감춰두고 있던 의도가 밝혀진다면 단연경은 자신을 양자로 거두지도 않고 양위를 하려 하지도 않을 것이며 설사 자신이 황태자가 된다고 해도 대비책을 세워 자신이 대연 재건을 도모하기 어렵게 만들 것이 틀림없었다. 이를 방지하기 위해 그는 다급한 마음에 부득이하게 독수를 쓰게 된 것이다. 그리하지 않는다면 거의 손에 들어오다시피 한 황제 자리가 바람과 함께 사라져버리고 말 터였으니 말이다. 그는 풍파악과 등백천 두 사람 말을 듣고 생각했다.

'오늘의 이 일은 그야말로 진퇴양난이다. 풍파악과 등백천 두 형제에게 죄를 짓는 한이 있어도 연경태자에게 의심을 살 수는 없다.'

이런 생각을 마치고 말했다.

"포 삼형이 나에게 무례한 말을 한 게 무슨 관계 있겠소? 포 삼형은 수년 동안이나 나를 따랐는데 어찌 몇 마디 대드는 말을 했다고 목숨을 앗을 수 있단 말이오? 허나 내가 성의를 다해 단전하를 의부로 모시려 하는 마당에 그가 우리 부자의 정을 이간질하려 하니 어찌 용서할 수 있겠소?"

48. 실의에 빠져버린 왕손

풍파악이 큰 소리로 부르짖었다.

"그렇다면 공자의 마음속에는 10여 년 동안 공자를 따르며 생사를 함께한 포부동이 단연경에 미치지 못한다는 말씀입니까?"

모용복이 말했다.

"풍 사형, 화내지 마시오. 내가 대리단씨에 의탁하겠다는 것은 진심을 다하는 것일 뿐 결코 다른 의도는 없소. 포 삼형이 소인배의 마음으로 내 호의를 왜곡하니 부득불 심하게 대처할 수밖에 없었소."

공야건이 냉랭한 목소리로 말했다.

"공자께서는 이미 결심한 이상 돌이킬 수 없다는 건가요?"

모용복이 말했다.

"그렇소!"

등백천과 공야건, 풍파악 세 사람은 이리저리 서로의 얼굴을 쳐다보며 마음이 통한다는 듯 일제히 고개를 끄덕였다.

등백천이 큰 소리로 외쳤다.

"공자, 우리 형제 네 사람이 결의형제를 맺은 사이는 아니지만 생사를 함께하기로 맹세한 골육과도 같은 정을 지니고 있다는 사실을 공자께서도 알고 계실 겁니다."

모용복이 눈썹을 치켜세우며 매서운 목소리로 말했다.

"셋이 포 삼형의 복수라도 하겠다는 것이오?"

등백천이 장탄식을 하며 말했다.

"우리는 줄곧 모용씨의 가신으로 살아왔는데 어찌 감히 공자께 허튼짓을 할 수 있겠습니까? 옛말에도 '의견이 일치하면 함께 일을 도모하되 그렇지 않다면 떠나야 한다'란 말이 있습니다. 우리 세 사람은 더 이상 공자를 모실 수가 없겠습니다. 군자는 절교를 해도 악담을 하지 않는다 했지요. 부디 공자 스스로 알아서 잘 헤쳐나가시기 바랍니다."

모용복은 세 사람이 자신을 떠나려는 것을 보고 앞으로 대리에 가면 더 이상 자신의 심복이 하나도 없는 상황이 될 테니 일을 행함에 있어 크게 불편할 것이란 생각이 들어 이를 만류하지 않을 수 없었다.

"등 대형, 공야 이형, 풍 사형! 세 분은 나란 사람을 잘 알기 때문에 내가 장차 단씨를 배반할 것이라 의심하진 않을 것이오. 난 세 분에게 추호의 반감도 없건만 어찌 떠나겠다는 것이오? 과거 가친께서 세 분을 박대하지 않았고 세 분 역시 최선을 다해 절 보좌하겠노라고 답해 놓고 이렇게 손을 떼고 가버린다면 세 분이 과거에 한 약언을 어기는 꼴이 되는 셈 아니겠소?"

등백천이 화난 기색으로 말했다.

"어르신은 들먹이지 않는 게 좋을 것 같습니다. 어르신을 들먹이면서 지금처럼 남을 아버지로 모시고 성을 바꿔 나라를 배반하는 행동을 한다면 어찌 어르신께 면목이 서겠습니까? 저희가 과거 어르신께 맹세했던 것은 평생 공자의 대연 재건과 모용씨의 명성을 떨치는 데 최선을 다하겠다고 결의한 것이지 공자를 보좌해 대리를 흥성시키고 단씨의 명성을 떨치겠다고 한 것은 아닙니다."

그의 이 말에 모용복의 안색은 파랗게 변했다가 이내 하얗게 질리면서 아무 대답도 하지 못했다.

등백천과 공야건, 풍파악 세 사람은 동시에 깊이 읍을 하고 마지막 예를 올렸다.

"부디 강녕하십시오. 공자!"

풍파악이 포부동의 시신을 어깨에 들쳐멨다. 곧이어 세 사람은 문 밖으로 성큼성큼 걸어나가 다시는 뒤도 돌아보지 않았다.

모용복이 헛웃음을 몇 번 짓다 단연경을 향해 말했다.

"의부님, 굽어살피십시오. 저 네 사람은 소자의 가신으로 다년간 저를 추종해왔지만 소자가 대리단씨에 충성하기 위해 친히 한 명을 죽이고 나머지 세 사람은 쫓아버렸습니다. 이는 소자가 홀로 대리로 들어가면 충성을 다할 것이며 절대 다른 마음을 품지 않겠다는 다짐으로 보셔도 좋습니다."

단연경이 고개를 끄덕였다.

"좋아, 아주 좋아! 훌륭하다!"

모용복이 말했다.

"소자가 의부님을 해독시켜드리겠습니다."

그는 품속에 손을 넣어 작은 도자기 병 하나를 꺼내 내밀려는 순간 이런 생각이 들었다.

'내가 비소청풍 독을 해독시켜준다면 이제 다시는 저자를 협박할 수가 없다. 앞으로는 저자의 비위를 맞춰야만 할 뿐 더 이상 암투를 벌일 수가 없게 되는 것이다. 단예 저 녀석을 세상에 남겨둔다면 후환이 남을 테니 일단 저 녀석부터 없애야 한다.'

그러고는 장검을 뽑아 들고 말했다.

"의부님, 소자가 첫 번째로 세울 공은 단예 저 녀석을 죽여버리는 것입니다. 단정순의 후사를 끊어 그가 황위를 의부님께 선위하지 않으면 안 되도록 만드는 거죠."

단예가 생각했다.

'어언이 또 내 누이로 변하고 나서 이미 살고 싶은 마음도 사라졌다. 네가 일검으로 날 죽인다면 그보다 더 좋을 수는 없다.'

그는 첫째, 속히 죽고 싶은 마음뿐이고 둘째, 내식이 막혀버려 저항할 힘이 없으니 장렬하게 희생할 수밖에 없었다.

단정순 등은 모용복이 검을 들어 단예를 향하는 모습을 보고 아연실색했다. 단 부인이 악 하고 참혹한 비명을 질렀다.

단연경이 말했다.

"아들아, 네 효심은 매우 가상하지만 저 녀석은 악독하기 짝이 없어 몇 번이나 이 의부한테 죄를 지었다. 더구나 녀석의 백부와 부친은 내 황위를 강탈하고 날 불구로 만들어버렸지. 그 때문에 이 의부가 저 못된 녀석을 직접 죽여야만 가슴에 맺힌 한을 풀 수 있을 것 같구나."

모용복이 말했다.

"네!"

그는 몸을 돌려 장검을 단연경에게 건네며 말했다.

"이런, 소자가 정신이 없군요. 의부님 해독이 우선인데…."

이 말을 하고 이내 검을 검집에 집어넣고 다시 그 도자기 병을 꺼냈다. 힐끗 쳐다보니 단연경의 눈에서 득의에 찬 기색이 엿보였다. 마치 옆에 있는 누군가에게 눈짓을 하는 것 같았다. 모용복이 그의 눈빛을 따라 쳐다보니 가볍게 고개를 끄덕이는 단 부인의 얼굴에는 감격과 희열이 넘치는 표정이 드러나 있었다.

모용복은 이를 보고 의구심이 들었지만 단예가 단연경과 단 부인의 소생이며 단연경이 자기 목숨을 버릴지언정 남이 자기 보배 같은 아들을 결코 해치게 놔두지 않을 것이라는 사실은 꿈에도 모르고 있었다. 지금 그에게 황위 같은 건 몸 밖의 물건일 뿐이었다. 모용복은 가장 먼저 이런 생각이 떠올랐다.

'혹시 단연경과 단정순이 암암리에 결탁을 한 건 아닐까? 그들은 어찌 됐건 대리단씨 일가에 당형제 사이가 아니던가? 옛말에도 '소불간친疏不間親'이라 하여 친하게 지내지 아니하는 사람이 친하게 지내는 사람들의 사이를 떼어놓지 못한다고 했다.'

이어서 이런 생각도 했다.

'지금으로서는 단연경을 위해 큰 공을 세워 확고부동한 믿음을 심어주는 길밖에는 없다.'

그는 생각을 바꿔 단정순을 향해 말했다.

"진남왕, 대리로 돌아간 후에 얼마나 있어야 황위를 승계받으며 또 얼마나 있어야 우리 의부님께 양위할 수 있겠소?"

단정순은 경멸의 눈초리로 냉랭하게 말했다.

"우리 황형께서는 내공이 심후하고 정력이 충만해 적어도 30년은 더 황제 자리에 계실 것이오. 황형께서 나한테 양위를 한 후 나도 어쨌든 백성들의 행복을 위해 제대로 잘한다면 적어도 30년은 하겠지. 60년이 지나면 우리 아들 단예도 여든 살이 될 테니 그 애가 황제 자리에 20년만 있겠다고 하면 80년은 지나야만…."

모용복이 책망을 하며 다그쳤다.

"헛소리 마시오. 그때까지 어찌 기다린단 말이오? 한 달 안에 당신이 황위에 오르고 다시 한 달 후에 연경태자에게 선위하시오!"

단정순은 눈앞에 펼쳐진 상황을 뻔히 알고 있었다. 단연경과 모용복이 자신을 대리 황위에 오르는 디딤돌로 만들려 하고 있기 때문에 황위를 단연경에게 넘기고 나면 그때는 자신을 죽여버리겠지만 지금은 감히 손끝 하나 건드리지 못할 것이 틀림없었다. 누군가 자신을 해치려 하는 자들이 나타난다면 저들이 최대한 보호하려 할 것이다. 하지만 당장 단예가 극히 위험한 상황에 놓이지 않았는가? 그는 껄껄대고 웃었다.

"황제 자리는 오직 우리 아들인 단예에게만 물려줄 수 있소. 나더러 조기에 물려주라고 한다면 그건 문제 될 게 없지만 남에게 넘기라고 한다면 그건 절대 할 수 없소."

모용복이 버럭 화를 내며 소리쳤다.

"좋다! 그럼 우선 단예 저 녀석부터 일검에 죽여버릴 것이다! 어디 저 녀석 혼백한테 물려줘봐라!"

이 말을 하면서 다시 장검을 뽑아 들었다.

단정순이 껄껄대고 큰 소리로 웃었다.

"나 단정순을 어떤 사람으로 아는 것이오? 내 아들을 죽인다고 내가 당신 뜻대로 움직일 줄 아시오? 죽이려면 죽이시오. 우리 모두 함께 죽여도 무방하오!"

모용복은 머뭇거리며 결단을 내리지 못했다. 지금 단예를 죽이는 건 극히 간단한 일이지만 아들을 죽인 원한 때문에 단정순이 자기 목숨조차 돌보지 않으려 할까 두려웠다. 그리된다면 단연경의 황제 등극도 무산이 되고 말 것이기 때문이었다. 단연경이 황제가 되지 못한다면 자기 역시 대리국의 황제 자리에는 근처도 갈 수 없을 것이 아닌가? 손에 들고 있던 장검의 검끝에 감도는 푸른빛이 그의 새하얀 얼굴에 비쳐 담녹색 빛을 발했다. 그는 고개를 틀어 단연경을 바라보며 그의 지시를 기다렸다.

단연경이 말했다.

"저자는 고집스러운 성격이라 이대로 자결한다면 우리의 대계는 물거품이 되고 말 것이다. 좋아, 단예 저 녀석은 잠시 살려놓도록 하자. 어차피 우리 부자 수중에 있으니 도망갈 우려는 없을 것이다. 우선 해약부터 내놓고 얘기해라."

모용복이 말했다.

"네!"

이렇게 대답을 하면서도 곰곰이 생각했다.

'연경태자가 조금 전 단 부인을 향해 눈짓을 한 건 무슨 의도일까? 이 의혹을 풀지 않고는 함부로 해약을 줄 수 없다. 하지만 더 지체하다가는 필시 그의 화를 자초할 텐데 그때는 어쩌면 좋지?'

때마침 왕 부인이 부르짖기 시작했다.

"모용복, 가장 먼저 이 외숙모부터 해독시켜주겠다고 해놓고 아버지를 새로 모셨다는 이유로 저 추팔괴 같은 자한테만 비위를 맞추려 하는 것이냐? 내 입에서 욕이 튀어나와도 내 탓은 하지 마라. 저 사람 같지도 않고…."

모용복은 그녀의 말을 듣고 마침 잘되었다는 생각에 단연경을 향해 웃음을 지으며 말했다.

"의부님, 저희 외숙모님 성격이 좀 과격한 편입니다. 말씀 중에 의부님께서 듣기 거북한 부분이 있다면 관대하게 봐주시기 바랍니다. 또다시 불손한 말을 하지 못하도록 소자가 외숙모님부터 해독을 하고 곧바로 의부님을 해독시켜드리겠습니다."

이 말을 하면서 도자기 병을 왕 부인의 코 밑에 가져다 댔다.

왕 부인은 고약한 냄새를 한번 맡고 코를 찌르는 듯 구토가 나오려 하자 한바탕 욕을 퍼부으려 했다. 순간 사지의 경력이 회복되는 느낌이 들었다. 그녀는 단정순과 단 부인 그리고 진홍면, 완성죽, 감보보 세 여자를 이리저리 훑어보다 갑자기 질투심을 주체하지 못하고 큰 소리로 외쳤다.

"복아야! 어서 저 천한 년들 네 명을 싹 다 죽여버려라!"

모용복은 순간 이런 생각이 들었다.

'외숙모님께서 그러셨지. 단정순이 고집스럽긴 하지만 그가 사랑하는 여인들에 대해서는 자기 목숨보다 중히 여긴다고 말이야.'

그는 검을 치켜들고 완성죽 앞으로 걸어간 다음 다시 고개를 돌려 단정순을 향해 말했다.

"진남왕, 우리 외숙모님께서 이 여자를 죽이라고 하시는데 어찌 생각하시오?"

단정순은 무척이나 초조했지만 아무런 대책이 없어 하는 수 없이 왕 부인을 향해 말했다.

"아라, 앞으로 당신이 원하는 대로 하겠소. 모든 건 당신 분부에 따를 것이오. 하지만 당신이 내 여자들을 죽인다면 향후에 내가 어찌 당신을 좋은 마음으로 대할 수 있겠소?"

왕 부인은 질투심이 강하긴 했지만 단정순의 말에 일리가 있다고 생각했다. 과거 10여 년 동안은 정분을 저버린 그에게 뼈에 사무친 원한을 품고 있어 대리 사람이나 단씨 성을 가진 사람들을 죽이면 통쾌하다 생각했지만 그의 얼굴을 다시 보는 순간 옛정이 점점 되살아나기 시작했던 것이다.

"조카야, 손을 멈춰라! 생각 좀 해보고 얘기하자!"

모용복이 말했다.

"진남왕, 황위를 연경태자에게 넘겨주겠다고 응낙하기만 하면 당신 소유의 정비와 측비들은 모두 보전해줄 것이며 누구도 털끝 하나 건드리지 못하게 할 것이오."

단정순이 흐흐하면서 냉소를 머금고 아랑곳하지 않았다.

모용복이 곰곰이 생각해봤다.

'저자가 풍류를 즐기는 사람이라는 건 천하가 다 아는 사실이지. 그 말은 곧 강산은 사랑하지 않아도 미인만은 사랑하는 자라는 의미가 아니던가? 저자한테 선위를 약속받으려면 저자 여인의 몸에 손을 대는 수밖에 없다.'

그는 장검을 들어 검끝을 완성죽의 가슴에 겨냥한 채 말했다.

"진남왕, 고개를 끄덕여 응낙을 한다면 당장 모두에게 해약을 주고 재하가 연회를 벌여 사죄를 하도록 하겠소. 그렇게 적이 벗이 된다면 그 어찌 아름다운 일이 아닐 수 있겠소? 만일 정말 불응하겠다면 내가 이 일검으로 찌를 수밖에는 없겠소."

단정순은 완성죽을 바라봤다. 아름답고 영롱한 그녀의 두 눈은 두려움으로 가득한 빛이 드리워져 있어 무척이나 가련해 보였다.

'대리의 황위 문제로 어찌 죽 누이한테까지 화가 미치게 만들 수 있겠는가? 허나 저 간적이 연경태자에게 잘 보이기 위해 당장 우리 예아를 죽일지도 모른다.'

정인의 사랑이 가슴까지 이르렀지만 어찌 됐건 아들이 우선이었다.

그는 더 이상 볼 수가 없어 고개를 옆으로 돌렸다.

모용복이 부르짖었다.

"셋을 셀 때까지 고개를 끄덕이지 않는다면 무정하게 손을 쓴다 해도 날 탓하지 마시오."

그는 목소리를 길게 뽑으며 소리쳤다.

"하나— 둘—!"

단정순이 고개를 돌려 완성죽을 향해 바라봤다. 얼굴에는 부드러운 정이 가득했지만 당장은 어쩔 도리가 없었다.

모용복이 소리쳤다.

"셋— 진남왕! 정녕 응낙하지 않겠소?"

단정순은 속으로 과거 완성죽과 처음 만나던 당시의 꿈같은 정경을 떠올렸다. 돌연 윽 하는 처참한 비명 소리와 함께 모용복의 검끝이 그녀의 가슴에 박혔다.

왕 부인은 단정순이 마치 극한의 고통을 느끼는 듯 일그러진 얼굴을 한 채 그 일검으로 자기 몸을 찌르는 것보다 더 고통스러운 것처럼 보이자 대뜸 큰 소리로 외쳤다.

"어서, 어서 그 여자를 살려줘라! 내가 정말 죽이라고 했느냐? 저 양심 없는 인간을 겁주려고 그런 것뿐이었다."

모용복이 고개를 가로저으며 생각했다.

'어차피 깊은 원한을 맺은 이상 몇 명 더 죽인다고 무슨 상관 있겠는가?'

그는 검끝을 진홍면의 가슴팍에 대고 소리쳤다.

"진남왕, 당신이 정과 의리가 많기로 강호에서 소문이 나 있던데 그 소문이 무색하군. 한마디 말이면 자기 정인을 구할 수 있는데도 불구하고 그걸 하지 않겠다니 말이야! 하나, 둘, 셋!"

그는 '셋'이란 말을 내뱉고 잠시 후 다시 진홍면을 죽여버렸다.

그때 감보보는 이미 놀라서 얼굴이 사색이 됐지만 억지로 진정을 하며 큰 소리로 외쳤다.

"죽일 테면 죽여라! 다만 진남왕인가 뭔가로 날 협박할 생각은 마라! 난 종만구 처인데 진남왕과 무슨 관계가 있다 그러느냐? 만겁곡 종가의 명성을 모욕하지 마라!"

모용복이 차갑게 웃으며 말했다.

"단정순이 처녀든 과부든 유부녀든 상관없이 오는 사람 마다하지 않고 폭넓게 거두는 성격이라는 걸 어찌 모르겠소?"

그는 몇 마디 호통을 치다 다시 감보보를 죽여버렸다.

왕 부인은 속으로 난감하기 짝이 없었다. 그녀는 평소 눈 하나 깜짝하지 않고 살인을 해오긴 했지만 모용복이 순식간에 단정순의 정인 세 명을 연달아 죽여버리는 것을 보고 자기도 모르게 가슴이 두근두근 뛰어 감히 단정순의 눈을 쳐다볼 수가 없었다.

그러나 오히려 단정순의 부드러운 목소리가 들려왔다.

"아라, 우리가 그래도 한때 연인이었건만 아직까지도 날 모르는구려. 수많은 여인 중에서 내가 사랑했던 사람은 당신 하나뿐이었소. 내가 비록 여색을 밝힌다고는 하나 다른 여인들에 대해선 좋아하는 척 연기를 했을 뿐이오. 내가 어찌 저 여자들을 진심으로 가슴에 담아뒀겠소? 당신 조카가 내 정인들을 모두 죽여야 아무 소용 없소. 당신만 해치지 않는다면 안심이오."

그의 말은 무척이나 부드러웠지만 왕 부인의 귀에는 오히려 무섭기 짝이 없었다. 단정순이 자신을 증오해 모용복으로 하여금 자기를 죽이도록 유도하고 있다는 걸 알았기 때문이다.

그녀는 모용복을 향해 소리쳤다.

"조카야, 저 사람 말은 절대 믿지 마라."

모용복이 반신반의하면서 장검의 검끝을 자연스럽게 왕 부인의 가슴에 겨누었다. 그러자 검끝에 묻은 선혈이 그녀의 옷자락 하단에 뚝뚝 떨어졌다.

왕 부인은 평소 자기 조카가 독하고 악랄하다는 걸 알고 있었다. 황위에 오르는 대업을 이루기 위해서라면 외숙모고 아니고를 고려할 인물이 아니었던 것이다. 단정순이 계속해서 자신을 매우 아끼는 것처럼 말한다면 모용복은 필시 자신의 목숨을 들어 협박할 것임이 틀림없었다. 그녀가 떨리는 목소리로 말했다.

"단랑, 단랑! 정말 저를 뼈에 사무치게 증오해 죽이려는 건가요?"

단정순은 두려운 기색으로 가득한 그녀의 두 눈과 처연한 얼굴을 보면서 과거에 그녀와 나눈 깊은 정을 떠올렸다. 그는 곧 마음이 누그러져 돌연 욕을 내뱉으며 말했다.

"이 음란한 할망구야! 정말 양심도 없구나! 질투에 눈이 어두워 내가 사랑하는 여인 세 명을 모두 비명에 죽게 만들다니! 내가 손발만 자유로웠어도 널 갈기갈기 찢어 죽였을 것이다! 모용복, 어서 일검으로 찔러버려라. 어째서 저 더러운 년은 죽이지 않는 것이냐?"

그는 신랄하게 욕을 하면 할수록 모용복이 자기 외숙모를 죽이지 못할 것임을 알고 있었다.

왕 부인은 앞서 단정순이 자신을 사랑한다는 거짓말로 모용복으로 하여금 자신을 죽이도록 유도해 완성죽과 진홍면, 감보보 세 사람의 복수를 하려 했지만 이제 말을 바꿔 욕을 퍼붓는 것이 자신을 용서하는 것임을 알고 있었다. 그러나 10여 년 동안 단정순을 밤낮으로 그리워하다 갑자기 정랑과 다시 만나 심신이 혼란스러운 상황에 여자 셋이 바닥에 시신으로 뒹굴고 있고 흥건하게 피로 젖은 장검은 자신의 가슴을 겨누고 있는 모습을 보자 돌연 실의에 빠져 어쩔 줄을 몰랐다. 그때 단정순이 입을 열어 '음란한 할망구'라는 등 '더러운 년'이라는 등 하며 욕을 해대자 과거 사랑을 맹세하며 밀애를 나누던 그 사람처럼 보이지 않았다. 그녀는 참다못해 눈물을 줄줄 흘리며 말했다.

"단랑, 전에 저한테 했던 말 기억 못하세요? 어쩌면 그렇게 냉정할 수 있는 거죠? 단랑, 당신에 대한 제 사랑은 아직 그대로예요. 우리 두 사람이 수년간 헤어져 있다 어렵사리 다시 만났는데 어… 어찌 저한테 좋은 말 한번 해주지 않으시는 거죠? 전 눈부시게 아름다운 당신 딸 어언이를 낳았어요. 그 아이를 보셨나요? 마음에 드세요?"

단정순은 속으로 깜짝 놀랐다.

'아라 저 사람이 제정신이 아닌가 보구나. 내가 옛정을 그리워하는 말을 단 한 마디라도 내뱉는다면 살아남을 수 있을 것 같아서 저러는 것인가?'

그는 매서운 목소리로 호통쳤다.

"넌 내가 사랑하는 여인 세 명을 죽음에 이르게 만들었다. 난 널 뼈에 사무치게 증오해. 십수 년 전에 이미 우리 관계는 깨끗하게 끝이 났다. 지금은 호되게 발길질을 몇 번 해줘야 분이 풀릴 것 같은 마음뿐이야."

왕 부인이 흐느껴 울었다.

"단랑, 단랑!"

그녀는 갑자기 앞으로 달려나가 앞에 있는 검끝에 몸을 부딪쳤다.

모용복이 순간 어쩔 줄을 몰랐다. 장검을 뒤로 거둘까 말까 고민하며 주저하는 사이 장검은 이미 왕 부인의 가슴 깊이 박혀버리고 말았다. 모용복은 황급히 손을 거두어 검을 뽑았지만 왕 부인의 가슴에서는 선혈이 뿜어져 나왔다.

왕 부인이 떨리는 목소리로 말했다.

"단랑, 정말 그렇게 제가 미운가요?"

단정순은 그녀의 가슴에 검이 정확히 박혀 더 이상 목숨을 부지하기 힘들 것이라 여겨지자 두 줄기 눈물이 뺨 위로 흘러내렸다. 그는 오열을 하며 말했다.

"아라, 내가 당신을 욕한 건 당신 목숨을 구하기 위해서였소. 오늘 다시 만나 난 말할 수 없이 기뻤소. 내가 어찌 당신을 미워하겠소? 당신에 대한 내 마음은 과거 당신한테 만타라화 한 송이를 준 그날처럼 영원히 똑같을 따름이오."

왕 부인은 입가에 미소를 띠며 나지막이 말했다.

"그럼 됐어요. 저도 알고 있었어요. 다… 당신 마음속에는 영원히 제가 존재해서 절 영원히 떨쳐버릴 수 없다는 걸 말이에요. 저도 마찬가지예요. 영원히 당신을 떨쳐버리지 못해요…. 당신이 약속했었죠. 훗날 우리 둘이 대리 무량산에 가서 어머니가 거주했던 석동에 들어가 둘이 백년해로하며 영원히 밖으로 나오지 말자고 말이에요. 기억나세요?"

단정순이 말했다.

"당연히 기억하고 있소. 내일 당장 당신 어머니 옥상을 보러 갑시다."

왕 부인이 만면에 희색을 띠고 조용히 말했다.

"조… 좋아요. 그… 석벽의 울긋불긋한 보검 그림자는 정말 예쁘죠. 보세요, 보세요! 보이세요…?"

목소리가 점점 줄어들고 고개가 옆으로 기울어지자 더 이상 아무 소리 없이 미동조차 하지 않았다.

모용복이 냉랭한 목소리로 외쳤다.

"진남왕, 당신이 사랑하는 여인들이 하나씩 당신을 위해 죽었소. 설마 마지막 남은 당신의 정실 왕비마저 죽일 생각이시오?"

이 말을 하면서 검끝을 천천히 단 부인의 가슴을 향해 가져다 댔다.

단예는 바닥에 누워 완성죽과 진홍면, 감보보, 왕 부인이 한 명씩 모용복의 검 아래 죽어가는 소리를 들었다. 왕 부인이 무량산 석동과 옥상, 석벽 위의 검영 등에 대해 한 말이 귀에 들어오기는 했지만 자세히 생각할 겨를이 없었다. 모용복이 모친의 목숨을 들어 부친을 협박하는 소리를 듣자 조급해하지 않을 수 없었던 것이다. 그는 당장 큰 소리로 외쳤다.

"우리 어머니를 해치지 마라! 우리 어머니를 해치지 마라!"

그러나 입이 마핵도로 막혀 있어 아무 소리도 낼 수 없었다. 힘껏 발버둥을 쳐봤지만 온몸의 내식 역시 막혀 있어 그 자리에서 조금도 움직일 수 없었다.

그때 모용복의 매서운 목소리가 들려왔다.

"진남왕, 다시 셋을 세겠소! 그래도 황위를 연경태자에게 양위한다고 약속하지 않겠다면 왕비는 당신으로 인해 죽임을 당할 것이오."

단예가 큰 소리로 부르짖었다.

"우리 어머니를 해칠 생각 마라!"

어슴푸레하게 단연경의 목소리가 들려왔다.

"멈춰라! 그 문제는 시간을 두고 논의토록 하자."

모용복이 말했다.

"의부님, 이는 매우 중대한 문제입니다. 진남왕이 의부님께 양위를 하겠다는 약속을 하지 않는다면 우리의 모든 대계는 수포로 돌아가고 말 것입니다. 하나―!"

단정순이 말했다.

"내 약속을 받아내려면 조건이 하나 있다."

모용복이 말했다.

"약속을 하려면 하고 싫으면 관두시오. 당신 지연책에 말려들지 않을 것이오. 둘―! 어쩔 거요?"

단정순이 장탄식을 하며 말했다.

"난 평생 많은 죄를 지었으니 다 함께 죽을 수 있다면 의미가 있다고 할 수 있겠지."

모용복이 말했다.

"그럼 약속하지 않겠다는 것이오? 셋―!"

모용복이 '셋'이란 말을 내뱉었지만 단정순은 거들떠보지도 않았다. 그가 검을 내밀어 단 부인의 가슴을 향해 찔러가려는 순간 단연경의 호통 소리가 들려왔다.

48. 실의에 빠져버린 왕손

"멈춰라!"

모용복은 살짝 머뭇거리다 고개를 돌려 단연경을 바라봤다. 순간 난데없이 단예가 바닥에서 튕기듯 일어서며 머리를 그의 아랫배로 부딪쳐오는 것이 아닌가? 모용복이 몸을 틀어 피하기는 했지만 놀랍고도 의아하지 않을 수 없었다.

'이 녀석이 취인봉에 쏘이고 난 뒤 비소청풍에도 중독되지 않았던가? 두 종류의 강력한 미혼독에 중독됐는데 어찌 일어날 수가 있는 거지?'

원래 단예는 왕어언이 또 자신의 누이라는 얘기를 듣고 고뇌에 찬 나머지 내식이 경맥을 벗어나 있었다. 그러나 모용복이 모친을 죽이려 하는 소리를 듣자 왕어언 문제를 한쪽에 접어두게 됐고 자신이 주화입마에 들었는지 아닌지도 염두에 두지 않게 되었다. 그러자 내식이 자연스럽게 정상적인 궤도로 돌 수 있게 되었던 것이다. 무릇 사람이 내공을 연마한다는 것은 마음속의 존상存想[12]으로 내식을 경맥에 따라 운행하도록 만드는 것이다. 그러나 주화입마에 들게 된 이후에는 필사적으로 샛길로 들어선 내식을 잡아끌어오려고 한다. 이런 생각에 집중하게 되면 시종 피할 수 없는 것이 바로 갈림길에 놓인 경맥이고 초조해하면 할수록 내식이 갈림길에서 점점 더 멀어져갈 수밖에 없게 된다. 그가 마음속으로 오로지 모친의 안위만을 염두에 두게 되자 내식이 생각에 간섭을 받지 않아 곧바로 체내의 기존 경로를 따라 운행하게 된 것이다. 그는 모용복이 '셋'이란 말을 내뱉을 때 이미 자신이 포박돼 있다는 걸 잊어버린 채 내식이 자유롭게 운행하면서 올바른 길로 돌아와 뜻밖에도 몸을 훌쩍 일으킬 수 있게 됐고 소리를 따라 모용복을 향해 부딪쳐나간 것이다. 그러나 모용복에 제대로 부딪치지 못한 단예는 오히려 탁자 끝에 어깨를 심하게 부딪히고 말았다. 그는 두 손에 힘을 주고 몸부림을 쳤다. 손을 묶고 있던 쇠심은 이미 남해악신에 의해 한 가닥이 끊어져 있다가 단예가 다시 힘을 주자 모두 끊어져버렸다.

그의 두 손을 묶어놓은 포박이 풀리자 모용복이 욕을 해댔다.

"이 녀석이!"

단예는 다급한 나머지 식지를 찍어냈다. 그러자 육맥신검의 상양검이 펼쳐나가면서 모용복을 향해 찔러갔다. 모용복은 몸을 비틀어 피한 다음 검을 찌르며 반격을 가했다. 단예의 눈은 검은 천으로 가려져 있었고 입은 마핵도로 틀어막혀 있었다. 말이야 안 하면 그뿐이지만 모용복이 어디 있는지 볼 수가 없으니 정신없는 와중이라 손을 뻗어 눈에 가려진 천을 떼어낼 생각을 못하고 모용복이 모친 옆으로 다가가 해칠까 두려워 두 손을 마구 휘저었다.

모용복은 속으로 생각했다.

'저 녀석이 포박을 풀었으니 보통 일이 아니다. 녀석이 앞을 볼 수 없는 틈을 타서 없애버려야 한다.'

그는 대강동거大江東去 일초를 펼쳐 장검을 수평으로 들고 단예의 가슴팍을 향해 찔러갔다.

단예가 두 손을 들어 마구 찔러대다 검이 바람을 가르는 소리가 들리자 재빨리 피했다. 푹 소리와 함께 장검의 검끝이 그의 어깨를 찔렀다. 단예는 극심한 통증을 느끼며 몸을 훌쩍 날렸다. 그는 마른 우물 안에서 구마지의 심후한 내력마저 흡수했던 터라 살짝 날렸음에도 1장 가까이 뛰어오를 수 있었다. 쿵 소리와 함께 그의 머리가 대들보에 둔

48. 실의에 빠져버린 왕손

탁하게 부딪혔다. 그는 몸이 공중에 뜬 상태에서 곰곰이 생각했다.

'앞을 볼 수가 없으니 놈이 날 죽일 수 있어도 난 놈을 죽일 수가 없다. 어찌하면 좋지? 나 하나 죽이는 건 상관없지만 어머니와 아버지마저 구할 수 없지 않은가?'

두 발에 힘을 주고 발버둥치자 뚝 소리와 함께 발목을 묶고 있던 쇠심마저 끊어졌다.

단예는 속으로 기뻐 소리쳤다.

'잘됐다! 그날 물레방앗간 안에서 놈이 서하국의 이 장군인가 뭔가로 변장을 하고 왔을 때 내가 능파미보로 피하니까 날 죽이지 못했었지.'

왼발로 착지를 하는 동시에 반보 비스듬히 내딛으며 몸을 살짝 틀자 모용복이 찔러온 일검을 피할 수 있었다. 그 거리는 수 촌에 불과했다. 단연경과 단정순, 단 왕비 세 사람은 서슬 퍼런 장검의 검끝이 그의 배 옆을 스쳐 지나가는 위험천만한 모습을 보고 깜짝 놀라 멍하니 바라만 보고 있다가 날렵하게 피하는 그의 교묘한 신법을 보고 속으로 찬탄을 금치 못했다.

모용복은 재빠른 솜씨로 연이어 일검을 찔러내고 있었지만 시종 단예의 몸을 찌를 수는 없었다. 그는 초조해하면서도 치욕스러웠다. 단예가 시종 눈에 쓴 검은 천을 벗지 않는 것을 보고 단예가 너무 다급한 나머지 그 생각을 못하고 있다는 것도 모른 채 그가 자신을 우습게 보고 일부러 과시를 하는 것이라고 생각했다.

'눈을 가리고 있는 놈조차 당해내지 못하는데 무슨 낯으로 세상을 살아간단 말이냐?'

그의 두 눈은 당장이라도 불을 뿜어낼 듯했다. 그는 푸른빛이 번뜩이는 장검을 마치 커다란 푸른 공 모양처럼 펼쳐 대청 위를 이리저리 뛰어다니며 삽시간에 단예를 검권劍圈 안으로 가두어놓고 매 일초마다 치명적인 살수를 뻗어냈다.

단연경과 단정순, 단 부인, 범화, 화혁간, 최백천 등은 검광의 압박에 한기가 엄습해오는 느낌을 받을 정도였다. 머리와 얼굴 위에 있던 머리카락이 후두두 떨어지고 옷소매와 옷자락마저 산산조각 나서 흩날렸다.

그러나 단예가 검권 안에서 왼쪽으로 올라갔다 오른쪽으로 내려오고, 다시 동서로 이리저리 비틀며 정원을 산보하듯 걷자 모용복의 장검은 그의 옷가지 하나 베어낼 수 없었다. 그는 수월하게 걷기는 했지만 속으로는 무척이나 초조했다.

'공격은 하지 않고 수비만 하면서 앞을 볼 수 없는데 만일 그의 일검이 우리 어머니 아버지를 향해 찌르기라도 하면 어쩌지?'

모용복은 단예야말로 크나큰 우환거리라는 사실을 잘 알고 있었기 때문에 단 부인을 죽이는 문제는 신경조차 쓰질 않았다. 100여 검을 찔러도 시종 상대를 건드릴 수 없자 속으로 생각했다.

'저 녀석이 암기청풍暗器聽風 술수에 능해 소리만을 듣고 피하는구나. 그렇다면 내가 유서검법柳絮劍法으로 바꿔 소리 없이 가볍게 검법을 펼친다면 저 녀석이 피하지 못할 것이다.'

그는 별안간 검법에 변화를 주고 검을 들어 천천히 찔러갔다. 그는 단예의 능파미보가 자신만의 보법으로 걷는 것일 뿐 적이 어떤 초식을 펼치는가는 전혀 상관 없다는 사실을 모르고 있었다. 상대방의 검초 소리가 벼락을 치듯 우르릉거리건 아무 소리도 나지 않건 전혀 상관이 없었던 것이다.

단연경의 고명한 견식으로는 그 안에 담긴 요결을 간파할 수 있었지만 지나치게 집중하다 보니 뭔가 혼란이 왔다. 그는 모용복이 검초를 늦추며 무기가 바람을 가르는 소리를 들리지 않게 하려는 모습을 보고 깜짝 놀라 쉰 목소리로 말했다.

"아들아. 어서 단예 저 녀석을 죽여버려라! 놈이 눈에 덮어쓴 천을 벗어버리면 우리 둘 다 놈의 손에 죽을지도 모른다."

모용복은 깜짝 놀라 생각했다.

'이런 멍청할 데가 있나? 그건 놈을 깨우쳐주는 꼴이 아닌가?'

과연 그의 말은 꿈속을 헤매던 단예를 일깨워주는 결과를 가져왔다. 단예는 어리둥절해하다 곧바로 손을 뻗어 눈을 가리고 있던 검은 천을 벗어버렸다. 순간 눈앞이 환해지면서 눈부시게 빛나는 매서운 장검 한 자루가 면전을 향해 찔러 들어오고 있었다. 그는 무공을 할 줄 모르는 데다 순발력 또한 부족했던 터라 깜짝 놀란 나머지 발걸음이 엉키며 푹 하는 소리와 함께 왼쪽 다리에 검이 적중돼 바닥에 쓰러져 버리고 말았다.

모용복이 크게 기뻐하며 검을 세워 내리쳤다. 단예는 바닥에 옆으로 쓰러진 상태로 소택검 일검으로 반격을 했다. 모용복이 황급히 뒤쪽으로 몸을 날렸다. 단예의 다리에서는 선혈이 샘솟듯 흘러나왔지만 위급한 상황에서 펼쳐내는 육맥신검은 거침이 없었다. 순간 모용복은 이를 대처하지 못하고 궁지에 빠져버렸다.

소실산 위에서 벌인 대결에서 모용복은 단예의 적수가 되지 못했었다. 하물며 지금 단예는 구마지의 심후한 내공까지 모두 흡수한 상태가 아니던가? 그가 펼쳐내는 육맥신검의 위력은 그가 도저히 막아낼 수 없는 경지였다. 수 초 사이에 챙 하는 가벼운 소리와 함께 모용복의 장검이 손에서 빠져 날아가 그대로 대들보에 꽂혀버렸다. 곧이어 퍽 소리와 함께 모용복은 단예가 펼쳐낸 검기에 맞아 어깨에 부상을 입었다. 이대로 조금 더 머물다가는 당장 단예에게 죽임을 당할 것이라 느끼자 큰 소리로 비명을 지르며 창문 밖으로 뛰쳐나가 그대로 줄행랑을 쳐버렸다.

단예는 의자를 붙잡고 몸을 일으키며 소리쳤다.

"어머니, 아버지. 다친 데는 없으세요?"

단 부인이 말했다.

"어서 옷자락을 찢어 상처 부위를 동여매라!"

단예가 말했다.

"전 괜찮아요."

그는 왕 부인 시신의 손에서 작은 도자기 병을 빼내 우선 아버지와 어머니부터 해독을 시켜줬다. 그러고는 부친의 지시에 따라 내력을 써서 봉쇄된 부모님 몸의 요혈들을 풀었다. 단 부인이 곧 아들의 상처를 옷자락으로 동여매주었다.

단정순은 몸을 훌쩍 날려 대들보에 꽂혀 있던 장검을 뽑아 들었다. 그 검끝에는 완성죽과 진홍면, 감보보, 왕 부인 네 여자의 선혈이 묻어 있었다. 그들 네 명은 하나같이 그와 백년해로를 하자는 약속을 했던 혈육과도 같은 여인들이 아니던가? 단정순이 비록 풍류를 즐겨 한 사람에게만 정을 주는 성격은 아니었지만 각각의 여인들과 뜨거운 사랑을 나눌 때만은 진심을 다했었다. 자신의 심장을 꺼내 보이고 살을 저며 상대에게 주지 못한 것이 한스러울 따름이었다. 네 여인의 시체가 바닥에 널브러져 있는 모습이 보였다. 왕 부인의 머리는 진홍면의 다리 위에 걸쳐져 있고 감보보의 몸은 완성죽의 아랫배에 횡으로 놓여 있었다. 네 여자는 생전에 각자 그리움의 고통 때문에 애간장이 끊어지는 아픔을 맛보며 기쁨보다는 근심만 가득한 채로 결국 자신을 위해 비명에 숨져간 것이다. 완성죽이 모용복에 의해 목숨을 잃을 때 단정순은 이미 순정을 위해 자결을 하겠다고 결심했었고 지금도 그 마음이 바뀌지는 않았다. 그는 단예가 이미 성인이 됐고 문무를 겸비하고 있어 대리국의 영명한 황제가 될 것이라 믿어 의심치 않았기에 단 부인을 향해 고개를 돌리고 말했다.

"부인, 당신한테 미안하오. 마음속으로 저 여자들 모두 당신과 똑같이 내가 아끼는 사람들이었소. 저 여인들을 사랑한 건 사실이었고 당신에 대한 내 사랑도 진심이었소."

단 부인이 부르짖었다.

"순 오라버니. 그러지 마세요."

그녀는 몸을 날려 그를 향해 덮쳐갔다.

단예는 조금 전 모친을 구하기 위해 있는 힘껏 모용복과 대결을 벌였지만 모용복이 창문 너머로 도망을 가자 놀란 가슴은 진정되었다. 그러다 불현듯 이런 생각이 들었다.

'조금 전까지 주화입마에 들어 쓰러져 있었는데 어떻게 갑자기 좋아진 거지?'

그때 단 부인의 비명 소리가 들려왔다. 단정순이 이미 검끝을 자신의 가슴에 꽂아넣은 것이었다. 단 부인이 황급히 장검을 뽑고 왼손으로 그의 상처 부위를 누르며 울부짖었다.

"순 오라버니, 순 오라버니! 당신한테 여자가 1천 명 아니라 1만 명이 있다 해도 전 여전히 당신을 사랑해요. 때로는 생각이 짧아 당신한테 화를 내기도 했지만 그… 그건 다 지난 일이에요. 모든 게 당신을 사랑하기 때문이었어요…."

그러나 단정순의 그 일검은 자신의 심장을 정확히 찌른 것이라 이미 숨이 끊어져 그녀의 말을 들을 수 없었다.

단 부인이 장검을 거꾸로 들고 자신의 심장을 찌르려는 순간 단예의 부르짖는 소리가 들려왔다.

"어머니, 어머니!"

단 부인은 검이 워낙 길었고 단예의 외침 소리에 주의가 분산돼 검 끝이 한쪽으로 치우치면서 자신의 아랫배를 찌르고 말았다.

단예는 부친과 모친이 동시에 검으로 자결하는 모습을 보고 깜짝 놀라 정신을 차리지 못했다. 순간 두 다리가 마치 식초에 담가놓은 듯 시리고 마비돼 걸음을 옮길 힘이 없었다. 그는 두 손을 바닥에 짚고 기어가며 소리쳤다.

"어머니, 아버지! 두 분께서 어… 어찌…."

단 부인이 말했다.

"아들아, 아버지와 이 어미 모두 먼저 떠난다. 부… 부디 자신을 잘 돌보도록 해라…."

단예가 울부짖었다.

"어머니, 어머니! 죽으면 안 돼요. 죽으면 안 돼요, 아버지는요? 어찌 된 거죠?"

그는 손을 뻗어 모친의 목을 끌어안고 검을 뽑으려 하다 검을 뽑으면 오히려 죽음을 재촉할까 두려워 감히 뽑아내지 못했다.

단 부인이 말했다.

"부디 네 백부님을 본받아 후… 훌륭한 황제가 돼야 한다…."

난데없이 단연경의 목소리가 들렸다.

"어서 나한테 해약을 다오. 내가 네 모친을 구하마."

단예가 대로하며 호통을 쳤다.

"다 간적인 네놈 탓이다! 네놈이 우리 아버지를 잡아와 비명에 돌아가시게 만든 거야. 네놈은 불공대천의 원수다!"

그는 벌떡 일어나 바닥에 있던 철장을 집어들어 단연경의 머리를 내려치려 했다.

단 부인이 날카로운 목소리로 외쳤다.

"안 돼!"

단예가 어리둥절해하며 고개를 돌렸다.

"어머니, 이자는 우리의 대원수예요. 소자가 어머니와 아버지의 원수를 갚으려는 겁니다."

단 부인이 여전히 날카롭게 소리쳤다.

"안 된다! 네… 네가 대죄를 범해서는 안 돼!"

단예는 의구심으로 가득 차 물었다.

"제… 제가 대죄를… 범하면 안 된다니요?"

그는 다시 이를 악물고 호통을 쳤다.

"이 간적은 살려둘 수 없습니다."

이 말을 하면서 다시 철장을 높이 들었다.

단 부인이 소리쳤다.

"고개를 숙이고 내 말을 들어라!"

단예가 고개를 숙여 단 부인의 입가에 귀를 가져다 댔다. 모친이 속삭이며 말하는 소리가 들렸다.

"아들아, 저 단연경이 바로 네 친아버지다. 네 아버지가 날 힘들게 만드는 바람에 화가 난 내가 아버지께 해선 안 될 짓을 해버렸다. 그리고 널 낳게 된 거야. 네 아버지는 모른다. 여태껏 널 친아들로 알고 계셨지만 그게 아니야. 네 아버지는 네 진짜 아버지가 아니다. 저 사람이 네 친아버지다. 그러니 절대 해쳐서는 안 된다. 그렇지 않으면… 그렇지 않으면 아버지를 죽인 패륜아가 되고 말 거야. 난 저 사람을 좋아한 적이 없지만… 네… 네가 죄를 짓게 내버려둘 수는 없다. 네가 아비를 죽인 죄를 짓고 아비지옥에 떨어져 서방극락 세계에 가지 못하게 할 수는 없단 말이다. 이… 이 일은 너한테 얘기하지 않으려 했다. 네 아버지 명성을 나락으로 떨어뜨리는 일이 될 테니 말이다. 하지만 방법이 없구나. 사실대로 말하는 수밖에…."

아주 짧은 한 시진 사이에 전혀 예기치 못한 일들이 연이어 일어나버렸다. 마치 벼락이 연달아 내리치듯 단예는 놀라서 어안이 벙벙해지지 않을 수 없었다. 그는 모친의 몸을 끌어안고 소리쳤다.

"어머니, 어머니! 그건 사실이 아니에요. 사실이 아니에요!"

단연경이 말했다.

"어서 해약을 다오. 내가 네 어머니를 구하겠다."

단예는 모친의 숨이 갈수록 약해지는 것을 보고 더 생각할 겨를이

48. 실의에 빠져버린 왕손

없어 바닥에 있던 작은 도자기 병을 집어 단연경을 해독시켜주었다.

단연경은 기운을 회복한 후 곧바로 철장을 집어들어 팟팟팟 하고 단 부인의 상처 부위 주변 혈도를 찍었다.

단 부인이 고개를 가로저었다.

"더 이상 내 몸에 손대지 말아요."

그리고 단예를 향해 말했다.

"아들아, 너한테 할 말이 있다."

단예가 다시 몸을 숙인 채 다가갔다.

단 부인이 나직이 말했다.

"저 사람과 네 아버지가 동성의 친족이긴 하지만 형제지간이라 볼 수는 없다. 네 아버지의 여러 딸들인 목 낭자나 왕 낭자, 종 낭자는 네가 사랑하기만 하면 누구든 받아들일 수 있는 것이다…. 송나라에서는 동성이면 혼인을 할 수 없다고 할지도 모른다. 하지만 우리 대리에서는 전혀 상관이 없어 친남매간만 아니면 문제가 없다. 그 낭자들을 모두 한꺼번에 맞아들이면 더더욱 좋겠지. 어떠냐? 기… 기쁘지 않으냐?"

단예는 눈물만 뚝뚝 흘릴 뿐 그 말에 대해 기쁜지 안 기쁜지 생각할 겨를이 없었다.

단 부인이 한숨을 내쉬었다.

"착한 녀석, 네가 용포를 입고 황제 보좌에 앉아 아주 멋진… 아주 멋진 소황제가 된 모습을 내 눈으로 직접 볼 수 없어 애석하기 짝이 없구나. 하지만 이 어미는 믿는다. 넌 아주 훌륭한 황…."

그녀는 돌연 검자루를 잡고 힘껏 밀어 검날이 몸 안으로 뚫고 들어

가게 만들었다.

단예가 부르짖었다.

"어머니…!"

그는 모친의 몸을 끌어안았다. 모친이 천천히 눈을 감으면서 여전히 입가에 가느다란 미소를 띠고 있는 모습이 보였다.

단예가 울부짖었다.

"어머니…!"

별안간 등 뒤가 살짝 마비되는 느낌이 들면서 곧이어 누군가에게 허리와 다리, 어깨 몇 곳의 요혈을 찍혀버렸다. 곧 아주 가느다란 목소리가 귓전에 전해져왔다.

"난 네 부친인 단연경이다. 진남왕의 체면을 고려해 지금 전음입밀 수법으로 너와 대화를 하는 것이다. 네 모친 말은 모두 들었겠지?"

아들을 향한 단 부인의 마지막 두 마디가 아주 작긴 했지만 그때 이미 단연경은 미독에서 해독돼 내경이 회복된 상태였던 터라 아들에게 그의 출신 내력에 관한 비밀을 말했다는 사실은 일일이 다 들어 알고 있었다.

단예가 소리쳤다.

"난 못 들었다! 못 들었어! 난 우리 아버지와 어머니만 원할 뿐이다!"

그가 '우리 아버지와 어머니만 원한다'고 한 것은 사실 모친의 말을 들었음을 인정하는 말이었다.

단연경이 대로하며 소리쳤다.

"날 인정하지 못하겠다는 말이냐?"

단예가 부르짖었다.

"인정 못한다, 인정 못해! 난 못 믿어! 못 믿는다고!"

단연경이 나직이 전음을 보냈다.

"지금 네 목숨은 내 손아귀에 있으니 마음만 먹으면 널 죽일 수 있다. 하물며 넌 내 아들이 확실한데 친부를 인정 못하겠다니 이 어찌 크나큰 불효가 아니겠느냐?"

단예는 아무 대답도 하지 않았다. 모친의 말이 거짓은 아닐 것이라고 생각하긴 했지만 20여 년 동안 단정순을 아버지라 불러온 데다 자신에게 그토록 자애롭게 대해왔는데 어찌 자신과 전혀 상관없는 사람을 아버지로 인정할 수 있겠는가? 더구나 부모님의 죽음은 단연경으로 인한 것이라 할 수 있으니 아버지로 인정하라는 것만은 절대 할 수 없었다. 그는 이를 악물고 말했다.

"죽일 테면 죽여라. 난 영원히 인정하지 못한다."

단연경은 화가 나면서도 실망스러운 마음이 들었다.

'아들이 있지만 아들이 날 아버지로 인정하지 않는다면 아들이 없는 것이나 마찬가지지.'

순간 흉악한 성질이 복받친 나머지 철장을 치켜들어 단예의 등을 향해 찔러갔다. 철장 끝이 막 그의 등짝 위 옷자락에 닿으려는 순간, 그는 자기도 모르게 마음이 약해져 장탄식을 하며 생각했다.

'난 평생을 고통 속에 살아오면서 이 세상에 피붙이라고는 없었다. 어렵사리 아들을 얻게 됐는데 어찌 또 모질게 내 손으로 직접 죽일 수 있겠는가? 녀석이 날 인정해도 그뿐이고 인정하지 않아도 그뿐이다. 어찌 됐건 내 아들이니까.'

그는 생각을 고쳐먹었다.

'단정순이 이미 죽었으니 나도 더 이상 단정명과 싸울 방법이 없다. 더구나 대리국의 황위는 결국 내 아들한테 돌아가게 되는 것 아닌가? 내가 황제가 되지 못한다 해도 황제가 된 것이나 마찬가지니 내 소원은 어쨌든 이룬 셈이다.'

단예가 소리쳤다.

"죽일 테면 죽여라! 어찌 손을 쓰지 않는 것이냐?"

단연경은 그의 몸에 찍었던 혈도를 풀어주며 여전히 전음입밀 수법으로 말했다.

"난 내 아들을 죽이지 않는다! 네가 날 인정 못하겠다고 하니 육맥신검으로 날 죽여 단정순과 네 모친의 복수를 해도 좋다!"

이 말을 하면서 가슴을 들이밀고 단예가 손을 쓰기만 기다렸다. 이때 그의 가슴속은 자책감으로 가득했다. 과거 중상을 입었을 때부터 이런 심정이 가슴에 가득해 줄곧 악행을 저지르면서 풀어왔지 않았던가? 이제 자신은 평생 이룬 것이라고는 하나도 없으니 차라리 자기 아들 손에 죽는 것이 오히려 모든 게 해결되는 것이라 느껴졌다.

단예는 왼손을 뻗어 눈물을 닦아내며 속으로 망연자실했다. 육맥신검으로 이 원흉을 죽여 부모님의 원수를 갚아야 하는 것일까? 하지만 모친이 한 말이 사실이라면 이자는 자신의 친부인데 어찌 자기가 손을 쓸 수 있단 말인가?

단연경은 한참을 기다리다 단예가 손을 들었다 내리고, 내렸다 다시 들고를 반복하며 시종 결단을 내리지 못하자 매서운 목소리로 말했다.

"사내대장부가 출수를 하려면 할 것이지 뭘 두려워하는 것이냐?"

48. 실의에 빠져버린 왕손

단예가 이를 악물고 손을 뒤로 거두며 말했다.

"어머니께서 내게 거짓말을 하실 리가 없소. 당신을 죽이지 않겠소."

단연경은 크게 기뻐하며 껄껄대고 큰 소리로 웃었다. 아들이 마침내 자신을 아버지로 인정하는 것임을 알고 내심 기분이 좋았던 것이다. 그는 쌍철장을 바닥에 찍고 표연히 그 자리를 떠나며 바닥에 기절해 있는 운중학에게는 눈길조차 주지 않았다.

단예는 속으로 혹시나 하는 마음에 다시 부친과 모친의 맥박을 짚고 두 사람의 숨을 확인해봤다. 그러나 끝내 회생 가능성이 없다는 사실을 알고 바닥에 엎드려 목 놓아 울기 시작했다.

한참을 울다 갑자기 등 뒤에서 여자 목소리가 들려왔다.

"단 공자, 슬퍼 마세요. 저희가 늦었으니 죽어 마땅합니다."

단예가 몸을 돌려보니 문 입구에 일고여덟 명의 여자가 서 있었는데 맨 앞의 두 사람 얼굴이 똑같았다. 다름 아닌 허죽의 수하인 영취궁 사검 중 두 명이었는데 매란국죽 중 어느 두 명인지는 알 수 없었다. 그는 눈물을 흘리며 여전히 흐느끼는 목소리로 말했다.

"우리 아버지, 어머니께서 모두 돌아가셨소!"

영취궁 사검 중 이곳에 온 사람은 죽검과 국검이었다.

죽검이 말했다.

"단 공자, 저희 주인님께서 공자 존대인이 길을 가다 사고를 당하셨다는 걸 알고 소녀들에게 수하들을 이끌고 도우러 가라고 명하셨습니다. 불행히도 한발 늦었군요."

국검이 말했다.

"감금돼 있던 왕어언 낭자 등은 저희가 구출했습니다. 모두 무사하니 안심하십시오."

돌연 저 멀리서 휘휘 하는 휘파람 소리가 들려오자 죽검이 말했다.

"매 언니와 난 언니도 도착했나 보네요."

얼마 지나지 않아 말발굽 소리가 울려퍼지며 10여 기의 말이 집 안으로 달려들어왔다. 앞장선 두 사람은 바로 매검과 난검이었다. 두 소녀는 빠른 걸음으로 집 안에 들어와 바닥에 시체들이 즐비한 것을 보고 발을 동동 구르며 소리쳤다.

"아이고, 아이고!"

매검이 단예를 향해 예를 올리며 말했다.

"우리 주인님께서 단 공자에게 예를 올리고 공자에게 무척이나 송구한 일이 있는데 어쩔 수 없었다고 말씀드리라 하셨습니다. 우리 주인님께서 식언을 해서 공자에게 부끄럽다며 공자가 용서해주시기만 바란다 하셨습니다."

단예는 그녀가 무슨 말을 하는지 모르고 목멘 소리로 말했다.

"우리는 결의형제인데 피아의 구분이 어디 있겠소? 더구나 우리 부모님이 모두 돌아가셨는데 더 신경 쓸 일이 뭐가 있단 말이오?"

그때 화혁간, 범화, 부사귀, 최백천, 과언지 등이 해약을 맡고 몸에 찍힌 혈도도 모두 풀렸다. 화혁간은 운중학이 여전히 바닥에 누워 있는 것을 보고 노기가 발동해 일도를 휘둘러 궁흉극악 운중학의 목을 잘라버렸다. 범화 등 다섯 사람은 단정순 부부의 유체를 향해 큰절을 하며 대성통곡했다.

다음 날 새벽, 화혁간 등이 밖에 나가 관목을 사왔다. 점심때가 되자 영취궁의 주천부 여인들이 왕어언과 파천석, 주단신, 목완청, 종영 등을 대동하고 도착했다. 그들은 취인봉 독에 쏘인 후 혼수상태에 빠져 있다가 아직까지 정신이 채 들지 않은 사람도 있었다. 단예와 화혁간 등이 시신들을 각각 입관했다. 단예는 시신들을 쓰다듬으며 슬픔을 참지 못하고 대성통곡을 했다.

이곳은 이미 대리국 국경 안이었다. 화혁간은 근방에 있는 주현州縣에 명을 내렸다. 주관州官과 현관縣官들은 황태제인 진남왕 부부가 자기 관할구역 내에서 급사했다는 말을 듣고 깜짝 놀라 눈이 휘둥그레져 하마터면 기절할 뻔했다. 정무를 게을리하고 제대로 시중도 들지 못했다는 죄명에서 벗어나지 못할 것이라 생각했기 때문이다. 다행히 화 사도가 별다른 질책을 가하지 않자 부리나케 인부들을 소집해 진남왕 부부를 비롯한 사람들의 영구를 운송했다. 영취궁 여인들은 도중에 또다시 변고를 당할까 두려워 단예를 대리국 경성까지 호송했다. 파천석 등은 가는 도중에야 정신을 차리기 시작했다.

진남왕이 길에서 홍서薨逝[13]해 세자가 영구를 들고 귀국했다는 소식은 이미 대리 경성에까지 전해졌다. 진남왕은 나라에 공을 세우고 백성들에게 인정을 펼쳐 민심을 얻고 있었던 터라 문무백관들과 백성들이 10여 리 밖까지 마중을 나왔고, 성 안팎에서 통곡 소리가 그치지 않았다.

단예와 화혁간, 범화, 파천석 등은 입궁을 한 뒤 곧바로 황제를 알현해 진남왕의 사인을 고했다. 왕어언과 매검 등 일행은 주단신의 안내로 빈관에서 거주하게 되었다.

단예는 궁에 돌아온 후 단정명의 두 눈이 울어서 충혈이 되고 퉁퉁

부어 있는 모습을 보고 엎드려 절을 하려 하자 단정명이 소리쳤다.

"예아야, 어… 어쩌다 이리된 것이냐?"

이 말을 하며 팔을 벌려 단예를 끌어안았다. 백질 두 사람은 이렇게 서로를 꼭 껴안았다.

단예는 추호의 숨김도 없이 오는 도중 겪은 일을 일일이 설명하고 단 부인이 했던 말까지 낱낱이 고했다. 말을 끝마치자 다시 절을 하고 흐느끼며 말했다.

"아버지께서 정말 저 단예의 친부가 아니시라면 전 잡종에 불과한 몸이니 다시는… 다시는 대리에 머물 수가 없습니다."

단정명은 깜짝 놀란 나머지 연신 한숨을 내쉬었다.

"죄과로다, 죄과로다!"

그는 손을 뻗어 단예를 부축하며 말했다.

"예아야, 그에 얽힌 사연은 세상에서 너와 단연경 두 사람만 아는 사실인데 굳이 나한테까지 고할 필요는 없었다. 하지만 네가 이를 숨기지 않고 있는 그대로 말했다는 건 네가 얼마나 솔직한 사람인지 알 수 있는 부분이다. 네 말대로라면 나나 네 아버지 모두 후사가 없는 셈이다. 네가 원래 단씨이건 단씨가 아니건 간에 난 널 후계자로 세우기로 결심했다. 내 이 황위는 본래 연경태자 것이지만 내가 그 자리를 수십 년 동안 부당하게 누린 것이라 마음속으로 항상 부끄럽게 생각해왔다. 하늘이 이렇게 조치를 하셨으니 이보다 더 좋을 수는 없구나."

이 말을 하면서 손을 뻗어 머리에 쓴 노란색 비단으로 만든 모자를 벗었다. 그의 머리는 이미 체도를 해서 모두 밀어버린 상태였다.

단예는 깜짝 놀라 소리쳤다.

"백부님, 이게…."

단정명이 말했다.

"그날 천룡사에서 구마지를 대적할 때 사부님께서 이미 체도를 해주시어 내가 수계를 했다는 건 너도 직접 봐서 알 것 아니냐?"

단예가 말했다.

"네."

단정명이 말을 이었다.

"내가 불문에 귀의했기 때문에 네 부친한테 양위를 할 생각이었지만 그때 네 부친은 중원에 있었다. 나라에 하루라도 군주가 없으면 안 되는 법이니 내가 부득불 사부님의 명을 받들어 잠시 제위를 지키고 있었던 거지. 한데 네 부친이 불행히도 오는 길에 목숨을 잃고 말았으니 오늘 내가 너에게 황위를 물려주고자 한다."

단예는 너무도 놀랍고도 의아스러워 말했다.

"전 아직 어리고 식견이 부족한데 어찌 대위를 맡을 수 있겠습니까? 하물며 제 출신 내력이 확실치도 않으니 전… 아무래도… 산속에 들어가 은거함이…."

단정명이 호통을 쳤다.

"네 부친과 모친이 널 어찌 대했더냐?"

단예는 흐느껴 울며 말했다.

"부모님께서 베푸신 은혜는 하해와 같습니다."

단정명이 말했다.

"바로 그거다. 네가 부모님의 은혜에 보답하고자 하면 그분들의 명성을 보전해야만 한다. 출신 내력 문제는 지금 이 순간부터 더 이상 거론하지 마라. 황제가 되려면 필히 세 가지를 기억해야 한다. 첫째는 백성을 사랑해야 하며, 둘째는 충언을 받아들여야 하며, 셋째는 욕망을 절제해야 한다는 것이다. 넌 천성이 어질고 후덕하니 백성들을 학대하지는 않으리라 믿는다. 그 어떤 높고 낮은 신하들이 권고를 하고 간언을 해도 우선은 그들 말에 일리가 있는지 여부를 생각해라. 만약 일리가 있다면 그에 따르되 도리에 어긋난다고 생각해도 죄를 내리지는 마라. 누군가 너에게 그런 말을 한다는 건 좋은 일이라 생각하고 말이다. 스스로 원하는 뭔가가 있을 때마다 그것이 노리개건 재물이건 아니면 미녀들이 있는 궁궐이건 간에 도외시하는 것이 좋을 것이다. 장차 나이가 들었을 때도 자신의 총명함에 의지해 국사를 함부로 대해서는 절대 아니 되며 나라를 지키는 일 외에는 주변국에 대해 함부로 군사를 일으켜서는 아니 된다."

그 후 며칠 동안 대리국에는 성대한 의식이 펼쳐졌다. 우선 보정제가 양위를 하고 승려가 되어 천룡사로 출가하는 의식이 치러졌고, 단예는 군신들과 백성들을 인솔해 배웅하면서 천룡사의 고영대사와 본인 방장을 알현했다. 보정제는 이미 체도를 하고 법명을 본진으로 정한 상태였기 때문에 절에 들어간 이후 방장의 명을 받들어 개단開壇으로 설법을 했다. 천룡사의 군승은 본인 방장의 인솔하에 단상을 쌓고 법사를 행하면서 대리국의 장기적인 국운의 흥성과 나라와 백성들의 안위 그리고 전쟁의 종식을 기원하며 변경 지역이 평안하고 백성들이 풍요롭게 살아가게 해달라고 빌었다.

단예는 눈물을 흘리며 백부인 본진대사께 작별 인사를 하고 대리 경성으로 돌아와 조정에서 성대한 대관식을 치렀다. 단예는 황위에 올라 연호를 '일신日新'으로 정했다. '하루가 새롭기 위해서는 매일 새로움을 유지해야 하며 나날이 새로워야 한다'라는 의미로 백성들의 고통을 해소시켜주고 혁신으로 이로운 것을 일으키며, 적폐를 청산하겠다는 결심이었다. 또한 파천석과 주단신 등 가신들의 건의를 받아들여 부친인 단정순에게 '중종문안제中宗文安帝', 모친인 도백봉에게는 '자화문안황후慈和文安后'라는 시호를 바쳤다. 또한 진홍면과 완성죽 두 사람 가속들을 방문해 예물을 하사하고, 감보보의 남편에게는 하사품을 내리기가 여의치 않아 암암리에 종영에게 금은을 하사한 뒤 그녀로 하여금 그 모친의 가속들에게 나눠주도록 했다. 저만리와 고독성 두 호위에게는 두터운 예를 내리도록 해 장군 직함을 추서하고 자손들이 봉상封賞을 받도록 했다. 이미 세상을 떠난 선천후 고승태에 대해서는 그의 아들인 고태명高泰明을 '좌승상左丞相'에 봉하는 것으로 대신하고, 사도인 화혁간은 삼공의 우두머리인 우승상을 겸직토록 했으며 사마인 범화는 병권을 집장토록 했다. 또한 모든 문무백관에게 각자 자신의 위치에서 한 계급씩 특진을 시켜줬다.

그 후 송나라와 요나라, 토번, 서하, 회홀, 고려, 포감蒲甘 등 각국에 사신을 파견해 전임 황제의 퇴위와 신임 황제의 등극을 고지하자 각국에서 축하의 뜻을 표해왔다.

대관식 등 주요 대사를 처리한 단예는 저택을 짓도록 지시해 왕어언과 목완청, 종영 등이 거주할 곳을 마련해주고 궁녀들을 파견해 각 거처에서 시중을 들도록 만들었다. 매란죽국 네 자매가 영취궁 수하들을 이끌고 단예에게 작별을 고하자 단예는 네 자매와 영취궁 여인들에게 후한 예물을 내렸다.

단예는 연일 제반 정무로 바빠 왕어언 등 세 여자 문제는 잠시 머릿속에서 접어두었다. 그 문제만 생각하면 머리가 너무 아팠기 때문이다. 그러나 그 시간 동안 마음속으로 심상치 않은 난제들이 끊임없이 맴돌았다.

'20년 동안 나에게 더할 나위 없이 크나큰 자비와 은혜를 베풀어주신 아버지께서 내 친부가 아니고 내 진짜 친부는 '천하제일 악인'이다. 난 그자가 추악한 몰골에 흉악한 짓만 골라서 하는 악인의 명성을 지녔다고 해서 아버지로 인정하지 않을 수 없다. 어머니께서 그러셨지. "네 아버지의 여러 딸들인 목 낭자나 왕 낭자, 종 낭자는 네가 사랑하기만 하면 누구든 받아들일 수 있는 것이다. 송나라에서는 동성이면 혼인을 할 수 없다고 할지도 모른다. 하지만 우리 대리에서는 전혀 상관없어 친남매간만 아니면 문제가 없다. 그 낭자들을 모두 한꺼번에 맞아들이면 더더욱 좋겠지. 어떠냐? 기쁘지 않으냐?" 원래는 당연히 기쁘지만 과욕을 부릴 수는 없고 왕 낭자 한 사람만 처로 맞아들이면 충분하다. 하지만 왕 낭자를 맞아들이려면 사람들에게 내가 아버지의 친아들이 아니란 사실을 인정받아야만 하는데 이 어찌 아버지의 명성에 흠집을 내고 어머니의 청백한 절개를 욕되게 하는 짓이 아니던가? 백부님께서 물으셨지. "네 부친과 모친이 널 어찌 대했더냐?" 난 이렇게 말했다. "부모님께서 베푸신 은혜는 하해와 같습니다." 백부님이 이렇게 말씀하셨다. "바로 그거다. 네가 부모님의 은혜에 보답하고자 하면 그분들의 명성을 보전해야만 한다." 이 사실을 공공연히 사람들에게 밝히는 건 내가 왕 낭자를 황후로 맞아들이고 목완청과 종영 두 누이를 빈비로 거두고 싶어 그러는 것일 뿐이다. 이는 나 자신의 욕정과 즐거움을 위해서이니 이는 부친과 모친의 명예에 손상을 입히는 짓이 된다. 이런 마음과 행동은 금수와 같은 것이며 천하에 이보다 더한 불효는 없는 것이다. 내가 천하제일대악인의 아들이어야만 이런 '천하제일대악행'을 할 수 있는 것이다.'

한 달여가 지나고 보산保山에 느닷없이 천연두가 유행하기 시작하면서 점점 대리 일대까지 만연해 이로 인해 죽어가는 사람들이 넘쳐나는 일이 발생했다. 단예는 제단을 개설해 국태민안을 비는 기도를 하는 동시에 약을 지급해 재난을 막았다. 또한 난민들에게 금전과 양곡을 방출해 백성들의 고초를 경감시키긴 했지만 천연두에 걸린 사람들을 치료하기는 쉽지 않았다.

그는 범화와 파천석, 주단신 등 관리들을 대동해 대리성으로 나갔다. 민간 시찰을 하면서 재난 상황을 살피고 친히 약과 양곡을 내리기 위함이었다. 하관下關의 한 민가를 지날 때 문밖에서 들으니 집 안에서 침통하게 우는 곡소리가 들려왔다. 그는 당장 가마에서 내려 안으로 들어갔다. 그 민가의 대문과 담장이 모두 허물어져 있고 집 안에는 무너져 내린 담장과 깨진 기와들이 널려 있는 것으로 보아 극히 빈곤한 집인 것 같았다. 대청으로 걸어들어가 구슬픈 곡성을 듣고 무슨 일인가 물어봤다. 알고 보니 그 집의 여덟 살 된 아들이 역병에 감염돼 목숨을 잃자 아이 부모와 조부모가 비통에 잠겨 있었다. 한 중년 부인이 죽은 아이의 손을 부여잡고 목이 메도록 울고 있는데 입고 있는 옷은 먼지투성이였다.

단예는 이 집 가족들 모두 초췌한 몰골로 피골이 상접해 있는 모습을 보고 연유를 물었다.

알고 보니 온 가족이 이미 열흘 동안 아무것도 먹지 못했다는 것이다. 더구나 죽은 아이는 더욱 여윈 모습을 하고 있어 손에 혈색조차 없었다. 죽은 아이의 두 눈은 깊이 패어 있었고 얼굴에는 천연두 흉터로 가득한 데다 배는 심하게 부풀어올라 있어 전염병에 의해 죽었다기보다는 굶어 죽은 것으로 보였다.

단예는 가슴이 매우 아팠다. 자신은 금의옥식하며 매일같이 산해진미를 먹고 있건만 자신이 다스리는 백성들은 이토록 굶어 죽고 있을 줄은 몰랐던 것이다. 그는 이 참혹한 모습을 보고 눈물을 감추지 못하다 손바닥을 들어 자신의 뺨을 힘껏 후려쳤다. 파천석이 황급히 저지하며 말했다.

"폐하, 이러시면 아니 되옵니다!"

단예가 눈물을 흘리며 말했다.

"저 아이는 내가 죽인 것이다! 나 단예는 흉악하고 잔인한 인간이라 대리 백성들에게 큰 잘못을 저지른 것이다. 나같이 이성을 상실한 미치광이는 군주가 될 자격이 없어!"

그는 이 말을 하면서 손바닥을 뻗어 자신의 뺨을 다시 한번 후려쳤다. 범화가 다급하게 그의 손을 움켜쥐며 설득했다.

"폐하, 고정하십시오. 천재지변은 우리 정치가 바르지 않은 데 대한 징벌이니 대리 삼공이 먼저 그 벌을 받아야만 합니다."

여러 신하들이 무릎을 꿇고 깊이 자책했다.

그 집안의 2대에 걸친 부부는 황제와 여러 대신들의 그런 모습에 너무나 놀란 나머지 더 이상 울지 못하고 오히려 단예를 위로하기 바빴다. 파천석은 당장 수하들에게 쌀과 생선, 납육, 닭고기, 훈제 돼지다리, 쌀가루 등 음식 세 짐을 골라오도록 명하고 다시 백은 50냥을 내려 장례를 치르는 데 사용토록 했다.

단예는 궁에 돌아온 즉시 승상과 삼공을 소집해 궁 안의 의복과 음식을 절약하라 명하고 신하들의 봉록을 감해 온 나라의 이재민들을 구휼토록 했다. 동시에 노역을 줄이고 세금을 줄여 백성들의 부담을 경감시켰다. 다행히 보름이 지나 상황이 변하며 천연두가 점점 감소하자 단예는 어느 정도 안심이 되었다.

그는 매일같이 대리성과 그에 소속된 주현들을 순시하면서 생활 수단이 변변치 못한 백성들을 보면 그 즉시 구제를 해서 마침내 대리 전역에 동사를 하거나 아사하는 사람이 없도록 만들었다. 그는 마음속으로 자신이 황위에 오른 것은 '하늘이 내려준 복록'인지라 백성들을 우대하지 않는다면 '하늘이 내려준 복록이 영원히 없어질 것'이며 자신도 군주가 될 수 없다고 생각했다.

어느 날 조정에서 재난을 담당하는 관리들로부터 더 이상 새로운 재난이 없으며 백성들이 안정을 되찾았다는 보고를 받게 되었다. 그러나 단예는 굶어 죽은 어린아이의 참상을 떠올리며 여전히 슬픔을 금할 수 없어 백관들에게 백성들의 고통을 늘 가슴에 담아둘 것을 분부했다.

퇴청한 이후 단예는 소박한 옷과 간단한 모자를 쓰고 미복 차림으로 왕어언의 거처로 갔다. 집사가 무릎을 꿇고 맞이한 뒤 대청으로 안내하자 왕어언이 나와 맞이했다.

단예가 말했다.

"언 누이, 기분은 좀 어떠하시오? 근자에 들어 재난을 구제하느라 바빠 안부를 묻지 못했으니 정말 송구하오!"

왕어언이 가냘픈 목소리로 물었다.

"우리 아버지와 어머니를 원망하지 않으세요? 전 줄곧 그것 때문에 화가 나셨을까 봐 걱정했어요."

단예가 한숨을 내쉬었다.

"모두 알고 있었소? 그대 아버지는 바로 내 아버지요. 과거의 어른들 일은 자식 된 우리가 상관할 수가 없는 것이오."

왕어언은 멍한 표정으로 눈물을 흘리다 목멘 소리로 말했다.

"예 오라버니, 우리는 잘못된 인연인가 봐요. 전 이미 오라버니께 마음을 드렸는데 결국에는… 이렇듯 수포로 돌아가게 될 줄 어찌 알았겠어요…."

단예가 말했다.

"과거 만타산장에서 그대를 처음 보고 한 마디라도 더 했던 것은 커다란 복이었소. 한데 지금 이렇게 백 마디 아니라 천 마디 말도 할 수 있지 않소? 언 누이, 우리가 비록 부부의 연은 없지만 진정한 남매이니 그 역시 얼마나 좋은 일이오."

왕어언이 말했다.

"예 오라버니. 그동안 줄곧 저에게 잘해주셔서 전 마음속으로 무척이나 감사드려요. 절 비구니 절에 보내주실 수 있나요? 제가 삭발을 하고 출가해 제 과오를 참회할 수 있게 해주세요. 또한 대리가 우순풍조雨順風調하고 오라버니 치하에서 국태민안 할 수 있도록 보우해달라고 부처님께 빌겠어요."

그녀는 왕 부인이 단정순을 생포하기 위해 준비한 장원 안에서 자신이 단정순의 딸이며 단예와 배다른 남매간이라는 사실을 알고 난 후, 이렇게 운명의 장난으로 자기 일생이 불행하게 된 것은 필시 전생에 중대한 죄를 범했기 때문이며 그로 인해 이토록 업보가 중한 것이라 생각했다. 어릴 때부터 사촌 오라버니인 모용복에게 애착을 가졌지만 모용복은 오히려 자기를 버리고 기꺼이 부마가 되겠다고 서하에 가버리지 않았던가?

그 후 단예와 사랑에 빠지게 됐지만 예기치 못한 변고가 생겨 자신이 그와 같은 아버지 소생인 것을 알게 된 것이다. 만일 전생의 죄업이 그토록 큰데 굳이 자신에게 타고난 미모와 지혜를 부여했다는 것은 자신의 일생이 영원히 회복될 수 없는 것만은 아니라 볼 수 있었다. 그동안 한가로운 시간을 보내면서 불경을 여러 권 읽다 보니 세상만사가 모두 '연緣'이라는 한 글자 안에 있으며 인연이 오면 자연히 이루어지게 되어 있기 때문에 모든 일을 억지로 구할 수 없는 것이라 깊이 믿게 되었다.

단예가 자신과 친남매간이란 사실은 자신이 태어나기 전에 이미 정해진 것이라 자신은 하늘의 조치를 절대 거역할 수 없는 것이다. 그녀는 수많은 고뇌를 거듭하다 마침내 하늘에 대한 원망을 정리하고 단예가 자신에게 이미 극진히 대해줬으니 자신도 남매의 정으로 잘 대해주겠다고 생각을 하기에 이르렀던 것이다.

단예가 말했다.

"언 누이, 삭발까지 하고 비구니가 될 필요는 없소. 누이가 정 원한다면 대리 내 청정한 곳에서 한가로이 기거하도록 하시오. 모든 공양은 이 오라비가 알아서 할 테니 염려 말고 말이오. 그대가 내 누이로 정해진 운명이라면 자연히 평생토록 그대를 내 누이로 대할 것이오. 그대가 원하는 것이 무엇이든 힘이 닿는 한 최선을 다해 이루게 해줄 것이니 얘기만 하시오. 내가 모두 해줄 것이오."

단예는 그녀가 두 사람이 남매라는 사실에 대해 그리 상심하거나 애석해하지도 않고 미련조차 두지 않는 것을 보자 과거 목완청이 자기 누이라는 걸 알았을 때 극도로 슬퍼하던 정황과는 전혀 다른 모습에 속으로 이런 생각이 들었다.

'어언은 어쨌든 나에 대해 정이 그리 크지 않구나. 완 누이처럼 진심으로 내 아내가 되려 하는 모습과는 많이 다르다. 그때 만겁곡 석옥 안에서 완 누이는 춘약인 음양화합산에 중독되긴 했지만 나에 대한 정에 얽매여 진심을 드러냈다. 결코 육체적인 정욕 때문이 아니라 진심으로 날 사랑한 게 확실했다. 후에 서하로 가는 길에서 다시 만났을 때도 그녀는 내가 왕어언을 사랑하고 있다는 사실을 알고 약간의 질투심을 보이긴 했어도 날 원망하지는 않았다. 또한 나와 어언이 개울가에서 한가롭게 노닐 때도 완 누이는 남자로 변장을 하는 모험을 하면서 나를 대신해 서하 황궁으로 구혼을 하러 가지 않았던가! 종영 누이도 그랬지. 그녀는 위험을 감수하고 강호를 떠돌면서 날 찾아다녔다. 어언보다 나에게 훨씬 더 잘했어. 어언은 평생 사촌 오라버니를 힘들게 연모하면서 모용복이 서하의 부마가 되러 가겠다는 일념을 보이자 모든 의욕을 상실한 채 어쩔 수 없어 나에게 의지하게 된 것이다.'

순간 머릿속에는 왕어언이 그에게 수차에 걸쳐 냉랭하게 대했던 정경들이 스쳐 지나갔다. 포부동이 그를 청향수사에서 쫓아낼 때 그녀와 헤어지는 것이 못내 아쉬워 떠나려 하지 않자 왕어언은 만류하는 말한 마디 없었고 안색조차 변하지 않았다. 오히려 아벽이 은근한 정을 내보이며 배를 몰아 그를 무석까지 배웅해주었다. 그 후 서쪽에서 함께 길을 올 때도 포부동이 수차에 걸쳐 험한 소리로 쫓아내며 동행을 허락하지 않자 왕어언은 좋은 말로 중재조차 하지 않았다. 그가 위험에 빠진 그녀를 몇 번씩이나 업고 다녔지만 그녀는 진심으로 사례를 표하기는커녕 오로지 사촌 오라버니한테 다시 돌아갈 수 있다는 사실에 대해서만 기뻐했다. 가장 최근에는 소림사 밖에서 모용복이 바닥에 쓰러진 그를 밟으며 장력을 펼쳐 그의 목숨을 취하려 할 때도 왕어언은 관심조차 두지 않았다. 그의 부친과 남해악신이 목숨 걸고 달려왔을 때, 모용복이 출지를 해서 단정순의 가슴을 명중시키자 왕어언은 오히려 큰 소리로 갈채를 보내지 않았던가!

"사촌 오라버니, 야차탐해 일초는 정말 대단했어요⋯."

그는 만타산장에서 왕어언을 만났을 때부터 그녀의 용모가 무량산 석동 안의 옥상과 닮았다는 이유 때문에 마음속으로 '그녀는 신선 누님'이라는 생각을 하게 되었다. 한번 보고 또 볼 때마다 속으로 그녀를 '신선 누님'이라 부르면서 전에 신선 누님을 향해 했던 천 번의 절이 모두 왕어언을 향해 한 것이라 생각했던 것이다. 그녀를 만날 때는 그녀를 신선 누님이라 여겼고 그녀를 보지 못해 보고 싶을 때는 속으로 백옥 같은 피부에 신선 같은 자태와 수려한 표정의 선녀 모습을 지닌 신선 누님을 왕어언에게 대비시켰다. 사실 왕어언은 그렇게 선녀처럼 눈부시게 아름답지 않았을 뿐만 아니라 설사 옥상 자체라 해도 단예가 마음속으로 정해놓은 이상형에는 크게 미치지 못했다. 스스로도 그것이 불가에서 이르는 심마心魔[14]임을 알고 있었던 것이다.

사람이 심마에 사로잡히면 사랑하는 사람은 사실 자기 마음속에서 만들어진 심마일 뿐이며 외재적인 본인이 아니다. 심마는 임의로 변환이 가능하며 변할수록 아름다워져 천상의 신선도 그리 아름답지 않고 속세의 미녀도 그토록 사랑스럽지 않게 보인다. 어찌 됐건 마음속에서 더 좋다고 생각할 수 있다면 더 좋은 것이다. 과거 불타 석가모니가 보리수 밑에서 수행을 할 때 있었던 일에 대해 경전에서는 이렇게 말했다. 마왕 파순波旬이 불타를 유혹하면서 변화무쌍한 모습으로 갖은 요염한 행동을 다 했지만 불타가 유혹되지 않자 마녀들은 아무 성과도 없이 물러났다. 이른바 마녀는 사실 불타의 그 당시 심마였다. 마음속의 마두魔頭[15]가 생성되지 않으면 외부에서 유혹을 하는 것은 소용이 없는 것이다.

불가와 도가의 수행에서 가장 중요시하는 것이 심마를 제어하는 것이며, 이른바 '지혜의 검을 휘둘러 미녀를 베어버린다'라는 개념은 바로 그런 의미다. 더 깊이 수행을 하면 무념무상의 경지에 이르러 심마가 근본적으로 생성되지 않기 때문에 베어버리거나 제거할 필요조차 없는 것이다.

단예는 제위에 오른 이후 머릿속이 점점 맑고 깨끗해져만 갔다. 그 때문에 심마의 힘은 약화됐으며 또한 부모님을 동시에 잃고 자신의 출신 내력마저 알게 되자 왕어언에게 빠져 있던 심정도 크게 감소했다. 심마가 가버리자 눈에 보이는 것은 왕어언의 진면목이었고 귀에 들리는 것은 왕어언의 진정한 목소리였을 뿐 더 이상 과거처럼 심마를 통해 미화되고 장식이 더해져 사람이 선녀처럼 아름답게 보이거나, 말이 선악仙樂처럼 맑게 들리지는 않았던 것이다.

48. 실의에 빠져버린 왕손

왕어언이 말했다.

"예 오라버니. 정말 감사드려요. 그 말씀은 절 탓하지도 우리 어머니를 탓하지도 않는다는 건가요?"

"당연히 탓하지 않소."

"오라버니의 의중은 명심하겠어요. 하지만 전 소주로 돌아가고 싶어요. 대리에 머무는 건 편치 않아요."

단예는 그녀 말에 일리가 있다는 걸 알기에 가슴이 아팠다. 그녀를 대리에 머물게 하면 시시때때로 마주쳐야 하기 때문에 슬픔만 더욱 커질 뿐이었다. 더구나 그녀가 소주로 돌아가려고 하는 건 사촌 오라버니가 보고 싶어서일지도 모른다는 생각이 들었다.

'그것도 괜찮지. 언 누이는 평생 사촌 오라버니한테 시집가고 싶어 했다. 난 이런 결심을 했었지. 누군가를 사랑하면 그녀가 마음속으로 기쁘게 만들어주는 것이 내가 원하는 바라고 말이야. 언 누이가 사촌 오라버니한테 시집갈 수 있다면 그건 그녀의 평생소원이다. 내가 진정 어언을 사랑한다면 그녀 마음을 행복하고 기쁘게 만들어야 한다.'

이런 생각을 하고 곧바로 말했다.

"내가 사람을 시켜 만타산장을 잘 수리하도록 한 다음, 사람을 시켜 당신을 호송토록 하겠소."

"만타산장은 멀쩡해요. 훼손된 곳도 없으니까 수리할 필요 없어요."

"내가 대리에서 꽃 재배에 능한 명장을 몇 명 보내겠소. 그리고 십팔학사와 풍진삼협 등 명품 산다화 몇 그루를 함께 보낼 테니 만타산장에 심도록 하시오. 그런 연후에 서재를 몇 칸 지어주고 다시 사람을 시켜 누이를 소주까지 호송토록 하겠소. 1년 안에 모두 가능할 것이오."

이 말을 하면서 당당하게 가슴을 내밀었다.
왕어언이 교태 어린 미소를 지으며 말했다.
"오라버니, 감사합니다."

48. 실의에 빠져버린 왕손

49

부질없는 영화, 뜬구름 같은 목숨

아율홍기가 연이어 활을 쏘자 쉭쉭쉭쉭 소리와 함께 단 한 발의 실수도
없이 삽시간에 여섯 명의 한인을 맞혀 쓰러뜨렸다.
화살은 가슴을 관통했고, 그들은 모두 바닥에 처박혀 죽어버렸다.

대리 황궁 안에서 단정명은 조카인 단예에게 제위를 물려주면서 백성을 사랑하고, 충언을 받아들이며, 욕정을 절제해야 한다는 세 가지 충고를 했다. 더불어 국사를 함부로 개혁하지 말고 섣부른 군사행동은 삼가라는 말도 덧붙였다. 바로 그 순간 수천 리 밖에 있는 북쪽 송나라 경성인 변량의 황궁 내 숭경전崇慶殿 후각에서는 태황태후인 고씨高氏의 병세가 악화되어 손자인 조후趙煦[16]에게 유지를 남기고 있었다.

"애야, 우리 조종들께서 힘들게 대업을 성취한 이후 천만다행인지 몰라도 심후한 조상들의 은혜 덕에 오늘날과 같은 태평성세를 이루게 되었다. 하지만 네 부황이 집정할 당시 온 나라가 어수선해져 하마터면 크나큰 변고가 초래될 뻔했기에 백성들은 지금까지도 두려움을 느끼고 있다. 그게 어찌 된 연고인지 알고 있느냐?"

조후가 말했다.

"할머님께 익히 들어 알고 있습니다. 부황께서 왕안석王安石의 말만 믿고 구법을 개혁했다가 백성들이 도탄에 빠졌다고 말입니다."

태황태후가 푸석푸석한 얼굴을 살짝 움직이며 한숨을 내쉬었다.

"왕안석은 원래 학식이 있고 재간이 많은 매우 괜찮은 사람이었으니 나라와 백성을 위해 마음을 쓰는 건 당연한 일이지. 하지만… 에이, 하지만 네 부황께서 워낙 성격이 급해 단시간 내에 성사를 시키려 한 것이 첫 번째 이유다. 세상만사라는 것이 지나치게 서두르면 오히려 일을 이루지 못한다는 도리를 모르고 두서없이 일을 처리하다 보니 일을 그르치고 만 게야."

그녀는 여기까지 얘기하고 잠시 숨을 돌리더니 말을 이었다.

"두 번째… 두 번째는 네 부황이 귀에 거슬리는 말을 들으려 하지 않았기 때문이야. 남들이 네 부황을 영명한 천자라고 떠받들며 공덕을 칭송해야만 좋아했단다. 만일 네 부황이 한 조치가 적당치 않다고 몇 마디 간언이라도 하면 노발대발하면서 파직시키거나 쫓아내버리기 일쑤였지. 이리하니 누가 감히 황제에게 있는 대로 간언을 할 수 있겠느냐?"

"할머님, 부황의 유지를 완수할 수 없어 안타까울 뿐입니다. 부황의 양법미의良法美意[17]가 소인배들한테 더럽혀졌으니 말입니다."

태황태후가 깜짝 놀라며 떨리는 목소리로 물었다.

"양… 양법미의라니 무슨 말이냐? 소… 소인배들은 또 누구를 말하느냐?"

"부황께서 손수 창시하신 청묘법靑苗法과 보마법保馬法, 보갑법保甲法 등등은 부국강병으로 가는 양법良法이 아닙니까? 사마광과 여공저呂公著, 소식 같은 부유腐儒[18]들이 대사를 그르친 것이 한스러울 따름입니다."

태황태후는 안색이 변해 바닥을 짚어 몸을 일으키려 했지만 몸이 극도로 쇠약해져 있어 몸을 1~2촌 정도 들다 도저히 일어날 수 없자 끊임없이 기침만 해댔다.

조후가 말했다.

"할머님, 역정 내지 마시고 좀 더 쉬십시오. 몸이 우선입니다."

설득과 위로의 말이었지만 그의 말투 속에 두터운 관심의 정이라고는 전혀 없어 보였다.

태황태후는 한바탕 기침을 하고 점차 평정을 찾아가며 말했다.

"애야, 하지만 지난… 지난 9년 동안 진정한 황제는 네 할머니였지 않으냐? 넌 무슨 일이든 할머니 분부대로 한 것인데 그럼 넌… 넌 속으로 화가 치밀어 이 할미를 증오하고 있던 게로구나. 그러했더냐?"

"할머님께서 저 대신 황제 노릇을 하신 건 절 아끼셨기 때문이었지요. 제가 힘들까 봐요. 그래서 사람도 할머님께서 쓰시고, 성지도 할머님께서 내리시며 손자가 여유 있게 지낼 수 있었는데 나쁠 게 뭐 있었겠습니까? 어찌 할머님을 탓할 수 있었겠습니까?"

태황태후는 한숨을 내쉬며 나지막이 말했다.

"넌 네 부황을 똑 닮아 스스로 총명하고 능력이 있다 여기고 언제나 대사를 처리하고 싶어 속으로 이 할미를 원망했다는 걸 내… 내가 모를 줄 아느냐?"

조후가 빙긋 웃었다.

"할머님께서도 당연히 알고 계셨겠지요. 궁내 어림군을 지휘하는 자도 할머님의 측근이고 태감들 우두머리 역시 할머님의 심복들이며 조정의 문무 대신들 모두 할머님께서 임명한 사람들이니 말입니다. 그러니 이 손자가 할머님 분부를 고분고분 듣지 않고 감히 마음대로 일 처리를 하거나 마음대로 말이나 할 수 있었겠습니까?"

태황태후는 천장을 향해 눈을 부릅뜨고 말했다.

"넌 매일같이 오늘을 기다리며 내 병이 악화돼 죽기만 바란 것이로구나. 그럼… 네 솜씨를 발휘할 수 있겠다는 생각에 말이다."

"손자의 모든 것은 할머님께서 하사하신 것입니다. 과거에 할머님께서 힘써주지 않으셨다면 부황께서 붕어하실 때 조정 대신들이 옹왕雍王 아니면 조왕曹王을 옹립했을 테지요. 할머님의 깊은 은덕을 이 손자가 어찌 감히 잊을 수 있겠습니까? 다만… 다만….'

"다만 무엇이냐? 하고 싶은 말이 있으면 기탄없이 할 것이지 어찌 그리 우물대는 것이냐?"

"손자가 이런 말을 들었습니다. 할머님께서 이 손자를 옹립한 이유는 이 손자의 나이가 어려 할머님께서 조정을 장악할 수 있으리란 탐욕 때문이었다는 말을 말입니다.'

그는 과감하게 이 말을 하긴 했지만 가슴이 두근거려 전문殿門 쪽을 몇 번이나 쳐다봤다. 입구를 지키는 태감들이 모두 자신의 심복들이고 그들이 삼엄하게 지키는 것을 본 뒤에야 마음을 놓을 수 있었다.

태황태후가 천천히 고개를 끄덕였다.

"네 말이 맞다. 내가 나라를 다스리겠다는 마음에 그런 것은 확실하다. 지난 9년 동안 내 통치가 어떠했더냐?"

조후는 품 안에서 두루마리 하나를 꺼냈다.

"할머님, 조야의 문인들이 할머님 공덕을 칭송하는 말을 지난 9년 동안 얼마나 많이 했는지 모릅니다. 아마 할머님께서도 지긋지긋해하실 거라 생각됩니다. 오늘 북쪽에서 누군가 와서 그러더군요. 요나라 재상이 요 황제에게 상주문을 올려 할머님의 시정施政에 대해 언급했다고 말입니다. 이는 적국 대신의 논점인데 한번 들어보시겠습니까?"

태황태후가 탄식을 했다.

"덕이 있다고 천하에 알려져도 좋고 흠집이 있어 비방을 받아도 좋은 법. 이… 이 늙은이는 오늘 밤을 넘기지 못할 것 같구나. 내가… 내가 내일 아침 해를 볼 수 있을지 모르겠다. 요나라 재상… 그… 그가 날 뭐라 했더냐?"

조후가 두루마리를 펼치며 말했다.

"그 재상이 상주문에 태황태후를 이렇게 말했습니다. '수렴청정을 한 이후 명신名臣들을 기용해 가혹한 정책인 신법新法을 폐지하는 등 9년 동안 집정하면서 조정을 투명하게 바꾸어 화하의 안정을 이루었다. 또한 뒷거래에 의한 비리를 근절시키고 근친 간의 사사로운 거래를 막아 문사원文思院에 상납된 물건들에 대해선 아주 사소한 것이라도 평생 손대지 않아….'"

그는 여기까지 읽다가 잠시 여유를 두고 초점 없는 태황태후의 힘 없는 눈동자에 다시 흥분으로 인한 몇 가닥 빛이 발산하자 이어서 읽기 시작했다.

"… 사람들이 '여중요순女中堯舜[19]'이라 일컬었다."

태황태후가 중얼거리며 말했다.

"사람들이 '여중요순'이라 일컬었다. 사람들이 '여중요순'이라 일컬었다! 설사 진짜 요순이라 해도 결국에는 죽음을 면치 못하지."

이 말을 하면서 별안간 점차 무디고 흐려지는 뇌리 속에 한 줄기 빛이 떠오른 듯 물었다.

"요나라 재상이 왜 날 언급한 거지? 얘야, 피… 필히 조심해야 한다. 내가 곧 죽는다는 걸 그들이 알면 널 힘들게 할 게 분명하다."

조후는 얼굴에 오만한 기색을 띠며 말했다.

"절 힘들게 한다고요? 흥! 그게 그리 쉽지는 않을걸요? 거란인들이

동경東京**[20]**에 첩자를 두고 있어 할머님의 병이 중하시다는 걸 알지만 우리라고 상경上京에 첩자가 없겠어요? 그들 재상이 쓴 상주문을 우리가 베껴오지 않았습니까? 거란 군신들이 상의를 하면서 할머님께서 만세를 누리고 가시고 난 이후 문무 대신들한테 별다른 변동이 없고 신법을 시행하지 않아 변경과 백성들이 안정되면 그뿐이지만, 만일 이 손자가 무슨… 흠흠, 경거망동을 하기라도 하면, 그들도 경거망동을 할 것이라고 말했답니다."

태황태후가 자기도 모르게 큰 소리로 말했다.

"정말 그랬구나. 군사를 일으켜 남하하겠다는 것이냐?"

조후가 말했다.

"그렇습니다!"

그는 몸을 돌려 창문 쪽으로 걸어갔다. 하늘에 북두칠성이 반짝이는 것을 보고 두병斗柄**[21]**을 따라 시선을 따라가 북극성을 응시하다 나지막이 말했다.

"우리 대송은 정예 병력을 보유하고 있고 군량도 충분한 데다 숫자 또한 많은데 어찌 거란을 두려워하겠습니까? 놈들이 남하하지 않는다면 오히려 제가 북쪽으로 올라가 놈들과 겨루고자 합니다."

태황태후가 제대로 듣지 못했다는 듯 물었다.

"뭐라 했느냐? 겨루다니 뭘 말이냐?"

조후는 침상 앞으로 걸어가 말했다.

"할머님, 우리 대송은 인구가 요나라에 비해 열 배가 넘고 군량도 30배가 넘지 않습니까? 10대 1의 전력인데 저희가 놈들을 당해내지 못할까요?"

49. 부질없는 영화, 뜬구름 같은 목숨

태황태후가 떨리는 목소리로 말했다.

"요나라와 전쟁을 벌이겠다는 말이냐? 과거 진종眞宗 황제가 그토록 영명하고 용맹스러웠지만 친히 출정을 나갔는데도 전연지맹을 맺는 데 그쳤다. 한데 네… 네가 어찌 감히 군사를 일으키겠다는 것이냐?"

조후가 몹시 분개했다.

"할머님께서는 언제나 이 손자를 무시하셨죠. 이 손자를 젖비린내 나 풍기고 아무것도 모르는 갓난아이로만 여기셨단 말입니다. 이 손자가 태조와 태종에는 미치지 못하지만 결코 진종 황제보다 못하지는 않습니다."

태황태후가 나지막이 말했다.

"태종 황제께서도 과거 북쪽 싸움에서 패해 중상을 입고 돌아온 이후 부상을 이기지 못한 채 결국 붕어하셨다."

조후가 말했다.

"세상일을 어찌 일괄적으로 논할 수 있겠습니까? 과거에 우리가 거란인을 당해내지 못했다고 영원히 당해내지 못하는 건 아닙니다."

태황태후는 하고 싶은 얘기가 많았지만 기력이 점점 쇠해져만 갔다. 눈앞은 희뿌연 안개가 낀 듯 희미해졌고 머릿속은 아득해져 한 마디 말을 내뱉는 것조차 힘이 들었다. 그러나 마음 깊은 곳에는 강경하면서도 분명한 목소리가 끊임없이 울려퍼지고 있었다.

'전란은 흉하고 무서운 것이라 백성을 도탄에 빠지게 만들 뿐이다. 그 때문에 절대 경거망동해서는 안 된다.'

잠시 후 그녀는 깊은 숨을 들이마시고 천천히 말했다.

"얘야, 지난 9년 동안 내가 대권을 잡고 있으면서 너한테 상세하게 설명해주지 못했으니 그건 이 할미 잘못이다. 난 내가 좀 더 살 수 있으리라 여겼다. 그 때문에 네가 나이가 더 든 다음 그때 널 계도하면 좀 더 쉽게 이해시킬 수 있을 것이라 생각한 게야. 한데… 뜻밖에도….”

그녀는 마른기침을 몇 번 하다 다시 말했다.

“네 말대로 우리가 수적으로 우세하고 군량도 풍족한 건 맞는 말이다. 다만 우리 대송 사람들은 문약해서 거란인들처럼 그리 용감하지가 못하다. 더구나 싸움에 나서면 군사들과 백성들은 간뇌도지하여 얼마나 많은 사람이 목숨을 잃고 얼마나 많은 가옥이 불타버릴지 모를 일이다. 그뿐 아니라 천하의 그 얼마나 많은 사람이 집과 가족을 잃고 헤어지게 될지 모른다. 군자는 가슴에 늘 ‘어질 인仁’ 자를 묻어두어야만 한다. 승부는 예측이 어려운 법이지만 설사 승리를 장담할 수 있다 하더라도 전쟁은 벌이지 않는 것이 좋아.”

조후가 말했다.

“우리 연운십육주를 요나라 사람들한테 빼앗겨 매년 그들에게 조공을 진상해야만 하니 이는 속국이자 신하국이나 마찬가지인 상황인데 손자가 대송 천자의 몸으로 이런 굴욕을 어찌 버틸 수 있겠습니까? 그럼 우리가 영원히 요나라인에게 핍박을 받아야만 한다는 건가요?”

그의 목소리는 점점 더 커져만 갔다.

“과거 왕안석이 변법을 내세워 보갑법과 보마법을 주창한 것은 나라를 부강시켜 과거 조종들의 치욕을 설욕하자는 데 있지 않았습니까? 후손이 된 몸으로 조종들의 한을 설욕하는 것은 효라 할 수 있습니다. 부황께서 평생 전력을 다해 나라를 다스리려 하신 것 역시 이를 위한 일 아니었던가요? 손자 역시 응당 부황의 유지를 받들어야만 합

49. 부질없는 영화, 뜬구름 같은 목숨

니다. 그 뜻에 따르지 않는다면 이렇게 될 것입니다."

그는 느닷없이 허리에서 패검을 뽑아 옆에 있던 의자를 두 쪽으로 베어버렸다.

황제는 대규모 열병식을 할 때 이외에는 평소 칼이나 검은 차고 다니지 않았다. 태황태후는 어린 손자가 느닷없이 검을 뽑아 의자를 베어버리는 모습을 보고 깜짝 놀라지 않을 수 없어 혼미한 상태 속에서 이런 생각을 했다.

'저 아이가 어찌 검을 차고 있지? 날 죽이려는 건가? 수렴청정을 못하게 하려는 걸까? 어린 녀석이 대담하기 짝이 없구나. 녀석을 폐위시켜야겠어.'

그녀는 자애로운 품성을 지녔지만 이미 오랜 기간 권력을 잡고 있어 대권에 위협을 받게 되면 곧바로 적을 제거할 생각부터 했다. 그게 근친 골육이라 할지라도 절대 관용을 베풀지 않았던 것이다. 찰나의 순간에 그녀는 자신의 생명이 이미 막바지에 이르러 곧 있으면 속세와 영원한 이별을 한다는 생각조차 잊어버린 상태였다.

조후는 어찌하면 적을 격파해 연운십육주를 수복할 것인지에 대한 생각으로 가득 차 있었다. 최고의 준마 위에 오른 자신이 백만 정병을 통솔해 상경을 공격하면 요나라 황제인 야율홍기가 갑옷과 무기를 버리고 항복하는 장면을 상상하고 있었던 것이다. 그는 패검을 높이 치켜들어 의연하게 소리쳤다.

"나라의 대사를 소심하고 겁 많은 유부들 손에 모두 그르쳐버렸습니다. 그들은 군자를 자처하면서 실은 목숨을 탐하고 죽음을 두려워하며 자기 사리만을 챙기는 소인배들입니다. 전 그들에게 중벌을 내리지 않을 수 없습니다."

태황태후가 갑자기 정신이 번쩍 들어 생각했다.

'저 녀석은 당금의 황제야. 녀석은 녀석만의 주장이 있으니 더 이상 내 말을 들으라고 할 수는 없다. 난 곧 죽을 목숨인 할망구지만 녀석은 젊고 힘이 센 황제야. 저 아이는 황제다. 저 아이는 황제야!'

그녀는 전력을 다해 목소리를 높여 말했다.

"애야, 너한테 그런 의지가 있다니 이 할머니가 매우 기쁘구나."

조후가 기뻐하며 검을 검집에 넣고 말했다.

"할머님, 제 말이 옳지요?"

태황태후가 말했다.

"만전지책萬全之策과 필승지계必勝之計가 뭔지 알고 있느냐?"

조후는 이맛살을 찌푸렸다.

"장수들을 선발해 군사를 훈련시키고 말 사육과 군량 저장을 확실히 하면 요나라인과 전장에서 자웅을 겨루어 승리할 길은 있겠지만 반드시 승리한다는 보장은 없겠지요."

태황태후가 말했다.

"싸움에 나서면 반드시 승리한다는 보장이 없다는 걸 너도 아는구나. 우리 대송은 전쟁을 하지 않고도 상대를 굴복시킬 수 있는 방법이 있다."

조후가 말했다.

"백성들이 쉴 수 있게 해주고 인정을 베풀면 전쟁을 벌이지 않고도 상대를 굴복시킬 수 있는 거겠지요. 아닌가요? 할머님, 그건 사마광을 비롯한 그 서생들의 진부한 견해일 뿐인데 대업에 무슨 쓸모가 있다 그러십니까?"

태황태후가 한숨을 내쉬며 천천히 말했다.

"사마 상공은 식견이 탁월한 사람인데 네가 어찌 그의 주장을 서생의 진부한 견해라 말할 수 있느냐? 넌 일국의 군주이니 사마 상공이 쓴 《자치통감資治通鑑》을 수시로 펼쳐 읽어야만 한다. 1천여 년 동안 각 왕조가 어찌 흥하고 어찌 쇠했으며, 또 어찌 패하고 어찌 망했는지 그 서책 속에 정확히 기록되어 있다. 우리 대송은 토지가 비옥하고 인구 또한 많아 요나라의 열 배에 달하지만 전쟁 없이 10년, 20년만 더 버틴다면 더욱더 풍족해질 수가 있다. 요나라인은 용맹하고 싸움을 좋아해 우리가 변경을 삼엄하게 지키기만 한다면 그들 부락 내에서 필시 자기들끼리 싸움을 벌이게 될 테고, 한번 또 한번 싸움을 지속하다 보면 스스로 원기를 잃게 될 것이다. 과거 '초왕의 난' 때도 요나라 정예 병력은 사상자가 적지 않았⋯."

조후가 무릎을 탁 치며 말했다.

"맞습니다! 그때 손자가 군대를 끌고 북상하려 했습니다. 그럼 내란에 외세의 공격까지 안팎으로 협공을 당하게 됐을 테니 우리를 당해내기 힘들었을 겁니다. 에이, 애석하게도 천재일우의 기회를 놓쳐버린 셈이지요."

태황태후가 역정을 냈다.

"네가 요나라와 전쟁을 벌일 생각만 하는구나. 네⋯ 네⋯ 네가⋯."

그녀는 대뜸 몸을 일으켜 오른손 식지를 뻗어 조후를 가리켰다.

장기간에 걸쳐 태황태후의 위세하에 살아온 조후는 놀라서 연이어 세 걸음 물러서다 휘청하며 하마터면 넘어질 뻔했다. 그는 검자루를 손에 쥔 채 두근거리는 가슴을 진정시키며 소리쳤다.

"어서! 어서들 와라!"

태감들은 황제가 부르는 소리를 듣고 황급히 대전 안으로 달려들어왔다. 조후가 떨리는 목소리로 말했다.

"저… 저… 태황태후낭랑 좀 살펴봐라. 어찌 되셨는지."

조금 전까지만 해도 스스럼없이 야심을 드러내며 거란과 필사의 일전을 벌이겠다고 큰소리치던 그였지만 일개 병약한 노파의 위세 앞에서는 혼비백산하며 어찌할 바를 몰랐다. 태감 하나가 몇 걸음 걸어가 태황태후를 한참이나 응시하다 용기를 내서 손을 뻗어 맥을 짚어보고는 말했다.

"황상께 아뢰옵니다. 태황태후께서는 이미 붕어하셨습니다."

조후가 기뻐서 껄껄대고 큰 소리로 웃으며 소리쳤다.

"잘됐구나, 잘됐어! 이제 내가 황제다, 이제 내가 황제야!"

그는 사실 9년 동안 황위에 앉아 있었지만 황제라는 이름이 무색하게 대권은 모두 태황태후 수중에 있었다. 그 때문에 이제야 진정한 황제가 된 셈이었다.

조후가 친정을 하면서 가장 먼저 한 일은 바로 예부상서인 소식을 정주지부定州知府로 좌천시킨 것이었다. 소식은 뛰어난 글재주로 그 이름이 만천하에 알려져 두터운 신망을 얻고 있었다. 그는 왕안석의 숙적으로 줄곧 신법을 반대해왔다. 원우元祐 연간에 태황태후는 수렴청정을 하면서 사마광과 소식, 소철蘇轍 형제를 중용했다. 이제 태황태후가 붕어하면서 황제가 소식을 좌천시키자 조정은 물론 민간에 이르기까지 모든 백성의 마음속에는 암울한 그림자가 드리워졌다.

'황제가 새로운 정책을 시행하려 하니 또 백성들만 고달프게 생겼구나!'

당연히 암암리에 쾌재를 부르짖는 이들도 있었다. 황제가 새로운 정책을 시행하면 출세 가도에 올라 재물을 축적할 기회가 찾아오기 때문이었다.

당시 조정을 장악하고 있던 사람들은 모두 태황태후가 신임하는 유신遺臣들이었다. 한림학사翰林學士인 범조우范祖禹가 상주문에 이런 글을 적어 올렸다.

'선태황태후께서는 사심 없는 공평무사한 원칙을 바탕으로 왕안석과 여혜경呂惠卿 등이 주장한 신법을 물리치고 조종의 옛 정치를 고수하여 위기였던 사직을 안정시키고 떠났던 민심을 복원시키셨습니다. 이에 요나라 황제가 재상들과 논의하며 이런 말까지 하기에 이르렀습니다. "남쪽 송나라 조정에서는 인종의 정사를 좇아 행하고 있다. 칙명을 내려 연경을 수호하되 변경 관리들을 단속해 괜한 문제를 일으키지 못하도록 하라!" 폐하께서 적국의 정세가 이러한 것을 보시면 중원 백성의 민심을 알 수 있으실 것입니다. 이제 폐하께서 친정을 하신다면 소인배들이 동요할 것은 자명한 사실이며 이익을 탐하고자 하는 이들 모두 관망을 하고 있을 것입니다. 신은 폐하께서 조종들의 고난과 선태황태후의 근면 성실함을 가슴 깊이 염두에 두시어 소인배들의 임용을 뼈에 사무치게 경계하시기를 바라옵니다. 선태황태후의 정치를 금석처럼 굳건하고 태산처럼 중히 지켜 나라 안팎을 한마음으로 올바르게 돌려놓는다면 천하가 행운을 누리게 될 것입니다.'

조후는 볼수록 화가 치밀어올라 상주문을 탁자 위에 집어던지며 소리쳤다.

"가슴 깊이 염두에 두고 소인배들의 임용을 뼈에 사무치게 경계하라.' 이 말은 맞는 말 같소. 허나 누가 군자이고 누가 소인배란 말이오?"

이 말을 하면서 두 눈을 반짝이며 범조우를 응시했다.

범조우가 절을 하며 말했다.

"폐하, 숙고하십시오. 태황태후께서 수렴청정을 하신 초기에 조정 안팎의 신하와 백성 중 상소를 올린 자가 수만 명에 이르렀습니다. 모두들 조정의 정책이 적당치 않아 백성이 고통스러워한다는 내용의 상소였습니다. 태황태후께서는 천하 민심에 따라 법을 개정했고 법을 만든 사람이라도 죄가 있으면 축출했습니다. 폐하 역시 태황태후와 마찬가지로 민심에 따라 축출하도록 하십시오. 이렇게 쫓겨난 신하들은 모두 소인배입니다."

조후가 냉소를 머금으며 큰 소리로 말했다.

"그건 태황태후께서 축출한 것이지 나와 무슨 상관이 있다는 것이오?"

이 말을 하면서 소맷자락을 떨치더니 퇴청해버렸다.

조후는 군신들을 보는 게 싫었지만 친정 초기이고 또한 대신들 모두를 배척하고 축출할 수는 없는 일이었기에 당장 칙서를 내려 내시인 악사선樂士宣, 유회간劉淮簡, 양종정梁從政 등의 관직을 승급시키고 자신을 따른 데 대한 공으로 상을 내린 후, 연이어 며칠 동안 병을 핑계로 조정에 나가지 않았다.

어느 날 태감 하나가 굵직한 필적의 힘이 차 있는 상주문 한 통을 올렸는데 거기에는 소식의 서명이 적혀 있었다. 조후가 말했다.

"텁석부리 소가가 그래도 글 하나는 잘 쓴단 말이야. 또 무슨 헛소리를 써놨나 모르겠구나."

그 말을 하며 상주문을 읽었다.

'신이 매일같이 조정에서 시중을 들다 변경을 지키기 위해 이곳으로 오느라 제대로 인사조차 드리지 못했습니다. 더구나 먼 곳에 있는지라 소신이 의견을 피력하고자 해도 쉽지가 않은 상황입니다.'

조후가 말했다.

"난 텁석부리 네놈이 보고 싶지 않아. 영원히 안 볼 생각이다!"

그러고는 이어서 읽어내려갔다.

'그러나 신이 감히 폐하를 뵐 수 없다는 이유로 맹목적인 충성을 할수는 없습니다. 고대 성인들은 대사를 행함에 있어 어두운 곳에 처해 있을 때는 밝은 곳에 있는 타인의 행동을 관찰하고, 스스로 침묵을 유지한 상태에서 남의 행동을 유심히 관찰해야만 만물의 정황이 눈앞에 그대로 나타난다고 했습니다. 폐하께서도 현명하고도 지혜가 있으신 분이며 가장 왕성한 춘추시니….'

조후가 빙긋 웃으며 생각했다.

'이 텁석부리가 정말 교활하구나. 내 비위를 맞추려고 날 '현명하고 지혜가 있는 사람'이라고 말을 하다니 말이야. 그러면서도 나한테 '가장 왕성한 춘추'라고 말하지 않는가? 그 말은 내가 어려서 철이 없다는 뜻이다.'

그는 계속해서 읽었다.

'신은 폐하께서 겸허하게 사리를 헤아리시고 아직 행하지 않은 일체의 일에 대해 그 이점과 폐단 그리고 군신들의 옳고 그른 바를 냉정하게 판단하시길 바라마지않습니다. 3년의 기간을 두어 사물의 실제

정황이 나타나길 기다린 연후에 사물의 실제 정황에 근거해 그에 상응하는 행동을 취하십시오. 그럼, 행동을 하신 연후 천하에 원한이 없고 폐하께서도 후회가 없을 것입니다. 이를 통해 보신다면 폐하의 모든 행위는 너무 빠른 것이 두려울 뿐 약간 늦는 것은 두렵지 않다는 사실을 아시게 될 것입니다. 신은 급진적이고 이익을 좋아하는 사람이나, 내키는 대로 폐하께 섣불리 변화를 권하는 사람이 두렵기에 이 말씀을 올리는 바이며 폐하께서 이를 유념하시길 감히 간청드리는 바입니다. 이는 종묘사직의 복이자 천하의 크나큰 행운이 될 것입니다.'

조후가 상주문을 모두 읽고 곰곰이 생각해봤다.

'다들 이 텁석부리 소가를 총명하기 이를 데 없는 인재라 말하더니만 과연 명불허전이로다. 그는 내가 선제의 유지를 받들어 신법을 부활하겠다는 결심을 했다는 걸 알면서도 직접 와서 저지하지 않고 3년만 연기해달라고 권고를 하는 거야. 흥! '행동을 한 연후 천하에 원한이 없고 폐하께서도 후회가 없을 것'이라고? 완곡하게 말하는 것 같지만 의도는 같은 거 아니던가? 내가 성급히 공을 세우고 이득을 추구하며 강력하게 밀어붙인다면 천하의 원한을 사고 나 역시도 후회한다는 말이잖아?'

그는 화가 치밀어올라 당장 상주문을 갈기갈기 찢어버렸다.

며칠 후 입조를 하자 범조우가 다시 상주문을 올렸다.

'희녕熙寧[22] 초기에 왕안석과 여혜경이 3항의 신법을 주창하면서 조종의 정치가 변질되고 소인배들이 국사를 그르치기에 이르렀습니다. 공이 있는 유신들을 내쫓아버리고 충정 지사들을 잇달아 먼 곳으로 유배를 보냈던 것입니다. 또한 군사를 일으켜 변경을 침범해 이민족들

49. 부질없는 영화, 뜬구름 같은 목숨

과 원한을 맺어 천하가 근심에 빠지고 백성이 정처 없는 유랑을 하게 됐습니다.'

조후는 여기까지 읽다가 다시 노기가 치밀어올라 생각했다.

'네가 욕하는 것은 왕안석과 여혜경이지만 실은 부황을 욕하는 것이 아니더냐?'

그러고는 다시 읽어내려갔다.

'채확蔡確은 연이어 애꿎은 충신들을 무고해 옥에 가두었고 왕소王韶는 희하熙河를 취했으며 장돈章惇은 오계五溪를 그리고 심기沈起는 함부로 나라의 기밀을 누설한 데다 심괄沈括 등은 서쪽을 토벌하려다 20만이 넘는 군민 사상자를 냈습니다. 선제께서 조정에 나와 이를 후회하셨고 조정에서는 부득불 그 과실을 감당하지 못해…'

조후는 읽으면 읽을수록 화가 치밀어올라 몇 줄 건너뛰고 그 밑을 읽어내려갔다.

'… 백성들은 하나같이 고통 속에 혼란스러워했지만 폐하와 태황태후의 구제 덕분에 천하 백성이 고통 속에서 빠져나올 수 있었습니다…'

조후는 여기까지 읽고 더 이상 참을 수가 없어 탁자를 후려치고 몸을 벌떡 일으켰다.

이때 조후의 나이는 열여덟 살이었다. 황제라는 존귀한 몸에 젊은 이의 예기까지 더해진 그가 조정에서 갑자기 성질을 내자 군신들은 아연실색하지 않을 수 없었다. 그의 매서운 목소리가 들려왔다.

"범조우, 그대가 상주문에서 적은 말은 선제를 비방하는 악언이 아니오?"

범조우는 연신 절을 하며 말했다.

"폐하, 굽어살펴십시오. 신이 어찌 감히 그럴 수 있겠습니까?"

조후는 처음 권력을 행사하는데 군신들이 공포에 떠는 모습을 보자 심히 득의양양해 노기가 사라져버렸다. 그는 얼굴에 여전히 흉악한 표정을 지은 채 큰 소리로 말했다.

"선제께서는 천부적인 재능을 바탕으로 원대한 포부를 행하고자 만이를 평정하고 천하를 통일하려 하셨지만 불행히도 한창인 나이에 붕어하셨소. 짐은 선제의 유지를 받들고자 하는 것인데 뭐가 못마땅한 것이오? 그대들은 지금 성가신 잔소리를 끊임없이 해대며 오히려 선제의 변법이 옳지 않다고 말하고 있소!"

군신들 중에서 갑자기 대신 하나가 걸어나왔다. 수척한 얼굴에 위엄이 서려 있는 그 대신은 다름 아닌 재상인 소철이었다. 조후는 달갑지 않은 마음에 혼자 생각했다.

'저자는 텁석부리 소가의 동생이 아닌가? 형제가 결탁해서 무슨 짓을 할지 모른다. 저 입에서 좋은 말이 나올 리 없어.'

소철이 말했다.

"폐하, 숙고하십시오. 선제께서 시행하신 수많은 정책은 전인미답이라 할 수 있습니다. 예를 들어 선제께서는 재위하신 12년 동안 존호를 받지 않으셨습니다. 신이 선제의 공덕을 칭송하는 노래를 지어 올리면 선제께서는 늘 겸손해하시며 받고자 하지 않으셨습니다. 정사에 있어 실수가 있긴 했지만 어느 조정인들 실수가 없었겠습니까? 옛말에도 '부친이 앞서 한 일은 아들이 바로잡아야만 효라 할 수 있다'라고 했습니다."

조후가 비웃으며 차갑게 말했다.

"부친이 앞서 한 일을 아들이 바로잡아야 한다고?"

소철이 말했다.

"전대 조정의 역사가 그 본보기입니다. 그 예로 한무제를 들 수 있습니다. 한무제는 대외적으로 사방의 만이와 전쟁을 일삼으며 내부적으로는 궁궐 축조에 힘써 국고가 고갈되기에 이르렀고, 국고를 채우기 위해 염철鹽鐵 전매법과 각고법榷酤法, 균수법均輸法 등의 정책을 펼쳤습니다. 하지만 이는 백성들의 재원을 강탈하는 것이었던 터라 이런 학정의 압박을 견디기 힘들어하던 백성들에 의해 폭동이 일어날 뻔한 시기가 있었습니다. 무제가 붕어한 이후 소제昭帝가 제위를 이어받아 곽광霍光으로 하여금 가혹한 정책을 폐지하도록 하자 한나라 조정은 안정을 되찾게 됐습니다."

조후는 다시 콧방귀를 뀌며 생각했다.

'네놈이 한무제를 예로 들며 우리 부황과 비교를 하려는 게로구나!'

소철은 황제의 안색이 좋지 않은 것을 보고 심각한 상황인 것 같아 곰곰이 생각했다.

'이대로 계속 고하다가는 심각한 결과를 초래할 것이다. 하지만 내가 황상의 뜻에 따른다면 천하는 다시 소요 속에 휘말리고 말 것이며 수많은 백성이 도탄에 빠져 갈 곳을 잃어버릴 것이다. 이 나라의 신하인 입장에서 이를 어찌 참고 견딜 수 있단 말인가? 오늘이야말로 이 하찮은 목숨으로 태황태후의 깊은 은덕에 보답할 때인 것 같다.'

이런 생각을 마치고 말을 이었다.

"후한 시기의 명제明帝는 명확한 사찰을 한다며 참언으로 의사 결정을 했습니다. 이로 인해 황당무계하고도 비정상적인 말을 믿어 관료들의 언행은 물론 사소한 부분까지 사찰을 하다 보니 당시 조정 상하가 공포에 휩싸여 심히 불안해하기에 이르렀습니다. 장제章帝가 제위에 오른 후 그런 과실을 거울삼아 너그럽고 후한 정책을 펼치자 백성이 기뻐하며 천하가 안정이 됐습니다. 이 모든 것이 바로 '아들이 부친의 과실을 바로잡은 성인의 대효大孝'라 할 수 있습니다."

소철은 조후가 열 살에 제위에 올라 9년 동안 사사건건 태황태후의 명을 들어오면서 속으로 분노와 원망이 가득 찬 나머지 태황태후가 시행한 정책을 말살시켜버리고 신종 때 시행했던 변법을 복원해 부친에 대한 효심을 보여주기로 결심했다는 사실을 잘 알고 있었다. 그 때문에 특별히 '성인의 대효'라는 말을 운운하며 황제를 향해 권고했던 것이다.

조후가 큰 소리로 말했다.

"한명제는 유가의 학술을 숭배했지만 그리 나쁜 건 없었소. 그대는 한무제를 들어 선제를 비교했는데 무슨 의도로 그런 것이오? 그게 공공연히 비방을 한 것이 아니고 뭐란 말이오? 한무제는 호전적인 성격으로 전쟁을 일삼다 말년에 이를 비통해하는 조서를 내리며 깊이 자책을 했소. 그의 이런 터무니없는 행위는 천하의 후대에 비웃음거리가 되고 있는데 그걸 어찌 선제와 비교할 수 있단 말이오?"

그의 목소리는 갈수록 커지고 날카롭게 들려왔다.

소철이 연신 고두를 하며 대전에서 대청 한가운데로 내려와 무릎을 꿇고 벌이 내리기만 기다리며 더 이상 아무 말도 하지 못했다.

수많은 대신이 속으로 생각했다.

'선제의 변법은 천하 백성이 다음 날을 장담할 수 없도록 불안하게

만들었으니 그에 비하면 한무제가 훨씬 낫지.'

하지만 누가 감히 나서서 이런 말을 할 수 있겠는가? 또 누가 감히 소철을 위해 해명을 대신할 수 있겠는가?

그때 흰 수염을 표연히 휘날리며 군신들 안에서 대신 하나가 튀어 나오는데 다름 아닌 범순인范純仁이었다. 그는 침착하게 말했다.

"폐하, 고정하십시오. 소철의 말에 타당치 않은 부분이 있을 수도 있으나 그래도 충군애국의 선의일 뿐입니다. 폐하께서는 친정 초기이니 대신들을 대할 때 예의를 갖추셔야 하며 노복을 부리듯 가혹한 질책을 해서는 아니 됩니다. 하물며 한무제는 말년에 과거의 실수를 뼈저리게 뉘우쳤습니다. 과오를 알고 고칠 수 있는 황제는 혼군昏君이라 할 수 없습니다."

조후가 말했다.

"떠도는 말 중에 '진황한무秦皇漢武'라는 말이 있소. 이는 한무제를 폭정으로 백성들을 학대한 진시황과 함께 일컬은 것이니 무도하기 이를 데 없다는 것이 아니오?"

범순인이 말했다.

"소철이 논한 바는 당시 시세와 사정일 뿐 사람 자체를 논한 것이 아닙니다."

조후는 범순인이 반복해서 해명하는 소리를 듣고 노기를 가라앉히며 호통을 쳤다.

"소철은 나오시오!"

소철이 대청 가운데에서 다시 대전 위로 올라와 감히 원래 있던 자리에 서 있지 못하고 군신들 끝에서 무릎을 꿇고 말했다.

"신이 폐하께 큰 죄를 지었으니 멀리 내쫓아주시기 바랍니다."

다음 날 조후는 조서를 내려 소철을 단명전학사_{端明殿學士}로 강등하고 여주지부_{汝州知府}에 봉했다. 이는 재상에게 일개 하찮은 지방 관리나 하라고 내쫓은 셈이었다.

대송의 군신들 동정은 이미 첩자들에 의해 상경에 보고되었다. 요나라 황제인 야율홍기는 송나라 태황태후가 붕어하고 젊은 황제인 조후가 진중한 대신들을 축출하고 대신 새로운 정책을 시행하려는 것으로 보이자 크게 기뻐하며 말했다.

"어가를 대령해라! 당장 남경으로 건너가 소 대왕과 상의를 해야겠다."

야율홍기가 다시 말했다.

"남쪽 송나라에서 우리 상경에 적지 않은 첩자를 파견했을 것이다. 만일 내가 남경에 간다는 사실이 알려진다면 필시 대비를 할 것이니 우리는 간단히 경기_{輕騎} 병력만 이끌고 신속히 움직이되 남원대왕조차 모르게 해야 할 것이다."

그는 3천 철갑 기병을 이끌고 남쪽을 향해 나아갔다. 과거 초왕이 반란을 일으키게 만든 실수를 거울삼아 상경을 지키는 관병들에 대해서는 소후_{蘇后}가 친히 통솔하도록 했고 어가를 호위하는 또 다른 10만 군마는 대오를 나누어 남쪽으로 뒤따라 이동하도록 했다.

며칠 후 어가는 남경성 외곽에 당도했다. 이날 소봉은 20여 명의 호위병을 대동해 북쪽 근교로 사냥을 나갔다가 돌연 요 황제가 당도했다는 소식을 듣고 말을 달려 북쪽으로 영접을 나갔다. 그는 저 멀리 흰색 깃발에 금색 차일이 보이자 곧바로 말에서 내려 앞으로 달려나가

49. 부질없는 영화, 뜬구름 같은 목숨

바닥에 엎드렸다.

야율홍기가 껄껄대고 큰 소리로 웃으며 말에서 내렸다.

"현제, 우리 두 사람이 명색은 군신 관계이나 실제로는 골육 간 아닌가? 어찌 그리 과한 예를 차리는 겐가?"

그는 곧바로 소봉을 일으켜 세우며 웃었다.

"사냥감은 좀 있나?"

"연일 계속되는 한파로 들짐승들이 모두 남쪽으로 피해간 것 같습니다. 반나절이나 사냥에 나섰지만 이리와 노루 같은 녀석들만 잡히고 큰 놈들은 전혀 없군요."

야율홍기 역시 사냥을 무척이나 좋아했던 터라 당장 호응했다.

"남쪽 근교로 나가 찾아보세."

"남쪽 근교는 송나라와의 접경 지역이라 신이 양국의 화기和氣에 문제가 생길까 두려워 수하들의 사냥조차 금하고 있습니다."

야율홍기가 미간을 찌푸리며 물었다.

"그럼 타초곡도 안 한다는 겐가?"

"신이 이미 금지했습니다."

"모처럼 우리 형제가 모였는데 한 번쯤 관례를 깨도 무방하지 않겠는가?"

"네!"

호각 소리가 울려퍼지자 야율홍기와 소봉은 나란히 말을 달려 남경성 담을 돌아 곧장 남쪽으로 향했다. 3천 철갑 기병이 그 뒤를 따랐다. 20여 리를 달려나간 후 철갑 기병들이 일제히 호통을 치며 각각 동서로 흩어지는데 마치 부채 모양으로 멀리 에워싸며 나아갔다. 말 울음

소리와 개 짖는 소리가 동시에 울려퍼지고 사방에서 천천히 에워싸며 나가자 풀숲 속에서 여우나 토끼 같은 짐승들이 밀려나왔다.

야율홍기는 그런 작은 짐승들을 사냥하고 싶지 않아 반나절 가까이 기다렸지만 곰이나 호랑이 같은 대형 사냥감은 시종 모습을 보이지 않았다. 흥이 사라지려 하는 순간 갑자기 비명 소리가 울려퍼지며 동남쪽에서 10여 명의 사내들이 부리나케 달려오는데 차림새가 송나라 나무꾼과 사냥꾼으로 보였다. 요나라 병사들은 짐승들을 몰아오지 못해 황상의 기분이 좋지 않다는 것을 알고 때마침 이 10여 명의 한인들이 포위에 걸리자 이들에게 호통을 치며 몰아붙여 황제 앞까지 오게 만들었던 것이다.

야율홍기가 웃으며 말했다.

"마침 잘됐구나!"

그는 금옥으로 장식한 철태궁鐵胎弓을 잡아당겨 조령낭아전雕翎狼牙箭을 매기고는 연이어 활을 쐈다. 그는 쉭 하는 몇 번의 소리와 함께 단 한 발의 실수도 없이 삽시간에 여섯 명의 한인을 맞혀 쓰러뜨렸다. 화살이 가슴을 관통해 바닥에 처박혀 죽은 것이다. 나머지 한인들은 혼비백산하며 몸을 돌려 도망쳤지만 요나라 병사 무리들이 내지르는 장모長矛에 밀려 되돌아올 수밖에 없었다.

소봉은 이를 보고 참다못해 소리쳤다.

"폐하!"

야율홍기가 웃으며 말했다.

"나머지는 현제한테 맡기지. 현제의 귀신같은 활솜씨 좀 구경해봐야겠네."

소봉이 고개를 가로저었다.

"저 백성들은 아무 죄도 없으니 용서해주십시오!"

야율홍기가 껄껄대고 웃었다.

"한인들은 숫자가 너무 많아. 모두 죽여버려야 천하가 태평해지네. 저들은 태생이 한인이란 것이 죄라면 죄지."

이 말을 하면서 연이어 화살을 쏘았다. 이번에는 화살통이 반도 채 비워지기 전에 10여 명의 한인이 모두 재난을 피하지 못했다. 화살에 맞아 그 자리에서 죽거나 일부는 화살이 복부에 맞아 순간 기절도 못 하고 바닥에 쓰러져 요란한 신음 소리를 냈다. 요나라 병사들이 큰 소리로 갈채를 보냈다.

"만세!"

소봉이 당시 요 황제의 행동을 저지하려 했다면 화살을 후려쳐 떨어뜨릴 수도 있었지만 중군 앞에서 공공연히 황제의 체면을 깎아내리는 것은 대역부도한 짓일 수밖에 없었다. 그러나 그의 얼굴에는 못마땅한 기색이 자기도 모르게 드러났다.

야율홍기가 웃으며 말했다.

"어떤가?"

그가 활을 거두려는 순간 난데없이 말 한 필이 나타나 사냥 포위망을 뚫고 쏜살같이 달려왔다. 야율홍기는 말 위에 있는 사람이 한인 차림새를 하고 있자 아무 말도 하지 않고 당장 활에 화살을 메겨 그자를 향해 쏘았다. 그자는 손을 뻗더니 두 손가락을 곧추세워 화살을 그 사이에 끼어버렸다. 야율홍기의 두 번째 화살이 오자 그는 왼손을 뻗어 다시 두 번째 화살을 손가락 사이에 끼더니 달리는 말의 속도를 유지한 채 요 황제를 향해 달려왔다. 야율홍기가 잇따라 화살을 쏘자 뒤에 쏜 화살이 앞에 쏜 화살에 거의 붙은 채 줄줄이 날아갔다. 그러나 그가 쏜 화살이 빠른 만큼 상대가 손가락으로 잡는 속도 역시 빨라 순식간에 날아간 일곱 발의 화살이 그에 의해 모두 잡혀버리고 말았다.

요군 친위병들이 큰 소리로 호통을 치며 장모를 치켜들고 요나라 황제 앞을 막아섰다. 달려오는 자가 어가를 해칠까 두려워서였다.

그때 두 사람 사이의 거리는 그리 멀지 않았다. 소봉이 달려오는 사람의 얼굴을 보고 깜짝 놀라 소리쳤다.

"아자, 너였구나? 황상께 무례해선 안 된다."

말 위에 타고 있던 사람이 깔깔대고 웃으며 잡고 있던 낭아전 일곱 발을 친위병에게 던지고 말에서 뛰어내렸다. 그러고는 곧바로 야율홍기를 향해 무릎을 꿇은 채 예를 올리며 말했다.

"황상, 제가 황상의 화살을 잡았다고 나무라지 마세요."

야율홍기가 웃으며 말했다.

"훌륭한 솜씨다. 대단한 능력이야!"

아자가 몸을 일으키며 소리쳤다.

"형부, 저 마중 나오신 거예요?"

그녀는 두 발을 내딛으며 소봉이 탄 말 앞으로 훌쩍 뛰어갔다.

소봉은 그녀의 두 눈이 이미 형형하고 생기가 넘치는 것을 보고 놀랍고도 기쁜 마음에 소리쳤다.

"아자, 눈이 어찌 좋아진 것이냐?"

아자가 웃으며 말했다.

"형부 둘째 아우가 고쳐줬어요. 기쁘지 않아요?"

소봉은 다시 그녀를 한번 바라보고 순간 깜짝 놀라지 않을 수 없었다. 그녀의 눈빛 속에는 뭐라 형용할 수 없이 깊은 슬픔이 담겨 있는 것처럼 보였다. 그녀가 시력을 회복했고 자신과 다시 재회를 했으니 응당 기뻐해야 옳지 않은가? 그런데 어찌 그녀의 눈빛 속에 비춰진 심정이 저토록 처연하단 말인가? 그러나 그녀의 웃음소리는 유쾌한 빛으로 가득했다. 소봉은 생각했다.

'아자가 여기 오는 도중 안 좋은 일을 당한 모양이로구나.'

아자가 느닷없이 날카로운 비명을 지르며 앞으로 달려왔다. 소봉 역시 누군가 자기 등 뒤에서 자신에게 암수를 가한다는 느낌이 들어 재빨리 몸을 돌렸다. 그때 엽차 한 자루가 자신의 가슴을 향해 날아들고 있었다. 아자가 왼손을 쭉 뻗어 움켜쥐고는 곧바로 내던지자 그 엽차는 바닥에 가로로 누워 있던 누군가의 가슴팍에 꽂혔다. 그는 야율홍기의 화살에 맞고 쓰러졌다 아직 숨이 끊어지지 않은 한인 사냥꾼이었다. 그는 남아 있던 혼신의 힘을 쏟아부어 손에 있던 엽차를 소봉의 등짝에 내던진 것이었다. 그는 소봉이 요나라 고관 복장을 하고 있는 것을 보고 그를 죽여 무고하게 피해를 당한 원한을 조금이나마 설욕하려 했다.

아자가 이미 숨이 끊어진 그 사냥꾼을 가리키며 욕을 했다.

"이 주제를 모르는 개돼지 같으니! 감히 우리 형부한테 암수를 쓰겠다고?"

야율홍기는 아자가 그 사냥꾼이 던진 엽차를 낚아채 되던져 죽이는 모습을 보고 크게 기뻐하며 말했다.

"대단한 아가씨로다! 솜씨가 그토록 민첩하다니 정말 대단해! 조금 전 사냥꾼의 엽차로는 당연히 우리 남원대왕을 해치지 못했겠지만 만일 그로 인해 가벼운 부상이라도 당했다면 짐의 대사에 큰 차질을 빚었을 것이야. 군주, 내가 무슨 상을 내리면 좋겠느냐?"

아자가 말했다.

"황상, 우리 형부를 고관에 봉했으니 저에게도 높은 벼슬을 내려주세요. 형부처럼 높은 직위는 필요 없지만 그렇다고 너무 낮은 직위는 싫어요. 남들이 업신여길 테니까요."

야율홍기가 껄껄 웃었다.

"우리 대요국 여인들은 집안일만 하기 때문에 관직을 주지는 않는다. 이러자, 넌 이미 군주였으니 내가 한 계급 더 올려 공주에 봉하도록 하마. 무슨 공주라고 부르면 좋겠느냐? 그래, '평남平南공주'라고 부르자."

아자가 입술을 삐쭉 내밀었다.

"공주 같은 건 하기 싫어요!"

야율홍기가 의아한 듯 물었다.

"왜 하기 싫다는 게냐?"

아자가 말했다.

"황상과 우리 형부는 결의형제인데 내가 공주에 봉해진다면 황상의 딸이 되는 격이니 항렬이 하나 낮아지는 셈이잖아요?"

야율홍기는 소봉을 대하는 아자의 태도가 남다른 데다 소봉이 높은 위치에 있음에도 여색을 가까이하지 않는다는 것을 알고 있었다. 요나라 사람들 관습에 따르자면 그 정도 대관이면 3처 4첩은 물론이고 30처 40첩이라도 맞아들일 수 있었기에 소봉이 아자에게 깊은 정은 있지만 그녀의 나이가 아직 어리다 보니 혼인을 하기 불편해하는 것이라 여기고 웃으며 말했다.

"너에게 내리는 공주란 것은 장공주長公主이니 내 누이동생과 같은 항렬이지 내 딸 항렬이 아니다. 널 평남공주에 봉할 뿐만 아니라 네 소원도 한 가지 풀어주도록 하면 되겠구나. 어떠하냐?"

아자가 고운 얼굴에 홍조를 띠며 말했다.

"저한테 무슨 소원이 있겠어요? 폐하께서 그걸 어찌 아시죠? 황제라는 고귀한 몸이신데 그렇게 입에서 나오는 대로 말씀하셔도 되나요?"

그녀는 평소 하늘 높은 줄 모르는 성격이었던 터라 야율홍기한테 말을 할 때도 군신의 예의 따위에 구애받지 않았다.

요나라 예법은 원래 어설프기 짝이 없었고 소봉이 야율홍기의 총애를 받고 있는 귀인이었기 때문에 아자가 그리 말을 해도 야율홍기는 그저 껄껄대고 웃으며 말할 뿐이었다.

"평남공주가 정 마음에 들지 않는다면 봉하지 않을 것이다. 하나, 둘, 셋! 받아들이겠느냐? 받아들이지 않겠느냐?"

아자가 다소곳이 무릎 꿇고 절을 하며 나지막이 말했다.

"황상의 은혜에 감사드립니다."

소봉 역시 허리를 굽혀 예를 올리며 말했다.

"폐하의 은전에 감사드립니다."

그는 아자를 자기 친누이처럼 여겼던 터라 아자가 요 황제로부터 작위를 받자 감사의 표시를 하지 않을 수 없었다.

야율홍기는 자신의 짐작이 분명하다 여기고 생각했다.

'아우를 위해 성대한 혼례식을 열어줘야겠다. 그런 연후에 송을 정

벌하라 명하면 사력을 다해 싸울 테지.'

소봉은 속으로 다른 궁리를 했다.

'황상께서 남쪽으로 내려온 건 무슨 의도일까? 아자의 공주 봉호를 어찌 '평남'이라 한 거지? 평남… 혹시 대송에 전쟁을 일으키려는 건가?'

야율홍기가 소봉의 오른손을 부여잡았다.

"현제, 우리 둘이 오랜만에 만났으니 가서 얘기나 좀 나누세."

두 사람은 말 머리를 나란히 한 채 남쪽을 향해 내달려갔다. 준마를 타고 평지를 내달리자 순식간에 10여 리 밖까지 당도했다. 평야에는 황폐한 전답이 널려 있고 보리밭은 가시가 돋친 잡초로 무성했다. 소봉이 곰곰이 생각해봤다.

'송나라인들은 우리가 타초곡에 나설까 두려워 수십만 묘에 달하는 멀쩡한 밭을 버려두고 있구나.'

야율홍기는 말을 달려 한 작은 언덕 위에 이르러 언덕 꼭대기에 말을 세우더니 자랑스럽게 주위를 둘러보았다. 그의 시선을 따라 쳐다보니 장판長阪 남쪽으로 내려가는 길에 산등성이와 산봉우리가 굴곡을 이루고 지세가 점점 낮아지면서 끝없는 대지가 펼쳐져 있는 모습이 보였다.

야율홍기는 채찍 끝으로 남쪽을 가리키며 말했다.

"현제, 내 기억에 30여 년 전, 부황께서 내 손목을 붙잡고 이곳에 와서는 손가락으로 남쪽 송나라 금수강산을 가리켰네."

"네."

"자네는 어릴 때부터 남만 지역에서 자랐으니 남쪽의 산천과 인물을 많이 알고 있을 테지. 남쪽에서 살면 우리 북쪽의 혹한 지역보다 훨씬 더 살기 편하지 않던가?"

"마찬가지입니다. 편하다는 것이 뭔지 모르겠지만 안락한 생활을 영위하며 마음이 즐거운 것 아닐까요? 북쪽 사람들은 남쪽에 사는 게 익숙하지 않고 남쪽 사람들 역시 북쪽에서 사는 게 익숙하지 않지요. 하늘이 그렇게 배치를 해놨는데 억지로 바꾸려 한다면 오히려 걱정거리만 만들어내는 결과를 가져올 뿐입니다."

"자네는 북쪽 사람인데 남쪽에 가서 살면서 익숙해졌다가 다시 북쪽으로 돌아왔으니 어찌 걱정거리로 느껴지지 않았겠나?"

"신은 강호를 떠돌던 사람으로 사해가 집이었기 때문에 평범한 농부나 목자와는 비할 수 없습니다. 신은 이미 폐하께 머물 곳은 물론 높은 관작과 후한 봉록까지 하사해주시는 깊은 은덕을 입었는데 어찌 걱정거리가 있겠습니까?"

야율홍기가 고개를 돌려 그의 얼굴을 한참 동안 응시했다. 소봉은 그와 눈을 마주치고 싶지 않아 가벼운 웃음을 짓고 슬며시 시선을 돌려버렸다. 야율홍기가 천천히 말했다.

"현제, 우리가 비록 군신 관계이긴 하나 결의형제가 아니던가? 오랜만에 대면을 하는데 어찌 그리 서먹서먹해하는 건가?"

"과거 신은 폐하께서 우리 대요국의 천자임을 모르고 있었던 터라 폐하를 모독하는 행위임에도 불구하고 함부로 교분을 맺게 된 것입니다. 한데 그 사실을 알고 난 후 신이 어찌 감히 결의형제로 행세할 수 있겠습니까."

야율홍기가 탄식을 했다.

"황제라는 자리에 있는 사람은 오히려 진심으로 대하고 의리가 깊은 사내와 사귈 수가 없는 법이라네. 현제, 내가 만일 자네를 따라 강호를 떠돌 수 있다면 아무 구속이 없어 오히려 더욱 즐거웠을 것이네."

소봉이 기뻐하며 말했다.

"폐하께서 벗을 좋아하신다면 그리 어렵지 않은 일입니다. 신은 중원에 두 명의 결의형제가 있습니다. 하나는 영취궁의 허죽자이고 하나는 대리국의 단예입니다. 하나같이 진심으로 서로를 대하는 열혈 사내들이지요. 폐하께서 소환하길 원하신다면 신이 아우들에게 요나라에 놀러오라 청하겠습니다."

그는 남경으로 돌아온 이후 매일같이 요나라 관료들이나 장병들과 어울리기만 했던 터라 언어와 성격 면에서 맞지 않은 부분이 있어 허죽과 단예 두 사람에 대한 그리움이 커졌고 그들을 요나라로 불러 머물다 가도록 청하고 싶은 마음이 간절했던 상태였다.

야율홍기가 기뻐하며 말했다.

"현제의 결의형제라면 내 형제들이기도 하지. 아우들한테 속히 서찰을 보내 우리 요나라에 오도록 청해보게. 짐이 그 두 사람에게 높은 관작을 내릴 것이네."

소봉이 미소를 띠며 말했다.

"그냥 놀러오라고 하는 것만으로 충분합니다. 그 두 아우는 벼슬을 하라고 하면 오지 않을 겁니다."

야율홍기가 잠시 침묵을 하고 있다 말했다.

"현제, 자네 표정과 말투를 보니 무척이나 우울한 것처럼 느껴지네. 내가 천하를 품에 안고 사해에 군림하고 있는 사람인데 자네를 위해 못할 것이 뭐 있겠는가? 어째서 이 형 된 사람한테 속내를 말하지 않는 것인가?"

소봉이 속으로 감동한 나머지 말했다.

"솔직히 말씀드리면 평생 한스럽게 여기는 일이 있습니다. 그건 엄중한 과오인지라 다시 돌이킬 수가 없습니다."

그는 아주를 오인해서 죽인 일에 관해 대략적으로 설명해주었다.

야율홍기가 왼손으로 무릎을 탁 치며 큰 소리로 말했다.

"어쩐지 현제가 서른 살이 넘는 나이에도 처를 맞아들이지 않는다 했네. 이제 보니 옛 정인을 잊지 못해 그런 것이었군. 현제, 자네가 엄중한 과오를 저지르고 그 주모자를 찾아나서도록 만든 건 모두 그 한인 남만들이 못돼먹어서 그런 것이 아니던가? 더구나 개방의 그 비렁뱅이들은 더더욱 배은망덕하다 할 수 있네. 근심은 접어두도록 하게. 내가 날짜를 잡아 출병해서 남만을 정벌하도록 할 것이네. 중원 무림과 개방 놈들을 모조리 없애버리고 안문관 관외에서 모친을 죽인 원한과 취현장에서 곤욕을 치른 한을 설욕해줄 것이네. 자네가 남만의 아름다운 여자들을 좋아한다면 내가 1천 명이 아니라 2천 명을 골라 자네 시중을 들도록 하겠네. 그게 뭐 어렵겠나?"

소봉은 얼굴에 쓸쓸한 미소를 내비치며 생각했다.

'난 이미 아주를 오인해 죽였기 때문에 평생 여자를 거두지 않을 것이다. 아주는 아주야. 천하의 그 어떤 나라는 물론 천추만대에 이르더라도 오로지 아주는 한 명뿐이다. 어찌 수천, 수만 명의 한인 미녀들로 대체할 수 있단 말인가? 황상은 후궁에 있는 수많은 비빈과 궁녀에 익숙해 있어 '정'이 무엇인지 알 수 없을 것이다.'

이런 생각을 하다 입을 열었다.

"폐하의 후한 은혜에 감사드립니다. 그러나 신은 이미 중원 무인들과 은원 관계를 모두 청산한 상태입니다. 신의 손에 적지 않은 중원 무인들이 목숨을 잃었기에 서로 갚아야 할 원한들이 실로 무궁무진할 것입니다. 전란은 한번 일어나면 끊이지 않고 계속되는 것이라 더더욱 섣불리 결정할 수 없습니다."

야율홍기가 껄껄대고 큰 소리로 웃었다.

"송나라인들은 문약하기 이를 데 없어 큰소리만 칠 줄 알지 전쟁이 시작되면 일격에 허물어지기 십상이네. 현제처럼 천하무적의 영웅이 군사를 통솔해 남벌한다면 남만들이 투항하는 건 시간문제인데 어찌 전란이 끊이지 않는다 할 수 있는가? 현제, 이 형이 이번에 남쪽으로 내려온 게 무슨 일 때문인지 아나?"

"가르침을 내려주십시오."

야율홍기가 씨익 웃으며 말했다.

"첫째, 현제와 오랜만에 마음껏 회포를 풀기 위해서네. 현제가 이번에 서쪽을 다녀왔으니 서하국의 형세나 군마 상황에 관해 필시 생각한 바가 있을 걸세. 현제가 보기에 서하는 취할 만하던가?"

소봉이 깜짝 놀라 곰곰이 생각했다.

'황상은 도모하는 바가 실로 적지 않구나. 이미 남으로 대송을 정벌하려 하면서 서쪽으로 또 서하까지 취할 생각을 하다니 말이야.'

이런 생각을 하다 고했다.

"신이 이번에 서쪽으로 간 것은 서하 공주가 부마를 모집한다기에 구경 삼아 갔을 뿐 정벌을 해야겠다는 생각은 전혀 하지 못했습니다. 폐하, 숙고하십시오. 신이 강호를 떠돌면서 근접 육박전에서는 약간의 장점이 있긴 하지만 군사를 거느리고 포진하는 병법에 관해서는 문외한입니다."

야율홍기가 껄껄대고 웃었다.

"현제, 그리 겸손해할 필요 없네. 서하 국왕이 이번에 대대적으로 부마를 모집하겠다고 나섰지만 결국 용두사미 격으로 흐지부지 끝나버리고 말았어. 정말 우습기 짝이 없는 노릇이지. 사실 그날 현제가 10만 군사를 이끌고 가서 서하 공주를 남경으로 맞아들였다면 좋을 뻔했네."

소봉이 빙그레 웃으며 생각했다.

'황상께서는 강병을 쥐고 있기만 하면 뭐든 다 되는 줄 아시는구나.'

"이 형이 이번에 남쪽에 온 두 번째 이유는 현제의 관작을 올려주기 위해서네. 받아들이기 바라네."

"신은 이미 깊은 은혜를 입은 몸이라 감히 더 바라는 것이 없⋯."

야율홍기가 큰 소리로 외쳤다.

"남원대왕 소봉은 작위를 받으라."

소봉은 말 위에서 훌쩍 내려와 바닥에 엎드렸다.

"남원대왕 소봉은 나라에 충성을 다하였고 짐을 훌륭하게 보좌했기에 이제 소봉을 송왕宋王으로 봉해 평남대원수로서 삼군을 통솔토록 한다. 이상!"

원래 요나라 조정의 제도는 북원이 군사를 통솔하고 남원이 백성들을 관리하도록 되어 있었으나 소봉에게 삼군을 통솔토록 한다는 것은 그의 권위를 대대적으로 강화시켜주는 셈이었다.

소봉은 속으로 주저하며 어찌할 바를 몰랐다.

"신은 아무런 공적이 없어 그런 중한 은덕은 감히 받을 수 없습니다."

야율홍기가 매서운 목소리로 소리쳤다.

"뭐? 내 명을 거역하겠다는 것인가?"

소봉은 그의 준엄한 말투를 듣자 더는 고사할 수 없어 고개를 끄덕일 수밖에 없었다.

"신 소봉이 폐하의 은혜에 감사드립니다."

야율홍기가 껄껄대고 큰 소리로 웃었다.

"그래야 내 아우지."

그는 두 손으로 그를 부축하며 말했다.

"현제, 이번에 남쪽으로 온 내 행보는 남경에서 그치는 것이 아니라 변량까지 이어질 것이네."

소봉은 다시 한번 놀라며 떨리는 목소리로 물었다.

"폐하께서 변량에 가신다면 그… 그럼…."

야율홍기가 웃음 띤 얼굴로 말했다.

"평남대원수인 현제가 삼군을 통솔해 선두에 서서 변량까지 그대로 내달려가게. 훗날 현제의 송왕부는 변량의 조후 녀석 황궁 안에 만들어줄 것이네."

"송나라와 전쟁을 벌이겠다는 말씀이십니까?"

"송나라와 전쟁을 벌이겠다는 것이 아니라 남만이 우리와 대결을 벌이고자 하는 것이네. 송나라 태황태후 그 노파가 정권을 잡고 있을 때는 송 조정의 모든 것이 질서정연한 상태라 남정南征을 하려 해도 도저히 자신이 없었네. 한데 고씨 노파가 죽고 나니 젖비린내 나는 조후 그 녀석이 뜻밖에도 사람을 보내 북쪽 변방을 정돈하고 삼군을 훈련

49. 부질없는 영화, 뜬구름 같은 목숨

시키는 것은 물론 모병을 하고 말을 기르며 군량과 양초 저장에 힘쓰고 있지 뭔가. 허허, 그 녀석이 적대시하는 상대가 나 아니면 또 누구겠나?"

"송나라가 병사들을 훈련시키는 건 신경 쓸 필요 없습니다. 지난 몇 년 동안 송과 요는 교전을 하지 않아 양국 모두 태평합니다. 한데 만약 조후가 침략을 해온다면 낙화유수처럼 무찔러 모조리 없애버리면 그뿐입니다. 그가 폐하의 위세를 두려워해 감히 경거망동하지 않는다면 우리 역시 굳이 먼저 나설 필요는 없습니다."

"현제가 모르는 게 있네. 송나라는 영토가 넓고 사람 수도 많은 데다 산물마저 풍족하기 때문에 영명한 군주가 나타나 우리 대요를 적대시한다면 우리가 당해낼 수가 없어. 다행히 조후 그 녀석은 제멋대로인 성격이라 조정 충신들을 모두 축출한 상황이지. 텁석부리 소식 그자마저 배척했으니 말일세. 현재 송나라는 군신 간의 불협화음에 민심마저 떠나 있기 때문에 그야말로 천재일우의 기회라 할 수 있네. 이럴 때 거사를 일으키지 않으면 언제 또 하겠는가?"

소봉은 눈을 들어 남쪽을 바라봤다. 눈앞에 환상 속의 정경이 보이는 듯했다.

'수많은 요나라 병사가 남쪽을 향해 진격해나가면 가옥들이 불타 그 뜨거운 화염이 하늘을 찌를 것이다. 무수히 많은 남녀노소가 말발굽에 밟혀 신음 소리를 내고 화살은 창공을 뒤덮어 송나라 병사들과 요나라 병사들이 서로 찔러 죽이며 쉴 새 없이 말 아래로 곤두박질치겠지. 그럼 선혈이 강물처럼 세차게 흐르고 들판에는 시체들이 널릴 것이다…'

야율홍기가 큰 소리로 외쳤다.

"우리 거란의 선조들은 남쪽 조정을 우리 영역에 편입시키려 했지만 몇 번씩이나 성공 직전에 고배를 마셨네. 이제 천명이 우리에게 내려졌으니 대업을 내 손으로 이루게 될 걸세. 현제, 훗날 자네와 나 군신 두 사람은 역사에 길이 남을 테니 그 얼마나 아름다운 일이겠나?"

소봉이 두 무릎을 꿇고 연신 절을 했다.

"폐하, 신에게 청이 있습니다."

야율홍기가 살짝 놀라 물었다.

"청이 있다니? 이 형의 힘이 닿는 한 들어줄 것이며 거절하지는 않겠네."

"부디 송요 양국의 수많은 백성을 생각해서라도 송나라 정벌의 의지를 거두어주시기 바랍니다. 우리 거란인은 여태껏 유목을 생업으로 삼아왔기에 송나라 영토를 얻는다 해도 무용지물이 될 것입니다. 하물며 전란은 위험하고 무서운 것이며 반드시 이긴다는 보장도 없어 일말의 좌절이라도 겪게 된다면 오히려 폐하의 위대한 명성에 흠집이 가게 될 것입니다."

야율홍기는 처음부터 끝까지 남정을 원치 않는 소봉의 말을 듣고 곰곰이 생각해봤다. 거란의 왕공 귀인들은 물론 장수들과 대신들 모두 남정이란 두 글자만 들으면 자신감에 넘쳐 적극적으로 나서지 않는 이가 없건만 어째서 소봉은 번번이 만류를 한단 말인가? 그는 소봉을 곁눈질로 힐끗 바라봤다. 양미간을 잔뜩 찌푸린 채 무척이나 근심스러워하는 그의 표정을 보고 생각했다.

'내가 그에게 봉한 송왕과 평남대원수란 관작은 우리 대요에서 '일인지하 만인지상'의 둘도 없는 고관인 데다 훗날 변량에 왕으로 거주한다는 건 송나라 천자나 마찬가지가 아닌가? 그건 곧 최고의 부귀영화가 거저 굴러들어오는 셈인데 아우는 어찌 기뻐하지 않는 것일까? 그래. 아우가 요나라 사람이긴 하지만 어릴 때부터 남만에서 자라 절반은 남만 사람이라 할 수 있다. 송나라가 그에게는 부모의 나라이니 내가 군사를 일으켜 남만을 정벌하러 가겠다는 소리를 듣고 전력을 다해 저지하려는 것이다. 그렇다면 내가 억지로 군사를 통솔해 남쪽으로 출병을 하게 만든다면 최선을 다하지 않을 수도 있다.'

이런 생각을 하고는 단호하게 말했다.

"난 남정 의지를 굳혔으니 현제는 더 이상 아무 말 하지 말게."

"전쟁은 나라의 대사이니 심사숙고하셔야 합니다. 만일 폐하께서 남정을 하겠다고 결심하셨다면 부디 재덕을 겸비한 다른 인물을 찾아 맡기십시오. 신이 군사를 이끈다면 폐하의 대사를 그르치게 될 것입니다."

야율홍기가 이번에 의기양양하게 남쪽으로 내려온 것은 소봉에게 큰 벼슬을 내리고 군사를 인솔해 남정하라는 명을 내리기 위해서였다. 결의형제의 정을 고려해 그에게 크나큰 은전을 내리면 기쁨에 넘쳐 어쩔 줄을 모르고 좋아할 것이라 짐작했건만 이렇게 찬물을 끼얹을 줄 누가 알았겠는가? 더구나 평남대원수란 특별한 직위조차 마다하니 불쾌한 마음으로 가득할 수밖에 없었다. 그는 냉랭한 목소리로 말했다.

"자네는 대요보다 송나라를 더 중요시 여기고 있는 것인가? 송나라에 충성을 다할지언정 우리 대요에 충성할 수는 없다?"

소봉이 바닥에 엎드린 채 답했다.

"폐하, 굽어살피십시오. 저 소봉은 거란인이기에 당연히 대요에 충성을 다할 것입니다. 대요에 만약 위난이 닥친다면 이 소봉은 물불을 가리지 않고 분골쇄신하여 진충보국을 위해 죽음을 마다하지 않을 것입니다."

"조후 그 녀석은 이미 우리 대요의 국토를 노리고 있네. 옛말에도 '선수를 치면 유리하고 후수를 쓰면 손실을 입는다'고 했네. 우리가 선수를 쳐서 상대를 제압하지 않는다면 나라가 망하고 민족이 사라지는 화를 입고 말 것이야. 진충보국을 위해 죽음을 마다하지 않겠다면서 나라를 위해 군사를 통솔하라는 명조차 받아들이지 못한다는 겐가?"

"신은 평생 살인을 수없이 했기에 더 이상 이 두 손에 피비린내를 묻히고 싶지 않습니다. 부디 폐하께서 신을 파직하고 산속에 은거할 수 있게 해주십시오."

야율홍기는 파직을 해달라는 그의 말을 듣고 더욱 노기가 치밀어올랐다. 속으로 당장 살의가 동해 칼자루에 손을 가져다 대고 칼을 뽑아 그의 목을 베어버리려 했지만 곧바로 마음을 돌렸다.

'이 녀석은 뛰어난 무공 실력을 지니고 있어 내가 단칼에 죽이지 못한다면 오히려 내가 해를 입게 될 것이다. 더구나 과거에 녀석은 날 위해 반란을 진압하는 데 큰 공을 세운 데다 나와는 결의형제의 정을 맺은 사이가 아니던가? 오늘 의견이 맞지 않는다고 공신을 죽인다면 은혜와 의리를 저버리는 셈이 될 것이다.'

그는 장탄식을 하며 칼자루에서 손을 뗐다.

"의견이 서로 맞지 않아 억지로 맡기기는 어려운 듯하니 일단 돌아가서 잘 생각해보게. 마음을 돌리고 남정의 명을 받아들이기를 바라겠네."

소봉은 바닥에 엎드려 있었지만 옆에 있는 사람이 눈썹을 휘날리거나 손가락을 살짝 들기라도 하면 그 즉시 알아차릴 만한 능력을 지니고 있었다. 더구나 야율홍기는 손을 칼자루에 가져다 대기까지 했으니 자신을 죽이려는 의도가 있음을 어찌 몰랐겠는가? 그는 야율홍기와 말이 길어지면 길어질수록 서로 어색해지고 사이가 틀어질 것임을 알았다.

"알겠습니다!"

그는 몸을 일으켜 야율홍기의 말을 끌고 왔다.

야율홍기는 더 이상 아무 말도 하지 않고 말 위에 훌쩍 뛰어올라 그대로 달려갔다. 조금 전까지만 해도 군신이 말 머리를 나란히 한 채 남쪽으로 왔지만 북쪽으로 돌아갈 때는 앞뒤로 수십 장의 거리를 두고 가는 형국이 돼버렸다. 소봉은 야율홍기가 자신에게 의심을 품고 있다는 걸 알았다. 그 때문에 너무 가까이 따라가면 그를 불안하게 만들 것이고 또한 남정 문제를 언급하면 더 대답할 수가 없었기에 아예 멀찌감치 떨어져 따라갔다.

남경으로 돌아와 소봉이 요 황제에게 남원대왕부에 주필駐蹕[23]하도록 청하자 야율홍기는 웃으며 말했다.

"자네를 귀찮게 하고 싶지 않네. 차분한 상태에서 이해득실을 잘 따져보도록 하게. 난 어영으로 돌아가 묵을 것이네."

소봉은 야율홍기를 어영까지 공손하게 배웅했다. 야율홍기는 상경으로부터 가져온 수많은 보도와 보검, 준마와 미녀, 금은보화를 그에게 상으로 내렸다. 소봉은 감사의 뜻을 표하고 예물들을 받아들어 왕

부로 돌아왔다.

소봉은 직접 정무를 보는 일이 적었고 원래 서책을 좋아하는 편이 아니었던 터라 왕부 안에 서재라고는 없었다. 평소에는 대청에서 여러 장수들과 바닥에 앉아 고기를 잘라 먹으며 술잔을 기울이곤 했다. 과거 개방 제자들과 함께하던 호탕한 음주 습관을 그대로 지니고 있었던 것이다. 거란의 장수들은 대막大漠의 천막 안에서 그렇게 생활해왔던 터라 대왕이 그렇게 털털하고 호탕하게 수하들을 스스럼없이 대하는 모습을 좋아하지 않는 이가 없었다.

소봉이 어영에서 돌아오니 날은 이미 저문 뒤였다. 대청 안에 들어서자 쇠기름 등잔 불빛이 흔들리는 가운데 호랑이 가죽 위에 한 자줏빛 장삼을 입은 소녀가 엎드려 있었다. 다름 아닌 아자였다.

그녀는 발소리를 듣고 벌떡 일어나 달려가 소봉의 목을 끌어안더니 그의 눈을 바라보며 물었다.

"제가 와서 기분이 안 좋으세요? 어찌 즐겁지 않은 표정을 짓고 계신 거죠?"

소봉이 고개를 가로저었다.

"다른 일 때문에 그렇다. 아자, 네가 와서 정말 기쁘구나. 이 세상에서 내가 염려하는 건 너 하나밖에 없다. 네가 무슨 일을 당하지나 않을까 늘 걱정이다. 이제 네가 내 곁에 돌아왔고 눈도 치료했으니 난 이제 아무 근심도 없다."

아자가 생글생글 웃었다.

"형부, 눈만 치료한 게 아니라 황제 폐하께서 절 공주로 봉하셨잖아요? 기쁘지 않으세요?"

"공주로 봉하든 봉하지 않든 아자는 아자일 뿐이야. 황상께서 조금 전에 또 내 관작을 올려주셨다. 에이!"

이 말을 하면서 한숨을 내쉬더니 쇠가죽으로 만든 주머니를 들어 마개를 뽑아 술을 크게 두 모금 마셨다. 대청 사방에는 독주가 가득 들어 있는 가죽 주머니가 걸려 있어 소봉이 당장 술을 마시고 싶을 때도 시중들 사람이 필요치 않았다. 아자가 웃으며 말했다.

"형부의 승진을 감축드립니다!"

소봉이 고개를 가로저었다.

"황상께서 날 송왕이자 평남대원수로 봉하시고는 군사를 인솔해 송나라를 치라고 명하셨다. 생각해봐라. 전쟁이 일어나면 얼마나 많은 관병과 백성이 죽임을 당하겠느냐? 내가 명을 받아들이지 않겠다고 하자 황상께서 많이 노하셨어."

"형부, 형부가 또 이상해졌네요. 듣기로는 형부가 취현장에서 수많은 중원 무림 호걸들을 죽였을 때도 한숨 한번 쉰 적이 없었다면서요? 중원 무림의 그 못된 놈들이 형부를 얼마나 힘들게 만들었어요? 오늘 황상께서는 어렵사리 형부의 기를 세워주고 대군을 인솔해 그 못된 놈들을 모조리 죽여버릴 수 있는 기회를 주신 셈인데 어째서 기뻐하지 않는 거죠?"

소봉은 가죽 주머니를 들어 술을 크게 한 모금 들이마시더니 다시 한숨을 길게 내쉬었다.

"그날은 나와 네 언니 두 사람이 포위를 당한 상황이라 내가 분투하지 않는다면 그들한테 난도질을 당해 죽을 것 같아 어쩔 수가 없었던 것이다. 그날 나한테 죽은 사람 중 적지 않은 사람이 내 좋은 벗이었다. 그중에서도 개방의 해 장로 같은 경우는 사후에 무척이나 가슴이 아팠어."

"아, 알았어요. 그때 형부는 아주 언니를 위해 살인을 했던 거군요? 그럼 지금은 저를 위해서 남만 놈들을 죽여주세요. 어때요?"

소봉이 아자를 슬쩍 째려보고는 발끈했다.

"인명이 걸린 대사가 네 입을 통해 나오니 마치 소나 양을 죽이는 일처럼 들리는구나. 네 아버지는 대리국 사람이지만 어머니는 송나라 사람 아니더냐?"

아자가 입을 삐죽 내밀며 몸을 홱 돌렸다.

"저도 알고 있어요. 형부 마음속에는 저 같은 게 천 명 있어도 한 사람보다 못하다는 걸 말이에요. 살아 있는 아자 만 명이 저세상에 간 아주 한 사람에 미치지 못한다는 거잖아요? 아무래도 제가 빨리 죽어버려야 형부가 날 조금이나마 그리워하겠네요. 이럴 줄 알았다면… 저… 저도 형부를 보러 그 먼 길을 달려올 필요 없었겠어요. 형부가 언제 다른 사람을 마음에 담아둔 적 있었나요, 뭐?"

소봉은 그녀의 말 속에 원망의 의미가 담겨 있는 것을 보고 자기도 모르게 가슴이 철렁 내려앉았다. 그녀가 과거 자신에게 독침을 날려 암수를 쓴 것도 자신을 오랫동안 그녀 곁에 남겨두기 위함이 아니었던가? 그는 서둘러 변명을 했다.

"아자, 넌 아직 어려서 말썽만 부릴 줄 알지 어른들 일은 잘 모르…."

아자가 그의 말을 끊었다.

"뭐가 어리다 그래요? 전 어린애가 아니란 말이에요. 저를 잘 돌보겠다고 언니랑 약속해놓고 형부는… 제가 먹고 입는 것만 돌봤지 언제 제 마음까지 돌본 적 있나요? 형부는 제가 무슨 생각을 하는지는 신경도 쓰지 않잖아요?"

소봉은 들으면 들을수록 놀라 감히 말을 잇지 못했다.

아자가 등을 돌리고 말을 이었다.

"제 눈이 멀었을 때 형부가 절대 절 좋아하지 않을 거라 생각했어요. 저도 형부를 가까이하지 않았고 말이에요. 이제 눈이 다 나았는데 여전히 절 거들떠보지도 않네요. 제… 제가 아주 언니한테 미치지 못하는 게 뭐죠? 제가 언니보다 못생겼나요? 언니보다 머리가 나쁜가요? 이미 이 세상에 없는 사람인데 형부는 시시때때로 언니만 그리워하잖아요? 그날… 형부한테 일장에 맞아 죽지 못한 게 한이에요. 그랬다면 아주 언니처럼 절 그리워했을 텐데…."

그녀는 가슴 아픈 얘기를 하다 갑자기 몸을 돌려 소봉 품에 안기더니 소리 높여 울기 시작했다. 소봉은 너무도 당황한 나머지 무슨 말을 해야 할지 몰랐다.

아자가 한바탕 오열을 하다 다시 말했다.

"제가 어째서 어린애예요? 전 그 뇌우가 쏟아지던 날 밤 다리 옆에서 형부가 우리 언니를 죽이고 너무도 슬피 우는 모습을 본 다음부터 형부를 좋아하게 됐어요. 그때 전 속으로 생각했죠. '그렇게 괴로워할 것 없어요. 형부한테 아주는 없지만 이 아자가 있잖아요. 저도 아주 언니처럼 진심을 다해 형부한테 잘해주겠어요.' 그때부터 전 평생 형부를 따르겠다고 결심했어요. 하지만 형부는 좀처럼 절 받아들이려 하지 않아 저 혼자 속으로 생각했어요. '좋아, 날 받아들이지 않겠다면 형부를 불구로 만들어 내 마음대로 하며 평생 날 따르게 만들겠어.'"

소봉은 고개를 가로저었다.

"지난 일은 더 이상 들먹이지 마라."

아자가 소리쳤다.

"뭐가 지난 일이에요? 제 마음속에서는 오늘 일처럼 영원히 새롭다고요. 더구나 그 얘기는 형부한테 말한 적이 없는데 여태껏 절 마음에둔 적이 없어요."

소봉은 아자의 머리카락을 가볍게 쓰다듬으며 나지막이 말했다.

"아자, 내 나이는 네 두 배나 돼서 숙부나 오라버니처럼 널 돌볼 수있을 따름이야. 난 평생 단 한 여자만 좋아했고 그게 바로 네 언니다.내게는 아주를 대신할 또 다른 여자가 영원히 없을 것이며 나 역시 절대 다른 여자를 좋아하지 않을 것이다. 황상께서 나한테 백 명이 넘는미녀들을 내려주셨고 오늘 또 많은 여인을 내려주셨지만 난 거들떠보지도 않았다. 내가 너에게 관심을 두는 것은 모두 아주를 위해서야."

화가 잔뜩 난 아자가 다짜고짜 손을 뻗어 짝 소리를 내며 그의 뺨을세차게 후려갈겼다. 소봉이 이를 피하려 했다면 아자가 어찌 그의 얼굴을 때릴 수 있었겠는가? 얼굴이 창백해지고 온몸을 부들부들 떨면서 매우 처연한 눈빛으로 분을 참지 못하는 아자의 모습을 본 소봉은그녀가 후려치는 일장을 차마 피할 수가 없었다.

아자가 뺨을 한 대 후려치고는 후회가 됐는지 소봉의 손바닥을 잡아쥔 채 자신의 뺨을 향해 후려치며 부르짖었다.

"형부, 제가 나빴어요. 저… 저도 때려주세요. 때려주세요!"

"어찌 이런 어리광을 부리느냐? 세상일이란 게 별것 아니야. 그리상심할 것 없다. 어찌 그리 슬픈 눈빛을 하고 있는 게냐? 형부가 거칠고 투박한 사내라 네가 늘 내 옆에 있다면 네 마음도 편치 않을 거야."

"제 눈빛에 슬프고 괴로운 기색이 보인다고 했죠? 에이, 그게 다 그 추팔괴 탓이에요."

"추팔괴 탓이라니 무슨 말이냐?"

"제 이 두 눈은 그 추팔괴 철두인이 준 거예요."

소봉은 순간 무슨 말인지 알 수가 없어 물었다.

"추팔괴? 철두인?"

"그 개방 방주 장취현이 누군지 아세요? 누군지 알면 아마 배꼽이 빠지게 웃으실 거예요. 놀랍게도 제가 철가면을 씌워서 데리고 있던 유탄지였어요. 그 취현장의 둘째 장주인 유구 아들 말이에요. 전에 형부 눈에 석회를 뿌린 적 있잖아요? 어디서 기괴한 무공을 배워왔는지는 모르겠지만 여태껏 내 옆에서 목숨 걸고 내 환심을 사려고 했지 뭐예요. 그동안 감쪽같이 속아넘어가버렸어요. 제 눈이 멀었을 때 옆에 의지할 사람이 없어 장 오라버니라고 부를 수밖에 없었죠. 지금 생각해보면 창피해서 죽고 싶은 심정이에요."

소봉이 의아해하며 말했다.

"이제 보니 그 개방의 장 방주가 바로 너한테 희롱을 당했던 철추였구나. 어쩐지 얼굴이 상처투성이라 했더니 철가면을 벗길 때 살갗에 상처를 입어 그랬던 모양이다. 철추가 유탄지라고? 에이, 네가 몹쓸 짓을 했어. 사람을 그 모양으로 만들어놓다니. 그토록 못된 짓을 했음에도 가슴에 품어두지 않고 너한테 그리 잘 대해줬다는 건 쉽지 않은 일이다."

아자가 냉소를 머금었다.

"흥, 뭐가 쉽지 않아요? 좋은 마음에 그랬겠어요? 내 비위를 맞춰서 자기 여자로 만들려 한 거겠죠."

소봉은 얼마 전 소실산 위에서 벌어진 정경을 떠올렸다. 유탄지가 아자를 응시하는 눈빛 속에는 확실히 두터운 정이 내포되어 있었다. 다만 당시에는 유심히 살피지 않았을 뿐이다.

"진상을 알고 화가 나서 죽여버린 게냐? 그래서 그의 눈을 파낸 거야?"

아자가 고개를 가로저었다.

"아니에요. 안 죽였어요. 이 두 눈은 자기가 원해서 저한테 준 거예요."

소봉은 더욱 이해할 수가 없었다.

"그 친구가 어째서 자기 눈을 파서 너한테 줬다는 것이냐?"

"그 녀석이 좀 멍청한 데가 있어요. 제가 그 녀석하고 표묘봉 영취궁의 형부 의동생인 허죽자를 찾아가서 눈을 치료해달라고 청했어요. 허죽자 선생은 의서를 찾아와 반나절이나 읽어보더니 산 사람 눈과 바꿔야만 한다고 했어요. 영취궁 안에는 모두 허죽자 선생 수하들인데 내 눈과 바꾸겠다고 영취궁 여인들 눈을 뽑아낼 수는 없잖아요? 그래서 제가 유탄지한테 산 밑에 내려가 사람을 잡아오라고 했죠. 근데 그 녀석이 느닷없이 울음을 터뜨리더니 제가 눈을 치료하고 자기 진짜 얼굴을 보면 다시는 거들떠보지 않을 거라고 말하는 거예요. 전 절대 그럴 리 없다고 하는데도 그 녀석은 믿지 않았어요. 그런데 그 녀석이 갑자기 날카로운 칼을 꺼내 들고 허죽자 선생한테 가서는 자기 눈을 제 눈과 바꿔달라고 했어요. 허죽자 선생이 절대 안 된다고 했죠. 그러자 그 칼로 자기 몸과 얼굴을 몇 번 긋더니 허죽자 선생이 답하지 않으면 그 자리에서 자결을 하겠다고 협박을 하지 뭐예요. 결국 허죽자 선생도 어쩔 수 없이 그 녀석의 눈을 제 눈과 바꿔놓은 거예요."

그녀는 이런 얘기를 전혀 아무렇지도 않다는 듯 설렁설렁 했지만 소봉 귀에는 끔찍하기 짝이 없게 들렸다. 평생 손에 땀을 쥐는 수없이 많은 악전고투를 벌이면서 겪었던 그 어떤 느낌보다 몇 배 더 무시무시했던 것이다. 그는 두 손을 부르르 떨면서 손에 들고 있던 술 주머니를 던져버렸다.

"아자, 유탄지가 기꺼이 자기 눈을 네 눈과 바꾸기를 원했다는 것이냐?"

"그래요."

"너… 너란 아이는 정말 피도 눈물도 없구나. 남이 눈을 뽑아준다는데 그걸 덥석 받는단 말이냐?"

아자는 매우 준엄한 그의 말투를 듣고 눈을 껌뻑거리며 다시 울음을 터뜨리려다 대뜸 말했다.

"형부, 형부가 앞을 보지 못하면 저도 기꺼이 제 눈을 형부 눈과 바꿀 거예요."

소봉은 진지하고 간절한 그녀의 말을 듣고 허언이 아닌 것이 확실하다 느껴지자 자기도 모르게 감동을 받아 부드러운 목소리로 말했다.

"유탄지 그 친구가 너에 대한 정이 그토록 깊었다면 네가 행복을 누리면서도 그 행복을 느끼지 못한 셈이야. 그 친구 말고 이 세상에 그토록 정이 깊은 낭군을 어디 가서 얻는단 말이냐? 그 친구는 지금 어디 있느냐?"

"보나마나 아직 영취궁에 있을 거예요. 앞을 못 보는데 험준한 표묘봉에서 어찌 내려오겠어요?"

"아! 어쩌면 둘째 아우가 죽을죄를 지은 죄인을 찾아 눈을 바꿔줄는지도 모르겠구나."

"그건 안 돼요. 그 소화상… 아니, 허죽자 선생이 그랬어요. 제 눈은 정춘추가 쓴 독 때문에 각막이 못쓰게 된 거지 근맥이 끊어진 게 아니라 바꿀 수 있다고 했어요. 철추는 눈을 뽑아내면서 근맥이 끊어져 다시 바꿀 수 없대요."

"어서 가서 그 친구 곁을 지키고 다시는 헤어지지 마라."

아주가 고개를 가로저었다.

"안 갈래요. 전 형부만 따라다닐 거예요. 그 녀석은 요괴같이 추악하게 생겨서 보기만 해도 구역질이 나는데 어떻게 곁을 지키라는 거예요?"

소봉이 버럭 화를 냈다.

"외모는 추악할지 몰라도 마음만은 너보다 백배 더 아름다워! 난 네가 곁에 있는 걸 원치 않는다. 다시는 널 보지 않을 거야."

아자가 발을 동동 구르며 울부짖었다.

"저… 전…."

그때 문밖에서 발소리가 들리며 호위병 둘이 달려와 큰 소리로 말했다.

"어명입니다!"

곧바로 대청 문이 열렸다. 소봉과 아자가 일제히 몸을 돌리자 황제가 보낸 사자가 대청 안으로 들어오는 모습이 보였다.

요나라 조정의 예법은 송나라 조정과는 크게 달라 그리 복잡하지 않았다. 신하가 황제의 사자를 보면 그저 엄숙하게 듣기만 하면 되고

49. 부질없는 영화, 뜬구름 같은 목숨

조복朝服을 입는다거나 향안香案[24]을 차려놓고 무릎 꿇어 성지를 받드는 등의 예절을 갖출 필요가 없었다. 사자가 큰 소리로 외쳤다.

"평남공주는 어영으로 들라는 황제 폐하의 명이오."

아자가 말했다.

"네!"

그녀는 눈물을 닦아낸 후 사자를 따라갔다.

소봉은 아자의 뒷모습을 보면서 생각했다.

'유탄지가 아자에게 베푼 깊은 정은 정말 고금에 없는 드문 일이다. 아자가 이성에 눈을 뜰 때, 마침 내가 조석으로 함께 있게 됐고 중상을 입고 있을 때는 남녀 간의 어색함도 피하지 않은 채 정성스레 돌보다 보니 나에 대해 어리광 섞인 정을 느끼게 만들었던 것이다. 아자를 유탄지 곁으로 돌려보내야만 한다. 그토록 아자에게 순정을 베풀었는데 아자가 자기 때문에 두 눈을 잃은 사람을 배신하게 놔둔다면 하늘이 용서치 않을 것이다.'

황제의 사자와 아자 발소리가 점점 멀어져가고 마침내 더는 들리지 않자 소봉은 야율홍기가 그에게 송나라를 정벌하라는 명을 내린 의미에 대해 곰곰이 생각해봤다.

'황상께서 아자는 왜 보자고 한 것일까? 필시 아자를 시켜 내가 송국 정벌의 명을 받들도록 설득시키려는 거겠지. 내가 끝끝내 조서를 받들지 않는다면 국법을 어기는 셈이 아닌가? 조금 전 남쪽 변경에서 논쟁을 벌일 때 황상께서 칼자루에 손을 대고 살의를 보였다. 그나마 군신의 정과 형제의 의리를 감안해 억지로 자제한 것이 틀림없다. 하지만 내가 송국 정벌의 명을 받든다면 군사를 끌고 수많은 송나라인을 무참히 살육해야만 하는데 이를 어찌 견뎌낼 수 있단 말인가? 아버지께서는 평생 송요의 화친을 위해 뜻을 펼치셨고 지금은 소림사에 출가 중이신데 만일 내가 군사를 끌고 남하한다는 소식을 듣는다면 절대 좋아하실 리가 없다. 에이, 군주의 명을 거역하는 것은 불충이고 결의형제의 정을 돌보지 않는 것은 불의라 하지만 남하를 해서 전쟁을 일으키고 백성을 살해하는 것은 불인이며 아버지의 뜻을 위배하는 것은 불효가 아닌가? 충과 효 둘 다 다하기 어렵고 인과 의를 동시에 돌볼 수도 없으니 어찌하면 좋단 말인가? 그만두자, 그만둬! 그만둬! 남원대왕은 더 이상 할 수가 없다. 인장을 걸어놓고 창고를 봉한 후에 황상께 작별 인사 없이 떠나버리자. 하지만 어디로 가야 하지? 이 넓은 천지에 이 소봉이 몸 둘 곳 하나 없을 줄 몰랐구나.'

그는 술을 좀 더 마신 뒤 곰곰이 생각했다.

'아자가 돌아오면 함께 표묘봉으로 가서 우선 유탄지와 함께 있도록 만들고 난 둘째 아우 거처에 머물며 훗날을 기약해야겠다.'

사자를 따라 어영에 도착한 아자는 대뜸 야율홍기를 향해 말했다.

"황상, 평남공주 작위는 반납하겠습니다. 저 안 할래요."

야율홍기가 아자를 소환한 것은 소봉의 짐작에서 벗어나지 않았다. 그는 아자를 시켜 소봉이 남정의 명을 받들도록 설득하려는 것이었지만 첫마디부터 이런 말을 하자 당장 눈살을 찌푸리며 불쾌한 말투로 답했다.

"조정에서 상을 내리는 것은 국가의 대사이며 어린애 장난이 아니거늘 어찌 네 마음대로 하네 안 하네 말할 수 있단 말이냐?"

그는 줄곧 소봉과의 관계 때문에 아자에게까지 애정을 보여 늘 친절한 표정으로 대해왔으나 지금의 그 말투는 준엄하기 이를 데 없었다. 아자는 왈칵 눈물을 쏟아내기 시작했다. 야율홍기가 발을 구르며 소리쳤다.

"아수라장이로구나. 아수라장이야! 이건 말도 안 된다."

별안간 막사 뒤에서 간드러진 여자 목소리가 들려왔다.

"황상, 어찌 역정을 내십니까? 저 어린 아가씨한테 어찌했기에 저리 우는 겁니까?"

이 말을 하면서 패환을 댕그랑거리며 귀부인 한 명이 걸어나왔다.

그 부인은 애교 섞인 눈빛과 함께 입가에 옅은 미소를 띠고 있었다. 아자는 그녀가 황상이 가장 총애하는 목귀비穆貴妃라는 걸 알고 있어 그를 향해 훌쩍거리며 어리광을 부렸다.

"귀비낭랑, 낭랑께서 중재 좀 해주세요. 제가 평남공주를 하지 않겠다고 했더니 황상께서 절 나무라세요."

목귀비는 아자가 애처롭게 울자 한동안 쳐다보지도 않다가 아자의 몸매가 우월하고 용모 또한 수려한 것을 보고 야율홍기를 향해 눈을 한번 흘기더니 입을 오므리고 웃었다.

"황상, 평남공주를 하지 않겠다면 평남귀비로 봉하시면 되겠네요."

야율홍기가 무릎을 탁 치며 소리쳤다.

"헛소리, 헛소리로다! 짐이 이 아이한테 작위를 준 건 소봉 아우 때문이오. 아우를 평남대원수로 삼고 이 아이는 평남공주로 삼아 두 사람의 성대한 혼례를 올려주기 위함이었소. 한데 소봉 아우가 평남대원수를 마다하는 데다 이 아이마저 평남공주를 하지 않겠다고 할 줄 어찌 알았겠소? 좋아, 너도 남만 사람이라 우리가 남정하는 걸 원치 않나 보구나. 그러하냐?"

그의 말투 속에는 은연 중 협박의 의미가 내포돼 있었다.

아자가 말했다.

"남정을 하든 말든 전 신경 안 써요. 동정을 해도 좋고 서정을 해도 전 전혀 개의치 않아요. 하지만 형부가… 형부가 절 두 눈이 먼 추팔괴한테 시집보내려고 해요."

야율홍기와 목귀비가 그 말을 듣고 의아한 듯 일제히 물었다.

"어째서?"

아자는 그에 얽힌 자세한 얘기를 하고 싶지 않아 이렇게 말할 뿐이었다.

"형부가 절 좋아하지 않아 다른 사람한테 시집보내려는 거예요."

바로 그때 막사 밖에서 누군가 나지막이 외치는 소리가 들려왔다.

"황상!"

야율홍기가 천막 밖으로 걸어나오자 소봉의 호위를 위해 파견했던 그의 심복이 보였다. 그 호위병이 나직이 고했다.

"황상께 아뢰옵니다. 소 대왕이 창고 문을 봉쇄한다는 쪽지를 붙여놓고 황포에 싼 금은을 대들보 위에 걸어놓았는데 아무래도 소… 소 대왕이… 말없이 떠난 것으로 보입니다."

야율홍기는 그 말을 듣는 순간 대로하며 소리쳤다.

"반역이로다, 반역이야! 날 어찌 보고 그런 짓을 한단 말이냐?"

그는 잠시 숙고를 하다 명을 내렸다.

"어영도지휘御營都指揮는 들라!"

말이 떨어지기 무섭게 어영도지휘가 달려왔다. 야율홍기가 하명했다.

49. 부질없는 영화, 뜬구름 같은 목숨

"당장 남원대왕부로 군마를 끌고 가 사방을 에워싸도록 해라! 또한, 성문을 굳게 닫고 그 누구도 출입하지 못하도록 하라!"

그는 소봉이 군사를 이끌고 반란을 일으킬까 두려워 남원대왕 수하의 대장들을 하나하나 모두 불러들여 계속해서 명을 내렸다.

천막 안에 있던 목귀비는 밖에서 호각 소리와 말발굽 소리가 요란스럽게 들려오자 변고가 일어난 것으로 생각했다. 거란인은 남녀 간에 경계를 크게 두지 않았기에 당장 막사 밖으로 달려나가 조용히 물었다.

"폐하, 무슨 일입니까? 어찌 그리 노기가 충천하신 겁니까?"

그때 야율홍기는 화가 머리끝까지 치밀어올라 있었다.

"소봉 그 녀석이 감히 짐에게 반기를 들려 하는 걸 보니 사리 분별을 못 하는 것 같소. 놈의 마음이 송나라에 기울어져 있는 것으로 보아 필시 남만에 기밀을 전하려는 것이 틀림없소. 놈은 우리 대요의 군사 기밀을 훤히 꿰뚫고 있어 송나라 조정에 가면 큰 우환거리가 될 것이오."

목귀비가 곰곰이 생각하다 조심스럽게 입을 열었다.

"평소에 폐하께서 그의 무공이 무척이나 뛰어나다고 하셨잖아요? 그를 놓쳐버린다면 정말 큰 화근이 될 겁니다."

"그렇소!"

야율홍기는 당장 호위병에게 명했다.

"비룡대와 비호대, 비표대 군영에 명을 전하라! 속히 남원대왕부 외곽으로 지원을 나가라고 말이다!"

어영 호위병이 명을 받들어 재빨리 각 군영에 하달했다.

목귀비가 말했다.

"폐하, 저에게 묘책이 있습니다."

그녀는 그의 귓전에 대고 나지막이 속삭였다. 야율홍기가 고개를 주억거렸다.

"쓸 만한 계책이로군. 그 계책이 성공한다면 짐이 후한 상을 내릴 것이오."

목귀비가 빙긋 미소를 지었다.

"폐하의 환심을 살 수만 있다면 그게 후한 상입니다. 폐하께서 소첩에게 이리 잘 대해주시는데 뭘 더 바라겠습니까?"

어영 밖에서 분주하게 군마가 이동 중이었지만 아자는 막사 안에 앉아 신경조차 쓰지 않았다. 거란인들이 떠들썩하게 이리저리 움직이는 모습은 예전부터 많이 봐왔던 터였다. 가끔 사냥을 하러 나갈 때도 이렇게 떠들썩했던 적이 있어 야율홍기가 군마를 이동시키는 것이 소봉을 사로잡기 위함이라고는 생각지도 못했던 것이다. 그녀는 한 낙타 안장 위에 앉아 심란하게 고민만 할 뿐이었다.

'형부에 대한 내 마음을 형부가 모르는 것도 아닌데 형부는 어찌… 조금도 날 마음에 두지 않고 추팔괴 그 자식한테 보내려는 거지? 난… 난 죽으면 죽었지 절대 안 가! 안 가! 안 가! 죽어도 못 가!'

속으로 이런 생각을 하면서 두 발로 바닥에 깔린 양탄자에 새겨진 호랑이 머리를 계속해서 걸어찼다.

별안간 어딘가에서 손이 뻗어와 그녀의 어깨를 지그시 눌렀다. 아자가 깜짝 놀라 고개를 들어보니 목귀비가 온화한 눈빛으로 바라보고 있었다. 그녀가 미소 띤 얼굴로 물었다.

"동생, 왜 그리 넋을 잃고 있는 거야? 형부 생각 하는구나? 그렇지?"

아자는 그녀에게 속마음을 들키자 두 볼을 빨갛게 물들인 채 고개를 숙이고 아무 말도 하지 못했다. 목귀비가 그녀와 나란히 앉고는 손을 잡아당겨 가볍게 어루만지며 온화한 목소리로 달랬다.

"동생, 남자들이란 다 거칠고 쉽게 화를 내기 마련이야. 더구나 우리 황상이나 남원대왕처럼 당대의 영웅호한들은 마음을 얻기가 쉽지 않아."

아자는 그 말에 일리가 있다고 느낀 듯 고개를 끄덕였다. 목귀비가 말을 이었다.

"우리 궁 안에는 여인들이 수없이 많아. 나보다 더 아름답고 나보다 더 황상께 환심을 산 사람들이 수를 헤아릴 수 없이 많다는 말이야. 황상께서 가장 총애하는 나 역시 반은 연분 때문이지만 반은 상경 성덕사聖德寺의 노화상께서 관심을 기울여주신 덕이야. 동생, 동생 형부 마음이 지금 동생한테 있지 않다고 근심할 필요 없어. 내가 황상을 따라 상경으로 돌아가면 함께 성덕사로 가서 그 고승께 부탁해보자. 아마 방법이 있을 거야."

아자가 의아한 듯 물었다.

"그 노화상한테 무슨 방법이 있는데요?"

"그건 내가 얘기해줄 테니까 절대 다른 사람한테 얘기하면 안 돼. 어서 맹세해! 절대 비밀을 누설하지 않겠다고!"

"목귀비께서 저한테 한 비밀 얘기를 누설한다면 온몸에 난도질을 당해 비명횡사할 것입니다."

목귀비가 머뭇거리며 말했다.

"동생을 못 믿는 게 아니라 이 일은 파급력이 무척이나 크기 때문에 좀 더 강하게 맹세해야 돼!"

"좋아요! 제가 만약 귀비께서 저한테 말한 비밀을 누설한다면 저를… 우리 형부의 일장에 직접 맞아 죽게 해주세요."

이렇게 말하고 나니 처연하면서도 웬지 달콤하게 느껴졌다.

목귀비가 고개를 끄덕였다.

"자신이 사랑하는 남자의 일장에 죽는 게 남에게 난도질을 당해 죽는 것보다 백배는 더 비참하겠지. 이제 믿을 수 있겠어. 동생, 그 고승은 한없이 넓은 불력을 지니고 있어 신통력이 매우 뛰어난 분이야. 어느 날 내가 그분께 무릎을 꿇고 비니까 그분이 나한테 조그만 병에 든 성수聖水 두 통을 주셨어. 암암리에 기도를 하면서 몰래 내가 사랑하는 남자에게 물 한 통을 먹이라면서 말이야. 그럼 그 남자가 영원히 나 하나만을 사랑하고 죽을 때까지 변심하지 않는다는 거야. 그 물 한 통을 황상께 먹였는데 아직 한 통이 남아 있어."

그녀는 품 안에서 진홍색의 작은 도자기 물병 하나를 꺼내 손에 꼭 쥐고 있었는데 바닥에 떨어뜨릴까 염려하는 눈치였다. 사실 바닥에는 두꺼운 양탄자가 깔려 있어 바닥에 떨어지더라도 그리 걱정할 필요는 없었다.

아자는 놀랍고도 기쁜 마음에 간절하게 청했다.

"언니, 어디 좀 봐요."

그녀는 어릴 때부터 성수과 문하에서 자랐던 터라 사람 마음을 미혹시키는 이런 요령에 대해 별다른 의심을 가지지 않았다.

"보는 건 괜찮지만 엎으면 안 돼."

목귀비는 두 손으로 도자기 병을 받쳐들고 조심스레 건넸다. 아자가 병을 받아들어 병마개를 뽑아 코 밑에 대고 냄새를 맡아보자 은은

한 향기가 풍겨왔다. 목귀비는 손을 뻗어 도자기 병을 다시 가져가더니 나무 마개를 꼭 닫고 몇 번이나 힘껏 눌렀다. 약 기운이 날아갈까 두려워하는 것 같았다.

"원래는 말이야, 동생한테 좀 나눠줘도 무방하지만 만에 하나 황상께서 훗날 변심을 하실까 두려워서 그래. 그때가 되면 이 성수가 또 필요할 테니 말이야."

"황상께서 한 병을 마시고 난 후에 영원히 변심하지 않는다고 하지 않으셨어요?"

목귀비가 빙그레 웃었다.

"말은 그리했지만 성수의 효과가 정말 그렇게 오래갈지는 모르지. 안 그러면 그 고승이 뭐 하러 나한테 두 병이나 줬겠어? 더구나 이 성수가 다른 빈비들 수중에 들어갈까 봐 걱정돼서 그래. 빈비들이 이 약을 몰래 황상한테 먹인다면 나에 대한 마음은 변치 않는다 해도 한눈을 팔게 될 테니까…."

여기까지 말하는 순간 막사 밖에 있던 야율홍기가 소리쳤다.

"아목, 나와 보시오. 그대한테 할 말이 있소."

"나갑니다!"

그녀는 황급히 막사 밖으로 달려나갔다. 그때 턱 하는 가벼운 소리와 함께 그녀 품 안에 있던 도자기 병이 떨어졌지만 알아채지 못한 것으로 보였다.

아자는 놀랍고도 기쁜 마음에 그녀가 막사 밖으로 나가자마자 재빨리 달려가 도자기 병을 주워 품속에 넣고 생각했다.

'빨리 가서 형부한테 먹이고 맹물을 채워 목귀비한테 돌려줘야지.

어쨌든 황상께서는 이미 귀비를 총애하니까 더 이상 쓸 곳이 없을 거야.'

그녀는 당장 뒤쪽 휘장을 들추고 살며시 기어나가 남원대왕 왕부를 향해 후닥닥 내달려갔다.

왕부 밖에 병졸들이 운집해 있는 것으로 보아 남원대왕이 군마를 이동시키려는 것 같았다. 아자가 대청 안으로 걸어들어가자 소봉이 뒷짐을 진 채 처마 밑을 이리저리 서성대고 있었다. 소봉은 무척이나 초조해 보였다.

그는 아자를 보자 기뻐하며 말했다.

"아자, 잘 왔다. 네가 황상한테 억류돼서 꼼짝 못하고 있는 줄 알았다. 어서 움직이자. 더 지체하다간 때를 놓칠 거야."

아자가 의아한 듯 물었다.

"가다니 어디로요? 지체하다 때를 놓치다니 무슨 말이죠? 황상께서 왜 절 억류해요?"

"들어봐라!"

두 사람은 순간 정적에 휩싸였다. 그때 왕부 사방에서 끊임없이 말발굽 소리가 들리고 철갑이 잘그락거리며 무기들이 부딪치는 소리가 들려왔다. 동서남북 사방이 모두 같았다. 아자가 물었다.

"뭐 하는 거죠? 군사를 끌고 가서 싸움을 하려는 건가요?"

소봉이 쓸쓸한 웃음을 지었다.

"저 병사들 모두 내 수하들이 아니다. 황상께서 날 의심해 사로잡으려는 거야."

"좋아요. 한동안 싸움을 못했으니 형부랑 저랑 둘이 뚫고 나가요."

소봉이 고개를 가로저었다.

"황상께서 나한테 베푼 은덕이 적지 않다. 날 남원대왕에 봉하고 이번에는 또 친히 행차해 더 높은 관작을 내려주셨지. 지금 날 의심하는 건 내가 남정을 원치 않는다고 결심을 했기 때문이야. 황상의 수하들을 해친다면 형제간의 의리를 저버리는 셈이 되니 천하 영웅들의 웃음거리를 피할 수 없게 된다. 나 소봉이 배은망덕하고 의리를 저버리는 못된 놈이라고 비웃으면서 말이야. 아자, 지금 이대로 떠나자. 작별을 고하지 않고 몰래 가서 날 붙잡지 못하게 하면 그뿐이다."

"음. 그럼 가요. 형부, 어디로 갈 거예요?"

"표묘봉 영취궁으로 가자!"

순간 아자의 안색이 굳어지기 시작했다.

"추팔괴 그 자식은 만나고 싶지 않아요."

"사태가 긴박하니 표묘봉에 가고 안 가고는 일단 위험한 곳을 벗어난 뒤 얘기하자."

'날 표묘봉에 보내려 하는 건 날 마음에 두려는 의도가 없는 게 분명하다. 아무래도 성수를 미리 먹여 나한테 마음이 기울어지게 만들면 자연히 내 말대로 할 거야. 더 지체했다가 목귀비가 와서 뺏어가버릴까 봐 두려워.'

"그럼 그래요. 가서 갈아입을 옷 좀 가져올게요."

그녀는 재빨리 후당으로 가서 사발 하나에 도자기 병 안에 있던 성수를 붓고 그 안에 다시 술을 가득 따랐다. 그리고 마음속으로 빌었다.

'영명하신 보살님, 부디 소봉이 이 성수를 마신 다음 전심전력으로 저 아자를 사랑해 처로 맞아들이고 아주 언니를 영원히 잊어버리게 만들어주시기 바랍니다!'

아자가 대청으로 돌아와 소봉을 향해 말했다.

"형부, 술 한잔 드시고 정신 좀 가다듬으세요. 지금 가면 다시는 돌아올 수 없어요."

소봉은 아자가 건넨 술그릇을 받아들었다. 촛불 아래 비친 아자의 두 손은 부들부들 떨고 있었고 두 눈에는 이상야릇한 기운이 드러나 있었다. 또한 얼굴에는 흥분한 듯하면서도 온유한 표정을 짓고 있어 마음이 흔들리지 않을 수 없었다.

'과거 아주가 나한테 마음을 빼앗겼을 때 그녀의 얼굴에도 이런 빛이 보였었다. 에이, 이제 보니 아자가 정말 나한테 연정을 품고 있는 모양이구나.'

그는 사발에 든 술을 모두 마시고 물었다.

"옷은 가져왔느냐?"

아자는 그가 성수를 모두 마신 것을 보고 속으로 기뻐서 어쩔 줄 몰랐다.

"옷은 가져갈 필요 없어요. 어서 가요!"

소봉이 등에 메고 있던 보따리 안에는 옷가지 몇 점과 금은 몇 조각이 들어 있었다.

"저들은 내가 남쪽으로 갈 것으로 예측해 그곳을 지키고 있을 테니 우리는 북쪽을 향해 가야 한다."

그는 아자의 손을 잡고 옆문을 살며시 열어 밖을 살폈다. 호위병 두 명이 어깨를 나란히 한 채 순찰을 돌며 다가오고 있는 모습이 보이자 소봉은 문 뒤로 몸을 숨겨 콜록대며 기침 소리를 냈다. 호위병 둘이 일제히 달려와 살펴보는 순간 소봉은 손가락을 뻗어 두 사람 혈도를 찍

어 쓰러뜨리고 나무 그늘 밑으로 끌고 들어가 아주를 향해 나지막이
말했다.

"어서 이들이 입고 있는 갑옷과 투구를 걸쳐라."

"좋은 생각이에요."

호위병의 갑옷과 투구를 벗겨 몸에 걸친 두 사람은 각각 손에 장모
를 쥐고 어깨를 나란히 한 채 순찰을 도는 척했다. 아자는 눈썹이 눌릴
때까지 투구를 낮게 쓰고 소봉을 힐끗 쳐다봤다. 그녀는 구부정한 몸
으로 허리를 굽힌 채 걷는 그의 모습을 보고 실소를 금하지 못했다. 두
사람이 몇 걸음 걸어가자 한 장수 군영 근위병의 십부장十夫長이 열 명
의 호위병을 대동한 채 순찰을 돌며 걸어오고 있었다. 소봉과 아자는
한쪽에 서서 장모를 들어 예를 표했다.

그 십부장은 고개를 끄덕이며 그대로 지나치는가 싶더니 아자가 입
은 갑옷이 바닥에 끌려 몸에 잘 맞지 않는 것을 보고 그녀를 몇 번 훑
어봤다. 그러다 허리에 찬 칼집까지 바닥에 끌리는 것을 보고 화가 난
듯 주먹으로 그녀의 어깨를 치며 호통을 쳤다.

"갑옷을 어찌 입은 것이냐?"

탄로가 났다고 생각한 아자가 손을 들어 그의 손목을 움켜쥐고 왼
발로 옆구리를 걷어차자 그 십부장은 으악 하고 비명을 지르며 그대
로 나동그라졌다.

소봉이 다급하게 말했다.

"어서 뛰어!"

그녀 손목을 끌어당겨 앞으로 내달리자 열 명의 호위병이 큰 소리
로 외쳤다.

"첩자다! 자객이다!"

그들은 이 두 사람이 소봉과 아자라는 사실을 아직 모르고 있었다. 한참을 내달려가다 맞은편에서 10여 기의 인마가 달려오자 소봉은 장모를 치켜들며 횡으로 쓸어 말 위에 타고 있던 병사들을 모조리 바닥으로 떨어뜨렸다. 곧바로 오른손으로 아자를 들어 말 등에 올리고 자신은 또 다른 말에 훌쩍 올라탄 채 말 머리를 돌려 북문을 향해 돌진했다.

그때 남원대왕부 사방을 지키고 있던 장수들과 병사들이 이 소식을 듣고 사방팔방에서 에워싸며 다가왔다. 소봉은 질풍같이 말을 내달렸다. 과연 그의 짐작대로 요나라 병사들 중 십중팔구는 남쪽으로 가는 길목에 포진한 채 그가 송나라로 도망가는 것을 막고 있어 북문 일대에는 적은 수의 무리들만 드문드문 보일 뿐이었다. 그들은 소봉을 보자 겁부터 집어먹었다. 다들 군령에 못 이겨 앞을 가로막긴 했지만 소봉이 호통을 치며 돌진해오자 뿔뿔이 흩어져 길을 내줄 수밖에 없었다. 그러다 저 멀리 뒤에 처져서 고함을 지르며 쫓아올 뿐이었다. 어영도지휘가 인마를 보충해 부리나케 쫓아갔지만 소봉과 아자는 이미 멀찌감치 달려가고 있었다.

소봉과 아자가 말을 달려 북문에 이르자 성문은 이미 굳게 닫힌 채 성문 앞을 빽빽이 메운 100여 명의 군사들이 각자 장모를 치켜들어 앞을 가로막고 있었다. 소봉이 돌진해나간다면 이 100여 명의 요병들은 그를 막아낼 도리가 없었다. 하지만 그는 여기서 빠져나가기만 바랐을 뿐 본국의 군사들을 해치고 싶지 않았기에 왼손을 뻗어 아자를 말 등 위에서 낚아채 안고 오른발로 등자 위를 찍어 오르며 두 발로

315

말 등 위에 섰다. 곧이어 심호흡을 하고는 몸을 날려 성벽 위로 훌쩍 뛰어갔다. 그러나 단 한 번의 뛰는 동작만으로는 그 높은 성벽을 뛰어 넘을 수 없었다. 그는 미리 대비한 듯 몸이 밑으로 떨어지는 순간 오른 손 장모를 성벽에 꽂은 뒤 꽂힌 장모의 힘을 빌려 다시 성벽 꼭대기로 몸을 날렸다.

성 밖을 내려다보니 어두컴컴하고 불빛이라고는 없었다. 그가 성을 넘어 북쪽으로 향하리라고 짐작한 사람이 없는 듯 그곳을 지키는 병 졸들은 단 한 명도 없었다. 소봉은 길게 포효를 한 뒤 성안을 향해 큰 소리로 부르짖었다.

"가서 황상께 고해라! 소봉이 황상께 죄를 지어 감히 직접 만나뵙고 작별 인사를 드리지 못한다고 말이다. 황상의 크나큰 은덕은 영원히 잊지 못할 것이라고!"

그는 아자의 허리를 감싸안고 몸을 돌렸다. 성벽 밑으로 뛰어내리 기만 하면 이제 바다로 들어간 물고기처럼, 하늘을 나는 새처럼 자유 로운 몸이 되고 더 이상 그 어떤 구속도 받지 않게 될 것이다.

속으로 기쁜 마음에 몸을 날려 뛰어내리려는 순간 느닷없이 아랫배 에 극심한 통증이 느껴지고 양팔이 마비되면서 아자를 감싸안고 있던 왼팔의 힘이 풀려버렸다. 이어서 두 무릎에 맥이 풀려 바닥에 풀썩 주 저앉고 말았다. 배 속에서 마치 수천 자루의 작은 칼이 사정없이 찔러 대는 듯한 통증이 느껴져 참다못해 윽 하는 신음 소리가 새어나왔다. 아자가 깜짝 놀라 소리쳤다.

"형부, 어찌 그러세요?"

소봉은 온몸에 경련이 일어나 이를 따닥따닥 부딪쳤다.

"내… 내가 극… 극독에… 주… 중독됐다…. 기다려… 운… 운기를 해서… 독을 빼내야겠어…."

그는 즉각 진기를 단전에 모으고 배 속의 독물을 밖으로 몰아냈다. 그러나 운기를 하지 않을 때는 괜찮았지만 진기를 돋우는 동안에는 사지 백해 도처에 극심한 통증이 느껴지고 단전 속의 내식이 잠깐 올라왔다가는 다시 가라앉아버렸다. 순간 요란한 말발굽 소리와 함께 수천 기의 인마가 남쪽에서 북쪽을 향해 달려오는 소리가 들려왔다. 다시 진기를 끌어올렸지만 사지에 아무 감각도 느껴지지 않았다. 그는 자신이 극렬한 독약에 중독되어 내력으로 빼낼 수 없다는 것을 알아차렸다.

"아자, 어서 가라! 나… 난 너와 함께 갈 수가 없겠구나."

아자는 순간 자신이 목귀비의 계략에 속아넘어갔다는 사실을 깨달았다. 귀비가 자신을 속여 성수를 가져다 소봉에게 먹이도록 했지만 그건 성수가 아니라 독약이었다. 그녀는 놀랍고도 후회스러운 마음에 소봉의 목을 끌어안고 울었다.

"형부… 제가 형부를 해쳤어요. 그 독약은 제가 먹인 거예요."

소봉은 깜짝 놀라며 도대체 무슨 영문인지 몰라 물었다.

"네가 어찌 날 죽이려 한 게냐?"

아자가 울부짖었다.

"아니, 아니에요! 목귀비가 저한테 물을 한 병 주면서 거짓말을 했어요. 이걸 형부한테 먹이면 영원히 절 좋아하고 저를 처로 맞아들이게 될 거라고 말이에요. 전 정말 아둔하기 짝이 없는 년이에요. 형부, 저랑 함께 죽어요. 그리고 다시는 헤어지지 말아요!"

이 말을 하면서 허리에서 칼을 뽑아 들어 자기 목을 베려 했다.

소봉이 다급하게 말렸다.

"자… 잠깐!"

그는 온몸을 뜨거운 불로 지지고 강철 칼로 베는 듯 몸 안팎에 극심한 통증이 느껴져 생각하는 것조차 어려운 상황이었다. 한참 후에야 아자가 한 말의 의미를 알아차렸다.

"난 죽지 않는다. 너도 죽을 생각 마라!"

육중한 두 짝의 성문이 크르릉 하고 열리더니 수백 명의 기병이 북문으로 뛰쳐나와 고함을 질러대며 포진을 하자 한 무리의 군마가 남쪽으로부터 달려와 연이어 성을 나섰다. 소봉은 성벽 위에 주저앉아 북쪽을 바라봤다. 수 마장에 걸쳐 횃불이 훤히 비치며 횃불 행렬 몇 줄이 구불구불 북쪽으로 이어져 있었다. 고개를 돌려 남쪽을 바라보자 성 안쪽 역시 대부분 횃불로 뒤덮여 있었다.

'황상께서 어영의 군마들을 모조리 이동시켰구나. 나 한 사람을 잡으려고….'

성 안팎의 장졸들이 일제히 함성을 질러댔다.

"반역자 소봉은 어서 투항하라!"

소봉은 배 속에서 또 한차례 극심한 통증이 몰려오자 나지막이 말했다.

"아자, 넌 어서 도망갈 방법을 생각해봐라!"

"제 손으로 형부를 이 지경으로 만들었는데 저… 저 혼자 어찌 살아갈 수 있어요? 저… 저도 형부와 함께 죽겠어요!"

소봉이 씁쓸한 웃음을 지었다.

"이건 사람을 죽이는 독약이 아니야. 나한테 중상을 입혀 출수를 못 하게 만들 뿐이다."

아자 얼굴에 돌연 화색이 돌았다.

"정말이에요?"

그녀는 당장 몸을 돌려 소봉을 자기 등으로 끌어당겨 업었다. 작고 가녀린 아자의 몸으로 유별나게 건장한 소봉을 업고 일으킨들 소봉의 두 발은 여전히 땅바닥에 닿을 뿐이었다. 그때 10여 명의 거란 무사들이 성 위로 기어올라오기 시작했다. 한 손에는 칼을, 한 손에는 횃불을 치켜든 이들은 소봉에 대한 두려움 때문에 감히 가까이 접근하지 못 했다.

소봉이 아자를 향해 외쳤다.

"저항해야 소용없으니 어서 잡아가라고 해라!"

아자가 눈물을 쏟아내며 말했다.

"아니, 안 돼요! 누구든 감히 형부의 털끝 하나라도 건드리는 날에 는 당장 죽여버릴 거예요."

"나 때문에 사람을 죽여서는 안 된다. 내가 사람을 죽이려 했다면 성 지를 받들어 군사를 끌고 남정하면 그뿐이었을 텐데 어찌 이 지경까 지 이르렀겠느냐?"

그는 목청을 높여 큰 소리로 외쳤다.

"이렇게 꽁무니를 빼가지고 무슨 거란의 사내라 할 수 있겠느냐? 나 와 함께 황상을 뵈러 가자."

거란 무사들은 깜짝 놀라 일제히 몸을 굽힌 채 정중하게 말했다.

"네! 저희는 성지를 받들어 여기 왔을 뿐입니다. 대왕께 무례를 범한 점은 용서해주시기 바랍니다!"

소봉은 남원대왕이 된 지 얼마 되지 않았지만 수하들을 후대했던 터라 그 위엄과 명망이 북쪽 지역에 널리 알려져 있어 많은 거란 무사들이 존경해 마지않았다. 병사들 중 대부분은 부화뇌동해서 '반역자 소봉'이라며 떠들어대긴 했지만 그와 직접 대면할 때는 경외심이 생겨 감히 무례한 행동을 하는 이가 없었다.

소봉은 아자의 어깨에 의지해 발버둥치며 몸을 일으켰다. 오장육부가 배배 꼬여 서로 갉아먹는 듯한 통증이 느껴졌다. 병사들은 1장 밖에 서서 칼을 칼집에 꽂아넣고 그가 한 걸음 한 걸음 돌계단으로 성벽 위에서 내려오는 모습을 지켜봤다. 모든 장졸은 소봉이 내려오는 것을 보고 하나같이 말 위에서 내려와 숙연한 자세로 서서 경의를 표했다. 성 안팎의 만 명이 넘는 장졸들은 순식간에 쥐 죽은 듯 조용해졌다.

소봉은 횃불 아래 이들의 순박하고 공손한 안색을 보고 순간 가슴이 따뜻해지는 느낌을 받았다.

'내가 남정을 하기로 했다면 이곳의 만여 장졸들 중 반 이상이 북쪽으로 돌아오지 못할 것이다. 이 수많은 생명을 구할 수만 있다면 황상께서 날 처형한다고 해도 더 이상 한이 없다. 다만 황상께서 날 죽이고 나면 다른 누군가에게 군사를 맡겨 남정을 하겠지.'

여기까지 생각하다 가슴에 다시 극심한 통증이 몰려와 금방이라도 쓰러질 듯 비틀거렸다.

한 장수가 자신이 타고 온 말을 끌고 와 소봉을 부축해 말에 앉혔다. 아자 역시 말에 올라 그 뒤를 따라갔다. 두 사람은 앞뒤에서 호위를 받으며 남쪽 왕부를 향해 돌아갔다. 많은 장졸이 소봉을 사로잡아 큰 공을 세운 셈이었지만 기뻐하기는커녕 오히려 비탄에 잠겼다. 철커덕대는 철갑 소리와 함께 수만 개의 쇠편자 소리가 석판 위에 울려퍼졌지만 환호성은 전혀 들을 수 없었다.

일행은 북문 대로를 거쳐 백마교白馬橋 근방에 이르렀고 소봉도 말을 몰아 다리 위에 올라섰다. 그때 별안간 아자가 몸을 훌쩍 날려 두 발을 안장 위에서 박차고 뛰더니 풍덩 하는 가벼운 소리를 내며 강물 속으로 뛰어들었다. 소봉은 의외의 사태에 자기도 모르게 깜짝 놀랐지만 속으로는 무척이나 기뻤다. 그는 저 말괄량이 낭자를 처음 만났을 때 그녀가 소경호 안에 가라앉아 죽은 척했던 기억을 떠올렸다. 원래 헤엄치는 실력이 보기 드물 정도로 뛰어나 그녀의 부모조차 속아넘어가지 않았던가? 이제 물속으로 도망을 쳤으니 그보다 더 좋을 수는 없는 일이었다. 다만 이제 다시 만날 수 있는 날이 오지 않을 것 같자 속으로 허전한 느낌이 들어 큰 소리로 외칠 따름이었다.

"아자, 어찌 스스로 목숨을 끊은 것이냐? 황상께서 널 힘들게 하는 것도 아닌데 왜 굳이 자결을 하는 것이야?"

모든 장졸은 소봉이 그렇게 말하는 데다 아자가 물속에 들어간 이후 다시 떠오르지 않는 것을 보고 그녀가 정말 자결을 한 것으로 여겼다. 황제가 성지를 내려 소봉 하나만 잡아오라고 했으니 아자가 자결을 하든 도망을 치든 그들에게는 전혀 상관할 바가 아니었다. 원래 누구도 그녀를 힘들게 만들 생각이 없었던 터라 다리 위에 잠시 서서 지켜보다 강물에 아무 동정이 없는 것을 보고 다시 소봉을 따라 나아갔다.

49. 부질없는 영화, 뜬구름 같은 목숨

50

전쟁과 맞바꾼 영웅의 최후

아율홍기가 전통에서 조령낭아전 하나를 뽑아 부러뜨리고는 토막 난 화살을 바닥에 던지며 소리쳤다.

"약속하겠다."

소봉이 왕부에 당도했지만 야율홍기는 소봉을 만나지 않고 어영도지휘에게 명해 옥에 가두도록 했다. 도지휘는 소 대왕이 초인적인 힘을 타고난 사람이라 그 어떤 옥에도 가두어둘 수 없다고 여겨 부랴부랴 대책을 마련했다. 수하에게 명해 가장 크고 무거운 쇠사슬과 쇠고랑으로 그의 손발을 묶도록 한 것이다. 그는 입으로 끊임없이 송구하다는 말을 하며 그를 커다란 철창 안에 가두었다. 그 철창은 전에 아자가 사자를 가지고 놀면서 수사자를 가두어둘 때 사용했던 것으로 철창에 박힌 각 철봉들은 굵직하고 튼튼하기 이를 데 없었다.

또한 철창 밖에는 각각 장모를 든 어영 친위병 100명이 네 겹으로 둘러싸서 지키도록 했다. 소봉이 철창 안에서 이상한 행동을 보이면 친위병들은 장모로 철창 안을 찌를 수 있어 힘이 아무리 세다 해도 짧은 시간 안에 쇠사슬과 쇠고랑을 푼 다음 철창까지 부수고 나올 수는 없었다. 또한 왕부 밖에는 또 다른 친위병들이 삼엄하게 지키고 있었다. 야율홍기는 남경에 주둔하고 있던 장졸들을 모조리 남경성으로 이동시켰다. 이는 소봉에게 충성도가 높은 병사들이 반란을 일으켜 돕는 걸 방지하기 위해서였다.

소봉은 철창 난간에 기대어 이를 악물고 복부 통증을 참고 있느라 다른 생각을 할 겨를이 없었다. 열두 시진이 지난 후인 이튿날 저녁이 되고 수차에 걸쳐 소변을 본 후에야 독약의 약성이 점점 사라져 극심한 통증도 줄어들었다. 기력을 회복하긴 했지만 지금 같은 상황에서 어찌 빠져나갈 수 있겠는가? 그는 고민을 해야 아무 이득이 없다고 생각했다. 평생 그 어떤 극한의 위기도 모두 경험해본 그가 아니던가? 설마 당대의 호걸인 소봉이 정말 철창 안에서 죽음을 맞이할 리야 있겠는가? 다행히 그의 영웅적인 면모를 존경해온 수많은 친위병이 경비를 느슨하게 하진 않아도 좋은 술과 음식을 제공하며 끝까지 예의를 지켰다. 소봉이 마음껏 술을 마시자 며칠 후 철창 옆에는 술 단지가 가득 쌓일 정도였다.

야율홍기는 시종 그를 만나지 않았지만 말재주가 좋은 세객들을 몇 명 보내 좋은 말로 설득하도록 했다. 황상께서 옛정을 생각해 넓은 아량으로 형벌을 내리지 않는 것이니 죄를 뉘우치고 용서를 빌라는 얘기였다. 소봉은 세객들을 거들떠보지도 않고 혼자 술만 따라 마셨다.

그렇게 한 달 남짓한 시간이 지났지만 네 명의 세객은 넌덜머리가 나도록 판에 박힌 말을 끊임없이 되풀이했다. 황상께서 소 대왕에게 베푼 은덕이 태산과도 같으니 황상의 말을 듣기만 하면 목숨을 건질 수 있다는 등, 영명하신 황상께서는 미래를 예견하실 뿐만 아니라 수많은 세월이 지날 때까지 천자의 지위가 결코 단절되는 일이 없을 것이니 반드시 황상이 인도하는 길을 따라가야만 한다는 등 빤한 얘기들이었다. 이 세객들은 자신들의 설득으로 소봉의 마음을 돌릴 수 없다는 걸 알았지만 그래도 쉴 새 없이 지껄여가며 설득을 멈추지 않았다.

어느 날 소봉은 갑자기 의구심이 들었다.

'황상께서 어리석은 분도 아닌데 어찌 이런 수다스러운 자들을 보

내 날 설득하는 걸까? 뭔가 수상쩍은 점이 있다!'

그는 한참을 곰곰이 생각하다 불현듯 떠오르는 생각이 있었다.

'맞아, 황상께서 병력을 이동시키면서 대규모 남정을 펼칠 준비를 하고 있는 것이다. 그래서 전혀 상관없는 사람들을 이곳에 보내 날 진정시키려는 거야. 시일이 지나고 나면 내가 반항을 해도 무익하다는 것을 알도록 만들어 날 굴복시켜 남정에 임하라는 성지를 받들게 하려고 말이야.'

다시 한참을 생각하다 그 이치를 알게 되었다.

'황상께서는 자신이 영웅임을 과시하기 위해 날 진정으로 승복시키려는 것이다. 자신은 친히 군사를 이끌고 남하해 대송 강산을 취한 연후에 내 앞에 와서 과시를 하겠다는 거겠지. 그는 강경한 내 성격을 알고 화를 내서 금식을 하거나 자결을 할까 두려워 저 비루한 소인배들을 보내 나한테 허튼소리를 하는 것이다.'

그는 이미 자신의 생사 안위에 대해 도외시하고 있던 터라 도망칠 생각 따위는 전혀 하지 않고 있었다. 비록 군대를 통솔해 남정에 나서고 싶지는 않았지만 그렇다고 천하의 근심을 염려하는 어질고 지조가 있는 사람이라 할 수는 없었다. 야율홍기가 출병하기로 결심했다면 재난을 피할 수 없는 것이 아니던가? 그는 장탄식을 하며 연이어 열 사발의 술을 마셔댈 뿐 다른 생각은 하지 않았다.

다시 한 달여가 지났을 때 세객 네 명이 끊임없이 주절대자 소봉이 대뜸 물었다.

"우리 거란 대군은 이미 황하를 건넜소?"

세객 네 명이 아연실색하며 서로를 쳐다보다 한참 동안 아무 말도 못했다. 세객 하나가 입을 열었다.

"그렇습니다. 우리 대군은 곧 출발 예정입니다. 아직 황하는 건너지 못했지만 조만간 건널 것입니다."

소봉이 고개를 끄덕였다.

"아직 출발은 하지 않았나 보군. 그럼 길일을 언제로 잡고 있소?"

세객 네 명은 서로 눈짓을 하다 그중 한 명이 말했다.

"저희는 말단 아전들이라 군정에 대해서는 들은 바가 없습니다."

또 다른 세객 하나가 말했다.

"소 대왕께서 마음을 돌리셔야만 황상께서 직접 대왕과 군국 대계를 상의하실 것입니다."

소봉이 콧방귀를 뀌며 더 이상 묻지 않았다.

'황상께서 파죽지세로 대송을 취한다면 날 풀어주고 변량에서 만나게 될 것이다. 그러나 싸움에 지고 돌아온다면 날 볼 면목이 없어 가장 먼저 날 죽이려 하겠지. 황상이 대송을 취하길 바라야 하는 것인가? 아니면 패전을 바라야 하는 것인가? 허허, 소봉아, 소봉아! 너 자신조차 쉽사리 대답하지를 못하는구나!'

다음 날 황혼이 질 무렵 세객 네 명이 또다시 건들건들하며 들어왔다. 소봉을 지키던 친위병들조차 판에 박힌 그들의 말을 지겨워하고 있었다. 그들은 네 사람이 오는 걸 보고 눈살을 찌푸리며 몇 걸음 뒤로 물러섰다. 두 달여 동안 소봉이 탈옥을 하려고 발버둥치는 의지가 전혀 안 보이다 보니 그를 감시하는 관병들도 전처럼 경계에 신중하지 않았던 것이다.

첫 번째 세객이 헛기침을 했다.

"소 대왕, 황상의 성지가 내렸으니 이를 받드시오. 황명을 거절한다면 극악무도한 대죄가 될 것이오."

이 말은 수백 번이나 들었지만 이번에는 그자 목소리가 목에 병이라도 난 듯 무척이나 기괴하게 들렸던 터라 소봉은 자기도 모르게 힐끗 쳐다봤다. 그자를 보는 순간 뭔가 의아한 느낌이 들었다.

그 세객이 눈을 찡긋거려가며 얼굴로 갖가지 괴상한 표정을 짓고 있는 것이 아닌가! 소봉이 눈여겨 바라보니 그자의 생김새가 전과는 많이 달랐다. 다시 정신을 집중해 자세히 바라보고는 자기도 모르게 놀라면서도 한편으로는 기뻤다. 듬성듬성 나 있는 수염은 모두 임의로 붙여놓은 것이었고 담묵색으로 칠한 얼굴은 거무튀튀해서 무척이나 보기 흉했다. 그러나 싯누런 수염 밑에 드러난 자태는 오히려 앵두 같은 입술과 반듯한 콧날의 아주 수려한 모습이었다. 다름 아닌 아자였다. 그녀가 억지로 짓누르는 듯한 목소리로 어물거리며 말했다.

"황상의 말씀은 영원히 틀릴 리가 없습니다. 황상의 말씀에 따라 행해야만 득이 있을 것입니다. 자, 이건 우리 대요 황제의 성지이니 공손하게 읽도록 하십시오."

이 말을 하면서 소맷자락 속에서 종이 한 장을 꺼내 소봉에게 내밀었다.

그때 날은 점점 어둑어둑해져 친위병 몇 명이 마침 대청 사방에 있는 등롱과 촛불을 켜고 있던 중이었다. 소봉이 촛불 빛에 비추어 종이를 바라보니 가느다란 한자로 글이 적혀 있었다.

'대규모 원군이 오니 오늘 밤 탈출하세요.'

소봉이 코웃음을 치며 고개를 가로젓자 아자가 말했다.

"이번 출병은 군마가 적지 않고 하나같이 강맹해서 깃발을 내걸자마자 승리할 것이니 염려 마십시오."

"내가 애꿎은 백성의 희생을 원치 않았기 때문에 황상께서 날 가둔 것이오."

"싸움에 이기려면 신묘한 지략과 계책에 의지해야 하거늘 어찌 살상에 있다 여기십니까?"

소봉이 또 다른 세객 세 명을 바라보자 그 세 사람은 접선을 흔들거나 소맷자락을 들어 가리고 있어 얼굴이 보이지 않았다. 이들 역시 아자와 함께 온 조력자들이었다. 소봉은 탄식을 했다.

"그대들의 호의에 대해서는 심히 고맙게 생각하는 바요. 허나 적의 경계가 매우 삼엄한데 성을 공격하고 땅을 빼앗는 건 자신이 없소."

말이 채 끝나기도 전에 돌연 큰 소리로 부르짖는 친위병들 목소리가 들려왔다.

"독사다! 독사야! 저 많은 독사가 도대체 어디서 온 거야?"

그때 대청 문과 창틀 안에서 수를 헤아릴 수 없는 독사가 머리를 치켜들고 혀를 날름거리며 꿈틀꿈틀 기어들어오자 대청 안은 난장판으로 변했다. 소봉은 속으로 짚이는 바가 있었다.

'독사들 진세를 보아하니 우리 개방 형제들이 지휘하는 것이로구나.'

친위병들은 장모와 요도腰刀를 들고 너도나도 뱀들을 후려쳤다. 친위대장이 소리쳤다.

"소 대왕을 지키는 친위병들은 한 발짝도 움직이지 마라. 명을 어기는 자는 즉시 참할 것이다!"

눈치가 매우 빨랐던 친위대장은 급작스럽게 나타난 뱀 떼를 괴이하게 여기고 소란한 틈을 타서 소봉이 탈옥을 할까 걱정했다. 철창 밖을 에워싸고 있던 친위병들은 과연 그 자리에서 꼼짝도 하지 않고 장모 끝으로 철창 안에 있는 소봉을 겨냥했다. 그러나 달려드는 독사에서 시선을 뗄 수가 없었고 독사들이 가까이 기어오자 자연히 장모를 들어 후려치기 바빴다.

아수라장 속에 갑자기 왕부 뒤쪽에서 떠들썩한 소리가 들려왔다.

"불이야! 불을 꺼라, 어서 불을 꺼라!"

그 대장이 호통을 쳤다.

"개호아凱虎兒! 속히 지휘사 대인께 지시를 내려달라 고해라. 소 대왕을 다른 곳으로 옮겨야 하는지 말이다!"

백부장 중 한 명인 개호아가 대장의 명을 듣고 곧바로 몸을 돌려 달려가려는 순간 갑자기 누군가 대청 입구에서 큰 소리로 고함을 쳤다.

"첩자가 펼치는 조호리산 계책이다. 이에 넘어가서는 안 돼! 누구든 탈옥을 주도한다면 소봉을 창으로 찔러 죽여라!"

바로 어영도지휘사였다. 그는 손에 긴 칼을 들고 위풍당당하게 대청 입구에 서 있었다.

별안간 시퍼런 그림자가 번뜩이면서 누군가 푸른색 독사 한 마리를 그의 면전에 던져버렸다. 어영도지휘사가 칼을 들어 막는 순간 쉭쉭하는 소리가 끊임없이 들려왔다. 누군가 암기를 발사한 것이다. 촛불들이 일제히 꺼져 대청 안은 칠흑 같은 어둠에 휩싸였다. 어영도지휘사가 윽 하고 짧은 비명을 지르며 몸에 암기를 맞고 뒤로 나자빠졌다.

아자가 품 안에서 보도를 꺼내 철창 안에 밀어넣고는 깡깡깡 하는 몇 번의 소리와 함께 소봉의 몸에 채워진 쇠고랑에 연결된 쇠사슬을 끊어버렸다. 소봉이 생각했다.

'이 맹수 우리 철봉은 극히 두껍고 견고해서 아무리 예리한 보도라 할지라도 베기가 힘들 것이다.'

바로 그때 난데없이 발밑에 있던 땅바닥이 꺼져버리더니 아자가 철창 밖에서 나지막이 속삭였다.

"어서 땅굴을 통해 탈출하세요!"

곧이어 소봉의 두 발은 바닥 밑에서 뻗어온 두 손에 잡혀 밑을 향해 끌려들어갔다. 알고 보니 대리국의 땅굴 파기 전문가인 화혁간이 당도했던 것이다. 그는 열흘이 넘는 시간 동안 지하 땅굴을 파서 소봉의 철창 밑에 이른 것이었다.

화혁간은 소봉을 끌어당겨 지하 땅굴을 통해 기어나갔다. 기어가는 속도가 마치 땅 위를 걷는 듯해서 순식간에 100여 장을 기어가 소봉을 부축해 일으키더니 다시 땅굴을 뚫고 나갔다. 땅굴 입구 쪽으로 만면에 희색을 띤 세 사람이 기어오는데 다름 아닌 단예와 범화, 파천석이었다. 단예가 소리쳤다.

"큰형님!"

그는 소봉을 덥석 끌어안았다.

소봉이 껄껄대고 웃었다.

"화 사도의 신기는 익히 들었소만 오늘 친히 목격하고 나니 탄복하지 않을 수 없소."

화혁간이 기뻐하며 말했다.

"소 대왕의 칭찬을 듣다니 소인 평생 최고의 영광입니다!"

그곳은 남원대왕부에서 그리 멀지 않은 곳이라 사방에서 요나라 병사들의 떠들썩한 고함 소리가 들려오고 있었다. 그때 누군가 호각을 불며 말을 끌어 집 밖으로 내달려가며 소리쳤다.

"적이 동문을 공격한다! 어영 친위병들은 제자리를 지키되 함부로 이탈하지 마라!"

범화가 말했다.

"소 대왕, 우리는 서문으로 빠져나가시지요!"

소봉이 고개를 끄덕였다.

"좋소! 아자 일행은 빠져나왔소?"

범화가 채 대답도 하기 전에 아자 목소리가 땅굴 안에서 들려왔다.

"형부, 그래도 제 걱정은 하시네요."

그 목소리에는 희열이 가득했다. 그녀는 지하 땅굴 안에서 쑤욱 몸을 빼냈다. 턱 밑에는 여전히 수염이 붙어 있고 얼굴 가득 흙먼지를 뒤집어써서 지저분하기 짝이 없었지만 소봉 눈에는 그녀를 만난 이후 가장 아름답게만 보였다. 그녀는 보도를 뽑아 소봉이 차고 있던 쇠고랑을 제거하려 했다. 그러나 살에 딱 붙어 있는 쇠고랑을 칼로 베려면 실수로 상처가 날 수도 있어 제거가 쉽지 않아 보이자 아자는 보도를 단예에게 건넸다.

"오라버니, 오라버니가 하세요!"

단예는 보도를 건네받아 내력을 돋우더니 소봉이 차고 있던 쇠고랑을 썩은 나무 베듯 잘라버렸다.

그때 지하 땅굴 안에서 다시 세 사람이 빠져나왔다. 하나는 종영, 또 하나는 목완청이었고 다른 한 명은 개방의 팔대 제자였다. 뱀을 다루는 데 능해 조금 전 대청 안에서 독사들을 난입하게 만드는 데 일조한 그는 소봉이 무탈한 것을 보고 기쁨의 눈물을 흘렸다.

"방주, 어르신께서…."

소봉은 자신을 '방주'라고 부르는 소리를 오래간만에 들었던 터라 그런 개방 제자의 표정을 보고 속으로 가슴이 아팠다.

"고생이 많았네."

그의 격려 한마디에 팔대 제자는 감격스럽고도 영광스러운 나머지 왈칵 눈물을 쏟아냈다.

범화가 말했다.

"대리국 인마들이 동문에서 손을 쓰고 있으니 그 틈에 떠나시지요. 소 대왕께서는 나서지 않는 게 좋습니다. 누군가 알아볼지도 모르니 말입니다."

소봉이 말했다.

"맞는 말이오."

아홉 사람은 대문 한가운데를 뚫고 나갔다. 소봉이 고개를 돌려 바라보니 그곳은 폐허가 된 기와집이었지만 밖에서 보면 전혀 그렇게 보이지 않았다. 아자가 거란 말로 소리쳤다.

"불이야, 불이야!"

범화와 화혁간 등도 아자 말투를 흉내 내며 함께 소리쳤다. 범화와 파천석 등은 거리에 요나라 병사가 없자 도처에 불을 질러 삽시간에 일고여덟 곳에 불길이 치솟아올랐다.

아홉 사람은 서쪽을 향해 내달렸다. 단예 등은 이미 거란 복장으로 갈아입은 상태였고 성안은 아수라장이라 누구도 주목하지 않았다. 거란 기병들이 대거 쫓아오는 소리가 들릴 때는 모두 어두운 집 모퉁이에 숨어 있었다. 열 곳 넘는 거리를 지나자 북쪽에서 호각 소리가 들리며 사람들 고함 소리가 들려왔다.

"큰일 났다. 적이 북문을 공격해 들어와 황상께서 적에게 생포됐다!"

소봉이 깜짝 놀라 걸음을 멈추었다.

"요 황제가 생포됐다고? 셋째 아우, 요 황제는 나와 결의형제를 맺은 형님이시네. 나한테 어질게 대하지는 않으셨지만 그분께 불의를 할 수는 없네. 그분을 해쳐서는 절대 안 돼⋯."

아자가 웃음을 터뜨렸다.

"형부, 염려 마세요. 그 사람들은 영취궁 수하의 삼십육동 동주들과 칠십이도 도주들이에요. 제가 거란 말 몇 마디를 가르치고 외우도록 했어요. 이때쯤 되면 큰 소리로 떠들면서 유언비어를 퍼뜨려 민심을 교란시키라고 한 거죠. 남경성 안에는 막강한 군대가 주둔하고 있고 만 명이 넘는 친위병이 황제를 보호하고 있는데 어찌 생포할 수 있겠어요?"

소봉은 아자의 계책에 놀라워하면서도 기쁜 마음이 들어 물었다.

"둘째 아우 수하들도 모두 왔더냐?"

"어찌 소화상 부하들뿐이겠어요? 소화상 본인은 물론 소화상 마누라까지 왔어요."

"소화상 마누라라니 무슨 말이냐?"

아자가 낄낄대고 웃었다.

"형부는 모르실 거예요. 허죽자 선생의 마누라는 바로 서하 공주예요. 다만 얼굴을 항상 면막으로 가리고 있어 소화상 한 사람 외에는 아무도 볼 수가 없죠. 부인이 예쁘냐고 허죽자 선생한테 물어봤지만 웃기만 할 뿐 대답을 하지 않았어요."

소봉은 도망을 치는 와중에 그런 새로운 얘기를 듣자 아우 입장에
선 축하할 만한 일이라는 생각이 들었다. 그는 단예를 힐끗 쳐다봤다.
단예가 미소 띤 얼굴로 말했다.

"형님, 염려 마십시오. 소제는 전혀 개의치 않습니다. 둘째 형님도
신의를 저버린 건 아닙니다. 이 얘기는 말하자면 좀 기니까 나중에 천
천히 얘기하도록 하시지요."

이런 말을 하는 동안 일행은 다시 거리 하나를 가로질러갔다. 눈앞
에 보이는 광장의 높이 솟은 누각이 화염에 휩싸여 있고 그 누각 앞의
깃대에 붙은 두 폭의 깃발 역시 활활 타오르고 있었다. 소봉은 그 광장
이 남경성 내 연병장으로 요나라 병사들이 훈련을 할 때 쓰는 곳임을
알고 있었지만 언제 저런 높은 누각을 쌓았는지는 자신도 전혀 모르
고 있었다.

파천석이 단예에게 물었다.

"폐하, 요나라 황제의 점장대點將台[25]와 수자기帥字旗[26]가 불타버렸으
니 요군이 매우 불길해 보입니다. 야율홍기가 송나라 정벌 길에 나서
려면 다른 수를 찾아야 할 겁니다."

단예가 고개를 끄덕이며 동조했다.

"맞습니다."

소봉은 파천석이 단예를 향해 폐하라는 호칭을 쓰는 데다 단예가
그 말에 고개를 끄덕이자 속으로 의아한 생각이 들었다.

"셋째 아우, 자… 자네가 황제가 된 것인가?"

단예가 침울한 표정으로 답했다.

"선친께서 불행히도 얼마 전 붕어하셨습니다. 백부님이 제위에서 물러나 천룡사에 승려로 출가하시면서 소제에게 황위를 이으라고 명하셨죠. 덕망도 없고 무능하기 짝이 없는 소제가 제위에 올라 실로 부끄럽기 짝이 없습니다."

소봉이 깜짝 놀라 말했다.

"아니, 백부님께서 붕어하셨다고? 셋째 아우, 자넨 이제 대리국 군주인 몸인데 어찌 이런 위험한 곳까지 뛰어든 것인가? 나 때문에 이런 위험을 감수하다니…. 만에 하나 다치기라도 한다면 내… 내가 어찌 대리국 백성을 대할 수 있단 말인가?"

단예가 깔깔대고 웃었다.

"대리는 변방의 남쪽 외진 곳에 있는 소국입니다. 황제라는 칭호도 분수에 넘치지요. 소제처럼 어수룩한 사람을 무슨 군주로 보겠습니까? 황제 같지도 않은데요. 사람들이 '폐하'라고 부를 때마다 부끄럽기 짝이 없습니다. 골육보다 더한 우리 사이에 큰형님께서 이런 재앙을 당했는데 소제가 어찌 큰형님과 고통을 분담하러 오지 않을 수 있겠습니까?"

범화가 나섰다.

"소 대왕께서 이번에 요나라 황제에게 간해 송나라 정벌을 만류토록 하신 데 대해 폐국의 아래위 모든 이들 중 소 대왕 공덕에 감격하지 않는 이가 없습니다. 요 황제가 대송을 취한다면 그다음 목표는 자연히 대리일 것입니다. 폐국처럼 힘없는 나라에서 어찌 거란의 정병을 막아낼 수 있겠습니까? 소 대왕께서 대송을 구한 것은 대리를 구한 것이나 다름없으니 대리에서 미력한 힘이나마 대왕을 위해 돕는 건 당연하다 할 수 있습니다."

소봉이 말했다.

"난 용기만 있고 계략은 없는 필부일 뿐이라 양국의 전화로 인해 다수의 사상자가 발생하는 사태를 원치 않았을 뿐이오. 어찌 감히 공로를 세웠다 할 수 있겠소?"

이 말을 하는 동안 돌연 남쪽 성에서 화염이 치솟아오르고 한 무리의 백성이 어린아이들을 데리고 군마들 사이로 쏟아져 들어왔다. 백성들 중 한 명이 말했다.

"송나라 소림사 화상들이 수많은 호걸과 함께 남문을 공격하고 있다면서?"

또 다른 사람이 말했다.

"남원대왕 소봉이 반란을 일으켜 송나라에 투항하고 벌써 대요 황제를 죽였다고 하더군."

또 다른 거란인 몇 명이 이를 바득바득 갈다 그중 하나가 말했다.

"소봉이 반역을 해서 적에게 투항하다니 놈을 잡아다 뜯어먹지 못하는 게 한이오."

또 한 사람이 당황해하며 말했다.

"황제 폐하께서 정말 소봉 그 역적한테 살해당하셨단 말이오?"

또 다른 사람이 말했다.

"정말이지 않고? 소봉이 백마를 타고 황제 폐하 앞으로 돌진해 들어가 창으로 폐하의 가슴을 찔러 구멍 내는 모습을 내가 직접 봤단 말이오."

또 다른 노인 하나가 말했다.

337

"소봉 그 개 같은 역적은 어찌 그리 양심이 없는 거지? 그놈은 도대체 거란인이야? 한인이야?"

한 사내가 말했다.

"듣자 하니 그놈은 거란인을 가장한 남만이랍니다. 그 개 같은 역적 놈은 정말 악독하기 짝이 없습니다. 금수만도 못한 놈이에요!"

아자는 그 사람들이 소봉을 욕하는 소리에 노기가 치솟아올라 채찍으로 옆에 있던 거란인을 향해 후려쳐갔다. 소봉이 손을 들어 채찍을 막아 밀어낸 후 고개를 가로저으며 나지막이 말했다.

"계속 얘기하게 놔둬라."

그러고는 물었다.

"소림사 고승들이 쳐들어온 건 사실인가?"

팔대 제자가 말했다.

"상황은 이렇습니다. 단 낭자가 남경에서 빠져나온 즉시 본방의 오 장로를 만나 방주께서 대송 강산과 만백성을 위해 요 황제의 송국 침략을 만류하시다 요나라에 감금되었다는 말을 고했습니다. 오 장로는 처음에 그 말을 믿지 않았습니다. 요나라 사람인 방주께서 어찌 송나라에 그런 호의를 품고 있을 수 있느냐는 거였지요. 해서 남경에 잠입해 직접 탐문을 하게 됐고 그제야 단 낭자 말이 허언이 아님을 알게 된 겁니다. 오 장로는 당장 본방에 '청죽령青竹令'을 내려 방주의 대인대의한 행동을 중원의 각 로 영웅들에게 전했습니다. 중원 무림에서는 방주의 인의로운 행동에 감격해 소림사 고승들을 필두로 방주를 구하러 다 함께 달려온 것입니다."

소봉은 과거 취현장에서 중원의 군웅을 적으로 맞아 적지 않은 영웅호한을 죽였던 사실을 떠올렸다. 그런데 이제 중원의 군웅이 자신을 구하기 위해 달려왔다는 말을 듣자 괴로운 마음이 앞서면서도 감격하지 않을 수 없었다.

아자가 말했다.

"개방의 걸개들이 사방에 서찰을 보냈으니 소식이 얼마나 빨리 전달됐겠어요? 아이고! 큰일 났다. 애석하구나. 애석해!"

단예가 물었다.

"뭐가 애석하다는 게냐?"

"뱀들을 유인하려고 대청에다 피워둔 신목왕정을 급히 나오느라 깜빡 잊고 안 가져왔네요."

"그런 방문좌도 물건이야 잃어버리면 그뿐 아니냐? 가지고 다녀 뭐한다고!"

"흥! 뭐가 방문좌도예요? 그 보배가 없었다면 그 수많은 독사가 그렇게 빨리 올 수 있었겠어요? 안 그랬으면 형부도 빠져나오기 쉽지 않았을 거라고요!"

이 말을 하는 동안 챙 소리와 함께 무기들이 서로 부딪치는 소리가 끊이지 않고 들려왔다. 불빛 속에 수많은 요나라 병사가 서로 격투를 벌이고 있는 모습이 보였다. 소봉은 그 모습을 보고 의아해했다.

"어? 어째서 자기편끼리…."

단예가 말했다.

"큰형님, 목에 흰색 보자기를 묶고 있는 사람들이 우리 편입니다."

아자가 흰색 보자기를 하나 꺼내 소봉에게 건넸다.

"형부도 묶으세요."

소봉이 힐끗 보니 요나라 병사들이 피아를 구분하지 못하고 누구를 죽여야 할지 모르는 것으로 보였다. 마구잡이로 베고 죽이는 와중에 왕왕 요나라 병사끼리 죽이는 경우가 발생하기도 했다. 목에 흰색 보자기를 두른 가짜 요나라 병사들은 칼과 창을 휘둘러 요나라 병사들과 장수들 몸을 향하고 있었다. 소봉은 요나라인들의 피와 살점이 난무하고 시체가 바닥에 널려 있는 모습을 보고 흰색 보자기를 든 채 두 손을 부르르 떨지 않을 수 없었다. 그는 속으로 크게 부르짖었다.

'난 거란인이지 한인이 아니다! 난 거란인이지 한인이 아니야!'

그는 흰색 보자기를 도저히 자기 목에 두를 수 없었다.

바로 그때 크르릉 소리와 함께 육중한 성문 두 짝이 천천히 열리기 시작했다. 단예와 범화는 소봉을 에워싸고 성문을 향해 달려나갔다. 성문 밖에는 횃불을 든 수많은 개방 제자가 말을 끌고 와 대기하고 있었다. 그들은 소봉이 나오는 모습을 보고 곧바로 우레와 같은 환호성을 질렀다.

"교 방주! 교 방주!"

불빛이 하늘을 비추며 환호성은 천지에 진동했다.

두 줄기 횃불 행렬이 각각 좌우를 향해 이동하더니 그 사이에서 말한 마리가 쏜살같이 달려왔다. 말 위에는 한 늙은 걸개가 두 손을 머리까지 치켜들고 개방 방주의 신물인 타구봉을 받쳐들고 있었는데 다름 아닌 오 장로였다. 그는 소봉 앞까지 말을 달려오더니 말에서 훌쩍 뛰어내려 바닥에 무릎을 꿇고 말했다.

"이 오장풍이 여러 형제들의 청으로 본방의 타구봉을 방주께 돌려드리고자 합니다. 우리는 죽어 마땅할 만큼 어리석고 양심 없는 사람들이라 좋은 분을 억울하게 만들어 방주께 모진 고통을 안겨드리고 말았습니다. 우리 모두 개돼지보다 못한 자들이니 부디 방주 대인께서 소인배들의 과오를 문제 삼지 마시고 우리 모두 부모 없는 고아 무리임을 감안해 다시 본방의 방주가 되어주십시오. 우리 모두 간인들의 선동에 넘어가 방주를 거란의 개로 몰아붙였으니 죽어 마땅합니다. 이미 그 간적인 전관청은 난도질해 죽여 방주를 대신해 화풀이를 했습니다."

그는 이 말을 하면서 타구봉을 소봉에게 내밀었다.

소봉은 쓰라린 마음을 부여잡으며 말했다.

"오 장로, 재하는 거란인이 확실하오. 여러분들이 의리를 중시하신 데 대해서는 재하가 감격해 마지않지만 방주 자리만은 절대 맡을 수가 없소."

이 말과 함께 손을 내밀어 오장풍을 부축해 일으켰다.

오장풍은 어찌할 바를 모르겠다는 기색으로 머리를 긁적였다.

"또… 또 거란인이라 말씀하시는 겁니까? 방주가 하고 싶지 않아 그러는 것 아닙니까? 교 방주, 우리 모두 사람을 잘못 본 데 대해 용서를 비는 겁니다. 부디 널리 살피시어 다시는 나무라지 마십시오!"

그때 성내에서 북소리가 울려퍼지며 대규모 요나라 병사들이 돌진해 나왔다. 단예가 소리쳤다.

"오 장로, 어서 가시지요. 요군 세력이 엄청나 진을 펼친다면 당해내기 어려울 것이오."

소봉 역시 개방과 중원의 군웅이 일시적인 우세를 점한 것은 상대가 손쓸 틈이 없을 때 공세를 취해 그런 것임을 잘 알고 있었다. 만일 요군과 대대적인 격전이 벌어지게 된다면 강호의 호한 수백 명이 어찌 수만 요나라 정병의 적수가 될 수 있겠는가? 하물며 이 싸움이 시작되면 양쪽 모두 수많은 사상자가 발생할 테니 자신이 품고 있던 의도에 크게 위배되는 일이 될 것이었다.

"오 장로, 방주 문제는 천천히 얘기해도 늦지 않소. 어서 명을 내려 형제들이 서쪽으로 후퇴할 수 있도록 하시오."

오 장로가 즉시 답했다.

"네!"

그는 곧바로 명을 내려 개방 무리의 후발대를 선봉대로 삼아 서쪽을 향해 질주해가도록 했다. 얼마 지나지 않아 허죽자가 영취궁 수하 여인들을 비롯해 삼십육동과 칠십이도 지사들을 데리고 소봉 일행과 회합했다. 수 마장을 달려나가자 부사귀와 주단신 등의 인솔하에 대리국 무사들이 달려왔다. 그러나 소림 군승과 중원의 군호는 시종 당도하지 않았다. 어렴풋이 남경성 안에서 싸우는 소리가 들려왔다.

소봉이 말했다.

"소림파와 중원의 호걸들이 성안에 갇힌 모양이오. 잠시만 기다립시다."

한참을 기다렸지만 성안의 교전 소리가 점점 더 크게만 들려왔다. 단예가 말했다.

"큰형님은 여기서 기다리십시오. 제가 가서 빼내오겠습니다."

그는 대리 무사들을 이끌고 남경성으로 돌아갔다.

그때 날이 점점 밝아오자 소봉은 걱정스러운 마음이 들었다. 중원 호걸들이 위기에서 빠져나올 수 있을지 의문이었기 때문이다. 그때 교

전 소리가 천지를 진동하며 대리국 무사들이 되돌아가고 한참이 지났음에도 시종 군호의 모습은 보이지 않았다.

개방의 척후 하나가 말을 타고 내달려와 고했다.

"수천 명에 이르는 요나라 철갑 병사들이 서문을 에워싸고 있어 대리국 무사들이 들어가지 못하는 것은 물론 중원 군호 역시 빠져나오지 못하고 있습니다."

허죽이 오른손을 흔들며 소리쳤다.

"우리 영취궁에서 지원을 가도록 합시다."

그는 2천여 명에 이르는 각지의 호한들과 영취 9부 여인들을 데리고 성을 향해 달려갔다.

소봉이 말 위에 올라 저 멀리 동쪽을 바라보니 남경성 안 곳곳에 짙은 연기가 피어오르고 있었다. 동쪽과 서쪽에서 각각 화염이 솟구쳐 오르는데 도대체 어찌 된 영문인지 알 수가 없었다. 반 시진을 기다리니 다시 척후 한 명이 와서 고했다.

"대리 단 황제와 영취궁 허죽자 선생께서 혈로를 뚫고 성안으로 들어갔습니다."

소봉은 여태껏 어떤 싸움이 벌어져도 늘 앞장서 왔지만 이번에는 전장에서 멀리 떨어져 초조하게 지켜볼 수밖에 없으니 도저히 참을 수가 없었다.

"내가 가봐야겠다!"

아자와 목완청, 종영 세 소녀가 일제히 권했다.

"요나라인들은 소 대왕을 잡기 위해 안달입니다. 모험을 하시면 절대 안 됩니다."

소봉이 말했다.

"상관없다!"

그가 말을 달려 나아가자 개방 제자들이 그 뒤를 따라갔다.

남경성 서문 밖에 당도하자 성벽 밑과 성벽 꼭대기, 해자 양쪽 끝에 수백 구의 시체가 쌓여 있었다. 요군 시체들은 물론 단예와 허죽 두 사람 수하들 시체도 적지 않았다. 그때 성문은 아직 닫혀 있지 않은 상태였다. 도주 두 명이 대도를 휘두르면서 성문 옆을 지키며 달려드는 요나라 병사들을 맹렬하게 베어 성문을 닫지 못하게 막고 있었던 것이다. 별안간 남쪽과 북쪽에서 말발굽 소리가 들려오자 소봉은 깜짝 놀라 말했다.

"큰일이다. 대규모 요군이 남과 북에서 포위해오고 있다. 여기 갇힐 수는 없어."

그는 당장 철창 한 자루를 빼앗아 부러뜨리면서 몸을 훌쩍 날려 창 끝을 성벽에 찍고 그 힘을 빌려 튕겨올랐다. 그러고는 창끝으로 다시 성벽을 찍어가며 몇 번 훌쩍 뛰어오르자 성벽 위에 이르렀다. 성안을 바라보니 성 서쪽 사방 수 마장 안의 동쪽과 서쪽에 각각 한 무리가 수많은 요군에게 둘러싸여 있었는데 대부분 중원 호걸들로 보였다. 사방에 흩어져 거의 각개 전투를 하는 형국이 되어버린 것이다. 군호의 무공이 강하긴 했지만 일인당 일고여덟 명에서 10여 명 정도를 상대해야 했기에 싸움이 길어지면 중과부적을 피할 수 없는 상황이었다.

소봉은 성벽 위에 서서 성 안쪽을 바라보다 다시 성 밖을 바라봤다. 속으로 난감하기 이를 데 없었다. 자신을 구하기 위해 달려온 군호가 요나라 병사들 칼 아래 하나하나 죽어가는 모습을 차마 눈뜨고 볼 수 없었던 것이다. 그러나 그들을 구하러 달려 내려간다면 공공연히 요나라를 적대시하고 나라를 배반해 적을 돕는 요나라의 간적이 되지 않겠는가? 남경 탈출은 박해를 피하기 위한 것이니 남들로부터 '소봉이 불충하다'라는 말을 들으면 그뿐이지만 창끝을 겨누어 요나라를 공격한다면 극악무도한 죄인으로 변해버리고 말 것이다.

소봉은 일을 행함에 있어 줄곧 시원스럽고 극히 빠른 결단력을 가지고 있었지만 지금은 진퇴양난이라 할 수 있었다. 눈 깜짝할 사이에 성벽 옆에 있던 일고여덟 명의 거란 무사가 소림 노승 두 명을 에워싸고 격투를 벌였다. 소림승 한 명이 손으로 계도를 휘두르다 입에서 선혈을 뿜어내는데 중상을 입은 것으로 보였다. 소봉이 유심히 살펴보니 그는 현명이었다. 옆에서 선장을 휘두르며 필사적으로 엄호를 하는 또 다른 소림승이 있었는데 그는 바로 현석이었다. 요군 두 명이 긴 칼을 휘둘러 현명을 향해 베어갔지만 현명은 중상을 입은 몸이라 막아낼 힘이 없었다. 현석이 선장을 거꾸로 쥐고 선장 끝을 위로 튕기며 긴 칼 두 자루를 부딪쳐 되돌려 보냈다. 순간 현명이 으악 하고 비명을 질렀다. 왼쪽 어깨에 칼을 맞은 것이다. 현석이 선장을 비껴들고 달려가 그 요나라 병사의 근골을 부숴버리려 했지만 달려가면서 가슴의 문호가 열려 창을 들고 직진하던 거란 무사에 아랫배를 찔려버리고 말았다. 현석이 선장을 내려쳐 거란 무사의 두개골은 박살났지만 현석 또한 죽음을 맞이하게 된 것이다. 현명은 계도를 마구 휘둘러댔지만 이미 제대로 된 초식이라고 볼 수 없었다. 그는 눈물을 흘리며 부르짖었다.

"사제, 사제!"

소봉은 그 광경을 목격하자 뜨거운 피가 용솟음쳐올라 참다못해 큰 소리로 외쳤다.

"소봉은 여기 있다. 죽이려면 날 죽이고 무고한 살상은 그만둬라!"

그는 성벽 꼭대기에서 밑으로 뛰어내리며 두 다리가 바닥에 닿기도 전에 거란 무사 두 명을 걷어찼다. 그리고 왼발로 착지하자마자 곧바로 현명을 잡아당기는 동시에 오른손으로 현석의 선장을 받아들고 소리쳤다.

"구조가 늦었으니 큰 죄를 지었습니다."

그는 선장을 휘둘러 거란 무사 두 명을 수 장 밖으로 떨쳐 보냈다.

현석이 쓸쓸한 웃음을 지었다.

"우리가 거사를 거란인이라 모함했으니 그게 더욱 큰 죄과요. 선재로다, 선재로다! 이제 모든 진상이 밝…."

말이 채 끝나기도 전에 그는 옆으로 고개를 돌리며 이내 목숨이 끊어져버리고 말았다.

소봉은 현명을 감싸안은 채 왼쪽 편에서 적에게 포위돼 공격당하고 있던 대리 무사들을 향해 돌진해갔다. 요나라 병사들은 남원대왕이 모습을 드러내자 모두 겁을 집어먹었다. 소봉은 선장을 휘둘러 먼 곳에 있는 사람은 쑤시고 가까이 있는 사람은 후려쳐 나갔다. 목숨을 해치지는 않았지만 여기 걸리는 사람들은 부상을 입지 않을 수 없었기에 요나라 병사들은 앞다투어 뒤로 물러섰다. 소봉이 좌충우돌하는 동안 순식간에 대리 무사들을 비롯한 200여 명이 모이게 되었다. 그는 큰 소리로 외쳤다.

"모두 흩어지지 마시오!"

그는 200여 명을 끌고 사방을 돌아다니며 포위당한 사람이 보이면 달려가 포위된 사람들을 합류시키면서 마치 눈덩이가 불어나듯 세력을 키워갔다. 합류한 인원이 1천 명이 넘자 요군도 더 이상 막아낼 방법이 없었다. 소봉과 허죽, 단예 및 소림사 현도대사가 이끄는 중원의 군호는 하나로 뭉쳐 성문을 향해 돌진해나갔다.

소봉은 손에 선장을 들고 성문 옆에 서서 대리국과 영취궁, 중원 군호 삼로의 인마들을 일일이 성 밖으로 내보냈다. 요나라 병사들은 소봉이 위풍당당하게 성문을 지키는 모습을 보고 멀찌감치 서서 고함만 내지를 뿐 감히 앞으로 나서서 달려들지 못했다.

소봉은 일행이 모두 빠져나갈 때까지 기다렸다가 그제야 마지막으로 성을 나섰다. 성문을 나서면서 고개를 돌려보니 시체들이 겹겹이 쌓여 있는 광경이 보였다. 이 싸움으로 인해 얼마나 많은 목숨이 살상됐는지 모를 일이었다. 그때 영취궁의 여장수 두 명이 피바다 속에서 신음 소리를 내며 꿈틀거리는 모습을 본 소봉은 성문 쪽으로 다가가 두 여인의 등을 잡고 들어올렸다.

그때 느닷없이 천둥소리처럼 요란한 북소리가 들려오더니 두 무리의 기병이 남북에서 돌진해왔다. 소봉은 순간 의기소침해졌다. 그 두 무리의 기병은 각각 1만 명이 넘는 숫자였기 때문이다. 소봉 일행은 이미 오랜 싸움을 거친 후라 상처투성이에다 많이 지쳐 있는 상황인데 어찌 적에 맞설 수 있겠는가? 그는 소리쳤다.

"개방 형제들은 후방을 엄호하고 부상자들은 말에 태워 먼저 물러나 있도록 하시오!"

개방 제자들이 큰 소리로 답하며 앞다투어 말에서 내렸다. 소봉이 다시 외쳤다.

"타구대진打拘大陣을 펼쳐라!"

개방 제자들이 '연화락蓮花落' 노래를 부르며 일렬씩 줄을 맞추어 인간 장벽을 쌓기 시작했다. 소봉이 부르짖었다.

"현도대사, 둘째 아우, 셋째 아우! 각 수하들을 데리고 서쪽으로 퇴각하고 후방 엄호는 개방에 맡기시오!"

날이 밝아오면서 요군의 창과 칼끝이 햇빛에 비쳐 번뜩거리고 수만 개의 쇠편자가 바닥을 밟자 천지가 요동을 쳤다. 허죽과 단예는 요군의 위세를 보고 개방의 타구대진으로는 도저히 막아낼 수 없다 여겨 각각 소봉의 좌우에 서서 결의를 다졌다.

"큰형님, 우리 결의형제는 동고동락하며 생사를 함께할 것입니다!"

소봉이 말했다.

"그럼 어서 각 수하의 인마들을 퇴각시키게!"

허죽과 단예는 각자 명을 내렸다. 그러나 영취궁 수하들은 주인을 버려두고 갈 수 없다며 고집을 하는 데다 대리국의 장졸들 역시 황제를 험지에 두고는 절대 갈 수 없다며 퇴각하려 들지 않았다. 요군이 점점 더 가까이 돌진해오며 그들이 쏜 화살이 소봉 일행이 있는 곳에서 10여 장 앞에 후두두둑 떨어졌다. 현도는 이미 중원 군호를 인솔해 먼저 후퇴했지만 상황이 심상치 않은 것을 본 군호 중 수십 명이 이들을 돕기 위해 되돌아왔다.

소봉 혼자 속을 태우며 생각했다.

'이들 개개인이 각자 고강한 무공을 지니고 있긴 하지만 한데 모아놓으니 오히려 오합지졸일 뿐이구나. 병법 배치에 어두운 자들로 어찌 요군에 맞서 대항할 수 있겠는가? 나 하나 죽는 거야 상관없지만 이

모든 사람이 남경성 밖에서 요군에게 전멸한다면 그건… 그건….'

소봉이 어찌할 바를 모르는 순간, 돌연 요군 진영에서 다급한 징소리가 울려퍼졌다. 뜻밖에도 그건 병력을 철수한다는 신호였다. 앞으로 돌격해오던 요군이 징소리를 듣자 곧바로 말 머리를 돌리더니 후발대가 선발대로 변해 각자 남쪽과 북쪽을 향해 후퇴하기 시작했다. 소봉은 영문을 몰라 의아한 생각이 들었지만 요군 진영 후방에서 함성 소리가 들리고 다시 흙먼지가 피어오르는 모습이 보였다. 뜻밖에도 또 다른 군마들이 요군 배후를 습격하고 있었다. 소봉은 더욱 의아한 생각이 들었다.

'요군 후방에 또 다른 군마가 어찌 있는 거지? 혹시 누군가 반란을 일으킨 건가? 황상께서 전방과 후방에서 적을 맞이한다면 상황이 여의치 않을 것이다.'

그는 요군이 곤경에 처한 것을 보고 자기도 모르게 야율홍기에 대해 관심을 두게 되었다.

소봉은 말 등 위로 훌쩍 뛰어올라 요군 진영 후방을 바라다봤다. 그때 한 폭의 백기가 휘날리며 화살이 비 오듯 쏟아지더니 요나라 병사들이 우수수 말 위에서 떨어졌다. 소봉은 그제야 깨달았다.

'아, 내 여진족 친구들이 왔구나. 한데 그 친구들이 어찌 알고 온 거지?'

여진족 사냥꾼들은 뛰어난 활솜씨를 지닌 데다 용맹하기 이를 데 없었다. 각 소대마다 100명의 인원으로 구성된 그들이 야생마에 올라탄 채 큰 소리로 함성을 지르며 미친 듯이 달려들자 요군 진영은 삽시간에 와해돼버리고 말았다. 여진족 사람들은 수가 많지는 않았지만 워낙 용맹하고 날렵한 데다 요군의 허를 찔러 공격을 가하고 있었다. 요

349

군 통솔자는 정세가 불리하고 소봉이 통솔하는 인마마저 앞에서 달려와 협공할까 두려워 황급히 병력을 철수해 성으로 들어가버렸다.

범화는 대리국의 사마로 있어 병법에 정통한 사람이었다. 그는 지금이 절호의 기회라 여기고 재빨리 소봉을 향해 권했다.

"소 대왕, 속히 돌격해야 합니다. 지금이 적을 물리칠 좋은 기회입니다."

소봉이 고개를 가로젓자 범화가 다시 설득했다.

"여기서 안문관까지는 거리가 있습니다. 만일 이 기회에 요군을 격파하지 않으면 후환이 있을 것입니다. 적의 숫자가 많은 상황이라 온전하게 후퇴하지 못할 수도 있습니다."

소봉이 다시 고개를 가로저었다. 범화는 의혹이 가시지 않은 듯 생각했다.

'소 대왕이 적을 전멸시키길 원치 않고 있구나. 혹시 훗날 요 황제와 재회할 여지를 남겨두려 하는 것인가?'

흙먼지 속에서 상반신을 드러내고 있거나 짐승 가죽을 두른 여진인들이 말을 타고 내달려오며 화살을 휙휙 쏘아내자 요나라 병사들은 뿔뿔이 흩어져 도망쳤다. 그중 요군 후발대 1천여 명은 성안으로 미처 되돌아가지 못해 성벽 밑에서 여진인들의 화살에 맞아 대부분 그 자리에서 죽임을 당했다. 여진인들은 머리 앞부분을 밀어버리고 뒷머리는 땋아 늘어뜨린 변발을 하고 있어 얼굴이 하나같이 흉악해 보였다. 더구나 지금은 온몸이 피로 범벅인 상태가 아닌가? 그들은 적을 활로 쏘아 죽인 후 곧바로 칼을 휘둘러 수급을 베어 허리춤에 걸어놓고 있었다. 심지어 허리춤에 10여 개나 되는 수급을 주렁주렁 매달고 있는 이들도 있었다. 군호는 강호에서 흉악하기 이를 데 없는 살인 장면을 수없이 봐왔지만 이렇게 흉악하고 잔인한 만인들을 처음 보는 터라 모두들 아연실색하지 않을 수 없었다.

한 건장한 체구의 사냥꾼이 말 등 위에 올라 큰 소리로 부르짖었다.

"소 대형, 소 대형! 이 완안 아골타가 도우러 왔소!"

이를 본 소봉이 말을 타고 쏜살같이 달려나갔다. 두 사람은 보자마자 양손을 꼭 잡았다.

아골타가 기쁨에 찬 얼굴로 말했다.

"소 대형, 그날 작별 인사도 없이 떠나는 바람에 이 아우가 매일같이 걱정을 했소. 후에 소 대형이 요나라의 대관에 올랐다는 척후의 말을 듣고 그걸로 됐다고 여겼지만 요나라인들은 워낙 교활한 자들이라 소 대형이 관직에 오래 있지는 못할 것이라 생각했는데 과연 며칠 전 척후로부터 소 대형이 그 개 같은 요나라 황제한테 잡혀 옥에 갇혔다는 소식을 듣게 된 것이오. 해서 이 아우가 당장 수하들을 이끌고 구하러 온 것이오. 다행히도 소 대형이 무사한 것을 보니 이 아우가 기쁘기 한량이 없소."

"구해줘서 고맙소!"

소봉의 말이 채 끝나기도 전에 별안간 성벽 위에서 화살이 쏟아져 내려왔다. 그러나 두 사람은 성벽에서 멀리 떨어져 있어 화살이 미치지 못했다.

아골타가 버럭 화를 내며 고함을 쳤다.

"거란의 개자식들! 형님과 얘기를 나누는데 방해를 한단 말이야?"

그는 활시위를 잡아당겨 화살 세 발을 쐈다. 성 밑에서 위로 쏘았음에도 세 번의 비명 소리가 들리며 요나라 병사 세 명이 화살에 명중돼 성벽 위에서 그대로 떨어졌다. 요군이 그에게 쏜 화살은 미치지 못했지만 그가 쏜 강력한 화살이 그 먼 곳에 이르러 세 발 모두를 명중시키자 성벽 위에 있던 요나라 병사들은 일제히 비명을 지르며 앞다투어 활시위를 거두고 방패를 세워 들었다. 그때 성안에서 북소리가 둥둥 울려퍼지는데 요군이 다시 병사들을 모으고 장수를 지목하는 의례를 치르는 것으로 보였다.

아골타가 큰 소리로 외쳤다.

"모든 형제는 들어라! 거란의 개들이 또다시 개구멍을 뚫고 나오려 하고 있다. 다시 한번 통쾌하게 싸우자!"

여진인들의 큰 함성 소리는 마치 짐승들의 포효처럼 들렸다.

소봉은 이 싸움이 벌어지면 양측에 무수히 많은 사상자가 발생할 것이란 생각이 들어 다급하게 말렸다.

"아우, 날 구하러 와서 이제 내가 위기에서 벗어났는데 어찌 또 싸움을 하려는 것이오? 오랜만에 만났으니 그냥 조용한 곳에 가서 형제끼리 거나하게 한잔합시다."

완안 아골타가 답했다.

"그것도 옳은 말씀이오. 가시지요!"

바로 그때 성문이 열리면서 요군 철갑 기병 무리가 물밀듯이 달려나왔다. 아골타가 욕을 퍼부었다.

"죽여도 죽여도 끝이 없는 거란의 개들 같으니!"

이 말을 하더니 활에 화살 한 발을 메겨 앞장서서 오던 무사의 얼굴을 향해 쏘자 그대로 말에서 떨어져 고꾸라졌다. 다른 여진인들 역시 앞다투어 요나라 병사들 얼굴을 향해 활을 쏘아댔다. 그들은 활솜씨에 정통했고 화살촉에 극독을 묻혀놨기 때문에 화살에 맞은 사람은 비명조차 내지르지 못하고 즉사할 수밖에 없었다. 순식간에 성문 입구에는 수백 구의 시신이 쌓이고 인마와 갑주가 쌓인 작은 언덕이 형성돼 성문을 막아버렸다. 나머지 요나라 병사들은 혼비백산하며 되돌아가 성문을 걸어잠그고 다시는 나오지 못했다.

완안 아골타는 부족원들을 끌고 성 밑으로 달려가 위엄을 과시하며 큰 소리로 욕을 해댔다. 이를 지켜보던 소봉이 외쳤다.

"아우, 그만 가지!"

"네!"

소봉의 만류에 어쩔 수 없다는 듯 답을 한 아골타는 극을 들어 성벽 위를 가리키며 큰 소리로 외쳤다.

"거란의 개들은 들어라! 우리 소 대형께서 털끝 하나 다치지 않은 덕에 살아남은 줄 알아라! 그렇지 않았다면 당장 성벽을 부수고 너희 거란 개들을 일일이 죽여버렸을 것이다!"

그는 소봉과 말 머리를 나란히 한 채 서쪽을 향해 10여 리를 달려가 한 언덕 위에 이르렀다. 아골타가 말에서 뛰어내려 말 옆에 걸어둔 가죽 주머니를 빼서 소봉에게 건넸다.

"형님, 드시오."

소봉이 술 주머니를 건네받아 반 주머니 정도를 꿀꺽꿀꺽 마시고 아골타에게 돌려줬다. 아골타는 나머지 반 주머니를 모두 마신 후 말했다.

"형님, 이 아우와 함께 장백산에 가서 사냥이나 하고 술이나 마시며 유유자적 살아가는 게 즐겁지 않겠소?"

소봉은 야율홍기의 성격을 잘 알고 있었다. 그는 오늘 남경성 밑에서 완안 아골타에게 패한 데다 그에게 심한 욕까지 먹어 체면을 크게 구겨버렸으니 그대로 포기하지 않을 것이 확실했다. 분명 병력을 정비해 다시 싸우러 올 것이다. 여진인들이 용맹하긴 하나 어쨌든 숫자가 적어 승부를 예측할 수 없기에 싸움을 피하는 게 상책이니 그들을 위한 묘책을 제시해야만 했다. 과거 장백산 밑에서 지낸 나날을 떠올렸다. 아자의 상처를 치료해주는 일 외에는 별다른 근심거리가 없었지 않았던가? 더구나 그곳에선 명리를 위해 싸우는 일이 없을 테니 앞으로 여진족 부락 안에 안주하면 무수한 번뇌들을 피할 수 있겠다는 생각이 들었다.

"아우, 저 중원의 영웅호걸들은 모두 날 구하러 온 것이오. 내가 저들을 안문관까지 배웅을 한 후 아우와 다시 합류하도록 하겠소."

아골타가 크게 기뻐했다.

"중원의 남만들은 쓸데없이 말만 많을 뿐 호인이라곤 별로 없지요. 전 그들과 대면하고 싶지 않소."

이 말과 함께 부족원들을 데리고 북쪽을 향해 사라졌다.

중원 군호는 번인番人[27]들이 바람처럼 나타났다 가버리는 데다 용맹하기 이를 데 없는 모습을 보고 생각했다.

'저 번인들이 요군보다 더 대단하구나. 저들이 교 방주의 친구인 게 다행이다. 그렇지 않았다면 감당하기 힘들 뻔했어.'

각 로의 인마들이 모여들자 떠들썩해지기 시작해 조금 전 남경성 밑에서 벌어진 치열한 싸움에 관해 앞다투어 담론을 했다.

소봉이 군호를 향해 바닥까지 허리를 굽히고 외쳤다.

"여러분의 인의에 넘치는 행동에 감사드리겠소. 과거 이 소 모가 저지른 악행을 마음에 두지 않고 절 구하기 위해 천 리 먼 길을 달려와 주신 은덕은 영원히 갚지 못할 것이오."

현도가 나서서 말했다.

"교 방주, 무슨 말을 그리하시오? 지난 일들은 모두 오해에서 비롯된 것이오. 무림 동도 입장에서 서로 환난을 돕는 것은 당연한 이치요. 하물며 교 방주는 중원의 수많은 백성을 위해 생사안위를 돌보지 않고 부귀영화조차 마다했으니 만천하에 인덕을 베풀었다 할 수 있소. 오히려 모든 이가 교 방주에게 고마움을 표해야 할 것이오."

범화가 큰 소리로 외쳤다.

"영웅 여러분, 재하가 요군의 기세를 살펴보니 패배를 달갑게 여기지 않아 다시 추격해올 것 같소. 여러분께서는 어찌 생각하는지 모르겠소?"

군호가 큰 소리로 부르짖기 시작했다.

"이참에 요군과 필사의 일전을 펼쳐봅시다! 저놈들을 두려워한다는 게 말이나 되는 소리요?"

범화가 말을 이었다.

"적군은 숫자가 많아 평지에서 교전을 벌인다면 우리에게 불리할 것이오. 아무래도 서쪽으로 후퇴하는 게 좋을 듯싶소. 첫째 송군과 가까운 거리에 있어 어쨌든 서로 협력할 수가 있고, 둘째 적군이 멀리 추격해오면 올수록 숫자가 적어질 테니 우리가 반격할 수 있는 기회를 잡을 수 있을 것이오.”

군호는 일제히 동조했다. 곧바로 허죽은 영취궁 수하들을 인솔해 제일로第一路가 되고, 단예는 대리국 군마를 인솔해 제이로第二路가, 현도는 중원 군호를 인솔해 제삼로第三路가, 소봉은 개방 제자들을 이끌고 후방을 엄호하기로 했다. 각 로 사이의 거리는 수 마장 정도만 남겨두고 척후가 준마에 올라 앞뒤를 오가며 소식을 전할 수 있도록 했다. 적에게 징후가 보이면 상호 협력할 수 있도록 한 것이다.

그렇게 느릿느릿 하루를 걸어가다 그날 밤 산간에서 야영을 하게 되었다. 허죽은 마음을 놓을 수가 없어 매란국국 네 자매를 이끌고 소봉과 단예를 살피러 갔다. 개방의 오장풍 등은 소봉과 오랜 기간 헤어져 있으면서 늘 그리워했던 터라 소봉의 등 뒤로 다가와 앉아 있었다. 비록 말은 안 했지만 그의 뒷모습을 바라보면서 속으로 기쁨과 위안을 느꼈던 것이다.

소봉이 대뜸 물었다.

“오 장로, 유탄지는 더 이상 개방 사람이라 할 수 없는 것이오?”

오 장로는 재빨리 자리에서 일어나 공손하게 고했다.

“방주께 아룁니다. 이미 철두인 그 녀석은 멀리 쫓아버렸습니다. 그 녀석 입장에서는 목숨을 살려놓은 것만 해도 다행이지요.”

소봉이 탄식을 했다.

“오 장로, 난 개방의 방주가 아니오. 허나 당신은 여전히 내 좋은 형제요.”

오장풍은 바닥에 무릎을 꿇었다.

“방주, 방주께서 우리를 용서하지 않아 방주가 되길 원치 않는 거라면 차라리 소인이 개방에서 나가 떠돌이 영혼이 되겠습니다."

소봉이 말했다.

"원치 않는 것이 아니라 내가 거란인인 것은 확실하기 때문이오. 당신들이 누구를 방주로 삼든 간에 타구봉법과 항룡이십팔장은 내가 전수하지 않으면 안 될 것이오."

그는 한참을 머뭇거리다 소리쳤다.

"둘째 아우!"

허죽이 답했다.

"네!"

"우리는 결의형제가 아닌가? 아우를 무척이나 좋아해도 이 형이 아우한테 아무 도움도 주지 못했지만 아우한테 힘든 일 하나만 부탁하겠네."

"형님, 분부만 하십시오. 소제가 힘이 닿는 한 뭐든 하겠습니다."

"고맙네. 난 거란인이고 개방은 대송의 방파인지라 난 방주가 될 수 없네."

허죽은 속으로 보통 일이 아니라 생각했다.

'설마 저더러 걸개들의 우두머리가 되라는 말씀인가요? 그건 절 죽이는 것이나 마찬가지 아닙니까? 하지만 이미 대답을 했으니 고사할 수도 없고 어쩌면 좋지?'

소봉이 말을 이었다.

"개방에서 영웅을 찾아 방주로 추대를 해야 하나 단시간 내에 합당한 인재를 찾는 건 쉽지가 않네. 개방의 전통 규율에 따르면 개방 방주는 반드시 타구봉법과 항룡이십팔장 두 무공을 펼쳐낼 줄 알아야 하네. 둘째 아우, 일단 자네가 이 두 무공을 먼저 배우고 훗날 후임 방주에게 전수해주도록 하게. 이 두 가지 무공을 배우려면 무공에 정통함은 물론 극강의 깨우침이 있어야만 하기 때문이네. 셋째 아우는 원래 무예를 배우고자 하지 않고 또 여기 있는 많은 친구를 살펴봐도 적임자는 오직 자네뿐이네."

허죽은 그 말을 듣고 몹시 기뻤다. 자신에게 개방 방주를 하라는 것이 아니라 무공 두 가지만 배우면 된다는데 어려울 것이 뭐 있겠는가? 과거에 동모에게 핍박을 받으면서 얼마나 많은 무공을 배웠는지 모른다. 거기에 몇 가지 무공을 더 배우는 것일 뿐이니 전혀 문제 될 것 없지 않은가? 그는 흔쾌히 답했다.

"형님, 가르침을 내려주십시오. 이 아우가 형님 부탁을 저버리지 않고 후임 방주에게 그대로 전수하도록 하겠습니다."

사람들은 소봉이 허죽에게 무공을 전수하려는 것을 보고 모두들 물러갔다. 소봉은 타구봉을 가져와 봉법 요결을 그에게 들려줬다. 허죽은 기억력이 무척 좋고 이해력마저 갖추고 있었다. 더구나 소무상공이란 기반을 갖추고 있어 타구봉법이 어렵긴 해도 천산절매수나 천산육양장 등 다른 심오한 무공보다 그리 어렵지는 않았다. 허죽은 이해가 가지 않는 부분을 상세히 물어보다 죽봉을 들어 시연까지 했다. 소봉이 한 시진 넘게 지속적으로 가르치자 허죽은 어렵지 않게 타구봉법을 습득할 수 있게 되었다.

소봉은 이어서 항룡이십팔장도 전수했다. 이는 극히 강한 것도 극히 부드러운 것도 아닌 유가와 도가의 철학 이론을 겸비한 매우 심오한 무학이었다. 허죽은 과거 소림 무공을 배울 때 양강陽剛을 위주로 했고 소요파 무공은 부드러움을 극강으로 쳤기에 양자를 합쳐야만 하는 이 무공은 어려울 수밖에 없었다. 소봉이 인내심을 가지고 해석을 해주며 제18장까지 얘기했을 때는 이미 날이 밝아오고 있었다.

소봉이 말했다.

"둘째 아우, 본래 무공 실력이 전무한 상태에서 제18장까지만 배운다 해도 천하 영웅들에 맞서 패권을 다툴 수 있는 경지에 도달한 것이네. 그 이후의 10장이 변화무쌍하긴 하지만 그 위력은 앞의 18장에는 크게 미치지 못하지. 평소에 나도 곰곰이 생각해봤지만 뒤의 10장은 그 핵심이 이미 앞에 있는 18장 안에 모두 포함되어 있어 사족이라 할 수 있네. 다만 항룡이십팔장은 내 은사이신 왕검통 사부님이 전수해주신 것이고 개방 내에서 수백 년 동안 전승된 것이라 내 마음대로 없애버릴 수 있는 건 아니지. 항룡이십팔장의 정수는 '유여부진有餘不盡'이란 네 글자에 있네. 일장을 내보낼 때 반드시 여력을 남겨야 하는 거지. 상대가 후려치는 권력과 장력이 아무리 강맹하고 벼락같다고 해도 어찌 됐건 그에 응하는 일초에는 여력이 있어야 한다는 것이네. 따라서 항룡이십팔장을 펼칠 때 마음속으로 늘 이런 생각을 해야만 하네. '상대에게 독룡이 80마리, 100마리가 있을 때 한 마리 또 한 마리 제압하고, 열 마리를 제거했지만 다시 스무 마리가 남아 있더라도, 내 장력에 시종 빈틈이 없다면 그건 영원히 패하지 않는 경지에 이르는 것이다.'"

허죽이 크게 기뻐하며 답했다.

"형님의 가르침에 감사드립니다. 사실 항룡유회 일초는 형님께서 적을 칠 때 3푼을 쓰고 7푼의 힘을 남겨야만 한다고 하셨으니 이미 항룡이십팔장의 핵심을 말씀하신 겁니다."

소봉이 손뼉을 치며 맞장구를 쳤다.

"맞네, 맞아! 훗날 편한 시간에 우리 다시 토론을 해보도록 하세. 내가 보기에 둘째 아우의 영취궁 무공 안에도 귀감으로 여길 만한 것이 있을 것이네. 현제, 자네는 개방의 대은인일세. 훗날 방주를 선정할 때 그 사람의 인품과 재기는 제삼자인 현제가 더 잘 알 것이니 부디 신경 써서 해주기 바라네."

허죽이 고개를 끄덕이며 답했다.

몇 년이 흘러 개방에 한 소년 영웅이 배출되었다. 그는 사람됨이 매우 신중하고 실력이 있으며 인간관계 역시 좋았던 터라 개방 제자들이 공개적인 논의를 거쳐 그를 방주로 추대하기로 했다. 모두들 소봉의 의도를 존중해 그를 영취궁에 보내 우선 허죽의 심사를 거치도록 하고 다시 타구봉법과 항룡십팔장을 전수받도록 했다. 그 소년 방주는 이를 저버리지 않고 신공을 배워 개방을 나날이 발전시켜 놀라운 중흥을 이루어냈다. 개방은 이때부터 영취궁을 은인으로 바라보게 되었다. 개방의 이 두 가지 조전무공祖傳武功은 비록 항룡이십팔장에서 10장이 부족하긴 했지만 소봉과 허죽이라는 두 대고수의 첨삭을 거쳐 부활한 것이라 더욱더 다듬어진 핵심이라 할 수 있었다. 이로 인해 그 위력은 원래의 이십팔장보다 약하지 않았을 뿐만 아니라 오히려 능가하는 면이 있어 무림에서 천하에 그 이름을 떨친 고명한 무학이 된 것이다.

다음 날 새벽 소봉과 허죽은 쉬지도 않고 일행들과 함께 길을 나아갔다. 소봉이 아자를 향해 물었다.

"유탄지 그 친구는 아직 영취궁 안에 있느냐?"

아자가 입을 삐죽 내밀었다.

"그걸 누가 알아요? 아마 있겠죠. 두 눈이 멀었는데 어찌 산을 내려왔겠어요?"

그녀의 말투 속에는 그에 대한 관심의 정이라고는 추호도 없었다.

그날 저녁 소봉은 개방 군웅과 산길 한쪽의 공터에서 야영을 하게 되었다. 소봉이 아자에게 자기 곁에서 잠을 자도록 하고 담요 몇 장을 덮어주자 아자는 기분이 좋아 얼굴에 웃음꽃이 피었다. 덕분에 그녀는 따뜻하게 아주 잘 잘 수 있었다. 소봉이 허죽을 향해 타구봉법과 항룡십팔장의 정수를 끊임없이 설명해주는 동안 단예는 결의 형님들과 떨어져 있기 아쉬운 마음에 이들과 함께했다.

얘기를 나누던 중 산길 위를 빠른 걸음으로 다가오는 여자 네 명이 보였다. 바로 매란죽국 네 자매였다. 네 소녀가 허죽 앞으로 걸어오자 그중 매검이 입을 열었다.

"주인님, 주모님께서 의형과 의제를 뵙고자 하니 윤허해달라 청하셨습니다."

원래 허죽은 소봉을 구하러 요나라로 오면서 영취궁의 구천구부 고수들 그리고 삼십육동과 칠십이도 수하들만 대동하려 했으나 남편의 안위를 염려한 은천공주가 동행하게 됐고 은천공주 옆을 매란죽국 네 자매가 호위하며 따라오고 있었다.

허죽은 얼굴에 미소를 띠었다.

"좋습니다, 아주 좋습니다! 내가 직접 가서 모시고 오겠습니다. 내

형제들이니 미리 소개를 시켰어야 했는데 요 며칠 무공을 전수받느라 바빠 그 큰일을 잊어버리고 말았군요."

그는 매란죽국 네 자매가 오던 방향으로 재빨리 뛰어갔다. 소봉이 껄껄대고 웃었다.

"둘째 아우 부부는 상호 간에 예의가 무척 깍듯하구나."

아자 역시 웃음 띤 얼굴로 말했다.

"부부간에 서로 객을 대하듯 존경하네요."

허죽이 마차 한 대를 끌고 달려왔다. 마차 안에서 녹색 옷을 입은 궁녀가 먼저 나왔다. 단예는 그가 서하 황궁 안에서 빈객을 접견하던 그 수줍음 많던 궁녀임을 단번에 알아봤다. 그녀가 붉은색 담요가 깔린 발 받침대 하나를 들고 나와 마차 앞에 내려놓자 마차 안에서 패환 소리를 댕그랑거리며 얼굴에 면막을 덮은 화려한 옷차림의 귀부인이 내려왔다. 그녀는 소봉과 단예를 향해 재빨리 무릎 꿇고 절을 했다.

"소녀 서하 이씨가 아주버님과 도련님께 인사 올립니다."

소봉과 단예도 재빨리 무릎을 꿇고 답례를 했다.

"송구스럽습니다. 제수씨, 어서 일어나십시오."

"송구스럽습니다. 형수님, 어서 일어나십시오!"

귀부인이 몸을 일으키자 그 궁녀는 재빨리 마차 안에서 비단 의자 하나를 가져와 내려놓았다. 귀부인은 다시 허리를 구부려 예를 올린 뒤 그제야 의자에 앉아 여유 있는 목소리로 말했다.

"전에 아주버님과 도련님께서 흥주에 구혼을 위해 왕림하시면서 우리 낭군을 함께 모시고 와주신 덕분에 이렇듯 좋은 연분을 맺을 수 있었으니 소녀가 감사해 마지않습니다."

소봉이 말했다.

"제수씨, 지나친 예는 거두시오. 이번에 둘째 아우와 함께 절 구하기 위해 남경까지 와주신 데 대해 실로 감격해 마지않소. 우리는 골육과도 같은 형제지간이니 서로가 서로를 돕는 것은 당연한 일이오."

귀부인이 말했다.

"아주버님께서 아주 시원하게 말씀해주셨습니다. 그 모든 건 당연한 이치지요. 소녀는 이씨이며 규명은 청로淸露라 합니다. 모두 한 가족이니 응당 아주버님과 도련님께 말씀드려야 할 것 같아서요. 언제든 두 분께서 영취궁에 오시면 사흘 밤낮을 마다치 마시고 한잔하시기 바랍니다. 소녀가 두 분께 술을 따라드리면서 이 면막을 거두고 얼굴을 공개하도록 하겠습니다. 지금은 사람이 너무 많습니다. 소녀가 수줍음을 많이 타고 낯을 많이 가려 그런 것이니 부디 면막을 거두지 않는 점 용서해주시기 바랍니다."

아자가 끼어들었다.

"둘째 언니, 영취궁에 도착해 면막을 거둘 때 저도 좀 봐야겠어요. 모두들 언니가 세상에 둘도 없는 화용월모라 하던데 그런 얼굴을 이 세상에서 소화상 한 분만 보면 너무 아깝잖아요?"

이청로가 빙그레 웃었다.

"전 동생보다 많이 부족합니다. 동생이야말로 화용월모라 할 수 있지요."

아자가 입을 삐쭉 내밀었다.

"거짓말!"

이청로는 고개를 돌려 단예를 향해 말했다.

"도련님, 저희 낭군 말씀으로는 도련님께서 영존대인 분부에 응해 서하로 구혼을 하러 가시는데 저희 낭군이 도우러 갔던 것이라 하더 군요. 하지만 낭군과 전 이미 알고 있던 사이라 운명으로 정해진 연분 이었습니다. 도련님께서 결의형제의 정을 고려해 전혀 탓하지 않으셨 다지만 낭군께서는 늘 불안해하고 계십니다. 도련님, 도련님이 마음에 두신 왕 낭자는 미모가 저보다 열 배는 더 된다고 들었는데 왕 낭자는 사실 제 사촌 동생이라 할 수 있습니다."

단예는 긴 한숨을 내쉬었다.

"세상의 친척이란 친척은 모두 겹치는군요. 왕 낭자는 우리 아버지 딸이니 제 누이입니다. 아자와 같은 경우죠…."

아자가 호호 웃으며 말했다.

"작은 오라버니, 그래도 제가 오라버니를 사랑하지 않고 오라버니 도 절 사랑하지 않아서 다행이에요."

이청로가 말했다.

"저희는 본래 선비 척발 사람입니다. 원래는 성이 원元이었지만 당 나라 황제로부터 이씨 성을 하사받게 됐지요. 송조에 이르러 다시 조趙씨 성으로 바뀌었습니다. 그 때문에 저희 조부와 조모 두 분 모두 이씨지만 혼인을 할 수 있었어요. 도련님, 도련님 곁에 마땅히 시중들 사람이 없는 것 같아 제가 우리 낭군과 상의를 했습니다. 여기 있는 소 궁녀는 '효뢰'라고 합니다."

그녀는 이 말을 하면서 섬섬옥수를 내뻗어 녹색 옷을 입은 궁녀를 가리켰다.

"어릴 때부터 절 따라다닌 아이인데 이 아이는 금기서화에 능하고 무공도 좀 할 줄 압니다. 온유하고 지혜로우며 충성심이 강한 아이라 제가 늘 제 친동생처럼 대해왔어요. 앞으로 이 아이한테 도련님 시중을 맡기려 합니다."

효뢰가 그녀의 말을 반쯤 듣다 얼굴에 홍조를 띠고 옷소매를 들어 자신의 얼굴을 가렸다.

단예가 바닥에 엎드려 절을 했다.

"둘째 형님과 형수님께 감사드립니다. 한데 효뢰 낭자가 두 분을 떠나는 걸 아쉬워하지 않겠습니까?"

"도련님, 어서 일어나세요. 저희는 이 아이가 도련님 은혜에 보답해주길 바랄 뿐이며 그러지 않는다면 마음속으로 영원히 가책을 느낄 겁니다."

"효뢰 낭자가 사양만 하지 않는다면 저와 함께 대리로 가서 군주낭랑으로 봉해 제 누이로 삼고 싶습니다."

"효뢰는 도련님의 비妃로 보내려 하는 것인데 어찌 마다하시는 겁니까?"

"비가 될 수 있다면 당연히 바라마지않던 바입니다. 허나 낭자가 진심으로 원해야 가능한 일입니다. 만일 낭자가 우리 대리국의 다른 왕공 귀관이나 소년 영웅에게 반한다면 그 사람을 군마郡馬[28]로 삼도록 하겠습니다. 세 가지 문제 같은 건 낼 필요 없이 하늘과 땅, 형님께 절을 올리는 것만으로 혼인을 치러줄 것입니다."

이청로는 그의 말이 그날 세 가지 문제를 냈던 구혼 당시의 얘기임을 알고 얼굴이 빨갛게 달아오른 채 웃었다.

"효뢰, 여기 계신 도련님은 수려한 외모에 대범한 인품, 점잖고 온

화한 성격을 지니신 훌륭한 분이시니 앞으로 정성을 다해 모시도록 해라."

효뢰가 고개를 숙이고 답했다.

"공주, 공주께서 베풀어주신 은혜는 태산과도 같습니다. 공주께서 지시하시는 일은 뭐든 할 수 있습니다."

이청로가 웃음 띤 얼굴로 두 사람을 바라보다 갑자기 무슨 일이 떠오른 듯 허리를 숙여 허죽 귓전에 대고 나지막이 속삭이자 허죽이 연신 고개를 끄덕였다.

"좋습니다, 아주 좋습니다! 다들 수긍할지 모르겠군요."

이청로가 말했다.

"주인님의 명인데 어찌 듣지 않겠습니까?"

허죽이 고개를 끄덕였다.

"매란죽국 네 누이들은 들으세요. 여러분은 여태껏 동모 시중을 드느라 큰 공을 세웠으나 그 후로 내 시중을 들어야만 했습니다. 허나 과거에 전 화상이었고 지금은 부인도 있습니다. 영취궁 안에서는 나 외에는 모든 구성원이 나이 든 노부인 아니면 소낭자들뿐입니다. 여러분도 이제 나이가 들어 장차 낭군을 맞이해야만 합니다."

네 자매가 일제히 웃었다.

"주인님, 우리 네 자매는 주인님의 후첩으로 갈 것입니다!"

허죽이 다급하게 손을 내저었다.

"아니 됩니다, 아니 됩니다! 사람은 만족을 알아야지 함부로 탐욕을 부려서는 안 됩니다. 탐진치는 삼독이며 삼독 중 최고는 탐이니 이를 반드시 제거해야 합니다. 나에게는 이미 천하제일이자 세상에 둘도 없는 최고의 부인이 있어 두 번째 부인은 맞이할 수 없습니다."

네 자매가 이구동성으로 물었다.

"주인님, 그럼 우리는 어찌해야 합니까? 아제아제 바라아제. 아미타불!"

소봉 등은 네 자매가 짓궂게 소란을 떨자 허죽이 어찌 다룰지 몰라 하는 모습을 보고 모두 웃음을 터뜨렸다.

이청로가 나서서 나무랐다.

"맹랑하구나, 주인님께 무례해서는 안 된다."

네 자매는 그 말을 듣자 감히 더 이상 소란을 피우지 못하고 일제히 답했다.

"네!"

이청로가 말했다.

"너희 주인님과 상의를 거쳐 너희를 단예 도련님께 보내기로 결정 했다. 도련님께서 너희 네 명이 예쁘고 귀여워 좋다고 하신다면 곧 너 희 넷을 빈비낭랑으로 봉하겠지만 만일 너희가 짓궂고 소란스러워 싫 다 하신다면 너희 넷 모두 옥에 가둬 수십 년 후에나 풀어줄 것이다."

단예가 다급하게 말렸다.

"이… 이 천진난만한 네 낭자를 옥에 가두기에는 너무 아깝고 감 히 빈비로 봉할 수도 없습니다. 이 네 낭자는 제가 군주낭랑으로 봉하 겠습니다. 매군주, 난군주, 죽군주, 국군주! 언제든 시집을 가고 싶으 면 이 오라버니한테 한 마디만 하시오. 그럼 이 오라버니가 당장 비합 전서를 표묘봉 영취궁으로 보내 둘째 형님과 형수님께 허락을 청하고 두 분께서 '좋다'고 하시면 제가 혼수를 완벽하게 준비해 성대한 혼례식을 치러줄 것이오. 어떻습니까? 형님, 형수님."

허죽과 이청로가 채 대답도 하기 전에 네 자매가 약속이라도 한 듯 일제히 외쳤다.

"황상 오라버니, 저희를 절대 옥에 가두지 않겠다고 한 말씀 정말인가요?"

단예가 답했다.

"그렇소."

네 자매가 다시 일제히 물었다.

"군주는 허언을 하지 않는 법이지요?"

단예가 손바닥을 뻗어내며 외쳤다.

"약속하겠소."

매검이 손을 뻗어 단예의 손바닥을 세차게 마주쳤다.

"저희는 오라버니께 영원히 충성할 것입니다."

난검도 단예의 손바닥에 자기 손바닥을 부딪쳤다.

"천추만대에 이르기까지 충성하겠습니다. 폐하… 오라버니…."

죽검과 국검 역시 뒤를 이어 그의 손바닥을 부딪쳤다. 죽검이 먼저 말했다.

"소란은 적당히 피우겠습니다!"

국검이 말했다.

"성지를 거역하거나 법을 어기지 않겠습니다!"

소봉 등은 단예가 다시 네 명의 의매義妹를 거둔 것을 보고 흐뭇한 미소와 함께 일제히 손뼉을 치며 축하해주었다. 네 자매가 깔깔대고 웃으며 단예 곁에서 수다를 떨다 효뢰를 잡아끌어오자 효뢰는 얼굴에 홍조를 띠고 말없이 웃기만 할 뿐이었다.

단예는 허죽이 더할 나위 없는 연분을 얻었음에도 늘 우울한 표정을 짓고 있는 것을 보고 그에게 다가가 물었다.

"둘째 형님, 이 아름답고 귀여운 다섯 명의 누이를 보내주셔서 감사합니다. 형님은 세상에 둘도 없는 최고의 형수님을 맞아들이셨는데 어찌 즐거워하지 않으시는 거죠? 돌아가신 부모님 때문에 가슴이 아파 그러신 건가요?"

"색은 무상하고 생명이 있는 것은 죽기 마련이지 않나? 부모님이 세상을 떠나신 데 대해서는 마음은 아프지만 오히려 떨쳐버릴 수 있네. 내 마음이 좋지 않은 건 어쨌든 화상이 되지 못했다는 데 있지."

"둘째 형님, 제가 수행한 불법이 형님보다 많이 부족한가 봅니다. 대승大乘 경전인《유마힐소설경維摩詰所說經》의 일부를 말씀드릴 테니 형님께서 가르침을 내려주십시오. 여래불께서 유마힐이 병이 난 것을 알고 아들인 라후라羅睺羅를 보내 그의 병을 살펴보도록 했습니다. 라후라는 자신이 석가모니의 아들이기 때문에 갈 자격이 없다고 말합니다. 본래 그는 왕위를 계승해야 했지만 왕위를 고사하고 출가해 승려가 되었던 것입니다. 누군가 그 이유에 대해 묻자 그는 출가의 이익과 공덕에 대해 설명하니 유마힐은 그의 말이 옳지 않다 여겼습니다. 유위법有爲法의 범위 안에서는 이익의 유무와 공덕의 유무를 구분할 수 있지만 출가는 무위법無爲法에 속한다는 것 때문에 말입니다.《유마힐소설경》에 이런 말이 있습니다. '언젠가 유마힐이 나에게 와서 말했다. "이보시오, 라후라. 그렇게 출가 공덕의 이익을 말하지 마시오. 이익도 없고, 공덕도 없는 것이 바로 출가이기 때문이오. 유위법이란 이익도 있고 공덕도 있음을 이야기하지만 출가란 것은 무위법이오. 무위법 안에는 이익도 없고 공덕도 없는 것이오. 라후라, 이른바 출가란 이것도 없고 저것도 없으며 또한 중간도 없는 것이오.'' 둘째 형님, 유마힐 거사는 출가하지 않은 대거사입니다. 그는 불도를 성실하게 수련하면서 출가를 한 사리불舍利弗이나 대목건련大目犍連, 수보리須菩提, 부루나富樓那, 마하가전연摩訶迦旃延, 아나율阿那律, 우바리優波離, 아난阿難, 대가섭大迦葉 등등의 모든 여래불의 대제자들보다 정법正法에 대해 더욱 통달해 있었습니다. 여래불 역시 그렇게 여겼지요. 이들 대제자들이 하나같이 그에 대해 탄복하자 라후라가 말했습니다. '유마힐이 이렇게 말했다. "아니오! 그대들이 '아누다라삼막삼보리심阿耨多羅三藐三菩提心'[29]을 일으키는 것이 바로 출가이자 공덕을 갖춘 것이라 할 수 있소."''

허죽이 한참을 곰곰이 생각하다 입을 열었다.

"셋째 아우 말이 맞네. 마음속에 부처님의 가르침을 품고 정법을 흠모해 아누다라삼막삼보리심을 깨닫는 것이 '출가이자 공덕을 갖춘 것'이지! 불법을 학습하기 위해서는 반드시 원융圓融[30]이 필요하네. 융통성 없이 화합하지 않는 것은 내 천성적인 고질병이라네!"

그는 이 말을 하면서 만면에 웃음을 지으며 단예를 향해 절을 올렸다. 단예가 황급히 무릎을 꿇고 답례했다.

국검이 손뼉을 치며 웃었다.

"하하, 우리 황상 오라버니께서 소화상인 우리 주인님보다 더 오래된 화상 같네요."

이청로가 그녀를 흘겨보고 질책을 했다.

"허튼소리 마라!"

국검과 매란죽 삼검이 일제히 혀를 쭉 내밀고는 감히 아무 말도 하지 못했다.

이청로는 곧 소봉, 단예와 작별을 하고 마차에 올라 영취궁 구천구부 여인들 무리에 합류했다. 효뢰와 네 자매가 마차 옆에서 호송했다.

이날은 울주蔚州의 영구靈丘를 지나는 곳에서 불을 피워 밥을 해 먹었다. 범화는 길옆에 일부 무사들을 매복시켜 위험 요소가 있는 요충지를 지키도록 한 다음 요병의 추격을 지연시키기 위해 다리를 끊고 길을 막았다.

사흘째 되는 날, 갑자기 동쪽에서 낭연이 하늘로 치솟아올랐다. 요군이 추격해오고 있다는 신호였다. 군웅 모두 깜짝 놀랐다. 일부 젊은 호걸들이 고개를 돌려 매복해 있던 무리를 도우러 가고자 했지만 현도와 범화 등이 호통을 치며 이를 막았다.

그날 밤 군웅은 한 산속 언덕 위에 묵어가기로 했다. 한밤중까지 잠을 자다 돌연 누군가 큰 소리로 비명을 질러 군웅이 깜짝 놀라 잠에서 깨보니 북쪽 하늘이 붉게 타오르고 있었다. 소봉과 범화는 서로의 눈을 마주보며 속으로 불길한 마음을 감추지 못했다. 범화가 나지막이 물었다.

"소 대왕, 요군이 앞길로 돌아나와 협공을 할 것 같지 않습니까?"

소봉이 고개를 끄덕이자 범화가 말했다.

"이렇게 큰불이라면 얼마나 많은 민가가 타버릴지 모릅니다. 에이!"

소봉은 야율홍기에 대해 악담을 퍼붓고 싶지 않았다. 그가 여진인들 손에 패전하자 그에 승복하지 않고 그 분풀이를 무고한 백성한테 하는 것임을 알고 있었기 때문이다. 이대로 군대를 이끌고 서쪽으로 간다면 닥치는 대로 백성을 죽이고 민가를 불태워버릴 것이 자명했다.

큰불은 하늘을 밝게 비추며 여전히 꺼질 생각을 하지 않았다. 오후가 되자 남쪽 편에서도 불길이 치솟기 시작했다. 뜨거운 태양 아래 화염은 보이지 않고 짙은 연기만이 하늘 끝으로 솟아올랐다.

현도는 사람들을 이끌고 앞쪽에 있다가 남쪽에서 큰불이 솟아오르는 것을 보고 말고삐를 당긴 채 길옆에서 소봉이 오기만 기다리고 있었다. 그는 소봉이 나타나자 당장 물었다.

"교 방주, 요군이 세 방향으로 나뉘어 공격해오고 있는데 안문관은 지켜야 하지 않겠소? 내가 사람을 보내 안문관에 지속적으로 소식을 보내봤지만 관문을 지키는 통솔자가 매우 유약하고 병력도 부족해 거란의 철기에 대적하기는 힘들 것 같소이다."

소봉은 뭐라 할 말이 없었다. 현도가 다시 말했다.

"내가 볼 때는 오히려 여진인들이 요군에 대적할 수 있을 것 같소. 장차 대송이 여진인들과 손을 잡고 남북에서 협공을 펼친다면 거란의 철기가 남하하지 못하게 만들 수 있을지도 모르겠소."

소봉은 무슨 말인지 알고 있었다. 자신에게 여진인들과 연락을 취할 수 있는 방법을 강구하라는 것이었다. 그러나 자신은 거란인인데 어찌 외세의 적과 결탁해 고국을 공격할 수 있단 말인가? 그는 대뜸 엉뚱한 질문을 했다.

"현도대사, 저희 아버지께서는 보찰에 잘 계십니까?"

현도가 순간 어리둥절해했다.

"영존께서는 삼보에 귀의하시어 소림사 후원에서 청수하고 계시오. 우리가 이번에 남경에 올 때도 영존께는 알리지 않았소. 그분의 진심塵心[31]이 격동하는 걸 피하기 위해서였소."

소봉이 말했다.

"아버지를 만나뵙고 여쭐 것이 있습니다."

현도가 음 소리를 내며 말해보라는 표정을 지었다.

"아버지께 묻고 싶습니다. 만일 요군이 소림사를 공격해온다면 어찌하실지 말입니다."

"그야 당연히 떨쳐 일어나 적을 죽이고 절과 불법을 수호하시겠지요. 의심의 여지가 있겠소?"

"하지만 아버지께선 거란인인데 어찌 한인을 위해 거란인을 죽이려 하겠습니까?"

현도가 잠시 머뭇거리다 다시 말했다.

"암흑을 박차고 광명을 찾아갔으니 존경스러울 따름이오."

"대사께서는 한인이니 한이 광명이고 거란이 암흑이라 여기시겠지요. 우리 거란인은 대요가 광명이고 대송이 암흑이라 말합니다. 우리 거란의 선조들은 갈인羯人들에게 학살을 당하고 선비인들에게 핍박을 받아 동으로 서로 도망치고 쫓겨다니는 이루 말할 수 없는 고통을 당했습니다. 당나라 시기에는 그쪽 한인들 군사력이 매우 강해 얼마나 많은 우리 거란의 용사를 죽이고 얼마나 많은 부녀자를 납치해갔는지 모릅니다. 지금은 한인들의 군사력이 여의치 않아 우리 거란이 오히려 한인들을 공격해 죽이는 것입니다. 이렇게 서로 죽고 죽이는 일들이 언제 끝날지 모르겠습니다."

현도가 잠자코 한참 동안이나 간격을 두다 염불을 외었다.

"아미타불, 아미타불!"

단예는 말에 채찍질을 가해 가까이 다가왔다가 두 사람이 하는 대화의 뒷부분을 듣고 탄식을 하며 중얼거렸다.

봉화는 끊임없이 타올라 꺼질 줄 모르고	烽火燃不息
전쟁은 그칠 날이 없구나	征戰無已時
벌판 싸움에서 격투를 벌이다 죽임을 당하니	野戰格鬪死
패군의 말이 하늘을 향해 슬피 울부짖는다	敗馬號鳴向天悲
까마귀와 솔개는 전사자의 내장을 쪼아대다	烏鳶啄人腸
물고 날아가 마른 가지 위에 걸어놓는구나	銜飛上挂枯樹枝
병사들의 선혈이 풀숲을 물들여놓으니	士卒塗草莽
장수들은 헛된 명성만 남았어라	將軍空爾爲
전쟁이 흉악한 무기임을 알았으니	乃知兵者是凶器
군주라면 부득이할 때 사용해야 하느니	聖人不得已而用之

소봉이 찬사를 보냈다.

"'전쟁이 흉악한 무기임을 알았으니, 군주라면 부득이할 때 사용해야 하느니!' 현제, 훌륭한 시를 지었네."

"제가 지은 것이 아닙니다. 당나라 대시인인 이백의 시입니다."

"내가 이곳에 있을 때 부족 사람들이 부르는 이 노래를 자주 들었네."

그는 곧 소리 높여 노래를 불렀다.

"우리 기련산祁連山을 잃었네. 우리 가축들을 기를 수가 없구나. 우리 언지산焉支山을 잃었네. 우리 부녀자들이 연지를 바를 수 없구나."

그의 이 노래가 얼마나 기운이 충만했던지 그 노랫소리는 저 멀리까지 퍼져 나갔다. 그러나 그 노래는 애절하고도 처량한 의미로 가득해 있었다.

단예가 고개를 끄덕였다.

"그건 흉노인들 노래입니다. 과거 한무제가 흉노 정벌에 나서 드넓은 지역을 강탈하자 흉노인들이 비참하고도 고통스러운 심정을 노래한 것인데 그 노래가 지금까지 전해진 줄은 몰랐습니다."

"우리 거란의 선조들은 과거 흉노인과 동족이었으니 당시의 흉노인과 똑같은 고초를 겪었겠지."

현도가 한숨을 내쉬었다.

"만천하의 제왕들과 장수들 모두 불법을 신봉해 자비심을 품어야만 전쟁을 벌이고 살육을 하는 참사가 일어나지 않을 것이오."

소봉이 말했다.

"언제나 그런 평화로운 세상이 올지 모르겠습니다."

일행은 계속해서 서쪽을 향해 나아갔다. 이날은 대주代州의 번치繁時를 지나고 있었다. 그때 동, 남, 북 세 방향에서 모두 불빛이 치솟아오르고 있었다. 요군이 밤낮 없이 불을 질러 사람들을 죽이며 쫓아오고 있는 것으로 보였다. 군웅은 하나같이 분노에 휩싸여 끊임없이 욕을 해대면서 요군과 결사 항전을 벌이고자 다짐했다.

범화가 나서서 말했다.

"요군이 점점 가까이 추격해오고 있으니 결국에는 물러날 곳이 없을 것이오. 차라리 사방으로 흩어져 요군이 추격할 방향을 잡지 못하게 만드는 것이 좋을 것 같소."

오장풍이 큰 소리로 외쳤다.

"그건 패배를 인정하는 것이 아니오? 범 사마, 그건 적의 의지를 북돋고 스스로의 위풍을 소멸시키는 행동이오. 승부를 떠나 어쨌든 요나라의 개들과 필사적으로 싸워야만 할 것이오!"

이 말을 하는 사이 느닷없이 화살 한 발이 동남쪽으로부터 날아와 개방 제자 한 명을 그 자리에 쓰러뜨렸다. 곧이어 산 뒤쪽에서 요군 병사 한 무리가 함성을 지르며 달려나왔다. 이들은 후방을 엄호하고 있던 군호를 샛길로 추월해 달려온 것이었다. 기습을 가해온 요군 수는 약 500여 명 정도였다. 오장풍이 큰 소리로 외쳤다.

"공격!"

이 말을 하면서 앞장서서 돌격해 들어가자 군호가 그의 뒤를 따라 용감하게 앞을 다투며 나섰다. 군호는 기습을 가해온 요군에 비해 숫자가 많았고 무공 솜씨 또한 그들에 비해 고강했다. 그들은 마치 채소를 베고 자르듯 간단하게 요군을 포위 공격했다. 반 시진이 채 되지 않아 500여 명의 요군을 남김없이 죽여버렸다. 10여 명의 거란 무사들이 산을 타고 고개를 넘어 도주하려 했지만 중원 군호 중 경공에 고명한 지사들이 추격해 일일이 없애버렸다.

싸움에서 승리한 군호가 큰 소리로 환호성을 지르자 사기는 크게 진작되었다. 범화가 살그머니 현도와 허죽, 단예 등에게 말했다.

"우리가 섬멸한 것은 요군의 작은 무리 중 하나일 뿐입니다. 첫 번째 싸움을 끝냈으니 두 번째 요군 무리가 이어서 공격해올 것입니다. 속히 서쪽으로 후퇴해야 합니다!"

말이 채 끝나기도 전에 동쪽에서 우르릉, 쿵쾅 하는 굉음이 들려왔다. 군호가 일제히 동쪽으로 고개를 돌려 바라보니 흙먼지가 날아올라 마치 먹구름처럼 하늘을 뒤덮었다. 순식간에 군호는 서로의 얼굴을 쳐다보며 아무 소리도 내지 못했다. 그때 우르릉, 우르릉 하는 천둥소리가 저 멀리서 들려왔다. 대규모 요군이 달려오는 소리로 보였다. 소리만 들었을 때는 그 숫자가 얼마나 되는지 알 수가 없었다. 강호에서 수없이 많은 싸움을 지켜봤던 군호였지만 이처럼 대군이 질주해오는 거대한 소리는 생전 처음 들어보는 터였다. 남경성 외곽에서 싸움을 벌일 때보다 이번 요군의 규모는 몇 배 더 많은지 알 수조차 없었다. 모두들 대담하고 호방한 영웅들이었지만 이처럼 천지를 진동하는 대군의 위세를 갑작스레 접하자 놀라서 심장이 뛰고 손에 진땀이 날 수밖에 없었다.

범화가 소리쳤다.

"형제 여러분! 이런 거대한 적의 세력 앞에 헛되이 죽는다면 아무 이득이 없소. 푸른 산이 존재하는 한 땔나무 걱정은 없다 했으니 오늘은 잠시 피했다 훗날을 도모하는 것이 좋겠소."

군호는 앞다투어 말 위에 올라 서쪽을 향해 내달려갔다. 그러나 우르릉, 우르릉 하는 굉음이 뒤에서 끊임없이 들려왔다.

이날 밤 일행은 잠시도 쉬지 않고 달려가 안문관에 점점 가까워지게 되었다. 군호는 말을 재촉해 달렸다. 관문 안으로 진입하기만 하면 요충지를 지킬 수 있고 그럼 적군 숫자가 많아도 관문을 뚫기는 쉽지 않을 것이라는 사실을 알고 있었다. 가는 도중 말들이 하나둘씩 쓰러져 죽자 일부는 경공을 펼쳐 달려갔고 일부는 말 한 필에 두 명이 함께 타고 달려갔다. 날이 밝아올 때까지 나아가다 안문관에서 불과

10여 리 되는 지점에 이르자 모두들 마음을 놓고 말에서 내려 고삐를 끌고 천천히 걸어갔다. 말들에게 기력을 되찾도록 해주기 위함이었다. 그러나 뒤쪽에서 우르릉, 우르릉 하는 천군만마가 내달리는 소리가 더욱 크게 들려왔다.

소봉이 고개를 내려와 산비탈에 이르니 커다란 바위 하나가 보였다. 그는 속으로 깜짝 놀랐다.

'과거 현자 방장과 왕 방주 등이 중원의 호걸들을 이끌고 와 우리 아버지를 습격하고 모친과 거란 무사들을 죽였던 곳이 바로 이곳이다.'

고개를 돌려보니 석벽 위에는 도끼로 파낸 흔적이 완연했다. 그건 바로 현자가 소원산이 새긴 글자를 지워버린 곳이었다.

소봉이 천천히 고개를 돌려 석벽 옆의 한 꽃나무를 바라봤다. 과거 나무 뒤에 숨어 말하던 아주의 청아한 목소리가 귓전에 들리는 듯했다.

'교 대협, 몇 번만 더 치면 이 산봉우리를 모두 무너뜨리겠어요.'

그는 순간 멍해졌다. 두터운 정이 담긴 아주의 몇 마디 말이 매우 또렷하게 뇌리에 울려퍼진 것이다.

'여기서 닷새 밤낮을 기다렸는데 대협이 오지 않을까 너무 두려웠어요. 그… 그런데 역시 오셨어요. 하늘에 감사드려요. 아무 상처 없이 이렇게 무탈한 모습을 보니….'

소봉은 눈물을 글썽이다 가까이 다가가 나무줄기를 어루만졌다. 그 나무는 과거 아주와 재회를 할 때보다 많이 자라 있었다. 순간 절망에 빠져 주변 일은 모조리 잊어버리고 말았다.

별안간 아자의 외침 소리가 들려왔다.

"형부, 어서 가요! 어서!"

아자가 달려와 소봉의 소맷자락을 잡아당겼다.

소봉은 고개를 들어 멀리 바라봤다. 동쪽과 북쪽, 남쪽 세 방향에서 요군의 장모 끝이 마치 빽빽하게 들어선 숲처럼 하늘을 찌르고 있었다. 이미 요군에 포위된 것이다. 소봉은 고개를 끄덕였다.

"좋아, 우선 안문관으로 후퇴하고 보자."

그때 군호는 모두 안문관 앞에 집결해 있었다. 소봉과 아자가 말 머리를 나란히 한 채 관문 입구에 이르렀지만 관문은 여전히 굳게 닫혀 있었다. 송나라 군관 하나가 관문 성벽에 서서 큰 소리로 외쳤다.

"안문관을 지키는 지휘사인 장張 장군의 명이시다. 너희는 중원 백성이라 관문 안으로 진입이 가능하지만 요군과 결탁한 첩자인지 아닌지 알 수 없으니 모두 무기를 버리고 아군의 수색을 받아야 한다. 무기를 소지하지 않은 자에 대해서는 장 장군께서 은혜를 베푸시어 관문 안으로 들어올 수 있게 해줄 것이다."

이 말이 떨어지자 군호가 큰 소리로 호통을 치기 시작했다. 누군가 말했다.

"우리는 천 리 먼 길을 달려가 목숨 걸고 요군에 저항하다 온 사람들인데 어찌 첩자로 의심한단 말이오?"

다른 누군가 말했다.

"우리가 무기를 소지하고 있는 것은 장군을 도와 요에 대항하기 위함인데 무기를 내려놓으면 어찌 요군과 싸우라는 말이오?"

거친 성격의 누군가가 욕을 퍼부었다.

"이런 제기랄! 우리를 관문 안에 들어가지 못하게 한다고? 당장 공격해 들어갑시다!"

현도가 재빨리 제지하며 그 군관을 향해 소리쳤다.

"번거롭지만 장 장군께 고해주시오. 우리는 나라에 충성을 다하는 대송 백성들이오. 이미 사람을 보내 요군이 공격해온다는 소식은 고한 상태요. 적군이 코앞에 와 있는데 여기서 몸수색을 한다면 시간이 지체될 것이고 그때 관문을 연다면 모두가 위험에 처하게 될 것이오."

그 군관은 이미 사람 숲속에서 욕하는 소리를 들은 데다 수많은 사람이 기이한 차림새를 하고 있는 것을 보고 중원 사람들이라 여기지 않았다.

"노화상, 당신들 모두 중원 백성이라 했지만 내가 보기에는 대부분 중원 사람 같지 않다. 좋아! 내가 최대한 봐주겠다. 대송 백성은 들어올 수 있지만 대송 백성이 아니라면 들어올 수 없다."

군호는 서로의 얼굴을 바라보며 분노하지 않을 수 없었다. 단예의 수하들은 대리국 사람이고 허죽의 수하들은 서역 사람은 물론 서하, 토번, 고려인들까지 각 부족 사람이 섞여 있었다. 만일 대송 백성들만 관문 안에 들어갈 수 있다고 한다면 대리국과 영취궁 두 무리의 인마들은 대부분 들어갈 수가 없지 않은가?

현도가 다시 소리쳤다.

"장군께서는 숙고해주시오. 여기 있는 모든 동료 중에는 대리인도 있고 서하인도 있소. 모두 우리와 손을 잡고 요군에 맞서 싸운 친구들이오. 한데 어찌 송나라인과 송나라인이 아닌 사람을 구분한단 말이오?"

이번에 단예가 수하들을 인솔해 북쪽으로 올라온 사실에 대해서는 그가 일국의 황제라는 신분이 누설되면 안 되기 때문에 비밀을 엄수

해야만 했다. 만에 하나 송나라 대신들에게 해를 입거나 인질로 납치되는 걸 방지하기 위해서이기도 하지만 대리국과 요국이 멀리 있다 해도 공공연하게 적이 되는 걸 원치 않았다. 그 때문에 현도는 일행 중에 대리국의 중요한 인물이 있다는 사실에 대해서는 절대 언급하지 않았다.

군관이 버럭 화를 내며 소리쳤다.

"안문관은 대송 북문의 요지라 할 수 있는 곳이다. 대규모 요군 인마가 코앞에 와 있는데 함부로 관문을 열었다가 요군이 쳐들어오기라도 한다면 그 화를 누가 감당할 수 있단 말이냐?"

오장풍이 도저히 참을 수가 없어 큰 소리로 호통을 쳤다.

"그따위 헛소리할 시간에 관문을 열었으면 아무 일도 없지 않았겠느냐?"

그 군관이 벌컥 화를 냈다.

"이 늙다리 비렁뱅이야, 어디라고 본관 앞에서 그리 함부로 말을 하는 것이냐?"

이 말을 내뱉고 오른손을 휙 휘두르자 성곽 위에 1천여 명의 궁수가 나타나 활에 화살을 메기고 성 밑을 향해 겨누었다. 그 군관이 호통을 쳤다.

"어서 물러가라! 그래도 이곳에서 군심을 어지럽힌다면 화살을 날려줄 것이다!"

현도가 장탄식을 하며 어찌할 바를 몰라 했다.

안문관 양쪽에는 봉우리가 우뚝 솟아 있어 구름에 맞닿아 있었다. 이 관문이 '안문雁門'이란 이름으로 불린 것은 기러기가 남쪽으로 날아갈 때 이 두 봉우리 사이를 통과해야 할 정도로 지세가 험하다는 데서 기인한 것이다. 군호 중 경공에 능한 지사들이 적지 않아 얼마든지 산과 고개를 넘어 도망갈 수도 있었지만 나머지 사람들은 이 험준한 요새를 넘기가 쉽지 않아 당장 관문 밑에서 요군에 의해 섬멸될 상황이었다.

요군은 산세의 제한을 받고 동서 양쪽에서 점점 좁혀 들어와 정면으로부터 밀어닥쳐오기 시작했다. 그러나 말발굽 소리와 철갑 소리, 바람에 깃발이 날리는 소리 외에 떠들썩한 사람 소리는 전혀 들리지 않았다. 그야말로 군기가 엄격한 정예부대라 할 수 있었다. 요군 한 무리가 관문을 압박하는 진을 치고 화살이 미치는 곳까지 달려오다 그 자리에 멈춰섰다. 멀리 내다보니 동, 서, 북 세 방향에서 깃발이 나부끼는데 인마가 얼마나 되는지 알 수조차 없었다.

소봉이 큰 소리로 외쳤다.

"모두 제자리에서 잠시 꼼짝 말고 대기하시오. 재하가 요 황제와 얘기를 좀 나눠보겠소."

그는 단기필마로 내달려갔다. 그는 양손을 머리 위로 높이 들어 손에 아무런 무기가 없다는 뜻을 표한 뒤 큰 소리로 외쳤다.

"대요국 황제 폐하, 신 남원대왕 소봉이 폐하께 드릴 말씀이 있으니 나와주시면 감사하겠습니다."

내력을 돋우어 내뱉은 이 말은 먼 곳까지 전해질 수 있었다. 10여만에 이르는 요군 장졸들이 이 말을 또렷이 듣고 하나같이 안색이 변했다.

한참 후에 요군 진영에서 북소리가 울려퍼지며 천군만마가 마치 파

도처럼 양쪽으로 갈라지더니 여덟 명의 기병이 바람에 나부끼는 여덟 폭의 금황색 깃발을 들고 진영 안에서 내달려왔다. 그 뒤에는 한 무리의 장모수長矛手와 도부수刀斧手, 궁전수弓箭手, 순패수盾牌手 등이 앞으로 달려나와 각각 양옆으로 나누어 섰다. 이어서 금포 철갑을 두른 10여 명의 대장 무리가 야율홍기를 둘러싼 채 진영을 나섰다.

요군 병사들이 함성을 질렀다.

"만세, 만세, 만만세!"

그 소리는 천지를 진동하며 메아리로 울려퍼졌다.

관문 위의 송군은 이 같은 적군의 위세를 보고 두려움에 벌벌 떨기 시작했다.

야율홍기가 오른손으로 보도를 하늘 높이 쳐들자 요군 진영은 정적에 휩싸였다. 어쩌다 전마들이 울부짖는 소리 외에는 그 어떤 소리도 들리지 않았다. 야율홍기가 보도를 내려놓고 큰 소리로 웃었다.

"소 대왕, 요군을 관문 안으로 인도한다고 해놓고 어찌 아직 열어놓지 않은 겐가?"

이 말이 떨어지자 관문 위에 있던 통역관이 안문관을 지키는 지휘사인 장 장군에게 전했다. 관문 위의 송군들이 이 말을 듣고 소봉을 향해 손가락질을 하며 욕을 하기 시작했다.

소봉은 야율홍기의 그 말이 반간계反間計를 펼친 것임을 알고 있었다. 송군이 감히 자신을 관문 안으로 들이지 못하게 하려는 것이었다. 그는 쓰라린 마음을 안고 말에서 내려와 앞으로 몇 걸음 걸어갔다.

"폐하, 신 소봉이 폐하께서 베푸신 후덕한 은혜를 저버리고 이곳까지 친히 왕림하시도록 만들었으니 죽을죄를 지었습니다."

50. 전쟁과 맞바꾼 영웅의 최후

그는 이 말을 하면서 바닥에 무릎을 꿇고 엎드렸다.

돌연 두 개의 인영이 마치 번개처럼 그의 옆을 스치고 지나가 야율홍기를 향해 맹렬하게 달려들었다. 다름 아닌 허죽과 단예였다. 그 두 사람은 정세가 심상치 않은 것을 보고 오늘의 이 상황이 요 황제를 납치해 협박해야만 모두가 온전할 수 있으리라 여기고 서로 손짓을 하며 각각 좌우에서 달려들었다.

야율홍기는 진영에서 나설 때 이미 소봉이 과거 반란군 진영에서 초왕 부자를 사로잡아 죽일 때 사용한 방법을 다시 쓸지도 모른다고 여겨 미리 대비해놓은 상태였다. 친군지휘사가 호통을 치자 300명에 이르는 순패수가 한곳에 집결했다. 그러자 300개의 방패가 마치 성벽을 쌓듯이 요 황제 앞을 가로막았다. 장모수와 도부수 역시 방패 앞에 겹겹이 늘어섰다.

그때 허죽은 이미 천산동모의 진기를 전수받았고 또한 영취궁 석벽에 그려진 오묘한 무학까지 연마했던 터라 그의 무공은 이미 무엇이든 마음먹은 대로 구사할 수 있는 경지에 이른 상태였다. 또한 단예는 구마지가 평생 연마한 공력을 흡수해 그 내력의 고강함이 고금을 통틀어 비할 자가 없을 정도였으니 그가 능파미보를 시전해오는데 요군 장졸들이 어찌 막아낼 수 있겠는가?

단예는 동에 번쩍 서에 번쩍하며 미꾸라지처럼 상호 간의 거리가 1척이 채 되지 않는 빽빽한 장모수와 도부수 사이를 헤집고 들어갔다. 요군 병사들은 장모를 들어 찔러댔지만 상호 간에 너무 가깝게 밀집되어 있어 단예를 찌르기는커녕 동료들 몸을 찌르기 일쑤였다.

허죽이 두 손을 연이어 뻗어 요군 병사의 가슴팍과 등짝을 움켜쥐고 계속 진영 밖으로 내던지면서 야율홍기를 향해 접근해 들어갔다. 대장 두 명이 말을 타고 달려와 일제히 창을 들어 허죽의 가슴과 복부를 찌르려 했다. 허죽은 돌연 몸을 훌쩍 날려 두 발로 각각 두 장군의 창끝을 떨어뜨렸다. 요군 장군 두 명이 일제히 호통을 지르며 창자루를 흔들어 허죽의 몸을 떨어뜨리려 했지만 허죽은 창 두 자루가 흔들리는 틈을 타 몸을 훌쩍 날린 다음 허공에서 야율홍기의 머리를 향해 덮쳐갔다.

한 명은 미꾸라지가 헤엄치듯 미끄러지듯 달려가고 한 명은 새가 나는 듯 민첩하게 움직이며 둘이 동시에 공격해 들어가자 야율홍기가 깜짝 놀라 보도를 높이 들어 공중에 떠 있던 허죽을 향해 베어갔다.

허죽은 왼손을 뻗어내 야율홍기의 보도 칼등에 대고 그 기세로 미끄러져 내려와 손바닥을 엎어 그의 오른 손목을 움켜쥐었다. 바로 그때 단예 역시 사람 숲을 뚫고 나와 야율홍기의 왼쪽 어깨를 움켜쥐었다. 두 사람은 일제히 호통을 쳤다.

"가자!"

그들은 야율홍기의 건장한 몸을 말 등 위에서 끌어내리고 몸을 돌려 재빨리 내달려갔다.

사방의 요나라 장졸들은 황제가 적의 수중에 들어간 것을 보고 대경실색했다. 친위병 수십 명이 몸을 돌보지 않고 황제를 구하겠다고 달려들었지만 허죽이 날리는 발길질에 너도나도 나가떨어졌다.

두 사람은 요 황제를 사로잡고 기뻐하다 갑자기 소봉이 몸을 날려 달려오는 모습을 보고 일제히 소리쳤다.

"형님!"

뜻밖에도 소봉은 두 손을 질풍같이 내뻗으며 허죽과 단예 두 사람에게 기습을 가했다. 두 사람은 깜짝 놀랐다. 그들은 소봉의 일장이 기습적으로 날아오자 손을 들어 막을 수밖에 없었다.

"펑! 펑!"

두 번의 굉음과 함께 네 손바닥이 서로 부딪치면서 장풍이 몰아치는 가운데 소봉이 앞을 향해 돌진해가며 그 기세를 틈타 야율홍기를 낚아채 가버렸다.

이때 요군과 중원의 군호가 남쪽과 북쪽에서 쏟아져 들어왔다. 한쪽에서는 황제를 뺏으려 했고 한쪽에서는 소봉과 단예, 허죽 세 사람을 지원하려는 것이었다.

소봉이 큰 소리로 부르짖었다.

"모두 꼼짝하지 마시오. 대요 황제께 아뢸 말씀이 있소."

요군과 군호가 즉시 발걸음을 멈추고 양쪽 다 멀찌감치 서서 고함만 지를 뿐 감히 앞으로 나서지도 못하고 화살을 쏘지도 못했다.

허죽과 단예 역시 뒤로 세 걸음 물러서 각각 야율홍기 뒤에 선 채그가 요군 진영으로 도망가거나 거란 고수들이 달려와 돕는 걸 저지하고자 했다. 매란죽국 네 자매는 단예 뒤에 서서 각자 장검을 치켜들고 적이 불시에 쏠지 모르는 화살에 대비했다.

이때 야율홍기는 핏기라고는 없는 얼굴로 생각했다.

'소봉 저 녀석은 보통 성격이 아니다. 놈은 내가 사자 우리에 가두어둔 것 때문에 심한 모욕을 받았다고 느낄 것이다. 이제 저 녀석 수중에 들어갔으니 놈이 보복을 하려 할 것 아닌가? 난 이제 죽은 목숨이나 다름없다.'

그때 소봉이 입을 열었다.

"폐하, 이 두 사람은 제 결의형제입니다. 절대 해치지 않을 것이니 염려 마십시오."

야율홍기가 코웃음을 치며 고개를 돌려 허죽을 힐끗 쳐다보고 다시 단예를 슬쩍 바라봤다.

소봉이 다시 말했다.

"여기 둘째 아우 허죽자는 영취궁의 주인이며, 셋째 아우는 대리국의 단왕자입니다. 신이 폐하께 말씀드린 적이 있을 겁니다."

야율홍기가 고개를 끄덕였다.

"과연 대단하구나!"

"폐하를 즉시 진영으로 돌려보내드릴 테니 폐하께서 이에 대한 상을 내려주시기 바랍니다."

야율홍기는 자신의 귀를 의심스러워했다.

'천하에 이토록 값싼 거래가 어디 있단 말인가? 아, 맞다. 소봉이 마음을 돌리고 세 사람에게 관작을 내려주길 원하는 것이로구나.'

그는 만면에 미소를 띠었다.

"그대들 청이 무엇인가? 짐이 무엇이든 들어주겠다."

그의 목소리는 떨리고 있었지만 이 짧은 말에도 황제의 위엄이 서려 있었다.

소봉이 말했다.

"폐하께서는 우리 두 형제의 포로가 됐으니 우리 거란인 규칙에 따르자면 폐하께서는 예물로 몸값을 지불하셔야 합니다."

야율홍기가 미간을 찌푸리며 물었다.

"원하는 게 뭔가?"

소봉이 말했다.

"신이 감히 두 형제를 대신해 말씀드리겠습니다. 부디 폐하께서 약속을 지켜주시기 바랍니다."

야율홍기가 껄껄대고 웃었다.

"천하에는 내가 내놓지 못할 물건이 많지 않네. 터무니없는 요구라 해도 들어줄 것이야."

소봉이 큰 소리로 외쳤다.

"지금 즉각 철수를 하시고 평생 단 한 명의 요군 병사도 송나라 변경을 넘어가지 못하게 하겠다고 약속해주십시오."

단예가 크게 기뻐하며 생각했다.

'요군이 송나라 변경을 넘지 않는다면 우리 대리까지 건너올 수는 없겠구나.'

이런 생각이 들자 재빨리 끼어들었다.

"그렇소. 그 약속만 해준다면 지금 당장 돌려보내줄 것이오."

그러다 생각을 바꿨다.

'요 황제를 사로잡는 데는 둘째 형님이 나보다 더 많은 힘을 썼는데 부탁할 게 있지 않을까?'

그는 허죽을 향해 물었다.

"둘째 형님, 거란 황제한테 몸값으로 바랄 거 없습니까?"

허죽이 고개를 가로저었다.

"나도 그것만 바랄 뿐이네."

야율홍기는 안색이 변해 가라앉은 목소리로 말했다.

"너희가 감히 짐을 협박하는 것이냐? 약속하지 못하겠다면?"

소봉이 큰 소리로 외쳤다.

"그럼 신은 폐하와 함께 목숨을 끊을 것입니다. 우리 두 사람은 과거 결의를 맺으면서 동년 동월 동일 죽겠다고 서약을 한 적이 있지 않습니까?"

야율홍기가 깜짝 놀라 곰곰이 생각했다.

'소봉 이 녀석은 천지를 두려워하지 않는 망명지도亡命之徒가 아닌가? 한다면 하는 녀석이라 녀석 말에 답하지 않는다면 정말 나한테 출수를 할지 모른다. 저런 놈 손에 죽는 건 일말의 가치도 없는 짓이다.'

그는 껄껄대고 웃으며 큰 소리로 답했다.

"나 야율홍기의 목숨으로 송 요 양국의 수십 년 평화와 바꾸겠다는 게로구나. 아우, 아우가 내 목숨을 아주 귀중하게 보는구나."

"폐하는 대요의 황제이십니다. 천하에 폐하보다 귀중한 목숨이 어디 있겠습니까?"

야율홍기가 다시 껄껄대고 웃었다.

"그렇다면 과거 여진인들이 내 목숨 값으로 황금 500냥과 백은 5천 냥, 준마 300필을 요구한 것은 안목이 없었다는 것인가?"

소봉이 허리를 살짝 굽힌 채 더 이상 대답하지 않았다.

야율홍기는 고개를 돌려 가장 가까이 있는 수하 장수가 100보 밖에 있는 것을 보고 아무래도 자신이 이 위기를 벗어날 수 없으리라 여겨 속으로 경중을 따져봤다. 세상에 목숨보다 귀중한 물건이 어디 있단 말인가? 그는 곧바로 전통에서 조령낭아전 하나를 뽑아 두 손으로 구부려 뚝 하는 소리와 함께 두 토막으로 부러뜨리고 토막 난 화살을 바닥에 던지며 소리쳤다.

"약속하겠다."

소봉이 즉각 몸을 굽혔다.

"고맙습니다, 폐하!"

야율홍기는 몸을 돌려 걸음을 옮기려다 허죽과 단예가 각자 두 눈을 부릅뜨고 바라보며 길을 비켜줄 의사가 없는 모습을 보고 다시 고개를 돌려 소봉을 바라봤다. 그 역시 아무 말도 하지 않자 그 뜻을 알아차렸다. 자신이 그 자리를 피하기 위해 식언을 했을까 염려하는 것이었다. 그는 곧바로 보도를 뽑아 머리 위로 올리고 큰 소리로 외쳤다.

"대요의 전군은 들어라!"

요군 진영에서 우레와 같은 북소리가 울려퍼졌다. 한바탕 북소리가 울리다 잠시 후 그쳤다.

야율홍기가 소리쳤다.

"대군은 북으로 돌아간다! 송국 정벌의 거사는 취소하겠다!"

그는 잠시 멈추었다 다시 큰 소리로 외쳤다.

"내가 살아 있는 한 우리 대요국의 그 어떤 병사도 송나라 변경을 침범할 수 없다!"

그는 말이 끝나자 보도를 내렸다. 요군 진영에서 다시 북소리가 울려퍼졌다.

소봉은 오른손으로 바닥에 있던 부러진 화살을 주워 하늘 높이 들었다. 그리고 내력을 돋우어 큰 소리로 외쳤다.

"나 요국의 남원대왕 소봉이 폐하의 성지를 받들어 공포하겠소! 폐하께서는 하늘보다 높고 땅보다 두터운 은덕을 내리시어 화살을 부러뜨려 맹세하시며 평생 대요국의 그 어떤 병사도 송나라 변경을 침범하지 말라는 성지를 내리셨소."

그가 충만한 내력으로 목소리를 높여 공포하자 관문 위아래에 있는 10여 만의 장졸이 모두 들을 수 있었다. 그는 야율홍기가 다른 말을 하지 않는 것을 보고 허리를 굽혔다.

"폐하를 진영까지 전송하겠습니다."

허죽과 단예가 양옆을 물러서며 소봉 뒤로 돌아갔다.

야율홍기는 놀랍고도 기쁘면서도 부끄럽기 짝이 없었다. 비록 위기에서 빠져나가는 것이 급하기는 했지만 소봉과 요군 병사들 앞에서 약해 보이고 싶지는 않았기 때문이다. 그는 태연한 척을 하며 느린 걸음으로 본진으로 돌아갔다.

요군 진영 안의 10여 명의 친위병이 말을 내달려와 영접했다. 야율홍기의 걸음이 처음에는 느릿느릿했지만 점점 빨라지지 않을 수 없었다. 두 다리에 힘이 빠지는 느낌이 들면서 하마터면 넘어질 뻔할 정도였다. 게다가 두 손이 떨리고 이마에서 식은땀이 줄줄 흘러내렸다. 시위가 말을 타고 그의 앞으로 달려와 말에서 내리고 말을 끌어오기를 기다리는 동안 야율홍기는 전신에 맥이 풀려 왼발로 등자를 밟았지만 말 위로 오를 수가 없었다. 시위 두 명이 그의 등과 엉덩이를 부축해 힘껏 들어올리자 야율홍기는 그제야 말 위에 오를 수 있었다.

요군 장졸들은 황제가 무사히 귀환하는 것을 보고 큰 소리로 환호성을 질렀다.

"만세, 만세, 만만세!"

그때 안문관 위의 송군과 밑에 있던 군호는 요 황제가 퇴각 명령을 내리며 평생 그 어떤 요군 병사도 송국 변경을 침범하지 말라는 소리를 듣고 역시 우레와 같은 환호성을 질렀다. 모두들 거란인이 흉악하고 잔인하지만 늘 신의를 중시해 대송과의 교류에 있어 약속을 어기는 말은 거의 하지 않는다는 사실을 잘 알고 있었다. 과거 송요 양국이 '전연지맹'을 체결했을 때에도 쌍방이 지금까지 이를 준수해오지 않았던가? 하물며 요 황제가 양군 진영 앞에서 친히 반포한 명이고 요국의 남원대왕이 성지를 받들어 복창하는 소리를 양국의 모든 이가 듣지 않았는가? 훗날 이 말을 번복이라도 하는 날에는 대요의 모든 이가 거국적으로 그를 경멸할 것이며 그의 황제 자리도 좌불안석이 되고 말 것이었다.

야율홍기의 얼굴은 암울한 표정으로 가득했다. 소봉에게 협박을 받아 그런 중대한 약속을 해주고 빠져나온 데 대해 체면을 구기고 국위에 손상을 입게 되었다고 생각했던 것이다. 그러나 요군 장졸들이 환호하며 외치는 만세 소리를 들어보니 전군이 자신을 떠받드는 감정이 진심에서 우러나오는 것으로 보였다. 그는 요군 병사들의 얼굴을 천천히 훑어봤다. 모두들 얼굴빛이 환해지고 희열에 찬 모습이었다.

모든 장졸이 당장 회군해서 집에 돌아가 부모와 처자식을 재회하겠다는 생각을 떠올렸다. 이미 머나먼 원정길이 몹시 힘들었고 또한 이역 땅에서 목숨을 잃을 위험도 벗어날 수 있다는 생각에 모두들 생각지 않은 기쁨으로 들떠 있었던 것이다. 거란인이 용맹하고 싸움을 좋아하긴 하지만 전쟁이 벌어지면 누구든 목숨을 보장할 수 없기에 전쟁을 피할 수만 있다면 전쟁을 통해 승진을 하고 재물을 모을 수 있다고 생각하는 장수들 외에는 하나같이 기뻐하고 있었다.

야율홍기는 속으로 깜짝 놀랐다.

'이제 보니 우리 병사들도 송나라 정벌을 원치 않았구나. 더구나 내가 이 군대를 이끌고 남정을 해도 반드시 승리한다고 볼 수는 없지 않은가?'

이런 생각도 들었다.

'그보다 그 여진 놈들이 고약하기 짝이 없다. 우리 거란 배후에 진을 치고 있으니 우환거리가 아닐 수 없다. 군사를 일으켜 그 여진 놈들부터 소탕해야겠어.'

그는 보도를 치켜들고 큰 소리로 명을 내렸다.

"북원대왕은 명을 전하라! 후발대를 선봉대로 바꿔 남경으로 회군한다."

군중에서 북소리와 호각 소리가 울려퍼지며 성지를 전하자 환호성 소리가 가까운 곳부터 먼 곳까지 전해져갔다.

야율홍기가 고개를 돌려보니 소봉이 여전히 꼼짝도 안 하고 그 자리에 서 있었다. 그는 차갑게 웃으며 큰 소리로 외쳤다.

"소 대왕, 송나라에 그런 큰 공을 세웠으니 고관에 봉해져 후한 봉록을 받을 날이 멀지 않았겠구나."

소봉이 큰 소리로 답했다.

"폐하, 소봉은 거란인으로 폐하와 결의형제를 맺었지만 오늘 폐하를 협박해 거란의 대죄인이 되었습니다. 이미 불충에 불의한 이 몸이 앞으로 무슨 면목으로 세상을 살아가겠습니까?"

이 말을 마치자 오른손에 쥐고 있던 두 토막으로 부러진 화살을 높이 들더니 내공을 돋우어 오른팔을 거꾸로 들어 찔렀다. 화살은 푹 하는 소리와 함께 그의 심장에 박혀버렸다.

헉 소리와 함께 깜짝 놀란 야율홍기는 말을 달려 앞으로 몇 걸음 가다가 곧바로 말고삐를 당겨 멈추었다.

단예와 허죽이 혼비백산하며 앞다투어 달려가 일제히 부르짖었다.

"형님, 형님!"

그러나 부러진 화살이 그의 심장에 정확하게 박혀 있고 소봉은 두 눈을 감은 채 이미 숨이 끊어진 상태였다.

허죽이 재빨리 그의 가슴팍 옷을 찢어 응급조치를 하려 했지만 심장에 화살이 박혀 도저히 손을 쓸 방법이 없었다. 그저 가슴팍 살갗 위에 새겨진 입을 벌리고 이빨을 드러낸 채 흉측한 표정을 짓고 있는 짙푸른 색의 이리 머리 문신만 보일 뿐이었다. 허죽과 단예는 대성통곡을 하며 바닥에 엎드려 절을 했다.

개방 제자들이 일제히 몰려와 단체로 바닥에 엎드려 절을 했다. 오장풍이 가슴을 두드리며 소리쳤다.

"교 방주, 그대가 거란인이지만 이 쓸모없는 한인들보다 만 배는 더 영웅이셨소!"

중원의 군호가 하나하나 모여들어 나지막이 논의를 했다.

"교 방주가 정말 거란인이란 말이오? 그럼 그가 어찌 우리 대송을 도운 것이오? 이제 보니 거란인 중에도 영웅호걸이 있긴 있군!"

"그는 어릴 때부터 우리 한인 손에 자라 한인들의 크나큰 인의를 배운 것이오."

"양국이 정전을 하면 그는 분쟁을 해결한 대공신이 되는 것인데 굳이 자결을 할 필요는 없지 않았소?"

"대송에 공은 있지만 요국에서는 나라를 배반하고 적을 도운 매국노가 된 것 아니겠소? 그 죄가 두려워 자결을 했을 테지."

"두렵긴 뭐가 두렵단 말이오? 교 방주 같은 대영웅이 천하에 두려울 것이 뭐 있겠소?"

야율홍기는 소봉이 자결한 것을 보고 망연자실했다.

'소봉의 행동이 우리 대요 입장에서는 공로일까? 과실일까? 그가 송을 정벌하지 말라고 나를 극구 설득한 것이 송나라인을 위한 것일까? 아니면 거란인을 위한 것일까? 그는 나와 결의형제를 맺은 이후 시종 나에게 충성을 다했고 오늘 안문관 앞에서 자결을 했으니 당연히 송나라의 부귀공명을 도모한 것은 절대 아니었다. 그… 그럼 무엇 때문이었다는 것인가?'

그는 고개를 가로저으며 씁쓸한 웃음을 짓고 말 머리를 돌려 요군 진영을 뚫고 지나갔다.

말발굽 소리가 울려퍼지며 요군의 천군만마가 다시 북쪽을 향해 나아갔다. 모든 장졸이 끊임없이 고개를 돌려 바닥에 쓰러진 소봉의 시신을 쳐다봤다.

그때 끼룩끼룩 하는 소리와 더불어 기러기 떼가 대열의 머리 위를 지나갔다. 기러기들은 양쪽에 우뚝 선 두 봉우리 사이를 지나 안문관 상공에서 남쪽을 향해 날아갔다.

요군이 점차 멀어져 말발굽 소리가 어슴푸레하게 들리다 다시 산 뒤쪽의 낮은 천둥소리로 변해갔다.

허죽과 단예 등 일행은 소봉의 유체 옆에 서서 대성통곡을 하며 울거나 묵묵히 고개를 숙인 채 눈물을 흘렸다.

별안간 날카로운 한 소녀의 목소리가 들려왔다.

"비켜요, 비켜! 모두 다 비켜요! 당신들이 우리 형부를 죽게 만들어 놓고 여기서 가식적으로 눈물 몇 방울 흘린다고 무슨 소용 있어요?"

그녀는 이 말을 하면서 손을 뻗어 사람들을 힘껏 밀쳐냈다. 다름 아닌 아자였다. 허죽 등은 자신들이 그녀와 다른 입장임을 알고 그녀에게 떠밀려 길을 비켜주었다.

아자는 소봉의 시신을 응시하며 한참 동안 물끄러미 바라보다 부드러운 목소리로 말했다.

"형부, 여기 있는 사람들 모두 나쁜 사람들이에요. 이 사람들은 신경 쓰지 말아요. 오직 이 아자만이 진심으로 형부에게 잘 대해준 사람이에요."

그녀는 이 말을 하면서 허리를 굽혀 소봉의 시신을 안았다. 소봉의 몸은 무척이나 크고 길어서 아자가 상반신을 안았지만 두 다리는 여전히 바닥에 끌렸다. 아자가 다시 말했다.

"형부, 이제야 고분고분해졌네요. 제가 안고 있는데 절 밀쳐내지 않으니 말이에요. 그래요, 이래야 형부죠."

허죽과 단예는 서로를 바라보며 생각했다.

'아자가 상심이 커서 정신이 나갔나 보다.'

단예가 눈물을 흘리며 말했다.

"누이, 큰형님께서 정의를 위해 목숨을 바치신 덕분에 천하인들이 그 은혜를 입은 거야. 어… 어서….."

그는 앞으로 몇 걸음 걸어가 소봉의 시신을 건네받으려 했다.

아자가 매섭게 소리쳤다.

"우리 형부 건드리지 마! 형부는 내 거야. 아무도 건드릴 수 없어."

단예가 고개를 돌려 매검을 향해 눈짓을 했다. 매검은 그 뜻을 알아차리고 난검과 함께 아자 곁으로 걸어가 나직이 말했다.

"단 낭자, 소 대협께서 세상을 떠나셨으니 우리가 어찌 안장할지 상의해야…."

별안간 아자가 날카로운 목소리로 소리를 지르자 매검과 난검이 깜짝 놀라 펄쩍 뛰며 뒤로 두 걸음 물러섰다. 아자가 소리쳤다.

"물러서! 물러서란 말이야! 한 발짝만 더 가까이 오면 너희부터 죽여버리겠어!"

매검과 난검이 눈살을 찌푸리며 단예를 향해 고개를 가로저었다.

별안간 관문 왼쪽 편에 있는 산속에서 누군가 부르짖었다.

"아자, 아자! 그대 목소리가 들리는 것 같소. 어디 있는 거요? 어디 있소?"

처절하게 부르짖는 목소리에 많은 사람은 그가 개방 방주를 역임했고 장취현이란 가명을 지닌 유탄지임을 알아차렸다.

사람들은 고개를 돌려 부르짖는 소리가 들리는 곳을 바라봤다. 그때 두 눈의 눈동자를 잃은 유탄지가 두 손에 죽장을 짚은 모습이 보였다. 그는 왼손에 잡은 죽장으로 길을 더듬고 오른쪽 죽장은 한 중년 사내의 어깨 위에 걸친 채 산모퉁이를 돌아나오고 있었다. 그 중년 사내는 다름 아닌 영취궁을 지키고 있던 오노대였다. 그는 초췌한 얼굴에 해진 옷을 입고 어찌할 바를 모르겠다는 표정을 하고 있었다. 허죽 등은 눈치를 챘다. 아자를 찾아나서면서 안내를 하라고 강요하는 유탄지에게 오노대가 적지 않은 고초를 겪은 것으로 보였다.

아자가 버럭 화를 냈다.

"넌 뭐 하러 왔어? 넌 보고 싶지 않아, 보고 싶지 않다고!"

유탄지가 환희에 찬 목소리로 외쳤다.

"아, 과연 여기 있었군. 당신 목소리를 들었소. 마침내 당신을 찾았어!"

그가 오른쪽 죽장에 힘을 돋우며 밀자 오노대가 할 수 없이 앞으로 내달려갔다. 두 사람이 얼마나 빨리 달리는지 순식간에 아자 옆에 이르렀다.

어찌할 바를 모르고 난감해하던 중 갑자기 나타난 유탄지를 본 허죽과 단예 등은 그가 아자에게 기꺼이 두 눈을 기증해 그녀와 깊은 연원이 있는 사람이니 그녀를 설득할 수 있을지도 모르겠다는 생각이 들었다. 이에 몇 걸음 뒤로 물러나 두 사람이 얘기하는 데 방해가 되지 않도록 했다.

유탄지가 물었다.

"아자 낭자, 그간 잘 지냈소? 낭자를 괴롭히는 사람은 없었소?"

그의 추한 얼굴은 희열과 관심 어린 정으로 가득했다. 아자가 소리쳤다.

"누가 날 괴롭히면 네가 어쩔 건데?"

유탄지가 다급하게 말했다.

"누가 낭자를 괴롭힌 것이오? 나한테 말만 하시오. 내가 가서 없애버려주겠소."

아자가 냉소를 머금더니 곁에 있는 사람들을 가리켰다.

"이 사람들 모두 날 괴롭혔어. 이자들을 모조리 죽여줘!"

유탄지가 답했다.

"알겠소."

그는 오노대를 향해 물었다.

"오 노형, 어떤 자들이 낭자를 괴롭힌 거요?"

"너무 많아서 다 죽일 수 없을 것이오."

"다 못 죽여도 죽여버려야 하오. 누가 감히 아자 낭자를 괴롭힌단 말이오?"

아자가 버럭 화를 냈다.

"난 지금 형부와 함께 있어. 앞으로 영원히 헤어지지 않을 거야. 넌 멀리 가버려! 다시는 보고 싶지 않아!"

유탄지가 크게 상심했다.

"다… 다시는 보고 싶지 않다고…."

아자가 소리 높여 말했다.

"아, 맞다! 내 눈은 네가 준 거지? 형부는 내가 너한테 은혜를 입었으니 너한테 잘해주라고 하셨지만 그래도 난 싫어."

이 말을 마친 아자가 갑자기 자기 눈에 오른손을 푹 쑤셔넣더니 자신의 두 눈알을 뽑아내 유탄지를 향해 힘껏 내던지며 소리쳤다.

"돌려줄게! 돌려준다고! 이제 너한테 그 어떤 빚도 없는 거야. 형부도 이제 네 곁에 있으라고 강요하지 못할 거라고!"

유탄지는 비록 앞을 보지 못했지만 일제히 경악을 하며 내지르는 주변 사람들 목소리 속에 내포된 두려움 가득한 소리를 듣자 뭔가 비참한 변고가 발생했음을 알고 목이 터져라 부르짖었다.

"아자 낭자, 아자 낭자!"

아자는 소봉의 시신을 들고 부드러운 목소리로 말했다.

"형부, 우리 다시는 다른 사람한테 빚지지 말아요. 전 형부와 영원히 함께 있고 싶었는데 오늘 결국 제 소원을 이룬 셈이네요."

이 말을 하면서 소봉을 안고 발걸음을 내딛었다.

군호는 그녀의 눈가에 선혈이 뿜어져 나와 새하얀 뺨을 타고 흘러내리는 모습에 공포심을 느끼고 그녀가 걸어오자 모두 몇 걸음 뒤로 물러섰다. 그때 아자가 앞을 향해 곧장 걸어가다 점점 깊은 골짜기 부근으로 걸어갔다. 사람들 모두 외쳤다.

"멈추시오, 멈추시오! 앞은 낭떠러지요!"

단예가 재빨리 쫓아가며 소리쳤다.

"누이, 지금…."

하지만 아자는 앞을 향해 그대로 내달렸고 순간 허공에 발을 내딛으며 만 장이 넘는 깊이의 골짜기 밑으로 떨어져 버렸다.

단예가 손을 뻗어 낚아채려 했지만 찌익 하는 소리와 함께 그녀의 소맷자락 끄트머리만 잡았을 뿐이었다. 그때 옆에서 세찬 바람 소리가 들리며 누군가 옆을 스치고 지나갔다. 단예가 왼쪽으로 물러서자 유탄지 역시 골짜기 안을 향해 뛰어드는 모습이 보였다. 단예가 비명을 질렀다.

"어이쿠!"

골짜기 안을 내려다봤지만 운무로 가득 차 있어 얼마나 깊은지 볼 수가 없었다.

군호는 낭떠러지 옆에 서서 모두들 훌쩍거리며 탄식을 했다. 무공 실력이 비교적 떨어지는 사람들은 산골짜기 옆에 들쭉날쭉하게 나 있는 예리한 칼 같은 뾰족한 바위들을 보고 속으로 놀라지 않을 수 없었다. 현도 등 나이가 좀 있는 사람들은 과거 현자와 왕 방주 등이 안문관 관외에서 거란 무사를 기습했던 얘기를 들었기 때문에 소봉의 모친 시신이 이 골짜기에 묻혀 있다는 사실을 알고 있었다.

별안간 관문 위에서 북소리가 울려퍼지며 전령 군관이 소리쳤다.

"안문관을 수호하는 도지휘인 장 장군의 명이오. 그대들은 요국의 첩자가 아니란 사실이 밝혀져 관문 안으로 들어오는 것을 특별히 허락할 것이니 반드시 규칙을 준수하고 지시에 따르되 함부로 소란을 피워서는 안 될 것이오."

관문 밑에 있던 군호가 욕을 퍼부어댔다.

"차라리 죽는 한이 있어도 너처럼 개 같은 관리가 지키는 관문은 들어가지 않겠다!"

"너희 개 같은 관리들이 겁먹지 않았다면 소 대협도 목숨을 잃지 않았을 것이다."

"모두들 관문 안으로 쳐들어가 개 같은 관리들을 죽여버리자!"

군호는 극으로 관문 위를 가리키며 손뼉을 치고 발을 굴러가며 욕을 퍼부어댔다. 안문관을 지키는 지휘사는 군호의 기세가 흉흉한 것을 보고 재빨리 명을 바꿔 다시 관문 진입을 하지 못하게 했다. 그러다 군호가 한바탕 욕을 하고 하나둘 흩어져 산 위로 올라 남쪽으로 돌아가는 것을 보고 나서야 마음을 놓을 수 있었다.

허죽과 단예, 오장풍 등은 끝까지 희망을 버리지 않았다. 소봉이 되살아나는 뜻밖의 기적이 일어나 아자를 안고 골짜기 밑에서 올라오기만 바라고 있었던 것이다. 모두들 깊은 밤이 되고 아무런 동정도 보이지 않을 때까지 기다리다 밤새 골짜기 입구에서 노숙을 했다.

안문관을 지키는 지휘사 장 장군은 승전보를 고쳐 적어 전령에게 준마를 내주고 변량에 전달하도록 했다. 자신이 친히 수하 장졸들을 인솔해 수일간 혈전을 벌인 끝에 10여 만에 이르는 요군을 상대하면서 폐하의 크나큰 복과 조정 대신들의 적절한 지시 그리고 모든 병사의 목숨 건 투쟁 덕에 요나라의 통군 원수인 남원대왕 소봉을 죽이고 요군 수천 명을 살상해 요 황제 야율홍기를 퇴각시켰다는 터무니없는 내용이었다.

송 황제인 조후는 이를 크게 기뻐하며 관문에 성지를 전해 전군에 상을 내리고 재상과 추밀사, 지휘사 이하 모든 관리에게 높은 관작을 부여했다. 조후는 스스로 태조와 태종보다 훨씬 더 영명하고 뛰어난 황제라고 느끼며 조정 대신들에게 연일 연회를 베풀어 궁중에서 후궁들과 이를 자축했다. 이에 그의 공덕을 칭송하는 노랫소리가 널리 울려퍼지고 대첩을 경축하는 상주문이 끊이지 않고 들어왔다.

단예는 허죽과 현도, 오장풍 등 군호와 작별하고 목완청, 종영, 화혁간, 범화, 파천석, 주단신 및 효뢰, 매란죽국 등과 함께 대리를 향해 남쪽으로 내려갔다. 효뢰와 매란죽국 네 자매는 허죽 부부와의 헤어짐을 아쉬워해 연신 이별의 눈물을 흘렸다.

단예 등 일행은 중원에서 사천, 토번 변경을 따라 남쪽으로 걸어가 대리 국경 안으로 진입했다. 왕어언은 대리국 시위, 무사들과 함께 변경 지역까지 나와 이들을 영접했다. 단예가 소봉과 아자에 관한 얘기를 전하자 우울해하지 않는 이가 없었다. 일행이 남쪽으로 나아가는 길에 단예는 백성들을 놀라게 하고 싶지 않아 수하들에게 관복으로 갈아입지 말고 그대로 행상 차림을 하고 가도록 했다.

단예가 왕어언을 향해 효뢰와 매란죽국 네 자매에 관한 상황과 내력을 얘기하자 왕어언은 아무 말 없이 웃다가 잠시 후에 물었다.

"오라버니 둘째 형님과 형수님이 이 다섯 아가씨를 내리셨는데 누구를 황후로 봉하고 누구를 빈비에 봉할 건가요?"

단예가 미소를 지었다.

"저들은 우리 대리국의 군주낭랑이자 모두 내 누이들이오. 누이와 똑같소."

"예 오라버니, 절 똑바로 보고 솔직하게 말씀해주세요. 근자에 저한테 무슨 다른 점이 있는지요."

단예가 그녀의 얼굴을 쳐다봤다. 긴 눈썹과 아름다운 눈동자, 앵두 같은 입술과 작은 입까지 예전처럼 아름답게 보일 뿐 다른 점이라고는 전혀 없었다.

"누이를 처음 본 그 순간과 전혀 다른 것이 없소."

왕어언이 뒤로 한 걸음 물러나 그윽한 목소리로 말했다.

"어제 흰머리가 한 가닥 많아지고 왼쪽 눈꼬리 위에 주름살이 하나 늘었어요. 오라버니가 더 이상 저한테 관심이 없으니 알아보지 못했을 뿐이에요. 전 하루가 다르게 늙어가고 있어요."

단예가 탄식을 했다.

"생로병사는 사람의 크나큰 고통이오. 세상에 하루가 다르게 늙지 않는 사람이 어디 있겠소?"

"저 매란죽국 동생들의 천진난만한 모습이 몇 년 전의 저와 닮았네요."

"누이가 네 자매보다 훨씬 더 아름답소."

"아름다워야 무슨 소용이에요? 차라리 저 동생들처럼 젊고 귀여웠으면 좋겠어요."

"내 마음속에서는 누이가 그들보다 더 젊고 귀엽소."

왕어언이 한숨을 내쉬었다.

"예 오라버니, 여태껏 전 속으로 이런 생각을 해왔어요. '단랑이 무공은 못하고 어수룩한 데가 있긴 하지만 그래도 충직하고 성실해서 믿을 만한 구석이 있다. 나한테 절대 거짓말은 못할 거야.' 이런 장점이 이젠 다 사라져버렸어요."

단예가 다급하게 해명을 했다.

"난 변하지 않았소. 여전히 무공을 못하고 어수룩한 데다 충직하고 성실해서 믿을 만한 구석이 있소. 누이한테 거짓말을 단 한마디도 하지 않았고 말이오."

"지금도 거짓말이에요. 그 말은 단 한마디도 하지 않는 게 아니라 늘 상 한다는 거잖아요. 그게 아니라면 단 한마디도 하지 않는다고 하지 말고 두세 마디는 거짓말을 하지 않는다고 말해야 맞죠. 에이! 늙으면 병들어 죽는 법인데 차라리 하루라도 빨리 병이 들어 죽었으면 좋겠어요. 그럼 추한 늙은이로 변해 매일 오라버니가 하는 거짓말을 듣는 일은 면할 수 있잖아요?"

단예는 왕어언이 계속해서 괜한 트집을 잡자 요 황제 야율홍기를 사로잡는 경과까지만 말하고 곧바로 목완청에게 달려가 담소를 나누었다.

단예 등 일행은 산길을 따라 남하하면서 선거군善巨郡과 모통부謀統府 일대에 이르렀다. 그 서쪽과 북쪽에는 각각 고려공산高黎貢山과 대설산이 있고 도처에 험산 준령과 깊은 골짜기, 급류가 있어 지세가 매우 험준했다. 이날은 선거군의 산 옆에 있는 한 향촌 가옥 안에 들어가 묵어가게 되었다. 단예가 막 침소에 들려는 순간 파천석이 문을 두드리고 들어와 단예에게 말했다.

"황상, 왕 낭자와 제가 불로장춘곡不老長春谷에 대해 얘기하다 황상께 가르침을 받으러 왔습니다."

단예가 의아한 듯 물었다.

"불로장춘곡이라니요? 어디를 말하는 겁니까?"

파천석이 말했다.

"이 일대 사람들 말로는 선거군 북쪽이자 토번 이남의 높은 산중에 '불로장춘곡'이라는 골짜기가 있다고 합니다. 그곳 사람들은 개개인이 모두 100세 이상까지 사는 것은 물론, 100세 노인이 모두 검은 머리에 붉은 얼굴을 하고 있어 마치 열 살 정도 되는 소년, 소녀처럼 보인다고 합니다. 신이 그곳에 가보지 못했고 그 지역 사람을 본 적도 없지만 많은 사람이 그리 말하는지라 믿을 만합니다. 신은 그 말을 어릴 때부터 들었습니다. 왕 낭자가 신에게 그곳에 가보고 싶다며 안내하라고 하는데 '불로장춘'이 정말 가능한 것인지 모르겠습니다."

그때 매란죽국 네 자매 역시 방 안으로 들어왔다. 국검이 파천석 말에 덧붙였다.

"불로장춘은 당연히 진짜예요. 우리 동모께서도 '천장지구불로장춘공'을 구사하셨죠. 그 어르신께서는 아흔여섯 살이지만 겉보기에는 어린 낭자처럼 보였어요."

죽검이 거들었다.

"안타깝게도 그 어르신은 100세까지 살지 못하고 사매인 이추수한 테 목숨을 잃으셨죠."

단예는 이 불로장춘공이란 것이 멀어지는 청춘을 걱정스러워 하는 왕어언의 비위에 딱 맞을 것 같다는 생각이 들었다. 다만 둘째 형님과 형수가 눈앞에 있지 않은 것이 안타까울 따름이었다. 그렇지 않았다면 당장 두 사람에게 가르침을 청했을 것이다. 그는 고개를 돌려 효뢰를 향해 물었다.

"효뢰 누이, 과거에 공주께서 그 무공에 대해 말한 적이 있지 않았소?"

효뢰가 말했다.

"공주낭랑이 부마께 그분들 선배 얘기를 나누실 때 제가 옆에서 들은 바가 있습니다. 공주의 조모께서는 이추수라는 분이셨는데 천산동 모가 그분의 대사저였고 그분 둘째 사형이 무애자라고 하셨어요. 동모 께서는 천장지구불로장춘공을 구사하실 수 있었지만 그걸 사제에게 만 전수하고 사매에게는 전수하려 하지 않으셨답니다. 사자매 두 사람 은 그 문제 때문에 원수지간이 돼서 싸움을 벌이게 됐고…."

매검이 끼어들었다.

"틀렸어, 틀렸어!"

난검이 말을 보탰다.

"사자매가 원수지간이 된 건 맞는 말이야."

죽검도 한마디 했다.

"동모께서 무공을 전수하길 원치 않았기 때문이 아니야."

국검 역시 끼어들었다.

"사자매 두 사람 모두 무애자를 사랑해서 서로 질투심이 폭발했기 때문이야. 그러니 어찌 싸우지 않겠어?"

효뢰가 말했다.

"저도 알아요, 하지만 그 말은 듣기에 좀….”

네 자매가 일제히 말했다.

"듣기 싫고 좋고 간에 진실만을 말해야지."

왕어언은 동모와 이추수가 80~90세까지 여전히 얼굴이 늙지 않았다는 말을 듣고 단예에게 청해 그 불로장춘곡에 가봐야겠다고 했다. 단예는 다음 날 새벽 화혁간과 범화, 파천석, 주단신, 부사귀 등을 소집해 왕어언과 목완청, 종영, 효뢰, 영취궁 네 자매에 호위 군마까지 이끌고 북쪽을 향해 나아갔다.

파천석 혼자 앞장서서 앞길을 살피다 저녁 무렵에 회보를 보내왔다. 불로장춘곡이 전방 수백 리 밖에 있으며 깊은 골짜기와 밀림 그리고 높은 봉우리가 길을 막고 있어 외부인이 들어가기 어렵다는 내용이었다.

일행이 산길을 따라 걸어가니 갈수록 높아지고 점점 험준해지기 시작했다. 나중에는 말조차 지날 수 없을 정도로 험했다. 일행은 모두 말에서 내려 도보로 걷기 시작했지만 길이 여간 높고 가파른 게 아니라서 등나무 줄기를 잡아당겨야만 오를 수 있을 정도였다. 병사들 대부분이 가쁜 숨을 몰아쉬며 머리가 빠개지는 듯한 두통에 시달리는 것을 본 범화는 모두 그 자리에 기다리도록 명했다. 다시 한 시진 넘게 올라가니 한 높은 평지에 당도했다. 단예가 물었다.

"어언, 효뢰! 더 견딜 수 있겠소?"

왕어언과 효뢰가 고개를 끄덕였다.

날이 어두워질 때까지 걷다가 한 깊은 골짜기 앞에 이르렀다. 이곳은 공중에서 끊어진 지형이라 더 이상 나아갈 길이 없었다. 그대로 앞으로 나아가다가는 깊은 골짜기에 떨어질 수밖에 없었다. 그렇다고 골짜기 밑으로 내려가 다시 건너편으로 오를 수는 없는 노릇이었다. 모두들 어찌할 바를 모르고 있을 때 전면 왼쪽 편에서 별안간 사람 둘이 돌아나왔다. 그 두 사람은 간편한 옷차림을 하고 있었는데 한 명은 손에 작은 망이 있는 긴 대나무 막대기를 들고 있었고 다른 한 명은 어깨에 10여 장 정도 길이의 아주 긴 대나무 사다리를 짊어지고 있었다.

현지 말을 할 줄 아는 파천석이 앞으로 다가가 탐문을 하고는 한참을 얘기하다 돌아와 단예에게 고했다.

"황상, 저 두 사람은 높은 산 절벽 위에서 금사연金絲燕 제비집을 채집하는 현지 노족怒族 사람들입니다. 이곳에 거주하는 사람들인데 전설 속의 불로장춘곡으로 가려면 산 위로 2천 100여 리를 더 올라가야 하며 오늘 안으로는 갈 수 없다고 합니다. 내일 가도 산길이 더욱 험해져서 저들처럼 산에 사는 사람들조차 감히 가지 못한다고 하는군요. 전면 큰 나무에 글이 적혀 있지만 그들은 알아볼 수가 없어 우리더러 가서 보라고 합니다. 신이 저들에게 은자 열 냥을 상으로 주면서 앞에 있는 나무에 적힌 글자를 그대로 그려 보여달라고 했습니다."

일행은 산길 옆에 앉아 휴식을 취했다. 매검 등이 물을 끓여 죽을 쑤면서 나무에 난 버섯을 채취해와 죽 안에 넣자 죽 쑤는 냄새가 코를 찔렀다. 국검이 버섯에 독이 있을까 두려워 황상이 취식하기 전에 먼저 맛을 봤다. 그러자 옆에 있던 파천석이 거들었다.

"그 후두고猴頭菇[32]와 우두균牛肚菌[33]은 내가 아는 것들인데 독은 없을 것이오."

매검이 말했다.

"국검은 황상 오라버니께서 중독이 될까 두려워 먹어 본 게 아니라 배가 고파서 먹은 거예요."

국검이 말했다.

"배가 고파서 몸에 기운이 하나도 없어요. 중독이 되면 표고버섯 죽을 먹어야 해독될 거예요."

모두들 깔깔대고 웃다가 죽을 먹어보고는 맛있다는 찬사를 보냈다. 제비집을 채취하던 노족 두 사람이 나무에 적힌 글자를 그려가지고 돌아왔다. 그들은 나무줄기에 새겨진 글자를 보고 새로 벗겨낸 나무껍질 뒷면에 석탄으로 그린 그림을 가져왔는데 구불구불한 모습의 글자 형태가 제법 많았다. 파천석은 그 글이 현지 납서족納西族 사람들의 상형문자란 걸 단번에 알아봤다. 원래 납서족 사람들은 아주 오래전에 상형문자를 창제했으며 한인들이 쓰는 상형문자보다 훨씬 전에 만들었다고 한다. 다만 내용이 워낙 간단해서 섬세하고 복잡한 의미를 표현하기에는 적당치 않았다.

파천석은 한참을 들여다보다 단도를 뽑아 바위 옆의 흙바닥에 한자 몇 글자를 써내려갔다.

'신서이수소요거神書已随逍遥去, 차곡유여장춘천此谷惟餘長春泉'

파천석이 매우 진지하게 말했다.

"희한하고 기괴한 글이기는 하지만 대충 이런 뜻입니다. 해석해보면 이렇습니다. '불로장춘곡 안에는 본래 신비한 서책이 한 부 있는데 어찌하면 장생불로할 수 있는지를 가르쳐주는 서책이다. 지금 그 신비한 서책은 '소요자'라 불리는 사람 손에 들어갔으며 골짜기 안에는 마시면 청춘을 유지할 수 있는 샘물 한 줄기가 남아 있을 뿐이다.' 그 노족 사람들 말로는 골짜기 안에서 누군가 큰 소나무 위의 기다란 넝쿨을 잡아당겨 골짜기 밖으로 나왔지만 나온 후에는 다시 돌아가지 못했답니다. 밖으로 나온 사람은 하얀 얼굴에 입술이 붉은 젊고 빼어난 미모를 지닌 사람이었는데 골짜기 밖에서 며칠 살다 검은 머리가 백발로 변하고 등이 낙타처럼 굽어 얼굴이 주름으로 가득 덮인 채 며칠 만에 100세 노인으로 변해 죽어버렸다는군요. 그래서 외부인들은 골짜기 안에 요괴가 살고 있어 아무도 들어갈 수 없다고 말한답니다. 노족 사람 둘은 그래도 양심이 있어 우리더러 더 이상 들어가지 말고 어서 돌아가라 설득하더군요."

단예가 말했다.

"오늘 밤은 여기서 하룻밤 묵고 날이 밝으면 다시 얘기합시다."

효뢰는 들고 온 담요를 펼쳐 단예가 나무 밑에서 쉬도록 해주었다. 일행은 각자 바닥에 앉거나 누웠고 그 자리에서 잠을 청한 사람도 있었다.

다음 날 아침 제비집을 채취하는 노족 사람 두 명이 다시 와서 설득했다.

"골짜기에 오래 머물면 청춘을 유지할 수 있을지는 모르지만 골짜기를 벗어나면 죽어버립니다. 저 골짜기는 요사스러운 구석이 많아요."

파천석이 그들에게 감사의 표시로 은자 스무 냥을 주자 두 사람은 고맙다는 인사를 하고 떠났다.

왕어언이 물었다.

"나무에 적힌 '소요자'라는 사람이 혹시 천산동모의 사부 아닐까요?"

효뢰가 나서서 답했다.

"맞습니다. 공주와 부마 나리 모두 소요파 사람인 셈이지요."

왕어언이 말했다.

"어머니께 들은 적이 있어요. 그분이 어릴 때 외조부님과 외조모님을 따라 골짜기의 한 석동 안에 살았다고 말이에…."

단예가 말을 자르며 소리쳤다.

"그건 무량옥동이오. 그곳은 어딘지 내가 알고 있소. 그곳에 매우 아름다운 옥상이 있는데 언 누이와 아주 똑같이 생겼소."

왕어언이 눈을 반짝거리며 단예를 향해 말했다.

"그 신서神書는 외조부님의 조사가 무량옥동으로 가져간 것이 틀림없어요. 우리를 그 옥상이 있는 곳으로 데려가 보여주세요. 어때요?"

사람들 모두 그녀의 말이 신서를 찾고 싶다는 뜻이라는 걸 알아차렸다.

매검이 말했다.

"정말 그 신서가 있다면 전 연마하지 않겠어요. 난죽국 세 동생들이 할머니로 변하는데 전 여전히 이 어린 모습으로 남으면 어떻게 되겠어요?"

국검이 말했다.

411

"맞아요! 그래서 동고동락이란 말이 있는 거죠. 모두들 할머니인데 내 머리를 툭툭 치면서 '동생!' 하고 부르면 무슨 기분이 들겠어요?"

단예가 웃음 띤 얼굴로 말했다.

"생로병사는 누구나 겪어야 하는 것이오. 부처님의 불법은 끝이 없었지만 그분 역시 늙어서 원적에 드셨는데 나 같은 범인이 어찌 장생불사할 수 있겠소?"

왕어언이 계속해서 간청을 했다. 단예 역시 신선 누님을 다시 보고 싶은 마음에 그러겠노라고 답했다.

왕어언은 크게 기뻐하며 멀리 먼 곳에 있는 불로장춘곡을 내려다보면서 자신이 옥같이 고운 얼굴을 유지하고 영원히 늙지 않는 상상을 했다.

단예는 우선 파천석에게 매란죽국 네 자매를 데리고 가서 무량동 동주 신쌍청과 상의를 하도록 했다. 원래 동모의 시녀들이자 신쌍청의 상사였던 네 자매의 한마디에 신쌍청은 본문 제자들을 이끌고 단예 일행을 영접했다. 그녀는 자신이 무량동을 관장하게 된 이후 영취궁의 명을 받들어 옥벽동을 청소하러 갔지만 그곳에 있는 일체의 물건들은 감히 건드리지 못했으며 옥벽 위의 채색 검광이 간혹 나타나긴 했어도 선인들이 검무를 추는 그림자는 시종 나타나지 않았다고 했다. 이때는 모두 정돈이 된 상태라 동굴로 들어가는 길이 전에 비해 훨씬 편했다. 신쌍청이 말했다.

"단 공자께서 옥상을 첨배하러 가시겠다면 속하가 길을 안내하겠습니다."

그녀는 단예를 폐하라 칭하지 않고 단 공자라 칭했다. 그 말은 곧 당신이 대리국 황제이긴 하지만 우리는 세속의 황제 관부에서 내리는 명을 받드는 것이 아니라 당신이 영취궁 주인의 결의형제인 단 공자이기 때문이며, 당신이 옥상을 첨배하러 간다기에 우리가 안내해주는 것이라는 뜻이었다.

다음 날 아침 신쌍청과 무량동 제자들은 단예와 화혁간, 범화, 파천석, 주단신, 왕어언, 목완청, 종영, 효뢰, 매란죽국 네 자매 일행을 이끌고 서쪽을 향해 나아갔다. 양비강漾備江과 승비하勝備河를 건너 고산준령을 몇 곳 넘자 점점 난창강에 가까워졌다. 가는 길은 무척이나 굴곡이 심하고 험했지만 다행히 무량동 사람들이 지세와 길을 훤히 꿰뚫고 있었다. 저녁 무렵이 되자 한 작은 진에 이르러 묵어가기로 했다. 다음 날 아침 다시 길을 떠나 오후가 지나자 무량동 길을 안내하던 제자가 고했다.

"이곳에서 무량옥벽까지는 20리가 채 남지 않았습니다."

높은 봉우리에서 호숫가로 내려가는 길은 온통 깎아지른 듯한 절벽이었다. 무량동에는 이미 기다란 쇠사슬이 걸려 있어 사람들이 내려가고 올라가는 데 사용되었다. 사람들이 커다란 폭포 옆의 맑은 호숫가에 이르렀을 때 날은 이미 칠흑같이 어두웠다. 단예는 과거 절벽에서 실족해 이곳에 떨어질 때의 두렵고 위험했던 상황을 회상했다. 다행히 목숨을 부지해 오늘이 있게 된 것이 아닌가? 해서 그는 호숫가에 하룻밤 묵어가자는 명을 내렸다.

단예가 목완청 곁으로 걸어와 넌지시 얘기했다.

"완 누이, 그날 내가 산봉우리 위에서 떨어졌을 때 다행히 커다란 소나무에 부딪혀 여기로 떨어졌던 것이오. 그 후에 누이한테 흑매괴를

빌렸던 거지.”

“훌륭한 말이었는데 정말 애석해요. 그 바람에 못된 오라버니만 알게 되고!”

“이 ‘나무 한 토막뿐인 형편없는 명예’인 나를!”

목완청은 그날 일을 떠올리며 참다못해 킥킥대고 웃다가 부드러운 정이 솟구쳐올랐다.

“오라버니, 사실 그건 하늘이 점지한 것이지 오라버니도 나쁜 사람은 아니에요. 오라버니는 그래도 마음속으로 저한테 잘 대해주셨어요.”

“난 누이 얼굴을 가장 처음 본 남자 아니었소? 과연 화용월모에 곰보라고는 전혀 없었지. 우리 둘은 이 순간부터 영원히 헤어지지 않을 테니 이 얼마나 좋소?”

다음 날 아침 단예가 막 일어났을 때 네 자매가 곧장 달려와 그에게 고했다. 왕어언이 일각도 지체할 수 없다며 아침 일찍 석동 안으로 들어갔다는 얘기였다. 단예는 그녀가 불로장춘공 비급을 찾는 데 급급해한다는 걸 알고 있기에 당장 사람들을 이끌어 석동 안으로 들어갔다. 아직까지 가는 길을 기억하고 있던 그는 동굴 안으로 들어간 후 가장 먼저 구리거울로 가득 찬 벽이 있는 후실로 갔다.

‘이 석실은 이추수가 기거했던 곳이지.’

석실을 나와 긴 돌계단을 걸어가자 신선 누님 옥상이 보였다. 그 옥상은 여전히 처음 봤을 때 그대로의 모습이었다. 옥상 몸에는 담황색 비단 장삼이 살며시 떨리고 있었고 흑보석으로 조각된 두 눈동자가 살아 있는 듯 빛이 났다. 또한 눈 속에는 진실한 정이 가득하면서도 우울한 기색이 엿보였다.

그때 효뢰와 종영, 네 자매 등은 이미 옥상 앞에 달려가 시끄럽게 떠들어대고 있었다.

"이건 왕 낭자 옥상이잖아?"

"누가 왕 낭자 옥상을 여기 조각해둔 거지?"

"정말 예쁘다. 왕 낭자 본인보다 더 아름다운 거 같아!"

단예는 옥상을 다시 보게 되자 순간 가슴 한편이 서늘해졌다. 그는 문득 깨달았다.

'전에 내가 어언을 보자마자 그녀에게 반해 내 온 마음이 그녀에게 묶인 채 스스로를 통제할 수 없었지. 사람들이 놀려도 그뿐이고 비웃어도 그뿐이라 여기며 전혀 부끄럽게 생각하지 않았다. 어언이 날 거들떠보지도 않고 무관심해도 난 전혀 개의치 않았으니까. 그렇게 스스로를 멸시하고 천대했던 이유는 내가 그녀를 석동 안의 신선 누님으로 여겼기 때문이다. 나 스스로를 혼미하고 흐리멍덩하게 만들어 부끄러움조차 모르는 두꺼비가 되어버린 것이다. 그건 결코 어언에게 어떤 마력이 있어 내가 미혹된 것이 아니라 내 마음에 심마가 생겨 스스로를 미혹시킨 것이야.'

그때 월동문 밖의 옆방 안에서 발소리가 들리더니 누군가 안으로 들어왔다. 바로 왕어언이었다.

여자들은 여전히 옥상을 보며 토론 중이었다. 누군가 말했다.

"이 옥상이야말로 진정 청춘을 유지하고 있구나. 앞으로 10년이 더 지나도 전혀 늙지 않을 거야. 하지만 왕 낭자가 그때 오면 머리가 온통 백발일 테지."

왕어언이 이 말을 듣고 속으로 살짝 화가 치밀어올랐다. 옆을 슬쩍 바라보자 벽 위에 걸려 있는 구리거울 안으로 자기 얼굴이 보였다. 이때는 노기가 치밀어오른 상태라 평소에 온화하고 우아했던 모습은 일순간 사라져버리고 없었다. 사랑스러운 옥상과 비교하니 더더욱 차이가 있어 보였다.

왕어언이 생각했다.

'장춘공 비결은 분명 옥상 안에 숨겨져 있을 거야!'

그는 손이 가는 대로 옥상을 밀어버렸다.

"쿵! 뚝!"

엄청난 소리와 함께 옥상이 바닥에 넘어져 옥상 머리가 부서져 버리고 옥상의 반쪽 얼굴이 바닥에 떨어지면서 장삼마저 산산조각 나고 말았다. 네 자매가 깜짝 놀라 뒤로 물러나자 효뢰가 비명을 질렀다.

"왕 낭자!"

왕어언은 옥상 옆으로 달려가 옥상의 목 부분이 비어 있는 것을 보고 빈곳에 손을 넣어 더듬었다. 그러나 깨진 옥석 조각과 지저분한 머리카락만 만져질 뿐이었다. 그건 바로 무애자가 옥상을 만들 때 남겨둔 것이었다.

단예가 왕어언에게 다가가 설득을 했다.

"불로장춘공은 원래 없는 것 같소. 설사 불로장춘공을 연마한 사람이라도 수명이 길어지고 몸이 건강해지는 데 불과할 것이오. 도가에서는 생사를 '천지합일天地合一'과 '좌망坐忘'[34]이라고 말하는데 이는 사람에게 마음을 넓게 가지라고 하는 것일 뿐이오. 또한 불가에서는 삶은 고통이며 늙어 죽는 것은 피할 수 없는 것이라고 보기에 석가모니께서 제자들에게 이런 가르침을 내리셨소. '인생의 팔고八苦, 즉 생, 로,

병, 사, 원증회, 애별리, 구부득, 오음치성은 여전히 근심과 슬픔, 고뇌가 있는 고통의 집합체다. 그 때문에 반드시 색무상과 수, 상, 행, 식의 무상인 비아非我를 알아야만 한다.' 언 누이, 사람의 색신色身은 무상한 것이오. 오늘은 미묘하기 이를 데 없지만 내일이면 쇠락하는 것이니 사람이라면 크나큰 고통을 누구든 면할 수가 없소."

왕어언이 외치는 소리가 들려왔다.

"무상은 싫어요."

그녀는 얼굴을 감싸쥐고 밖으로 뛰쳐나갔다.

단예는 머리 부위가 부서지고 왼쪽 눈의 흑보석이 떨어져 나가 빈 구멍으로 남아 있는 옥상을 바라봤다. 귀밑머리 옆에 있는 명주 옥비녀는 이미 노란색으로 바랬고 입혀놓은 옷도 다 찢겨져버려 이전의 신선 누님이 가진 존귀한 풍채라고는 다시 볼 수 없었다. 단예는 탄식을 하며 생각했다.

'사람의 미색만 무상한 것이 아니라 이 옥상마저도 아름다움을 유지하지 못하는구나.'

단예가 대리국의 황제에 등극한 뒤부터는 천연두 역병이 사라지고 나라와 백성이 안정을 찾았으며 사방 변경 또한 평화로웠다. 그는 백부인 본진대사와 염화사 황미대사의 건의를 받아들여 대리국 전역의 염세를 면제하기로 했다. 그는 길을 넓히고 수레와 선박을 널리 소집해 사천으로부터 암염巖鹽을 수입했으며 대리 서북쪽에서 염정鹽井 두 곳을 찾아내 매년 넉넉한 소금을 생산하고 모든 백성이 세금 없이 소금을 먹을 수 있도록 풍족하게 공급하기에 이르렀다. 또한 남은 소금은 토번으로 들고 가서 소나 양의 젖으로 바꿔오자 백성들은 이에 기뻐하며 단예를 백성에게 복을 나눠주는 훌륭한 황제로 떠받들었다.

봄빛이 화사한 어느 날 대리국 전체가 삼월가三月街[35] 명절을 경축하는 의미에서 대리의 각 부족 백성인 파이족, 묘족, 장족, 한족, 율속족傈僳族, 이족夷族[36], 회족, 태족泰族, 납서족, 아창족阿昌族, 보미족普米族, 노족, 몽고족, 포랑족布朗族 등 남녀노소가 알록달록한 옷차림으로 대리 거리에서 음주 가무를 즐기고 꽃을 나눠주는 등 한바탕 잔치를 벌이고 있었다.

단예는 궁 안에서 황백모皇伯母와 황태비皇太妃 등을 찾아가 술을 올린 후 목완청, 종영 등 몇몇 군주와 연회를 즐기다 파천석과 주단신, 목완청, 종영 등과 함께 북쪽으로 순시를 나가 선거군과 모통부 일대에 이르렀다. 목완청이 물었다.

"예 오라버니, 왕 낭자를 마중하러 북쪽으로 가시는 건가요?"

단예가 말했다.

"왕 낭자는 이미 소주로 돌아갔소. 지금쯤 왕 낭자는 사촌 오라버니와 함께 있을 것이오."

종영이 말했다.

"그럼 여긴 왜 온 거예요?"

단예가 말했다.

"누이들과 함께 답청踏靑[37]이나 하면서 기분 좀 풀러 나온 것이오."

일행은 기분이 내키는 대로 말을 달려나가 야외에서 때를 챙겨 먹으며 마음껏 하루를 즐겼다. 눈을 들어 바라다보니 새파란 풀이 융단처럼 펼쳐져 있고 길옆에는 수양버들이 한들거렸다. 따뜻한 미풍이 산들산들 불어와 마치 술을 마신 사람처럼 취기가 오르기 시작하자 단예가 나지막이 읊조렸다.

"그대가 입은 초록빛의 비단 치마가 기억나니, 곳곳에 핀 향기로운 풀들이 그립구나."

종영이 말했다.

"오라버니, 왕 낭자를 그리워하고 계시는군요?"

단예가 말했다.

"그런 점이 없진 않지만 전부는 아니오!"

그는 마음속으로 왕어언 외에 태호 속의 아벽을 그리워하고 있었다. 이 끝없이 펼쳐진 녹야가 공교롭게도 봄날 태호의 푸른 물결과 아벽의 초록빛 비단 치마처럼 보인 것이다.

다시 반나절을 더 놀다 날이 어두워지려 하자 단예는 회궁할 것을 명했다. 일행은 말 머리를 남쪽으로 돌려 나아가다 한 숲을 지나게 됐는데 근방에 적지 않은 사람이 모여 있었다. 별안간 숲속에서 한 어린아이의 비명 소리가 들려왔다.

"폐하, 폐하! 제가 절을 했는데 왜 사탕을 안 주시는 거죠?"

사람들이 그 말을 듣고 의아하게 여겼다.

'폐하를 어찌 알아본 거지?'

이런 생각을 하며 숲속으로 들어가자 숲속에서 누군가 말했다.

"이렇게 말해야지! '우리 황제 폐하 만세, 만세, 만만세!' 그래야 사탕을 먹을 수 있다."

무척이나 익숙한 말투였는데 그는 다름 아닌 모용복이었다.

단예 등은 깜짝 놀라 나무 뒤에 몸을 숨기고 목소리가 들려오는 곳을 바라봤다. 모용복이 한 묘지 위에 높은 종이 관을 쓰고 엄숙하게 앉아 있는 모습이 보였다.

일고여덟 명의 시골 어린아이들이 그 묘지 앞에 무릎을 꿇고 엉망 진창으로 소리쳤다.

"우리 황제 폐하 만세, 만세, 만만세!"

그들은 아무렇게나 소리 지르면서도 한편으로는 엎드려 절을 하고 있었는데 그중 일부가 손을 뻗으며 소리쳤다.

"사탕 주세요! 과자 주세요!"

모용복이 말했다.

"애경愛卿들은 일어나시오. 짐이 이미 대연을 재건해 황위에 올랐으 니 모두에게 상을 내릴 것이오."

묘지 옆에는 여자 두 명이 고개를 숙인 채 서 있었는데 뜻밖에도 왕 어언과 아벽이었다. 화려한 옷을 입은 왕어언은 두 뺨에 가볍게 연지 까지 바른 것으로 보였다. 연녹색 옷을 입고 있는 아벽은 여전히 맑고 아름다웠지만 매우 괴롭고 초췌한 기색이 엿보였다. 그녀는 바구니 안 에서 사탕과 과자를 꺼내 아이들에게 나눠주며 말했다.

"모두 착하지? 내일 또 놀러와라. 그럼 내일 또 사탕하고 과자 줄게!"

목멘 목소리를 내던 그녀의 눈에서 눈물이 흘러 대나무 바구니 안 으로 떨어졌다.

아이들은 손뼉을 치고 환호성을 지르며 자리를 떠났다.

"내일 또 올게요!"

단예는 모용복이 온전치 않은 정신임에도 부귀공명에 대한 꿈은 점 점 더 깊어져만 가는 것처럼 보이자 애잔한 마음을 금할 길 없었다. 더 구나 왕어언과 아벽이 모용복을 따라 저런 무의미한 일을 하며 실의에 빠져 있는 모습을 보고 동정심이 솟아올랐다. 그 두 사람을 모용복과 함께 대리로 데려가 안식처를 마련해주고 싶었지만 모용복을 바라보는 아벽과 왕어언의 눈빛 속에는 애틋한 정이 가득했고 모용복 역시 득의에 찬 태도를 보이고 있어 속으로 흠칫 놀랄 따름이었다.

'사람마다 인연이 다 있구나. 모용복과 어언, 아벽처럼 말이야. 난 저들이 가엾게 느껴지지만 사실 저들은 마음속으로 얼마나 흡족해하고 있을까? 저들을 대리로 데려가면 속으로 즐거워하지 않을 텐데 내가 쓸데없는 참견을 할 필요가 뭐 있겠는가?'

그는 버드나무 뒤에 멀찌감치 서서 왕어언과 아벽을 바라보며 아픈 가슴에 뜨거운 눈물을 흘리지 않을 수 없었다. 왕어언이 고개를 돌리다 주단신과 눈이 마주쳤다. 주단신이 그녀를 향해 손을 가로젓자 왕어언은 그 뜻을 알아채고 소리쳐 부르지 않았다. 곁눈질로 버드나무 뒤에 있는 단예를 보고 그를 향해 두 걸음 나아갔다. 아벽이 왕어언의 이상한 행동을 보고 그녀의 시선을 따라 단예를 발견했다. 세 사람은 순간 속으로 많은 말을 하고 싶었지만 무슨 말부터 해야 할지 몰라 하다 다시 몇 걸음 가까이 다가갔다. 단예가 나지막이 외쳤다.

"언 누이! 아벽 누이!"

왕어언과 아벽 역시 소리쳤다.

"오라버니!"

두 소녀는 단예가 눈물을 흘리는 모습을 보고 감정을 억제하지 못해 그와 마찬가지로 두 뺨 위로 눈물을 쏟아냈다.

세 사람은 잠시 마주보고 있다 손을 흔들어 작별을 고하고 각자 뒤돌아섰다.

왕어언과 아벽이 몸을 돌려보니 모용복은 조금 전 어린아이들로부터 절을 받고 여전히 환한 표정을 짓고 있었다. 두 소녀는 눈물을 닦고 미소를 지으며 그를 향해 걸어갔다.

단예 일행은 살그머니 물러갔다. 모용복이 묘지 위에서 남쪽을 바라보고 앉아 입으로 끊임없이 중얼대는 모습이 보였다.

단예는 궁으로 돌아오던 중 고태명과 화혁간, 범화, 파천석, 주단신 등을 불러 상의를 하며 모용복이 어찌 소주에서 멀리 대리까지 오게 됐는지 짐작해봤다. 화혁간이 먼저 입을 열었다.

"폐하, 신이 보기에 모용복은 줄곧 나라를 재건해 황제가 될 생각뿐이었지만 일이 여의치 않자 정신적으로 혼란이 온 것 같습니다."

파천석이 말했다.

"신도 화 대형 생각과 같습니다. 모용복이 황제를 자처하며 대송 경내에 머물다 누구에게 발각이라도 되는 날에는 온 집안이 멸족될 수 있는 대죄를 짓게 됩니다. 왕 낭자는 그가 일을 당할까 염려된 나머지 정신이 온전치 못한 그를 설득해 대리로 데려왔을 겁니다. 폐하의 천하 밑에서 비호를 받으려고 말입니다."

범화가 고개를 끄덕이며 맞장구를 쳤다.

"맞습니다. 등백천과 공야건, 풍파악이 이미 그를 떠났으니 아마 아무 짓도 할 수 없을 것입니다. 폐하의 넓은 아량으로 신경만 쓰지 않으신다면 그뿐입니다. 아니면 신이 사람을 보내 그를 변경 밖으로 쫓아버리겠습니다."

단예가 고개를 가로저었다.

"쫓아낼 필요까지는 없소. 그보다 어언과 아벽 상황이 그리 좋지 않

은 것 같소. 주 사형, 내일 주 사형이 곳간에서 은자 5천 냥만 가져다 몰
래 그 두 사람에게 전해주시오. 앞으로도 계속 필요한 것이 있으면 적
절하게 지원해주고 말이오. 내가 알고 있다는 말은 절대 하지 마시오."

주단신은 곧장 단예의 명에 따라 처리했다.

단예가 군주로서 마음을 비우고 순리에 따라 행하자 대리 경내는
매우 태평했다. 후에 그는 백부인 본진대사와 상의해 자신의 출신 내
력에 관한 비밀을 화혁간과 파천석 등 심복들에게 말한 뒤 목완청을
귀비貴妃로, 종영을 현비賢妃로, 효뢰를 숙비淑妃로 세웠다. 화혁간 등은
황제의 출신 내력에 관한 비밀을 끝까지 지켰다. 단예는 매란죽국 네
자매의 동의를 얻은 다음 허죽 부부로부터 인가를 받아 그녀들을 각
각 고태명과 화혁간, 파천석 등 아들들의 배필로 삼도록 했다.

대리국 사적에 기재된 바에 따르면 대리(후에는 '후리後理'로 칭함) 헌
종憲宗 선인제宣仁帝 단예는 제위 당시 연호가 일신日新이었으며 후에 문
치文治, 영가永嘉, 보천保天, 광운廣運 등으로 바꿔가며 총 다섯 가지 연호
를 썼다. 그 후 그는 제위를 내려놓고 승려로 출가할 때까지 도합 40
년 동안 제위에 있다 그 아들인 단정흥段正興에게 물려주었다. 단정흥
은 역사적으로 '경종景宗 정강제正康帝'로 칭했으며 다음 해에 '영정永貞'
으로 연호를 바꾸었다. 그는 25년 동안 제위에 있다 역시 승려로 출가
하면서 그 아들에게 물려주었다. 단정흥의 모친 이름은 사서에 기재된
바가 없어 목완청이나 종영, 효뢰 아니면 다른 빈비의 소생인지에 대
해서는 알 길이 없다.

〈천룡팔부 끝〉

저자 후기

《천룡팔부》를 수정하면서 마음속으로는 늘 진세양陳世驤 선생의 친절하고 기품 있는 면모를 떠올렸다. 손에 담뱃대를 쥔 채 차분하게 학문에 대해 담론하는 그분의 표정이 기억난다. 원래 중국인들은 책을 쓰면 스승이나 벗에게 책을 선사하는 관례에 익숙하지 않다. 하지만 난 이 후기에서 간절하게 한마디 덧붙이려 한다.

"이 책을 내가 경애하는 벗 진세양 선생께 바칩니다."

애석하게도 선생은 이미 이 세상에 안 계시다. 그러나 그분의 영혼이 나의 이 작은 성의를 알아주시기를 바랄 뿐이다.

난 진 선생과 단 두 차례 대면했을 뿐이라 두터운 교분을 나눴다고 말하기에는 적절하지 않다. 선생은 내게 두 통의 서신을 보내《천룡팔부》에 대해 내가 진정 부끄러운 기분이 들게 만드는 칭찬의 말을 써주셨다. 그분의 학문적 수양과 학술적 지위만 두고 봐도 그런 칭찬은 실로 과분한 것이라 할 수 있다. 그것이 중국의 전통 형식 소설에 대한 편애에서 나온 것일 수도 있고, 혹은 세상에 대한 우리 견해에 모종의 공통점이 있다는 이유일 수도 있다. 어찌 됐건 그분께서 내놓은 평가는 내가 마땅히 받을 바를 넘어선 것이었다. 내 감격과 희열은 바로 이런 저명한 문학 비평가의 인정을 받아 이로 인해 자신감이 더해졌기 때문이기도 하지만, 선생이 무협 소설은 결코 순수하지 않은 오락성을 띤 무료한 작품이 아니며 그 안에서도 세간의 비애와 환희를 묘사하거나 깊이 있는 인생의 경계를 표현할 수 있다고 지적해주신 데 있다.

당시에 나는 《천룡팔부》가 단행본으로 출간된다면 진 선생께 서문을 써주십사 부탁드릴 생각이었다. 그러나 지금은 오로지 진 선생의 서신 두 통만 덧붙여 이 벗을 추념할 수밖에 없다. 물론, 독자들 역시 진 선생의 서신을 읽으면 한 명인名人의 호평이 드러나 있다는 사실을 알 수 있을 것이다.

글을 쓰는 사람은 누구나 자신의 작품이 호평받을 수 있기를 기대한다. 독자들이 읽고 마음에 들어 하지 않는다면 작가의 작업은 아무 의미도 없는 셈이니 말이다. 누군가 내 소설을 읽고 기뻐한다면 내 입장에서는 당연히 무척 즐거운 일이 될 것이다. 한창 나이에 요절하신 진 선생의 부고를 들었을 때 난 하염없이 눈물을 흘렸다.

진 선생의 서신 속에 이런 말이 있었다.

"아직까지도 사대악인 크리스마스 카드를 찾고 있지만 보이지 않는군요."

여기에는 아주 작은 에피소드가 있다. 진 선생께서 언젠가 타이완의 하제안夏濟安 선생 역시 내 무협 소설을 좋아한다고 말씀해준 적이 있다. 언젠가 하 선생은 서점에서 사람 네 명이 그려진 크리스마스 카드 한 장을 발견했는데, 자세히 살펴보니 그 네 명의 표정과 모습이 《천룡팔부》에 등장하는 사대악인과 매우 닮아 보였다고 한다. 그분은 당장 그 카드를 사서 극찬의 말 몇 마디를 써서 나한테 보내려고 했다. 하지만 우리는 일면식도 없던 터라 하 선생은 진 선생께 부탁해 카드를 대신 전해달라고 했다. 이를 받아든 진 선생은 책상 위 잡동사니 속에 손이 가는 대로 놓아두었다가 후에 이를 찾지 못하셨다고 한다. 하 선생은 과거 자신의 문장 속에서 내 무협 소설을 언급하며 과분한 칭찬의 말을 몇 차례 하신 적이 있다. 그분의 형인 하지청夏志淸 선생과는 교분이 상당히 두터웠지만 하제안 선생과는 연분이 없어 시종 얼굴 한번 볼 기회가 없었는데 그분이 보내신 크리스마스 카드조차 받지 못하게 됐다. 난 그분이 쓴 《하제안일기夏濟安日記》같은 작품을 읽으면서 이토록 진실하고 재기 넘치는 사람과 끝내 만날 인연을 갖지 못한 것에 대해 늘 애석해하고 있었다.

　《천룡팔부》는 1963년에 홍콩의 〈명보明報〉와 싱가포르의 〈남양상보南洋商報〉에 동시에 연재를 시작해 총 4년을 썼다. 중간에 홍콩을 떠나 외유한 기간에 예광倪匡 형께 4만여 자에 이르는 대필을 부탁한 적이 있다. 예광 형이 대필한 부분은 독자적인 스토리였으며 내용은 모용복과 정춘추가 객점에서 대전을 벌이는 장면이다. 다채로운 면이 많은 장면이지만 전체적인 맥락과 연관성이 없다고 여겨 예광 형의 동의를 얻어 이번 수정 작업에서 삭제하게 됐다. 다만 정춘추가 아자의 눈을 멀게 만드는 부분만은 삭제할 수 없어 남겨두었다. 그분께 대필을 요청했던 이유는 신문 연재가 장기간 중단되는 상황을 만들지 않기 위해서였다. 하지만 단행본으로 출판할 때는 남의 작품을 굳이 장기간 내 소유로 만들 이유가 없었다. 〈김용작품집〉의 모든 글은 좋고 나쁘든 간에 100퍼센트 나 자신이 쓴 것이며 남이 대필한 것은 전혀 없다. 이런 부차적인 설명을 빌려 당시 대필해주신 예광 형의 후의에 감사의 뜻을 표한다.

1978년 10월

개정판 후기

1978년 10월, 《천룡팔부》 재판본이 출간될 당시 대폭 수정을 했다. 이번 세 번째 판본에서 다시 적지 않은 부분을 수정하고 첨삭했다(전후로 도합 3년 동안 여섯 차례에 걸쳐 수정했다). 내용 일부를 첨가하는 것은 어쩌면 문학적으로 불필요하다 할 수 있을 것이다. 예를 들어, 무애자와 정춘추, 이추수의 관계, 모용복과 구마지의 왕래, 소봉에 대한 소림사의 태도, 단예가 왕어언에 대해 마침내 '심마'를 벗어나려 하는 상황 등의 줄거리를 원서에서는 큰 틀의 여지를 남겨두어 독자들 스스로 상상력을 동원해 보완할 수 있게 했지만 이것이 크나큰 결루缺漏는 물론 모호한 부분을 만드는 결과를 피할 수 없었다. 중국 독자들은 소설을 읽을 때 근거 없는 허상을 좋아하지 않는 경향이 있어, 작가가 확실한 결론을 내야만 그나마 마음을 놓을 수 있다. "이제 보니 그랬구나, 그래야 옳지!" 특히 수많은 젊은 독자가 이런 확실한 결론을 고집

한다. 이는 근거 없는 낭만주의의 날조된 허구에는 마음을 놓지 못하고 진실한 이성을 중시하는 중국인들의 장점이라 할 수 있다. 이로 인해 난 원래 남겨두었던 공백을 가능한 한 명확하게 채워넣었다. 혹여 변화무쌍한 내용을 애호하는 사람들은 이런 행동을 아둔한 짓이라 느낄 수도 있겠지만 여러분의 양해를 구할 수밖에 없다. 내 성격 안에도 총명하고 변화무쌍한 성분보다 아둔하고 안정적인 성분이 더 많기 때문이다.

《천룡팔부》속 인물의 개성과 무공 능력은 많은 부분 과장됐다. 사실상 불가능한 부분도 있다. 예를 들어 '육맥신검', '화염도', '북명신공', 무애자의 내공 전수, 동모의 반로환동 등이 그것이다. 독자들도 현대 회화 속의 초현실주의, 상징주의의 화풍을 생각해보기 바란다. 예를 들어 한 폭의 그림에서 '각각 좌우를 향하고 있는 두 개의 머리를 지닌 여인' 같은 작품처럼 예술적으로 현실을 탈피한 표현 방식은 허용될 수 있을 것이다.

지금까지 중국과 외국의 그 어떤 지구물리학자도《장자·소요유庄子逍遥游》의 비과학적인 부분을 지적한 사람은 없었다. 장자는 남쪽으로 이동하는 대붕大鵬을 보고 '대붕이 회오리바람을 타고 구만 리까지 날아오른다'고 했지만, 지구물리학에 의하면 지면에서 거리가 17킬로미터 이상인 곳은 대류권과 성층권의 경계면인 대류권계면對流圈界面이라 기온이 급감하고, 다시 위로 올라가 성층권에 이르면 온도가 급상승해 물리적 작용에 따라 공기가 수평운동만 용이할 뿐 수직적으로 높이 상승하는 것은 곤란하다. 고온의 공기가 상승한 후 밑에 있는 저온의 공기가 상승하지 못하게 만드는 작용을 하면서 중간이 분리되기 때문이다. 이 층의 상한선은 지면에서 약 50킬로미터 떨어진 곳이다. 공기조차 50킬로미터 이상 상승하는 것이 쉽지 않은 마당에, 장자의 말처럼 대붕이 구만 리(약 35,000킬로미터)까지 날아오르려면 아마 큰 어려움이 있을 것이다.

식물학자들 역시 장자가 '상고시대의 대춘大椿은 8천 살을 봄으로 삼고, 8천 살을 가을로 삼는다'고 한 말을 지적하리라 믿는다. 이렇게 장수하는 식물은 이 세상에 없을 테니 말이다. 등짝이 수천 리에 이르도록 넓은 대붕이나 곤어鯤魚 역시 있을 리가 없다. 중국에는 '육맥신검'이 정말 가능한지 여부를 연구하는 자연과학자들도 있다. 그러나 프란츠 카프카가 쓴 〈변신〉의 주인공처럼 사람이 갑자기 커다란 딱정벌레로 변신하는 것을 두고 인체생리학이나 곤충학적으로 가능한지 여부를 연구하는 외국 곤충학자들이 있는지는 모르겠다.

일부 문예평론가들은 어떤 소설이든 현실주의 원칙을 준수해야 한다고 요구한다. 모택동 주석의 '연안문예좌담회강화延安文藝座談會講話' 원칙 때문에 대륙의 작가들은 문화대혁명 전후에 이를 준수하지 않으면 안 됐지만 얼마 지나지 않아 그 척도가 완화되었고, 이미 준수할지 말지의 자유가 생긴 상황이다. 예로부터 중국의 문예창작은 상상력을 중시해왔지만 현대인들은 현실에 속박되어 있어 고루한 사상을 피할 수 없다.

예전의 한 저속한 누군가는 이백李白의 〈백발삼천장白髮三千丈〉이란 시를 두고 머리카락이 너무 긴 것이 아니냐, '아침에 푸른 실 같았는데 저녁이 되니 눈처럼 하얗게 변했다'는 구절에서 머리카락이 너무 빨리 센 것 아니냐는 평을 했다. 또한, '도화담桃花潭의 물이 깊어 천 척이나 된다'는 시구에 대해서는 깊어도 너무 깊은 거 아니냐며 의문을 제기했고, '강 양쪽 기슭의 원숭이 울음소리 그치지 않는데, 배는 이미 만 겹의 첩첩산중을 지나고 있어라'라는 구절에 대해서는 백제성白帝城에서 강릉江陵까지 만 겹의 산이란 표현은 지나치게 많은 것이니 백 겹, 또는 천 겹이라고 해야 그나마 근접한 것이라 말했다. 또한 어떤 저속한 사람(사실 심괄沈括은 저속한 사람이 아니다)은 백거이白居易의 〈장한가長恨歌〉를 이렇게 평했다.

"'아미산峨眉山 아래 오가는 이 드물어, 천자의 깃발 빛을 잃고 햇빛마저 희미하네'라는 구절을 두고 아미산은 가주嘉州에 있고 당 현종은 장안으로부터 사천으로 들어왔기에 아미산을 경유할 일이 없다."

사실 시가詩歌는 기행문이 아니며 이 시에서는 아미산으로 사천을 대표한 것에 불과하다. 또한 두보杜甫의 시, 〈고백행古柏行〉에 대해서는 이렇게 운운했다.

"'서리 맞은 껍질에 줄기는 마흔 아름, 검푸른 색 우뚝 솟아 이천 척에 이르네'라는 구절에서 마흔 아름이면 지름이 7척인데 나무 높이가 2천 척이라면 이 측백나무는 너무 가늘고 긴 것이 아닌가?"

어떤 평론가는 무송武松이 산동의 양곡현陽谷縣에서 청하현淸河縣에 있는 형인 무대랑武大郎을 살펴보러 가려면 경양강景陽岡을 경유할 필요가 없다고 말했다. 그러나 '경양강에서 무송이 호랑이를 때려잡는다'는 이 천고의 기문奇文이 경양강을 경유하지 않는 것으로 바뀌었다면 무송이 '조정백액弔睛白額'이라는 이 '치켜뜬 눈에 이마에 흰색 꽃무늬가 있는 호랑이'를 때려잡지 않는다는 내용으로 변해, 극히 드문 동물 보호가가 아닌 이상 모두가 유감으로 느꼈을 것이다.

개정판 후기

《수호전水滸傳》은 지극히 절묘한 기서이긴 하지만 이치에 맞지 않는 부분이 꽤 많다. 예를 들어 이규李逵가 공손승公孫勝을 데리러 갔을 때 나진인羅眞人에게 저지당하자 이규는 밤을 틈타 나진인을 죽였는데 나진인은 흰 피를 흘렸다. 또한 이규는 나진인이 데리고 있던 동자마저 죽였지만 후에 보니 이규에게 죽은 사람들 모두 죽지 않고 살아 있었다. 알고 보니 나진인이 호리병에 마술을 부려 두 사람을 대신했던 것이다. 신행태보神行太保 대종戴宗이 갑마甲馬를 이규의 두 다리에 묶어놓고 주문을 외자 이규가 걸음을 멈추지 못하고 바람처럼 내달려 하루에 8백 리를 달리는 대목 역시 마찬가지다. 이는 올림픽 마라톤에 참가한 듯 단숨에 4천 킬로미터를 달린 셈인데 대종이 만약 한 사람을 더 데리고 달렸다면 세 사람이 금, 은, 동메달을 독점하는 건 떼 놓은 당상이라 할 수 있지 않겠는가!《삼국연의三國演義》에서는 여몽呂蒙에게 죽임을 당한 관우關羽의 혼령이 옥천산玉泉山에서 '내 목을 돌려놔라!' 하고 부르짖었으며, 여몽의 몸에 붙어 손권孫權에 의해 목숨을 잃게 만들었다고 적혀 있다. '무향후武鄕侯 제갈량諸葛亮이 왕랑王朗을 꾸짖어 죽게 만들다'라는 대목에서도 그렇다. 제갈량이 진두지휘하며 적과 대결을 펼칠 때 적의 주장군인 사도 왕랑에게 통렬하게 꾸짖는 욕을 하자 화가 가슴 가득 치밀어오른 왕랑이 큰 소리로 비명을 지르다 말 아래로 떨어져 죽는다고 되어 있다. 양군이 교전 중에 한바탕 욕을 해서 상대방 주장군을 죽인다는 내용 또한 믿을 수가 없으나《삼국연의》는 고금의 기서인지라 사실상 이 책의 우열을 판단할 수 있는 여부조차 없다고 할 수 있다.

왕국유王國維(중국의 근대학자 — 옮긴이) 선생께서는 '간밤에 불어닥친 서풍에 푸르던 나무 시드니, 홀로 고루에 올라 하늘 끝에 이르는 길을 하염없이 바라본다(안수晏殊의 접련화蝶戀花 중에서 — 옮긴이)'라는 사구詞句를 찬양하신 적이 있다. 그러나 하늘 끝에 이르는 길은 수만 리 머나먼 곳인데 홀로 고루에 올라 어찌 다 바라볼 수 있단 말인가?

과학원 원사院士이신 하조마何祚麻 선생은 저명한 물리학자로 늘 학술적인 관점에서 '법륜공法輪功'에서 표방하는 특이한 기능이 과학적으로 불합리하다고 비판하셨는데 난 이를 무척이나 탄복해하고 있었다. 작가가 재작년 북경에서 하조마 선생과 담론을 한 적이 있는데 선생께서는 먼저 본인이 '김용 소설'의 애독자라고 말씀하시며 이런 지적을 하셨다.

"물리학적으로 볼 때 힘은 오직 한 가지라, 사람의 힘 또한 내력과 외력으로 구분할 수 없습니다. 하지만 무협 소설에서는 이미 오래된 내용이라 독자들이 이를 습관적으로 받아들이고 있기에 독자들도 기공으로 내력을 운용해 외부의 적을 공격하는 상황을 반대하지는 않습니다. 이는 예술적으로 일반화된 허구이니 그 진실 여부를 추궁할 필요가 없는 것이지요."

나는 하 선생의 원융圓融적인 견해에 동의한다. 무협 소설 자체에는 종종 습관적으로 통용되는 허구가 있다. 다른 분야도 그렇다. 대화가가 '화산華山' 그림을 그릴 때 그 웅대하고 기이하며 험준한 모습을 표현하면서, 왕왕 현대인들은 깎아지른 듯한 절벽에 오를 길이 없는 모습으로 애써 과장하지만 실제로 화산에 매일같이 오르는 사람이 수백 명에 이른다. 회화의 과장된 모습이 사실과 동떨어지긴 하지만 그림만은 좋은 그림(지도가 아닌 이상)이란 것을 부정하는 사람은 없다. 과거 소동파蘇東坡는 주필朱筆로 대나무를 아주 운치 있게 그린 적이 있는데 누군가 이를 지적하며 말했다.

"세상에 어찌 붉은색 대나무가 있단 말입니까?"

그러자 소동파는 반문했다.

"그럼 검은색 대나무는 있단 말입니까?"

사람들이 대나무를 묵필墨筆로 많이 그리다 보니 검은색 대나무는 이상할 것이 없다고 생각했던 것이다.

나는 위에 말한 예술품들과 이 책을 감히 한데 섞어 논하려는 게 아니다. 다만 예술은 반드시 진실과 부합되어야만 하는 것이 아니며 우열도 그와 같다는 것만은 확실하다.

2002년 11월

역자 후기

"문학은 인생을 풍족하고 다채롭게 변화시키며, 불교는 인생 문제를 해결할 수 있다. 양자 모두 인생에 대한 탐구에 있다."

이는 이 책의 저자인 김용이 일본의 사상가인 이케다 다이사쿠池田大作와의 대담에서 언급했던 내용이다. 이 대담에서 저자는 자신이 불교를 신봉하게 된 동기가 불가의 고승이나 거사의 교화에 의한 것이 아니라 극히 고통스러운 과정 속에서 신비한 경험에 의해 받아들이게 된 것이라 말하고 있다. 아들의 급작스러운 죽음에 의문을 품고 '삶과 죽음'의 오묘한 이치에 대해 탐구하다 불교 서적 속에서 답을 찾겠다는 생각으로 입문서부터 시작해 영어로 된 원시불경까지 탐독하며 수많은 경전들을 고찰하고 연구한 끝에 마침내 불법의 경지에 들어설 수 있게 됐다는 것이다. 물론 저자가 이 사실을 밝힌 시기가 《천룡팔부》를 집필한 이후의 일이었지만 불교에 대해 깊이 고찰하기 이전에 이미 불교에 대한 깊은 이해가 있었으며 이를 토대로 불교적인 색채가 짙게 깔려 있는 이 작품을 써내려간 것임을 알 수 있다. 이에 대해 저자는 불교에 대한 언급이 종교적인 성향을 띤 선양의 의도가 있는 것은 아니며 시대적인 배경에 있어 불교와 관계된 인물이 대부분이다 보니 이야기에 불교를 끌어들이지 않을 수 없었다고 석명을 통해 밝힌 바 있다. 그러나 이《천룡팔부》라는 소설을 읽어내려 가면서 불교 사상과 철학을 염두에 두지 않는다면 이 책을 읽고 난 뒤에 우리에게 전해지는 깊은 울림은 극히 반감될 수밖에 없을 것이다.

이 소설의 주축 인물인 세 명의 주인공 역시 불문에 깊이 관여되어 있다. 어릴 때 수계를 하고 고승 밑에서 글공부를 해서 말끝마다 불경에서 이르는 진리들을 인용해가며 불가의 가르침을 몸소 실천하는 '단예', 소림사 승려를 사부로 둔 불가의 제자 '소봉', 어릴 때부터 소림사에서 자라 뼛속까지 불도로 가득 찬 진정한 불자인 '허죽'. 소설은 공교롭게도 이 세 주인공이 부친의 죄과로 인해 헤어날 수 없는 고통 속에 빠지게 되는 '업보業報'로부터 시작된다. 또한, 이들을 둘러싼 주변 인물들 역시 불가에서 말하는 '삼독三毒'인 '탐진치貪瞋癡'를 떨쳐 버리지 못하고 각자 자신들이 추구하는 목적에 집착하다 수많은 사건과 사고를 야기한다. 불교에서는 인생이란 고통의 집합체이니 고통에서 벗어나기 위해 집착을 버리고 내적인 수양을 해야 하며 마음의 평정을 찾아 깨달음을 얻으면 해탈할 수 있다고 가르치고 있다. 소설을 쓸 때 생동감 넘치고 개성 강한 등장인물들이 독자들에게 인상 깊이 남기를 바란다는 의미에서 '이야기보다 인물의 형상화'에 중점을 둔다고 강조했던 저자는 이렇듯 불교에서 이르는 가르침을 개성 넘치는 등장인물들에 투영시켜 이로 인해 겪을 수밖에 없는 심리적 갈등을 섬세하게 묘사하고 있다. 복수에 복수를 거듭하다 권선징악 같은 그저 그런 결론으로 귀결되는 일반적인 무협 소설과 달리 불교의 철학적인 교훈을 제시해 독자들이 진지하게 인생에 대한 탐구를 할 수 있게 만들려는 의도가 잠재되어 있다고 볼 수 있다.

이 소설 속에는 불교 경전인《법화경》과《화엄경》뿐만 아니라 유교의 근본 문헌이라 할 수 있는《논어》, 도교의 기본 사상인 노자와 장자, 그리고《주역》에 기재되어 있는 내용들이 폭넓게 스며들어 있다. 이 경전들을 연구하는 각 분야의 학자들조차 지속적으로 재해석을 되풀이하는 마당에 이 철학적이고 깊이 있는 내용들을 소설에 자연스럽게 녹아들어갈 수 있도록 번역해 풀이하는 작업은 그야말로 고역이 아닐 수 없었다. 이런 경전들의 해석은 그 자체가 심오하기 이를 데 없는 학문이라 누구든 심도 있는 연구 없이 섣불리 해석할 수 있다고 볼 수 없다. 더구나 주어진 시간 안에 이들을 빈틈없이 해석해내는 건 더욱 쉽지 않은 일이다. 저자가 인용한 경전 내용들의 해석에 대해 필자는 기존에 각 분야의 학자들이 풀이한 다수의 공개 정보들을 비교, 분석해 맥락에 가장 적절한 해석을 곁들이고 간략하게나마 주석을 덧붙여 독자들의 이해를 돕도록 만들었다. 다만 글자 하나하나에 의미를 두고 섬세한 묘사를 지향하는 저자 특유의 깊이 있는 글을 풀이하다 보니 번역된 내용이 다소 장황하게 나열되는 상황을 피할 수 없었다.

그러나 원작자가 적은 글은 단 한 글자도 빼먹을 수 없다는 신념 아래 저자의 의도를 고스란히 한글로 담아내기 위해 다소 간결하게 느껴지지 않는 문장이라 할지라도 이를 일일이 구현해내기 위해 고민에 고민을 거듭해 적절한 문장으로 만들어내려 애썼다. 또한, 등장인물들의 개성을 중시하는 저자의 의도에 동떨어지지 않도록 그동안 영상번역을 통해 닦아온 실력을 최대한 발휘해 나름대로 설정한 각 캐릭터에 맞는 자연스러운 대화 내용 전달에 초점을 맞추어 작업했다. 물론 판타지 무협 소설에 익숙한 무협 마니아들이 보기에는 내용에 가감이 없는 다소 정직한 번역에 지루함을 느낄 수도 있을 것이다. 다만 이 책은 이미 50여 년 전에 나온 작품이며 중화권을 통틀어 문학성을 인정받은 작품이라 재미를 위해 원작을 훼손하는 과오를 범할 수는 없었기에 새로운 시도를 하기보다는 충실한 번역을 우선시했다. 번역에 정답은 없는 법이라 번역 후에는 늘 아쉬운 부분이 있기 마련이다. 부족한 부분에 대해서는 독자들께서 가차 없는 비판을 해주시기를 바라며 이를 겸허히 받아들여 가능한 범위 하에서 개정하도록 하고, 이후 또 다른 역서에도 반영할 수 있도록 최선의 노력을 기울일 것이다.

저자는 자신의 소설 중 가장 긴 시간을 할애해 완성한 이 소설에 대해 다시 수차례에 걸친 수정작업을 거쳐 완벽한 작품으로 거듭날 수 있도록 지속적인 노력을 해왔다. 수정 전 내용에 향수를 느끼는 일부 독자들이 보기에는 바뀌어버린 일부 결말에 대해 아쉬움을 느낄 수 있을 것이다. 그러나 2005년에 출간된 이 신수판新修版을 마지막으로 《천룡팔부》라는 작품은 이제 더 이상의 수정이 없을 것으로 보인다.

공교롭게도 이 책을 작업하는 도중 김용 선생이 타계했다는 비보를 접했기 때문이다. 노년에 이르러서까지 학문에 대한 탐구를 계속하는 열정을 보이시던 분이셨건만 어찌 이리 급작스럽게 가신단 말인가? 무협 소설을 최고의 문학 작품으로 승화시킨 세계적인 거장의 작품을 더 이상 접할 수 없다는 생각이 드니 아쉬운 마음을 감출 수 없다. 더 구나 그 분의 대표작이라 할 수 있는《천룡팔부》번역을 마무리하는 시점에서 이런 비보를 전해 듣게 되어 허탈한 심정과 함께 애통한 마음을 금할 길 없다. 외람되지만 이 지면을 빌려 고인이 되신 김용 작가께 깊은 애도의 뜻을 표하고자 한다.

"당신이 있어 행복했습니다. 이제 편히 쉬십시오."

이 책이 출간되기까지 지원을 아끼지 않은 김영사 관계자 여러분께 감사의 말씀을 드리며, 제가 어려움에 부딪칠 때마다 함께 고민을 해가며 현명한 결과물을 만들어낼 수 있도록 지지와 격려를 해준 중국의 친애하는 벗 왕샤오펑王曉丰과 리칭장李青江 두 분께도 깊은 감사의 마음을 전합니다.

이정원

미주

▶ **모든 주석은 옮긴이 주이다.**

1 밥상을 눈썹까지 높이 든다는 뜻으로 아내가 남편을 깍듯이 존경함을 의미한다.

2 불구佛具 중 하나인 구름 모양의 얇은 판으로 시간을 알리는 용도로 사용된다.

3 '새벽바람이 불어와 달이 곧 지려 하는구나.' 북송의 사인詞人인 류영柳永의 사詞
   〈우림령雨霖鈴〉의 한 소절.

4 금을 잘게 부수어 금분으로 만든 후 아교에 갠 것.

5 시나 서찰 따위를 쓰는 종이.

6 깊은 계곡의 수많은 야생 도화가 비로 인해 습해지면서 피어오르는 장기.

7 월기月氣의 령令, 즉 음력 어느 달의 기후와 물후物候.

8 한인이 중원 남쪽과 동쪽에 있는 종족들을 낮잡아 이르는 말.

9 당송 시기에는 '백만白蠻'이라 불렸으며 종족 자체적으로는 '백자白子' 또는 '백니
   白尼'라고 칭했다. 중화민국 시기 이후에는 '민가民家'로 개칭했고 현재는 '백족白族'
   으로 불린다. 대리는 현재 운남성云南省 대리백족자치주大理白族自治州가 되었다.

10 수양버들 가지. 중국 민간 전설 속의 삼십삼관음 중 하나인 양지관음은 한 손에
   양지를 들고 한 손에는 감로병을 들고 있다. 관음이 이 양지로 병에 든 감로를 찍
   어 인간들에게 뿌리면 중생들의 번뇌가 사라진다는 전설이 있다.

11 은나라 주왕이 거울로 삼아 경계하여야 할 일은 전대의 하나라 걸왕이 어질지 못
한 정치를 하여 망한 일이라는 뜻으로, 자기가 거울로 삼아 경계하여야 할 선례는
바로 가까이에 있다는 말.

12 떠다니는 생각을 함부로 날뛰지 않게 잡아두는 도교의 내적 수련법.

13 왕이나 왕족, 귀족 등의 죽음을 높여 이르는 말.

14 사람을 사도邪道로 이끄는 마음속 깊은 곳에 자리한 마귀.

15 수행을 방해하는 악마.

16 후대에는 역사상 철종哲宗으로 일컬어진다.

17 좋은 법과 아름다운 뜻이라는 법에 대한 사상을 일컫는 말.

18 생각이 낡고 완고하여 쓸모없는 선비.

19 여자 중의 요순 임금이란 뜻으로 태평성대를 이룬 제왕의 모범인 요와 순 두 왕을
빗대 선인태후宣仁太后로 불리는 고태후를 칭송하며 이르는 말.

20 송나라의 수도로 지금의 개봉을 의미한다.

21 북두칠성을 국자 모양으로 보았을 때, 자루 부분에 있는 세 개의 별.

22 송宋 신종神宗 조욱趙頊의 첫 번째 연호.

23 군주가 거둥하는 중간에 어가를 멈추고 머무르거나 묵던 일.

24 향로를 받쳐놓는 탁자.

25 전장에 투입할 장수를 선택하는 장소.

26 진중陣中이나 영문營門의 뜰에 세우던 대장의 군기.

27 중원의 한족들이 북쪽 소수민족들을 일컫던 말.

28 군주郡主의 남편.

29 수행한 인因으로 말미암아 도달하는 부처님의 최상의 지혜와 지덕을 말한다.

30 모든 현상이 각각의 속성을 잃지 않으면서 서로 걸림 없이 원만하게 하나로 융합

되어 있는 모습. 한데 통하여 아무 차별이 없음을 의미한다.

31 속세 일에 더럽혀진 마음.

32 노루궁뎅이 버섯의 일종.

33 운남, 사천 지역의 특산 버섯.

34 단좌하여 고요 속에 머물라는 뜻으로 무아無我의 경지를 말한다.

35 음력 3월 15일로, 대리국 소수민족들의 전통 명절이다.

36 현재는 '이족彝族'으로 개칭.

37 청명절 전후에 풀이 자란 교외를 거닐며 노는 풍속.

50장 영국의 근대 소설가인 제임스 힐턴James Hilton의 가장 유명한 소설은《잃어버린 지평선Lost Horizon》으로 영화로 만들어진 뒤 중국어 번역 제목이 〈샹그릴라Shangri-La〉였으며 소설로 번역된 제목 역시《샹그릴라》였다. 이 책은 1933년에 출판되었다. 소설에서는 다음과 같은 내용이 서술된다. 한 영국 영사가 인도 혁명 당시 소형 경비행기를 타고 철수하다 비행기가 납치되면서 히말라야 산을 넘어 티베트의 산악 지역에 불시착하게 된다. 비행기에는 세 명이 더 있었고 납치를 했던 조종사는 그 자리에서 죽는다. 승객 네 명은 깎아지른 절벽 위에 있는 샹그릴라란 이름의 라마 사원에 숨게 되는데 이 사원 안의 라마 중 대부분은 200살이 넘었다. 영국 영사는 사원 안에서 차 시중을 드는 중국 소녀와 사랑에 빠지게 되는데 그 소녀는 사실 90살이 다 됐지만 여전히 소녀 얼굴을 하고 있었다. 후에 사원의 주지 라마가 300살이 넘어 승천하자 영사는 소녀들과 함께 하산을 한다. 하산 후 며칠 지나 소녀는 89살의 얼굴로 돌아가 머지않아 죽음을 맞이한다. 소설 속에서는 샹그릴라의 공기가 신선하고 경치가 아름다워 그곳에 거주하는 사람들의 심리 상태가 평온하고 속세와 다툼이 없다 보니 득도한 라마가 좌선 수련법을 전수해 젊음을 유지하고 장수할 수 있다 묘사하고 있다. 싱가포르의 한 호텔 그룹이 호텔을 건설하면서 '샹그릴라'를 이름으로 썼는데 그

체인점은 각각 홍콩과 북경, 상해, 항주, 서안 등지에 있으며 여행객들이 이 호텔에 묵고 나서 마치 선경仙境에 와 있는 듯하다고 표현하는 5성급의 최고급 호텔이다.

1999년, 운남성 여강에서 거행된 제1회 중국 명인 염황배炎黃杯 바둑 대회에서 작자인 김용은 발기인 중 한 명(나머지 발기인 네 명은 진조덕陳祖德, 섭위평聶衛平, 임해봉林海峰, 심군산沈君山)으로 여강 목왕부에서 열린 개국 의례에 참석해달라는 요청에 응했다. 그 후 여강 북쪽의 옥룡설산으로 건너가 참관하게 됐는데 현지의 벗이 고지한 바에 따르면 그곳에서 조금 더 북쪽인 검천劍川과 학경鶴慶 등지의 티베트고원에 인접한 곳이 바로 전설 속의 '샹그릴라'였다. 알려진 바에 따르면 현지는 초목이 아름답고 산수에 신선의 영적인 기운이 깃들었으며 음식물에 오염이 없어 건강에 도움이 되기 때문에 현지 거주민들 중 왕왕 장수를 하고 청춘을 유지하는 사람들이 있다고 한다.